Les racines des palétuviers

« L'épopée des héros de La Cité de la joie »

Dans la même collection, dirigée par Marie-Christine Ray

Revenue de l'enfer, quatre ans dans les camps Khmers, Claire Ly.
Chiffonnière avec les chiffonniers, Sœur Emmanuelle.
Plongé dans les ténèbres, Bernard Mercier.

Du même auteur

L'enfant de Pilkhana, publié par Les Amis de Seva Sangh Samiti, 1975.
Du village au slum, ronéotypé, 1980.
The prayer of a social worker, édité par *SHIS*, Bangore (West Bengal), 2000.
Dans les courées de Calcutta, un développement à l'indienne, Éditions Charles Léopold Mayer, 2003.

Gaston Dayanand a abandonné la totalité de ses droits d'auteur pour les verser à différentes ONG du Bengale. Vous pouvez soutenir son action auprès de ses frères et sœurs indiens en faisant un don à l'association :

AELC
« Pour les ONG des Palétuviers »
Valderian
F-83350 Ramatuelle, France
(Un reçu de réduction fiscale sera adressé pour chaque don.)

Les citoyens helvétiques peuvent adresser leurs dons à :

FFB
Fonds d'urgence pour micro-réalisations en faveur des déshérités de Calcutta – R.1029.27.59 CCP 12-1-2
Banque cantonale de Genève, CH-1211 Genève 2, Suisse.

Photographie de première et de quatrième de couverture :
Inès d'Aubarède

Imprimé en France *Printed in France*
ISBN 2-7082-3658-X

Gaston Dayanand

Les racines des palétuviers

« L'épopée des héros de La Cité de la joie »

LES EDITIONS DE L'ATELIER

Les Editions Ouvrières
12 avenue Sœur Rosalie
75013 Paris

À mon père,

À tous mes frères et sœurs
aux visages de braises et de feu,
de l'Inde et d'ailleurs,
qui m'ont donné le privilège de les accompagner,
en chantant et en priant,
dans leurs efforts de chaque jour pour un monde nouveau
où tous les hommes seraient frères, fils, ou pères,
où toutes les femmes seraient sœurs, filles, ou mères,
où toute la création renouvelée
se sentirait – enfin – issue d'un même Père...

Remerciements

C'est avec bien plus de reconnaissance que je ne peux exprimer que je voudrais remercier tous ceux qui ont contribué à la mise au point finale de mon manuscrit.

Ne pouvant citer tant de frères et de sœurs qui m'ont encouragé, voire poussé, à narrer cette histoire, je me contenterai de remercier nommément – avec Laurence Souques qui m'a autorisé à utiliser des articles écrits pour le Bulletin des Amis de *Seva Sangh Samiti*, et mes frères Albert et Gérard Grandjean – ceux qui ont pris tant de leur temps et donné tout leur cœur aux nécessaires remaniements de ce texte : Béatrice et Philippe Denoix, Sébastien Bonte, à Paris, Mme Dominique Lapierre, à Ramatuelle, Noel Cannat, à Nîmes, et Dominique Lapierre pour sa trop bienveillante préface.

Il va de soi cependant, chacun le comprendra, que ma gratitude va en premier lieu à tous ces travailleurs du Bengale, connus, inconnus, non reconnus voire méconnus, qui ont inspiré non seulement cette œuvre, mais toute ma vie.

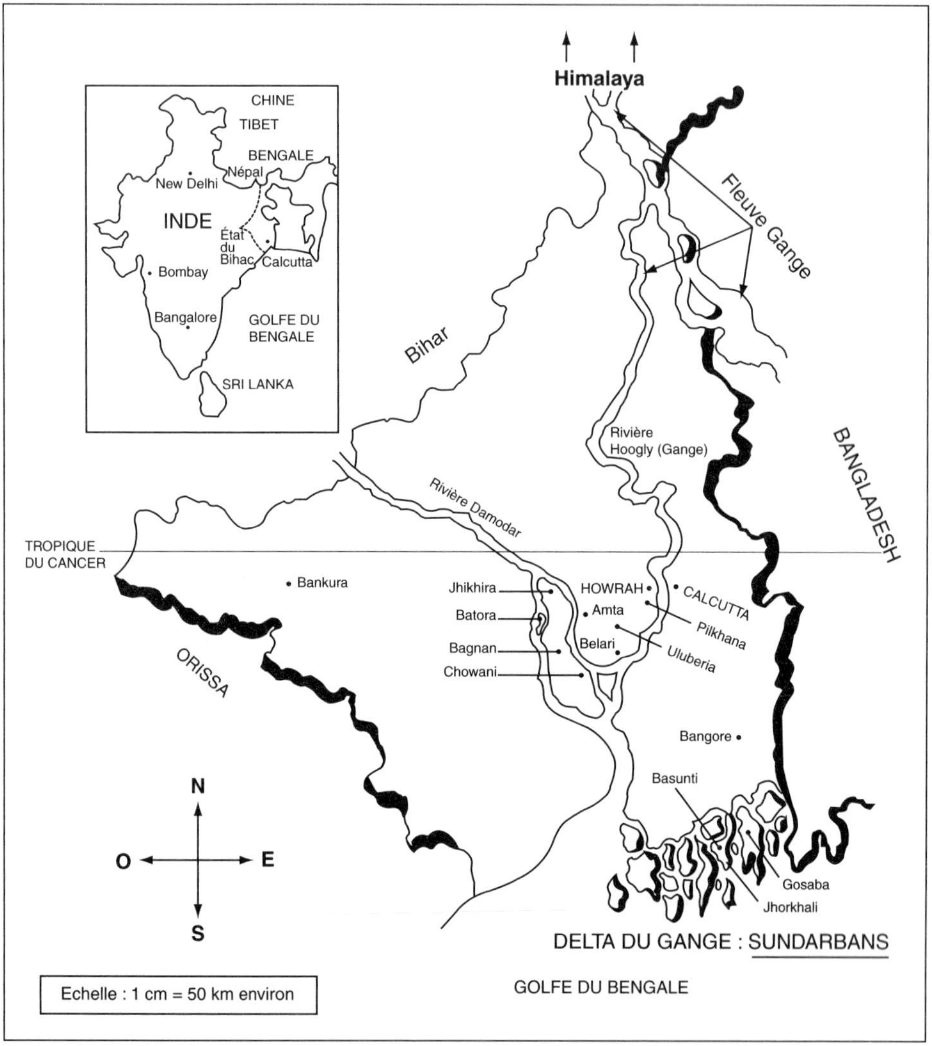
CHINE
TIBET
BENGALE
Népal
New Delhi
INDE
État du Bihac
Calcutta
Bombay
Bangalore
GOLFE DU BENGALE
SRI LANKA
Himalaya
Fleuve Gange
Bihar
Rivière Hoogly (Gange)
BANGLADESH
Rivière Damodar
TROPIQUE DU CANCER
Bankura
Jhikhira
Batora
Bagnan
Chowani
HOWRAH
Amta
Belari
CALCUTTA
Pilkhana
Uluberia
ORISSA
Bangore
Basunti
Gosaba
Jhorkhali
N
O
E
S
DELTA DU GANGE : SUNDARBANS
Echelle : 1 cm = 50 km environ
GOLFE DU BENGALE

Préface
par Dominique Lapierre

L'auteur de ce livre est l'une des « Lumières du monde » dont j'ai eu l'honneur de raconter l'épopée d'amour et de partage dans mon livre *La cité de la joie*. Quand je l'ai rencontré, il n'était qu'un pauvre anonyme vivant parmi les pauvres de l'un des bidonvilles les plus inhumains de la ville indienne de Calcutta. Par le don total de sa personne, il apportait depuis vingt ans à ses frères de misère la certitude qu'ils n'étaient pas totalement abandonnés. Il avait appris leurs langues et adopté leurs coutumes. Il partageait chaque heure de leur existence martyrisée. Il souffrait et espérait avec eux.

Cette extraordinaire expérience lui avait montré que si l'adversité est grande, l'homme est plus grand que l'adversité, comme le dit ce beau vers du grand poète Tagore. Il avait surtout appris le véritable sens de ce proverbe dont il allait faire sa devise : « Tout ce qui n'est pas donné, est perdu. » Cette étonnante confrontation entre un homme venu d'Occident, profondément croyant mais ouvert au message d'amour de toutes les religions, et le peuple des flagellés des bidonvilles et des campagnes du Bengale indien, est à l'origine de cet admirable document vérité.

Ce livre est bien plus que le journal de bord d'une aventure humaine aux limites du possible. C'est un témoignage et une réflexion rassemblés jour après jour sur le champ de bataille de la lutte quotidienne des hommes et des femmes confrontés à toutes les injustices, à tous les malheurs : entassement concentrationnaire, espérance de vie alors réduite à moins de quarante ans, conditions d'hygiène infra-humaines, sous-emploi chronique, absence de secours médicaux et d'écoles, fréquentes mises en esclavage d'enfants dans des ateliers bagnes, terrorismes politiques de toutes sortes... la liste est interminable.

Et pourtant, ce récit sans complaisance devient, en cours de route, un véritable chant d'espérance. On découvre comment dans ce contexte désastreux des êtres parviennent à demeurer non seulement des hommes, mais encore à se dépasser pour devenir des hommes-modèles-d'humanité. On découvre comment, au milieu des pires malheurs, des gens savent pratiquer l'entraide, le partage avec plus pauvre que soi, la tolérance envers toute croyance ou caste, le respect pour l'étranger, la charité vraie pour les mendiants, les infirmes, les lépreux et même les fous. On verra dans ce livre comment les faibles sont aidés au lieu d'être écrasés, les orphelins imédiatement adoptés, les vieillards pris en charge et vénérés.

On découvre comment de toutes petites gens en butte aux colères apocalyptiques d'une nature implacable – inondations et cyclones dévastateurs, raz de marée, sécheresses qui font des milliers de morts, des millions de sans-abri – réussissent à s'organiser pour venir au secours de ceux qui ont tout perdu, sauf l'espérance. On découvre dans quel environnement meurtrier des êtres apprennent à survivre avec le sourire, que ce soit dans les jungles des bidonvilles ou celles des forêts en bordure du Bangladesh infestées de crocodiles, de tigres mangeurs d'homme et de serpents aux morsures entraînant une mort instantanée.

L'auteur de ce livre a vécu dans sa chair et son cœur chaque minute de l'existence de ces damnés des *slums* et des campagnes du Bengale. Il s'est trouvé face à face avec les parrains de la mafia, les *zamindars* des grandes propriétés, exploiteurs de main-d'œuvre, les bandits organisateurs de tous les trafics, les marchands d'alcool, de drogue, de sexe. Ce livre est l'histoire de la lutte acharnée et grandiose des petits contre les grands, des faibles contre les puissants qui, à force de volonté et de courage, arrivent à vaincre et à changer les choses.

À l'image même de ces forêts des bouches du Gange où une végétation primitive et tenace – les palétuviers – se bat contre l'envahissement de l'océan, assainit les sols salins, oblige toute vie

– animale comme végétale – à s'adapter pour finir par transformer en un riche humus fertile, d'où la mer elle-même finira par s'éloigner, ce qui était au départ un milieu invivable et irrespirable. C'est ainsi que, chaque jour, dans une région que les géographes n'ont même pas inscrite sur leurs cartes, *les racines des palétuviers* conquièrent de nouvelles terres pour nourrir les hommes.

La plupart des acteurs de ce livre sont mes amis. Formés et motivés par Gaston, ils dirigent plusieurs des centres humanitaires soutenus par mes droits d'auteur et les dons de mes lecteurs. Ils sont hindous, musulmans, chrétiens. Certains sont des brahmanes de haute caste, d'autres des intouchables. Ce livre montre magnifiquement comment tous ces êtres, d'origines et de traditions si différentes, s'associent pour vivre et travailler ensemble, qu'ils soient pauvres ou riches, libéraux, marxistes ou conservateurs ; femmes ou hommes, analphabètes ou lettrés, paysans ou citadins. À l'aube de ce troisième millénaire qui devra, sous peine de connaître de graves troubles sociaux dans le monde entier, organiser un véritable et équitable partage des richesses de notre planète, ce livre nous apporte un modèle exemplaire de développement en même temps qu'une formidable raison d'espérer.

L'auteur des chants ne se contente pas de nous offrir le récit d'une exceptionnelle aventure humaine. Grâce à une abondance de notes, il nous fait aussi pénétrer dans le secret de cultures, de croyances, de mœurs, de traditions totalement étrangères aux nôtres ; il nous fait aussi connaître la faune, la flore, l'histoire, la géographie, l'archéologie de ce pays magique dont je ne cesse jamais moi-même de découvrir, depuis près de cinquante ans, les inépuisables richesses d'intelligence, de générosité, de courage et d'amour.

Avant-propos

Gaston Grandjean vit depuis trente ans à Calcutta. Né dans une famille ouvrière suisse, à Genève, en 1937, il vient en France après ses études, et travaille en usine comme manœuvre, à Lyon, Paris, Marseille, partageant l'existence des immigrés arabes et noirs.

Il est Frère du Prado, l'Institut fondé à Lyon en 1860 par le Père Antoine Chevrier*.

En 1972, un diplôme d'infirmier en poche, il part pour Calcutta et s'établit au milieu des plus pauvres, dans le « *slum** » de Pilkhana, où existait déjà un Service d'Entraide né de l'initiative de certains habitants. Il y vivra vingt ans, et deviendra l'un des modèles qui inspirèrent Dominique Lapierre pour son « best-seller », *La Cité de la Joie*.

Ce Service d'Entraide (*Seva Sangh Samiti*), désigné ici par le sigle SEA, est l'organisation non-gouvernementale indienne que l'on voit à l'œuvre dans la première moitié de ce livre. Toutefois, il ne s'agit nullement de son histoire, qui a emprunté aussi d'autres voies. Ne sont rapportées ici que les actions entreprises depuis 1972 par la filière médicale, et par la filière rurale jusqu'en 1998.

Le SEA a été fondé en 1966 avec l'aide d'un prêtre français, le Père François Laborde, qui, vivant au milieu des habitants, les a aidés à s'organiser. Le Père Laborde quitta Pilkhana en 1973 pour fonder une paroisse très pauvre et une nouvelle organisation de développement : *Howrah South Point*. Il est à la base de la geste contée dans cet ouvrage.

En 1992, ayant obtenu la nationalité indienne, Gaston prend le nom de Dayanand, et continue de susciter, dans un esprit œcuménique, des dizaines d'organisations de développement, hindoues, musulmanes ou chrétiennes, pour la plupart en milieu rural.

Il livrera un jour, « en profondeur », le sens tout spirituel du témoignage vécu qu'il nous présente aujourd'hui.

Il ne s'agit pas, dans ce livre, du seul récit de la vie d'un homme, mais d'une expérience de pluralisme religieux, vécue par de jeunes « porteurs d'espoir », qui les a obligés à adopter une nouvelle attitude et à parler un langage neuf, plus sensible à la communion avec tous ceux qui « croient autrement ». Cette expérience de vie privilégie la mentalité asiatique et sa perception originale de la réalité, en soulignant l'héritage culturel, les caractéristiques sociales et religieuses et l'éthique particulière de la nation indienne.

Dans des conversations saisies sur le vif, l'auteur a voulu montrer comment avec leur langage à eux, leurs rythmes de vie, et les références de la « religion populaire », de simples habitants savent concevoir et démarrer un projet de micro-développement.

Son approche, existentielle, se traduit par un triple dialogue : de vie (vivre avec), d'action (travailler ensemble), et de partage de l'expérience religieuse, dans des échanges, voire dans des prières communes.

Pour soutenir un grand nombre de projets, des fonds étaient nécessaires.

C'est ainsi que le premier bailleur de fonds fut une organisation française créée à Paris en 1967 par une professeure de Lycée, Laurence Souques, sous le nom de « *Les Amis de Seva Sangh Samiti* ». Plus de 5 000 amis « sans visage et sans nom » ont ainsi, à travers elle, contribué à la marche régulière de *Seva Sangh Samiti.*

Mais, depuis 1986, et surtout 1992, la contribution de Dominique Lapierre fut essentielle.

Bien qu'il y ait eu souvent des contributions locales importantes ou régulières, le SEA n'a jamais vraiment pu en vivre. Ayant pris dès le début l'option « séculière » de réunir hindous, chrétiens* et musulmans, le Comité a dû reconnaître que les chrétiens préféraient financer les œuvres d'Église ou de Mère Teresa*, les hindous penchaient toujours pour la Ramakrishna Mission*, les musulmans pour l'autofinancement des œuvres des mosquées, et les sikhs* pour leurs *gurudvaras* (lieux de culte).

Il y eut d'autres donateurs qui, il faut le souligner, se proposaient toujours d'eux-mêmes, sans que personne ait jamais eu à « mendier » les fonds.

Il est juste aussi de dire que le Gouvernement du Bengale* y a également mis du sien et n'a jamais été un facteur de freinage, comme on le lui reproche fréquemment.

Avertissement

Les termes venus du bengali*, de l'hindi* ou du sanscrit*, sont transcrits phonétiquement, sans tenir compte des accents ou autres signes diacritiques. Tous les u sont à prononcer ou. Un glossaire en fin d'ouvrage explique les termes les plus importants, repérés dans le livre par un astérisque*.

L'habitude, en Inde*, est de ne jamais appeler les gens par leur prénom, mais de s'adresser à eux par des formules qualifiant le degré possible de relation familiale. Ainsi, un jeune homme appellera tous les hommes plus âgés : « Grand Frère », ou les très âgés : « Père », voire « Grand-Père ». Et aussi « Oncle » ou « Fils de mon Oncle ». Par contre, toutes les filles plus jeunes seront pour lui : « Petite Sœur », les aînées : « Grande Sœur » ou « Fille de ma Tante », et les plus âgées : « Mère » ou « Tante », etc. De même, s'emploient toujours pour les gens mariés : « Beau-Fils de ma Tante » et « Beau-Frère de mon Frère », ou « Belle-Fille » tout court. Chacun sent spontanément quel type de parenté supposée il peut avoir avec les autres, même les inconnus.

Ainsi, alors que la plupart des gens m'ont toujours appelé : « Dada* » (« Grand Frère »), de plus en plus m'appellent maintenant « Dadu » (« Grand-Père »), ou « Vieil Oncle », ou encore : « Frère de mon Mari », etc.

Les noms sont fréquemment utilisés en jeux de mots, en plaisanteries, par dérision ou en guise de louange.

La plupart ici sont fictifs, excepté ceux de quelques travailleurs sociaux dont la contribution au cours de ce récit a été jugée exceptionnelle : Mohammed, Belle Chevelure, Aube lumineuse, Diamant noir, Vainqueur de la mort, Dadu, Brin de lumière, Rivière sacrée et quelques autres… Mais, dans l'ensemble, l'anonymat est préservé.

Il est demandé au lecteur de bien comprendre que très souvent, les différentes précisions ou définitions ne concernent pas l'Inde dans son ensemble, mais seulement le Bengale du Sud, voire certains segments de ses populations, vu le brassage d'ethnies assez extraordinaire qui s'y est opéré.

On prendra donc bien soin, par la suite, de ne pas généraliser en disant : « en Inde, c'est comme cela, je l'ai lu… ».

L'auteur n'a aucune compétence pour parler de l'Inde en général.

Introduction

Trente ans de la vie d'un peuple

Calcutta*, capitale du Bengale* indien, au début des années 1960.

Nous sommes au cœur de sa ville jumelle, Howrah*, qui n'en est séparée que par la Hoogly*, nom local du Gange,* enjambée par le fameux – et, à l'époque, unique – pont de Howrah.

Un *slum* parmi des milliers d'autres, PILKHANA.

Le mot anglais *slum* désigne un agglomérat de logements disparates (huttes, maisons en pisé ou en briques) qui abritent une population vivant dans l'extrême pauvreté, mais en général travailleuse et fort industrieuse, marginalisée certes, mais non asociale. Il y avait naguère quelques 6 000 *slums* à Calcutta, dont 3 000 enregistrés. Certains *slums* (sur les trottoirs par exemple, véritables bidonvilles ceux-là), n'ont que quelques centaines d'habitants. D'autres, comme Pilkhana, Tikiapara, Gushuri ou Shivpur (tous à Howrah et dont nous parlons dans ce livre), oscillent entre 30 000 et 70 000 habitants. La plupart des *slums* recensés sont en fait des cités de réfugiés ou des cités ouvrières, où les gens se sont regroupés en familles, groupes linguistiques ou religieux, de castes* ou de métiers. Nombreux sont les immigrés qui y ont reconstitué les structures de leurs villages*.

Il y a trente ans, celui de Pilkhana, à dix minutes à peine de la gare de Howrah, était considéré comme le plus grand du monde.

De nos jours, il est largement dépassé par ceux de Bombay* et des grandes mégapoles du Sud et même du Nord ! C'est dans les ruelles de ce *slum*, peuplé dans les années 1960 de 58 000 habitants, et aujourd'hui de plus de 70 000, entassés sur moins d'un kilomètre carré, que démarre toute l'histoire narrée dans ce livre.

Édifié dans l'enceinte des écuries à éléphants du Maharadjah de Burdwan au temps du Raj*, Empire britannique, en hindi, mises à la disposition des « coolies* » des nombreuses usines environnantes, il fut finalement envahi par les réfugiés de la Partition* de 1947, musulmans d'abord, puis hindous.

Mais on y trouve toujours la même population hétérogène à majorité musulmane, avec une très forte minorité d'hindouistes (trente mille), et une poignée de chrétiens qui, dans la dure vie quotidienne, tissent inlassablement les humbles liens fraternels que présupposent des conversations comme celles qui vont être rapportées dans ce livre.

Les chrétiens sont en très grande partie originaires de la frontière du Népal, de Bettiah, où se trouve la plus ancienne communauté chrétienne du Nord de l'Inde. Ils parlent le hindi, en plus de leur dialecte, et sont ici depuis les années 1950 (même avant pour certains). Leurs quatre-vingt-dix familles, regroupées dans quatre courées principales, réunissent une population d'environ cinq cents personnes.

Un petit nombre de Bengalis, venus du Bangladesh ou des campagnes avoisinantes, demeure dans la deuxième moitié du *slum*, au milieu des hindous qui forment 44 % de la population. Ces derniers sont presque tous des immigrés parlant le hindi, originaires de l'immense arrière-territoire du Nord et de l'Ouest où, en cas de difficultés, trois cent cinquante millions de personnes tournent leurs yeux vers Calcutta.

Certains immigrés appartiennent à la minorité biharie du Bangladesh ; chassés par la misère et la ségrégation intolérante, ces musulmans s'étaient en 1947 réfugiés au Pakistan Oriental, où ils vivaient depuis lors dans des camps. Soupçonnés d'avoir prêté main forte à l'armée pakistanaise lors du génocide de 1970-1971 contre les Bengalis, ils se sont vus contraints de quitter le Bangladesh pour se réfugier au Bengale Occidental...

Enfin, la majorité musulmane, parlant l'urdu*, est constituée de réfugiés indiens qui ont fui les abominables massacres de la Partition en 1947.

On comprend mieux ainsi le caravansérail que constitue Pilkhana avec ses chrétiens (Hindi, Bengali, Biharis, Bangladeshis, Adibasis*, aborigènes des tribus Oraons* ou Mundas du Bihar* ou d'Orissa), ses hindous (Hindi du Bihar, de l'Uttar Pradesh, du Madya-Pradesh, de l'Orissa, du Népal, Bangladeshis, Krishnaites, Vishnouites, de hautes ou de basses castes, intouchables* ou brahmines), et ses musulmans sunnites ou chiites ou encore ismaéliens*, venus eux aussi des régions les plus diverses.

Pour compléter le tout, on y rencontre encore quelques bouddhistes du Sikkim, de l'Assam et du Tibet* martyr, quelques Bhoutanais, des Sikhs du Pundjab, de riches Marwaris* du Gujarât, des Cachemiris* débrouillards, des Kaboulis usuriers, des Chinois indiens, dentistes en général (la « *China-town* » de Calcutta a toujours été importante), et une dizaine d'autres races ou langues représentées par quelques familles.

Enfin, un groupe de plusieurs centaines de chiffonniers madrassis (originaires de Madras, à 2 000 km au Sud).

Les fondamentalismes et les fatalismes de tous bords n'ont guère eu de prise sur cette masse de 70 000 réfugiés qui se côtoient depuis cinquante ans, agglutinés sur une zone bien délimitée d'un peu moins d'un kilomètre carré.

Partageant intimement leurs misères (et leurs richesses), leurs soucis, leurs luttes pour s'en sortir, leur créativité, leur joie quasi permanente et leurs fêtes si colorées, ils connaissent des explosions sporadiques de colère, souvent provoquées par des politiciens de tout poil peu scrupuleux, et des explosions d'allégresse (quand leur candidat est victorieux, leur équipe de cricket championne, le premier satellite indien mis sur orbite, ou, comme en 1994, quand deux Indiennes sont à la fois Miss Monde et Miss Univers). Les unissent encore leur esprit d'entraide, leurs sympathies mutuelles – qui l'emportent sur les antipathies spontanées des groupes, castes et religions –, leur sens de l'amitié et, plus simplement, les innombrables besoins de la survie.

Ce mélange pourtant aurait pu être fort explosif, mais depuis cinquante ans, il n'y a pas eu une seule échauffourée due à la religion (au « communalisme* »). Pas une seule !

Malgré les cochons des intouchables qui vont renifler sous les murs des mosquées ; malgré les étals des bouchers musulmans offrant aux hindous le spectacle de bœufs écorchés ou de chameaux étripés ; malgré les processions de tous genres, les mariages parfois provocateurs, les défilés politiques hurleurs, les défis par haut-parleurs interposés des prédicateurs chiites ou islamistes fondamentalistes prêchant depuis l'extérieur du *slum* (à majorité sunnite), les chants polythéistes bien que tolérants des Bauls* itinérants, hindous ou musulmans (proches des Soufis*), les modes occidentales jugées scandaleuses des jeunes filles chrétiennes, la présence souriante des petites sœurs de Mère Teresa dans leurs humbles saris bleus et blancs, les va-et-vient fréquents des eunuques aguicheurs, les jeux bruyants des Sikhs géants enturbannés, et même l'intégration permanente d'un étrange européen chrétien, connu comme « marié avec Dieu* », et devenu Indien.

De cette communauté humaine, variée s'il en est, a jailli l'étincelle initiale d'un des plus importants programmes de développement privé du Bengale.

C'est de simples conversations anodines qu'allait surgir un élan de partage, de solidarité et de fraternité qui atteindrait les quatre continents, bien que tout soit resté fort anonyme et discret. En est sorti un ensemble d'actions qui, aujourd'hui encore, illuminent les *slums* et les villages du sud du Bengale.

Comme un feu d'artifices aux explosions redoublées, elles s'éteignent ici pour redonner naissance là à un nouveau bouquet, elles s'affaissent à droite pour mieux rejaillir à gauche, éclairant la ténèbre d'une nuit dont seuls ceux qui en ont vécu de l'intérieur l'abominable noirceur, peuvent s'essayer à en décrire les aurores...

Ce ne fut pas une expérience. Ce fut une aventure qui a commencé quelque six ans avant mon arrivée en Inde en 1972, mais dont je fus le témoin privilégié pendant près de trois décennies. Et l'aventure dure encore !

Une aventure où s'entremêlent inextricablement joies et peines, espoirs et déceptions, réussites et échecs. Une aventure vécue au jour le jour durant plus d'un quart de siècle, où chacun des nombreux protagonistes glissait un fil de trame de sa propre couleur dans l'ouvrage général.

Une inspiration commune semblait guider l'entrelacs de tous ces fils, un simple sentiment de solidarité : « *Nous sommes tous dans le même bain, nous vivons tous dans la même boue.* » À cette intuition initiale succéda, peu à peu, la notion plutôt floue de « travail social » et, plus tard, celle aussi ambiguë de « développement », mêlant tout à la fois entraides spontanées, aides organisées, dépannages, urgences, charité, développement à court, moyen, et long terme, auto-suffisance, conscientisation, activisme idéologique, que sais-je encore ?

De ces « travailleurs sociaux » dont je vais parler, a jailli une étincelle qui a rallumé bien des mèches fumantes, attisé bien des brasiers, suscité bien des incendies ! Beaucoup brûlent encore aujourd'hui. Plusieurs sont éteints, ou en passe de l'être. Mais c'est la loi de la vie. Le développement n'est pas une question de réussite. C'est une relance perpétuelle de réussites-échecs, un ressac sempiternel d'avancées et de reculs, un jeu d'ombres en noir et blanc, c'est la *lilâ*, le jeu divin où la divinité se cache derrière la *maya*, l'illusion, la danse de création et de destruction du Nataraj* (le dieu Shiva* dansant).

Le développement qui conduit au Développement est une illusion. Le développement qui ne cherche que le progrès matériel est un leurre dangereux. Seuls comptent les développements quotidiens qui n'ont pour motivation que cette espérance : l'évolution de chaque homme et de chaque femme, tour à tour acteurs, bénéficiaires, voire bienfaiteurs.

Évolution non pas tant vers plus de bien-être, que vers plus de plein-être, vers plus d'humanité. Mais cela même encore peut être une illusion. Car, tout bien pesé, le vrai développement est comme le vent : « *Personne ne peut le saisir. Il est ici, et il est là. On le sent, mais on ne sait où il est. On entend sa voix, mais on ne peut le localiser…* » Ce que la Bible dit de l'Esprit : « *L'Esprit souffle où il veut…* » (Jean 3, 8), on peut le dire du développement en chaque homme. Je n'en suis pas le promoteur. Je n'en suis qu'un acteur, une lampe d'argile parmi d'autres dont les flammes brillent bien plus que la mienne. Ce n'est pas moi, ce sont leurs vies qui ont écrit ce livre qu'ils ne liront jamais.

Le désir de mon cœur, c'est de dire, de révéler peut-être, la force tranquille de l'espérance des pauvres, de ceux qui ne sont rien dans la société, de ceux qui ne sont littéralement que des non-personnes, et qui ont su transformer leurs rêves en réalité, qui ont voulu « *Espérer contre toute espérance* » (Romains 4, 18).

Certains lecteurs pourront être choqués par le fréquent emploi du mot pauvre. Cependant, nous sommes en Inde, où le mot anglais *poor* est véritablement accepté, la quasi-totalité des habitants, dans toute leurs langues, utilisant ce mot pour parler des pauvres économiques et sociologiques. Nous le maintenons donc comme tel, avec sa nuance évangélique de béatitude : la richesse du pauvre n'en fait pas un pauvre, mais bien une personne normale qui connaît la pauvreté.

Des groupes, des peuples entiers, sont méprisés, regardés de haut. Ce sont les pauvres, la masse, la foule, la plèbe, les misérables, le Tiers-Monde, les coolies, les ouvriers, les paysans, les immigrés, les illettrés, les ignorants, les nomades, les asociaux, les inclassables, les intouchables, les boueux, les *jangli** », bref les « corbeaux », comme on dit ici...

Et ce sont ceux-là qui transforment les ténèbres de nos glorieuses mégapoles : New-Delhi, la-Cité-des-Palais, Bombay, la-Cité-de-l'Or, Calcutta, la-Cité-de-la-Joie*, en lumineuses ténèbres. La joie sereine des simples partages quotidiens ; la confiance hésitante mais réelle, qui rassemble ceux que tout sépare ; la foi têtue, même à l'état de braise, du croyant qui sait accompagner, au jour le jour, l'action de son Dieu ou de sa divinité, quels qu'en soient le nom ou la forme...

Car en Inde, à l'exception d'une infime minorité occidentalisée qui s'affirme agnostique, tout se déroule presque toujours entre croyants hindous, musulmans, chrétiens, bouddhistes, etc. Et les marxistes avec lesquels nous collaborons n'échappent pas à la règle ; seuls quelques cadres sont athées. On ne s'étonnera donc pas de la place donnée ici aux croyances.

Le dynamisme contagieux du militant, de quelque obédience qu'il soit, qui sait les limites de son action, mais s'y dévoue inconditionnellement ; l'humble lutte tenace des pauvres de tous bords qui croient, même contre toute espérance, à un lendemain plus radieux ; la glorieuse beauté enfin de celui ou celle qui, riche ou pauvre, de tout milieu ou condition, se consacre sans réserve au plus pauvre, son frère ou sa sœur, au mépris de toute prudence, voire de toute logique… C'est là ce que mon œil a vu, mon oreille entendu, mon cœur partagé et reçu !

Car j'ai vu, ébloui, l'amour transformer en beauté la laideur « de la plus riche misère du monde » – c'est ainsi que, dans une récente lettre, mon ami indien de Paris, le Dr Seoukoumar, décrit Calcutta… Que chacun, je l'espère, sente alors monter au cœur de sa méditation l'attrait profond pour tout ce qui est vraiment humain et le respect pour ceux qui vivent quotidiennement, humblement, courageusement, et avec dignité,

dans les racines des palétuviers.

Première partie

LA COUR DES MIRACLES

1972-1978

I

Un infirmier « moitié-cuit »

Un jour d'octobre 1972, racontent les anciens de l'équipe médicale, un infirmier est arrivé. Il n'était pas indien. Il venait d'Occident. Il parlait à peine anglais et, bien sûr, aucune des langues locales. Il était vraiment étranger et bien étrange ma foi...

Écoutons le récit d'anciens de l'équipe médicale :

– Il est arrivé à pied derrière un *rickshaw** ! On n'avait jamais vu ça ! Et quand on lui a demandé pourquoi, il a dit qu'il ne voulait pas commencer son séjour en étant tiré par un homme. Ça, on n'a jamais compris. Puisqu'il avait payé, pourquoi ne pas l'utiliser ? Enfin, ce qui se passe dans la tête des sahibs* (Anglais des Indes, à l'origine), pour nous, c'est parfois bien difficile à comprendre ! Toujours est-il que nous avions oublié qu'il allait venir. Lui était tout étonné parce qu'il y avait longtemps qu'il avait écrit. C'est vrai, on en avait entendu parler, mais on l'avait oublié. Lui, il n'a jamais pu comprendre ça non plus. C'était vraiment un « moitié-cuit » !...

C'est une allusion à la légende qui voulait que le Dieu créa l'homme en faisant cuire au four l'argile modelée : le premier modèle, trop cuit, forma le Noir, le deuxième, pas assez, le Blanc, et le troisième, à point et délicieusement doré, l'Indien...

Aussitôt arrivé, il a dit trois choses :

– Je veux vivre dans le slum, au milieu de vous, comme

vous ; trouvez-moi une chambre, la plus petite que vous ayez ; je suis seul, je n'ai pas besoin de beaucoup.
Je ne connais rien à votre vie mais j'ai besoin de vous. Seul, je ne peux rien faire.
Apprenez-moi votre langue, vos coutumes. Je partagerai avec vous ce que je sais et demain, on verra ce qu'on peut faire ensemble...

Les gens l'ont immédiatement appelé Dada :

– On appelle comme ça les grands frères dans la famille. Et il est resté, jusqu'à ce jour, le grand frère qui a voulu tout partager, non seulement notre vie de pauvres, mais encore notre culture, notre nationalité, nos problèmes, nos souffrances, et même... nos maladies ! Et le plus important, disait-il, c'était notre compréhension de la vie... Il paraît que ça a été pour lui une drôle de gymnastique.
C'est sûr qu'être blanc et penser brun, ça n'est pas évident ! Mais il y est arrivé... Enfin, à peu près. Du moins, c'est ce qu'il affirme ! Mais nous, encore maintenant, on n'en est pas si sûrs !

Le lendemain matin, il y a eu une réunion. En fait, ça ressemblait plus à un conseil de guerre :

– Dada, on sait bien, t'as mal dormi à cause de la chaleur, des moustiques et des rats et aussi de ton voyage, mais nous on n'a pas dormi du tout. On a discuté pour savoir ce qu'on allait faire avec toi. Alors on a décidé d'ouvrir un nouveau dispensaire. On a déjà le local. Pas de problème pour les médicaments ; Mère Teresa nous a fait don de tonnes de médicaments qu'elle avait reçus pour les réfugiés du Bangladesh...

Dix millions de réfugiés du Pakistan Oriental furent, en 1971, accueillis par l'Inde dans d'énormes camps. Les troupes indiennes aidèrent les *Mukti Bahini* (Combattants de la Liberté) à expulser les troupes pakistanaises qui se livraient à un terrible génocide qui fit près de trois millions de morts. Le Bangladesh, à l'époque, venait à peine de naître et d'être reconnu, et les gens parlaient encore de « Pakistanais »...

– Alors nous, on a travaillé jour et nuit pendant des semaines pour soigner des gosses. C'était horrible, tu sais. On en a vu mourir des milliers dans les camps de Salt-Lake, près de l'aéroport de Dam Dam*. Mais on en a sauvé beaucoup et quand tout a été fini, la Mère nous a donné tous les médicaments qui étaient écrits en français, allemand, espagnol, polonais parce que les médecins indiens ne connaissaient pas toutes ces langues.

Toi, tu te débrouilleras bien, non ? Et puis, on a aussi des ciseaux et du linge qu'on coupera en longueur pour faire des bandages. Enfin, on a tout un matériel complet de dentiste, avec les lampes qui brillent comme des phares... Alors, t'es prêt ? On commence ce matin. On va te montrer l'endroit...

Et on a emmené le Dada comme à son corps défendant, car s'il voulait bien débuter de suite, il aurait voulu un peu réfléchir avant et voir s'il en était vraiment capable...

Le dispensaire était dans la ruelle nommée Fakir Bagan, « le Jardin du Fakir », une pièce de trois mètres sur trois mètres, assez délabrée aux yeux d'un étranger, mais proprette et passée à la chaux, avec une salle d'attente de quatre mètres... « Ça ira bien, pensa l'infirmier. Passons sur les drains débordants aux odeurs proprement nauséabondes. »

Trois personnes s'étaient trouvées là pour démarrer le dispensaire : Nath-le-Protecteur était un jeune brahmane bengali de dix-huit ans, émigré du Bangladesh ; sa mère, veuve, vivait dans un village très éloigné ; Mohammed Kamruddin, un jeune musulman du même âge, natif de Pilkhana, était orphelin de père ; sa famille était aussi originaire de l'Est du Bengale ; il parlait l'urdu, l'hindi, le bengali et un peu l'anglais... Et Margret-Marguerite, une jeune chrétienne aborigène de dix-sept ans, adibasi* de la tribu Oraon, dont les parents étaient de pauvres paysans du Bihar ; elle vivait dans un des foyers de grandes filles à Pilkhana. Les deux premiers baragouinaient un peu l'anglais, mais pas la troisième. Aucun n'avait jamais travaillé dans un dispensaire. Aucun n'avait jamais vu de plaie. Ils allaient avoir l'occasion d'en voir et plus qu'ils n'en voudraient.

Avec quelques amis venus temporairement les rejoindre, chacun commença à s'activer. On vida des cartons de médicaments pour en faire des étagères. Mohammed fabriqua un écriteau sur lequel il écrivit en trois langues : DISPENSAIRE SEVA SANGH SAMITI.

Le Protecteur, à l'extérieur, se mit à expliquer aux gens ce qui se préparait, et Margret commença à tailler des pansements et des compresses. Quant à l'infirmier, il classait à tour de bras les médicaments, par groupes spécifiques qu'il plaçait avec l'aide d'autres jeunes dans les rayonnages de carton.

Et quand tout fut à peu près prêt, on ouvrit le dispensaire en « sablant le champagne » avec une bouteille d'eau fraîche apportée de la pompe, car il faisait chaud et on transpirait à grosses gouttes dans ce local. On installa une petite table, avec quelques journaux par-dessus en guise de nappe, un grand cahier pour inscrire le nom des malades et les médicaments donnés, et un petit paquet de papier brouillon pour écrire les traitements. On posa enfin dessus un instrument *pour écouter dans la poitrine ce qui ne va pas*, un stéthoscope trouvé dans un colis.

Et on invita les premiers malades à venir...

> – Il fallut attendre longtemps. On en avait marre d'attendre ! On avait l'air de quoi avec tout notre matériel, sans que personne vienne ?
> Le Protecteur faisait tout son possible pour convaincre les gens d'entrer. Et comme ça ne suffisait pas, Mohammed est allé le rejoindre. Puis, après un bon bout de temps, Margret dut s'y mettre aussi et aller discuter avec les mamans... Pendant ce temps, le Dada, il se voyait déjà au chômage...
> Mais qu'est-ce que vous voulez, les gens avaient peur. Ils se méfiaient et ça se comprend. Un Américain (pour les gens d'ici, tout étranger est américain), qu'est-ce qu'il vient faire là ? C'est pas chez lui ici. S'il vient pour chercher de l'argent, c'est pas nous qui allons lui en donner ! Y'en avait même qui disaient qu'il pourrait être de la CIA. Après les histoires de la guerre du Pakistan, on en avait entendu des histoires de CIA... Et puis, est-ce que c'est pas un chrétien ? Alors, il vient sûrement pour nous convertir. C'est ça, on a trouvé ! Je te soigne et toi tu deviens chrétien. Nous, on ne veut pas de ça ici. On a notre religion à nous. Il vaut mieux qu'il retourne chez lui. De toute façon, nos enfants, ils vont avoir peur : il a la peau

tellement blanche ! Et ses yeux bleus ! Est-ce qu'ils vont trouver normal des yeux comme ça ?

– Et puis, quelle langue il parle, hein ? Alors, comment il va nous comprendre ? Et puis, s'il était ici pour stériliser nos femmes et nos filles, hein ? On a tous entendu ça à la radio. Les étrangers, ils pensent qu'à diminuer le nombre des Indiens. Ils ne veulent plus qu'on ait des enfants. Alors ça, non ! Est-ce que ça les regarde ? Non, mieux vaut qu'il parte aussi celui-là...

Ce fut bientôt, devant le petit dispensaire, un véritable attroupement où chacun donnait gravement son opinion en inclinant le chef de droite à gauche et de gauche à droite, signe évident d'une grande perplexité.

Enfin, la voisine proche, la blanchisseuse Lakshmi*, sauva la situation en décrétant d'une voix forte :

– Moi, je vais lui montrer mon gosse parce que ce dispensaire, c'est l'organisation Service d'Entraide qui l'a ouvert. Alors eux, ils ont déjà fait tellement pour nous, et depuis si longtemps, qu'on peut leur faire confiance. Est-ce que vous vous rappelez le premier jour du docteur Babu ? Et le premier foyer pour orphelins, dans la petite chambre à cent mètres d'ici ? Et le lait dont vous disiez qu'il allait empoisonner vos gosses ? Et maintenant, vous en profitez tous, hein, de tout ça. Alors ?

Et elle entra résolument, entraînant dans son sillage quelques autres mamans encore hésitantes, qui tiraient par la main des enfants hurlant de peur...

Le premier gosse était couvert de gale surinfectée. Il fallut le nettoyer au *Dettol* (désinfectant local), ce qui accrut ses hurlements et augmenta ceux des autres enfants, faisant trembler les mamans restées dehors :

– Si quelque chose arrivait à nos enfants ?...

Le deuxième malade offrait un impétigo remarquable avec des dizaines de pustules, parfois ouvertes, sur la tête et le front. Il n'en menait pas large quand il fallut le nettoyer, car l'infirmier n'y allait pas de main morte. Il montrait à Margret comment il fallait tout nettoyer à fond :

– Sans ça, il reste des microbes, et ça sert à rien ce qu'on fait.

La jeune infirmière tint vaillamment le coup durant les deux premiers cas. Au troisième, un immense panaris jaunâtre au bout d'un doigt, quand il lui dit qu'il fallait l'ouvrir, elle s'effondra et tomba dans les pommes. Et une des jeunes mamans dut, elle aussi, s'asseoir par terre parce que la tête lui tournait…

C'était la confusion la plus complète. Cependant, au grand soulagement de tous, il fut décrété que, puisqu'on n'avait pas d'instrument, on n'ouvrirait le doigt que le lendemain. Cela permit de faire avancer des enfants qui toussaient et d'autres qui avaient « la coulante ». Ça, c'était quand même moins éprouvant que les plaies. Mais celles-ci recommencèrent quand on amena une fillette brûlée avec d'immenses cloques. Il fut annoncé que c'était « un deuxième degré ». Mais personne ne comprit, sauf Mohammed auquel Dada expliquait justement ce qu'il fallait faire pour empêcher que ça s'infecte. Et puis, il y eut des fièvres, dont la redoutable « phoïde » (typhoïde)…

Arriva un gosse qui avait des boutons partout et dont la voisine avait dit que c'était la maladie de la « grande déesse » (Sitola, déesse de la variole)… Quand, ayant entendu la traduction et l'explication assez embrouillée du Protecteur, l'infirmier eut réalisé que ce pouvait être la variole, il passa dans la pièce à côté, s'essuya le front et s'écria d'un air angoissé :

– Écoutez, vous trois, moi je ne suis pas docteur, je ne suis qu'infirmier. Je ne connais pas tout ça. Dans mon pays, on n'a pas ce genre de maladie. Ma spécialité, c'est la petite chirurgie et les grands brûlés. Ça, aucun problème, mais pas toutes ces maladies, il faut expliquer ça aux gens…

On le laissa parler, mais eux non plus n'y connaissaient rien…

– Alors, qu'il dise pas qu'il en connaissait moins que nous. Et on continua à lui amener toutes les maladies, qu'il se débrouille !

Et il se débrouilla en tout cas pour dire à plusieurs malades :

– Je ne peux rien faire pour vous. Allez à l'hôpital ou voir un autre docteur…

– Nous, on n'était vraiment pas contents de l'entendre dire ça. Ça sert à quoi d'ouvrir un dispensaire si on peut pas soigner tout le monde ?

Le premier jour, il y eut cinquante malades. Toute l'équipe était à bout de force.

– Il me faut au moins du fil et une aiguille pour faire des points de suture et une lame de rasoir pour faire un scalpel... Et demain, n'oubliez pas, on ne prend pas les maladies les plus graves, rappela Dada en partant.

Le deuxième jour a été assez épique. On a inscrit cent dix malades. On avait apporté le fil réclamé, du beau fil rouge que Margret avait obtenu chez un tailleur qu'elle connaissait, avec une grande aiguille à coudre.

– Il a fallu faire bouillir le tout : « Vingt-cinq minutes hein, pas une de moins ! », nous a dit Dada, sans doute pour être sûr que ça fasse les vingt minutes dont il nous avait parlé hier... Et en avant pour les points de suture avec une pince qu'un électricien avait donnée à Mohammed : « Trente minutes à bouillir, hein ! ça... pas de blague, c'est nécessaire... Personne n'a bien compris pourquoi c'était si nécessaire puisqu'on utilisait encore des litres d'alcool et des trucs aseptiques... »

C'est Le Protecteur qui a, le premier, appris à recoudre les plaies. Il a appris assez vite d'ailleurs, il faut le reconnaître. Et il savait parler si doucement aux malades que même les enfants n'avaient plus peur.

– Il faut dire aussi qu'on faisait toujours des piqûres-qui-ne-font-pas-mal. Dada disait : « L'anesthésie, c'est important... » Alors, qu'est ce qu'on riait tous ensemble, avec les malades, quand ils se rendaient compte que, même la grande lame, ça faisait pas mal...

Et puis, il y a eu le fameux panaris qui a été ouvert au scalpel-lame de rasoir... On l'avait fait bouillir dix fois au moins, celui-là ! Ça a fait « pfuitt ! » et des litres de pus en sont sortis. Enfin, c'est ce que les gens ont dit après, mais quand même, il y avait vraiment beaucoup de ce jus jaunâtre qui a

jailli sur la *kurta* de Dada (cette espèce de longue chemise volante, sans col, ou avec un col « à la Mao »)...
Ça a fait rire tout le monde et lui plus que les autres ; il en a tiré une conclusion : « Demain, on met tous des tabliers. »
Ce jour-là aussi, on a vu des tas de grandes maladies... Et Dada disait : « Il faut les envoyer à l'hôpital... »
Mais nous, on riait : « Et toi, tu es là pourquoi, hein ? », alors, il faisait ce qu'il pouvait pour satisfaire tout le monde...
Mais, c'est curieux, il transpirait beaucoup, et, à la fin de la journée, nous aussi, nous étions claqués...

Le troisième jour, on a traité deux cents malades et la ruelle était presque bloquée, des enfants sont tombés dans les grands drains tellement ça poussait... C'est ce jour-là qu'on a vu le premier grand lépreux...

– C'étaient déjà tous des copains de Dada parce qu'il habitait au milieu d'eux, derrière les grandes étables à buffles ; ils étaient près de cinq cents, à cette époque... Mais lui, il entonnait à nouveau son refrain : « Je ne suis pas toubib, je ne connais rien à la lèpre. Il n'y en a pas en Europe. Je connais que la théorie. Il faut donc les... »
Mais nous, on lui disait qu'aucun hôpital ne s'en occupait, que même les médecins en avaient peur...

Alors, il a fait silence, l'air tendu. On voyait bien qu'il priait son Dieu. Et puis devant des doigts en putréfaction qui s'effilochaient, il a fait sa première amputation... À partir de ce jour, c'est devenu presque sa spécialité : amputer les doigts ou les orteils des lépreux, élimer les moignons aux coudes ou aux genoux, jusqu'à ce que les frères de la Mère Theresa ouvrent un centre pour les lépreux dans le *slum*. Dada y est devenu le responsable de tous les soins. À partir de ce moment-là, on n'a plus vu les lépreux ici, chez nous...

Dada consultait souvent, entre deux malades, des bouquins médicaux qu'il avait dénichés dans une librairie. Il disait que seul Dieu sait tout et que lui avait beaucoup à apprendre...

Après quelques semaines, les trois aides-soignants étaient déjà capables de faire un bon pansement, d'ouvrir une plaie à la lancette, de faire des piqûres et même des points de suture. C'est seulement quand il fallait provisoirement refermer un crâne éclaté ou maintenir les intestins dans le ventre après un accident que l'infirmier intervenait. Alors, on appelait quelqu'un du Service d'Entraide qui prenait un *rickshaw* et emmenait le blessé d'urgence à l'hôpital.

Dada, débordé mais heureux, déclara à son équipe tout aussi satisfaite :

– C'est bon, on peut accepter ici tous les cas. On se débrouillera bien si on s'y met tous ensemble, pas vrai ? Et puis, si on fait bien notre boulot, même si on ne fait pas tout, le Seigneur Dieu, il fera le sien et on n'aura pas de pépins !

Et il en profitait toujours pour rappeler qu'on n'était pas là seulement pour soigner, mais pour que les malades se sentent aimés. Il rajoutait toujours un mot pour chacun, selon sa religion.

Il disait au Protecteur :

– Il faut que ton œil soit comme le troisième œil de Shiva qui montre sa compassion infinie, qui se manifeste dans sa miséricorde et sa tendresse pour tout homme, surtout les pauvres, les isolés et les handicapés. C'est pour ça qu'il est le grand destructeur de l'ignorance et de la méchanceté.

Et Le Protecteur, bien qu'il fût Vishnouite et non pas Shivaïte, voyait avec respect se dessiner l'image du grand Mahadev* lui-même.

À Margret, il rappelait combien Jésus* aimait les pauvres, surtout les enfants, et qu'il n'avait pas peur de toucher les lépreux et les gens impurs parce que son Père était tout amour et toute miséricorde.

Et il citait toujours le Coran* à Mohammed, en disant que le Prophète Muhammad*, était « l'envoyé de la miséricorde d'Allah* ». Il fallait faire l'aumône de notre amour pour les pauvres parce que l'aumône, c'est un des cinq piliers de l'Islam* :

– Il faut faire avec tous les malades ce que le Prophète vous demandait de faire pendant le ramzan, jeûner pour sentir dans son ventre la faim des affamés... Le ramzan, roza en urdou, c'est le Ramadan, les quarante jours du jeûne musulman.

Et tout ça pour conclure par son refrain habituel :

– Si on travaille avec le cœur, Dieu nous bénira et jamais nous n'aurons de vrais problèmes.

Jetant sur ces années un regard rétrospectif, l'auteur peut affirmer que depuis ces jours humbles et héroïques, *Seva Sangh Samiti*, dans ses dispensaires, dans les *slums* et les campagnes, a soigné plus de sept millions de malades et qu'il n'y a jamais eu le moindre incident, le moindre pépin. Vraiment, quand Dieu s'y met, on peut compter sur Lui.

– Et pourtant, on en a vu des mauvaises maladies. On s'est exercé à les soigner, même les cas les plus graves. On a même appris à distinguer, mais ça a pris quand même beaucoup de temps, des tas de maladies qui avaient des symptômes qui se ressemblaient.

On a appris à reconnaître la différence entre les fièvres à microbes et les fièvres à virus, les bronchites et les pneumonies, les jaunisses infectieuses ou les jaunisses de cirrhose, les ulcères peptiques et les simples brûlures gastriques, les gangrènes et les ulcères diabétiques, la lèpre et le *kala-azar*, les infections urinaires et les maladies sexuelles, les œdèmes qui viennent du cœur, ceux des reins ou les filarioses, les hémorragies des poumons et celles de l'estomac, le sang noir ou le sang rouge dans les selles, les maladies psychologiques et les maladies mentales irréversibles, les crises d'épilepsie et les crises d'hystérie…

Chaque maladie était pour nous l'occasion d'apprendre quelque chose. Par exemple, comment savoir tout d'abord écouter les malades, comment leur poser des questions pour qu'ils répondent en vérité (parce qu'autrement, ils répondent toujours « oui » par respect), comment savoir leur histoire médicale, comment comprendre leurs problèmes de famille, comment faire un bon diagnostic, comment prendre le pouls, estimer la fièvre, détecter l'anémie par les paupières, les ongles, les lèvres, tout en examinant les yeux des enfants pour y découvrir les signes précoces d'absence de vitamine A (qui en rend tellement aveugles), et ceux des personnes âgées pour les avertir de l'approche imminente de la cataracte qui est une autre cause de cécité.

Et puis, après ces apprentissages, très rapidement, on a appris à utiliser le stéthoscope, à vérifier comment marchait le cœur. C'est seulement après avoir fait ces premiers diagnostics qu'on a appris à faire les premiers soins. On a donné, tout d'abord, les premiers traitements symptomatiques. Tous les autres cas un peu compliqués qui nécessitaient un traitement curatif plus délicat, c'est Dada qui s'en chargeait. Il y avait tellement de monde, il fallait bien que chacun apprenne rapidement et qu'on se répartisse le travail...

C'est comme cela que le dispensaire a grandi.

– Notre grand frère disait : « L'important n'est pas le nombre de malades, c'est qu'on puisse faire ensemble une communauté d'amour à leur service, et une communauté de compassion au milieu de la souffrance des hommes, réaliser un îlot d'espérances dans un océan de désespoir. Que tous comprennent qu'on les aime. »

Il ne suffit pas de donner un comprimé ou de faire une piqûre, d'appliquer un pansement... Il faut le faire avec beaucoup d'attention, beaucoup d'affection pour chacun. Il faut savoir parler aux enfants tout en les caressant, comme si c'était leur maman... C'est la même chose pour les personnes âgées, il faut qu'elles sachent qu'on s'en occupe comme si on était leurs propres enfants. Cette attitude de respect et d'amitié donne confiance. Et ils comprendront alors que vous n'êtes pas là pour « faire votre boulot », mais pour bien plus que ça...

Cette méthode est celle de l'haptonomie qu'on utilise dans les soins palliatifs, pour ceux qui sont proches de la mort, approche tactile et affectueuse, qui change souvent du tout au tout le déroulement de la maladie. Mais à cette époque, nul n'en avait encore tiré les conclusions thérapeutiques.

– Bien sûr, pour les jeunes filles et les jeunes gens, il faut être prudent. Mais il faut qu'eux aussi sachent que vous êtes leurs frères ou sœurs. On ne sait toujours pas maintenant si ça a réussi, mais on sait bien qu'on était heureux et, même quand c'était très dur, on était vraiment joyeux de faire ce travail de services. Parce qu'on finissait par comprendre ce que Dada nous serinait : « Notre service doit être comme le jasmin qui embaume de nuit. L'amour qu'il produit se répandra lentement dans l'obscurité et le silence des cœurs, et produira un jour son fruit... »

Le parfum envoûtant du jasmin, aux fleurs blanches très aromatiques, en buissons, remplit les nuits du Bengale...

Notre travail, dans le petit dispensaire, a duré presque deux ans. La première année, nous avons eu vingt-huit mille malades. La deuxième, près de cent mille...

Il devenait vraiment impossible de continuer dans ces conditions. Pendant la mousson, venue du Sud, du début juin à la mi-octobre, plus de quatre mètres de pluie se déversent sur le Bengale : on surélevait bien les tables et les bancs avec des briques, mais très souvent quand même, nous travaillions toute la journée dans l'eau jusqu'aux mollets, quand ce n'était pas plus haut. Une eau putride...

Il y avait une telle foule dehors et dans la salle d'attente, qu'on a fini par remarquer que c'était peut-être là qu'il y avait le plus grand risque de contagion par des maladies comme la rougeole ou la varicelle, ou la redoutable tuberculose, ou les bronchites, surtout virales, ou encore les grippes qui tuent des centaines de personnes durant les épidémies cycliques (transformées à deux reprises en pandémies asiatiques)...

Nous avons alors demandé aux grandes personnes de venir le matin surtout, et aux enfants l'après-midi. Mais ça été plutôt la pagaille. Alors, on a proposé de traiter les maladies de peau et la petite chirurgie le matin et toutes les autres le soir... Re-pagaille !

Les gens venaient de tellement loin, et la place était si limitée, qu'on ne pouvait vraiment rien organiser. On a alors introduit des cartes de soins. Mais les malades ne les gardaient jamais. Tout ça était encore compliqué par les interventions extérieures.

Beaucoup revendiquaient des passe-droits : les personnes envoyées par certains membres du Comité, les amis des travailleurs ou leur famille, des gens patronnés par les partis politiques, la mafia locale ou la municipalité, ou simplement les forts en gueule, les antisociaux et les malfrats de tout poil, les hommes ivres ou éméchés, les jeunes fiers-à-bras qui pensaient tout obtenir des élèves infirmières en gonflant leurs pectoraux ou en jouant des biceps...

Enfin, il y avait les urgences, les malades qui nécessitaient des soins immédiats (crises cardiaques, crises d'asthme suffocantes, hémorragies cataclysmiques, gastro-entérites aiguës), les victimes d'accidents, de rixes politiques, de bombes artisanales, de bagarres inter-bandes, les grands brûlés, les fractures, etc. Dans tous ces cas, il fallait d'abord convaincre la foule de s'ouvrir pour les laisser passer ; ensuite, convaincre les patients qui attendaient leur consultation, parfois depuis plusieurs heures, de céder leur place ; et finalement, toute affaire cessante, il fallait prendre le temps nécessaire pour les soigner... Avant d'organiser leur départ pour un hôpital spécialisé, ou, pour les cas les plus graves, les services d'urgence...

Tout cela se faisait dans la confusion la plus parfaite, mais tout se passait bien en général, et nous riions beaucoup malgré tout...

Mais c'était d'autant plus crevant qu'à la sortie du travail le soir, il fallait encore faire le tour des malades à domicile, et souvent, la nuit, répondre à de nouvelles urgences parmi lesquelles les plus difficiles étaient certainement les accouchements compliqués, ou encore les empoisonnements d'origine diverses qui nécessitaient d'immédiats lavages gastriques. Nous travaillions déjà six jours sur sept et, pour certains d'entre nous, sept sur sept, puisque les dimanches étaient le seul moment pour s'occuper vraiment des malades à domicile et des autres urgences.

Il fallait se rendre à l'évidence. Nous étions dans une impasse.

Nous en avons mijoté des plans pendant ces deux années !

Trouver un autre local plus grand à Pilkhana ? C'était quasi impossible, vu la densité de la population. Émigrer au-dehors du *slum* ? Mais c'était une trahison envers les pauvres qui avaient tout commencé ici. Diviser le dispensaire en plusieurs unités ? Les trois jeunes n'étaient pas encore assez formés pour faire face seuls à toutes les urgences...

Appeler des médecins à la rescousse ? Est-ce qu'ils auraient accepté de travailler dans ces conditions ?

C'est Mohammed qui, le premier, a fait la proposition qui allait nous donner les moyens d'en sortir. Un jour, il nous dit, tout excité :

– Écoutez, j'ai des amis dans différents *slums* autour de Pilkhana. Vous savez que nos malades viennent vraiment de fort loin et surtout de ces *slums*. Alors à Gushuri, les habitants sont disposés à nous donner deux grandes pièces pour ouvrir un dispensaire, et à Tikiapara aussi. Enfin, je me suis renseigné à Shivpur aussi : une petite association musulmane pourrait nous prêter son local...
Ce serait formidable parce qu'il y aurait moins de malades ici et on pourrait mieux travailler. Et surtout, les mamans avec leurs enfants dans les bras n'auraient plus besoin de venir à pied ici, ou de rester debout dans les bus pendant très longtemps... Allah serait content de voir que les malades auraient moins de difficultés pour venir se faire soigner !

Notre ami était si satisfait qu'il voyait déjà les trois dispensaires ouverts, drainant tous les malades de l'arrière-pays. Nous étions contents, nous aussi, pleins d'enthousiasme même. Ça, c'était une formidable nouvelle. Immédiatement, toute l'équipe se mit à échafauder une série de plans et de contre-plans...

On en parla au Comité du Service d'Entraide, le dimanche matin. Officiellement créé en 1966, ce Comité, qui regroupait des hommes et des femmes des trois religions prédominantes dans le *slum*, avait pour rôle de gérer tout ce qui avait surgi au fil des ans : dispensaire, distribution de lait et de repas aux déshérités, foyers d'enfants, bourses scolaires, crèches, pompes à eau, etc.

Le docteur Babu, qui continuait imperturbablement à venir ici deux fois par semaine (il en était à sa septième année déjà) administrer ses potions aux soixante-dix malades qui lui faisaient une confiance totale, tempéra nos ardeurs :

– Il serait effectivement excellent de décentraliser et d'ouvrir quelque chose à l'extérieur. Mais qui dirigerait le dispensaire ? On ne peut pas encore embaucher des médecins et je ne vois pas qui accepterait de travailler comme ça. Dans votre équipe, je ne crois pas non plus que les jeunes soient assez qualifiés pour se lancer tout seuls dans cette aventure. Je suggère cependant, si le Comité est d'accord, qu'on recherche à Pilkhana même un local suffisamment grand pour organiser une espèce de petit hôpital...

Puisque dans les autres *slums*, d'autres ont pu trouver un local, je ne vois pas pourquoi on ne pourrait pas en trouver un dans le nôtre.

À la déception initiale, succéda une sorte d'euphorie nouvelle. Un des membres de la permanence eut une idée géniale :

– Écoutez, vous savez que nos jeunes filles se trouvent bien à l'étroit dans le foyer qu'on a bâti en 1971 à Pilkhana. Alors, est-ce qu'on ne pourrait pas trouver pour elles un bâtiment à l'extérieur du *slum*, et faire un hôpital à l'endroit où elles sont aujourd'hui ? Ce serait certainement plus facile à trouver...

Le Docteur se souvint alors que, pas très loin de chez lui, il y avait une bâtisse vide dans un terrain où on pouvait construire...

Mais le hic était l'argent. Il fut cependant conclu que trois approches pourraient être menées en même temps : premièrement, le Comité pourrait écrire aux amis d'Europe et leur demander si cette proposition d'un centre d'apprentissage pour les grandes filles les intéressait ; deuxièmement, le vice-président se proposait d'approcher le propriétaire du terrain en question ; et troisièmement, le Docteur se promettait d'en parler à l'un de ses amis très riches qui accepterait peut-être de faire une fondation à la mémoire de sa femme défunte...

L'équipe du dispensaire se mit donc à concocter des plans de reconversion du foyer en question en une polyclinique virtuelle... Ce fut une belle explosion d'idées et de propositions, et je ne crois pas que la Tour de Babel elle-même ait été planifiée dans plus de confusion, ni avec plus d'espérance, que notre futur centre hospitalier...

Car il fallait tout à la fois prévoir les différentes cliniques (à séparer les unes des autres), penser à ceux ou celles qui les dirigeraient, calculer le nombre de travailleurs qu'il faudrait engager, réorganiser les horaires, penser aux nouveaux besoins qu'on allait pouvoir satisfaire, rationaliser l'usage des médicaments, et calculer les dépenses supplémentaires...

Bref, il s'agissait de penser le futur au lieu de nous contenter de faire face à la foule et à ses besoins au jour le jour...

On en oublia sur le moment les propositions de Mohammed, mais celles-ci cependant se réalisent dans un avenir proche.

II

Le nouveau centre médical

Le premier septembre 1974, quatre mois avant l'échéance prévue, le nouveau centre médico-social fut inauguré en toute simplicité. Aucune personnalité n'était présente. Quelques membres du Comité qui avaient pu s'absenter de leur travail coupèrent un ruban placé en travers de la porte entre deux plants de bananiers et de noix de coco. Le bananier signifie la présence du dieu, la noix de coco, « fruit divin », est un signe de fertilité et de succès.

Les malades, déjà présents en foule dans la rue, furent alors invités à entrer dans la salle d'attente où de longs bancs les attendaient. En soi, c'était déjà un énorme progrès pour eux qui avaient pris l'habitude d'attendre plusieurs heures debout dans la boue de la rue, le long des drains puants, avant de se presser les uns contre les autres dans une mini-salle d'attente, comme seuls savent le faire les Indiens qui trouveraient encore une place dans une boîte de sardines.

La petite salle du fond, au rez-de-chaussée deviendra le centre nerveux de toute l'organisation *Seva Sangh Samiti*, son bureau central, faisant le lien entre les différents départements sociaux, médicaux, éducatifs et culturels et, plus tard, de développement rural. À partir de ce jour, c'est là que seront mûries toutes les décisions, que les visiteurs seront accueillis, et surtout que les pauvres, trois fois par semaine, seront invités à venir parler de leurs problèmes sans fin au Comité de permanence.

L'intuition du début était donc réaffirmée de l'intérieur du *slum* : « Seuls les habitants eux-mêmes sont agents et sujets de leur propre développement. »

Dans la salle d'attente, défilent chaque jour environ six cents malades. Ce sera à peu près la moyenne des années suivantes, mais il y eut parfois jusqu'à neuf cents malades en un seul jour : 63 % de musulmans, 33 % d'hindous, 4 % de chrétiens, à l'image de la population du *slum* ; 70 % des gens viennent de Pilkhana, 27 % d'autres *slums*, 3 % des faubourgs éloignés et des zones rurales proches ; 63 % sont des enfants de moins de onze ans, 28 % des adultes, et 9 % des adolescents.

Tous les enfants étant accompagnés, c'est en fait, près de mille personnes qui se pressent chaque jour dans cette salle, au milieu d'un brouhaha qu'il est facile d'imaginer. Car l'ambiance ne ressemble en rien à celle d'une salle d'attente d'un hôpital européen, ni même à celle d'un des grands hôpitaux de Calcutta. Chacun parle, plaisante, rit, interpelle un voisin à l'autre bout, essaie de calmer les enfants qui pleurent, jouent, se courent après à travers les jambes de ceux qui n'ont pu trouver place sur les bancs...

Et comme chacun sait qu'il ne va pas « affronter » un docteur peu avenant ou une infirmière acariâtre, tout se passe dans un climat bon enfant. On peut rapprocher cette attitude positive de la « thérapie par le rire » (gélathérapie), proposée bien des années plus tard par la communauté scientifique internationale... !

La famille Rahman a pu obtenir trois places sur les bancs. Une vingtaine de personnes devant passer avant elle, la maman a tout le temps de calmer son bébé qui pleure. Son grand garçon renifle parfois et s'essuie les yeux avec un mouchoir sale, tout en s'efforçant de ne pas pleurer ; mais visiblement sa jambe gauche, enflée et rouge, lui fait mal...

Quand vient leur tour, la maman s'approche d'un des deux petits guichets où un jeune homme souriant lui demande :

– Quel est votre nom ? Votre religion ?
– Rahman Begum. Musulmane.
– Votre âge ?
– (l'air effaré) Je ne sais pas moi. Trente, quarante ?

– Bon, mettons trente-cinq ans. Votre adresse ? Ah bon, troisième rue, Pilkhana, n° 12. Qu'est-ce que vous avez ?
– La tête me tourne beaucoup. Je ne tiens plus debout. Parfois, je tombe…
– Ça va, vous direz le reste là-haut. Voici votre fiche personnelle. Vous devez la garder et la rapporter chaque fois que vous avez quelque chose. En plus, voici ce carton vert. Ça veut dire : médical. En haut à droite, c'est pour les « médicaux ». Vous verrez un grand disque vert sur la porte. Et votre garçon, qu'est-ce qu'il a ?
– Il est tombé. Il a le pied enflé et ça fait vraiment…
– Son nom ? Son âge ?
– Lui, c'est Jugnu. Il a huit ans. Il va à l'école.
– Voici sa carte et voici son carton. Pour lui, c'est rouge. Ça veut dire « Chirurgie ». En haut, la porte à gauche, vous verrez un grand signe rouge. C'est tout ?
– Non, il y a mon bébé. Il vomit toujours… Son nom, c'est Baby. Il a trois mois…
– Bon, comme vous, carton vert. Vous pouvez maintenant passer dans la deuxième salle d'attente et vous attendez qu'on vous appelle. Au suivant…

La deuxième salle est plus petite ; il y a beaucoup moins de monde qui attend. La famille Rahman s'assoit. Après dix minutes environ, une lumière verte s'allume. Une jeune fille adibasi annonce :

– Les cartons verts, vous pouvez monter.

La maman Rahman hésite car elle a deux verts et un rouge. La jeune assistante la voit et lui dit :

– Vous pouvez monter quand même maintenant. Après, vous passerez dans l'autre chambre pour votre garçon.

Arrivés en haut, ils s'assoient encore en attendant leur tour qui ne tarde pas, car les consultations vont plutôt vite. C'est notre ami Le Protecteur qui y préside. Il prend la carte de Rahman Begum, la fait asseoir et l'interroge d'une voix ferme et douce :

– Alors ma mère, qu'est-ce que vous avez ?
– Je tombe toujours et j'ai la tête qui tourne comme une toupie. J'ai plus de force. Je me fatigue très vite.

– Je vois. Vous mangez combien de fois par jour ?
– Oh, c'est régulier. On est des *Ekbelas* (« ceux qui ne mangent qu'une fois par jour »). On mange une fois le soir quand le père de mes enfants revient du travail.

– Attendez, montrez-moi votre poignet. Votre pouls est faible… Vos paupières, vos ongles, la langue… Vous avez une très sérieuse anémie. Vous manquez beaucoup de sang. Voilà, je vous prescris ces tablettes à prendre deux fois par jour, et puis il faudrait manger beaucoup de légumes verts. Tenez aussi, voici un papier pour faire une analyse de sang… Quand vous l'aurez faite, vous viendrez me voir, dans deux ou trois jours.

– Au suivant. Ah, bon, c'est votre bébé. Il est magnifique ce petit. Qu'est-ce qui ne va pas ?
– Il vomit tout le temps.
– Depuis quand ?
– Depuis hier soir. On a pas dormi de toute la nuit.
– Il n'a pas aussi de la diarrhée ?
– Oh, oui ! Ça coule, ça coule. C'est tout jaune.
– Attendez que je palpe son ventre… Mais dites donc, il a des vers ce gosse. Qu'est-ce qu'il boit ?
– J'ai presque pas de lait. Alors, on le nourrit aussi au biberon. C'est ma petite fille de six ans qui s'en occupe. Moi, vous savez, je travaille.
– Ah bon, c'est sans doute pour ça. Il faudrait apprendre à le nourrir proprement. Écoutez, voici immédiatement quelques médicaments. Surtout, vous lui donnez de l'eau, hein ? Beaucoup d'eau. Et de l'eau bouillie…
– Comment ça de l'eau ? Mais plus je lui en donne, plus ça va couler…

– Écoutez, il faut me faire confiance. Si vous ne donnez pas d'eau, il va devenir tout desséché et il va mourir. Alors, il faut lui donner beaucoup d'eau, c'est urgent. Il a une gastro-entérite aiguë. Il peut mourir très rapidement. Et si possible aussi, donnez-lui du *dab* (noix de coco verte, excellent remède stérile pour toutes les diarrhées et autres choléras). Et puis, vous revenez cette après-midi si ça ne va pas, à la clinique spéciale pour les bébés. Si ça va, alors vous venez demain après-midi. C'est nécessaire. On pèsera votre bébé et on lui donnera tout ce qu'il faut. Je marque tout sur sa carte... Au suivant !

La jeune femme préposée au registre inscrit les deux noms et le genre de maladie. C'est pour les statistiques.

Puis, elle recommande :

– Avec votre carton rouge, vous passez maintenant à la salle de chirurgie, et pour les médicaments, vous les prendrez en sortant, tout en bas des escaliers. Vous verrez la file d'attente. »

Et voici la Clinique de chirurgie : une très grande salle où déjà une dizaine de personnes attendent leur tour. Il y a cinq tabourets de plus d'un mètre de haut avec accoudoirs ; trois filles et deux garçons sont en train de faire des pansements ou des soins.

Le médecin, en fait l'infirmier, est assis devant une petite table, mais il se lève souvent pour aller voir le travail, prodiguer des conseils et, à l'occasion, procéder aux actes chirurgicaux les plus difficiles. Derrière un rideau, un lit d'examen. Sur la table, un stéthoscope, un ouvre-bouche, des instruments pour le nez et les oreilles et un thermomètre.

Là, l'attente est beaucoup plus longue, mais chaque malade est témoin de ce qui se passe, entend les explications données aux aides-soignantes et, petit à petit, apprend lui aussi ce qu'il faut faire pour éviter telle ou telle chose, ou comment donner des soins appropriés, même à la maison.

Justement, à cet instant, l'infirmier est en train d'expliquer à une nouvelle aide-soignante d'à peine quinze ans, Joba-Fleur d'Hibiscus, la différence entre les furoncles et l'anthrax qu'elle a devant elle :

– Un furoncle, il faut simplement l'ouvrir d'un coup de lancette quand il est mûr, c'est-à-dire tout jaune, ouvert, plein de pus. Il ne faut jamais le presser, surtout sur le visage. Jamais.

Et élevant la voix, il s'adresse à tous les malades qui attendent :

– Si votre enfant a un furoncle comme ça sur le visage, surtout contre le nez, contre les yeux ou sur l'orbite, là au-dessus, il ne faut jamais le presser. Votre enfant peut mourir.

S'adressant à nouveau à la jeune Joba :

– Ça risque de devenir une staphylococcie des sinus caverneux (Mohammed t'expliquera ce que ça veut dire), et alors… c'est la mort en quelques heures. C'est pour ça qu'il faut faire très attention. Bon, maintenant cet anthrax, c'est pas du tout comme un furoncle. Il faut tout nettoyer parce que dedans, c'est plein de pourritures, de chairs mortes. Il faut couper, racler, nettoyer…
Mais attention, ça fait très très mal. Le mieux alors, c'est de faire comme ça. Eh ! toi là-bas ! Donne-moi une seringue avec cinq millilitres de xylocain, la plus petite possible, le numéro six. Voilà. Regarde bien comment il faut faire pour que ça ne fasse pas mal du tout. Et aussi, qu'on puisse faire les soins.
Eh ! petit, n'aie pas peur ! Tu verras après, tu rigoleras, tu sentiras rien du tout, je te le promets. Regarde, couic, voici la première piqûre. Est-ce que t'as senti quelque chose ? Non. Alors, la deuxième, Fleur d'Hibiscus, c'est toi qui la fais. Vas-y, n'aie pas peur…

Sur le tabouret voisin, la para-médicale est en train d'exécuter un superbe pansement-bonnet couvrant toute la tête… Sur le troisième tabouret, le grand frère Mohammed finit juste quatre petits points de suture à l'épaule d'un homme de trente-cinq ans qui s'est déchiré profondément le muscle sur des barbelés…

La chaise suivante est occupée par une femme avec une affreuse plaie à la jambe. La grande sœur Margret qui s'en occupe lui explique que c'est une gangrène, mais que ça va déjà beaucoup mieux que la semaine dernière… L'infirmier vient alors « sentir » la plaie (oui, avec son nez), et décrète qu'on peut changer maintenant de traitement, et qu'elle n'est plus obligée de revenir chaque jour, mais seulement après trois jours… Il en profite pour décrire la différence entre une simple gangrène et une gangrène gazeuse…

Pendant ce temps, une famille chrétienne s'est installée sur les bancs et attend son tour… À ce moment même, il y a comme une commotion dans les escaliers avec de grands hurlements. Un homme en pleurs porte dans ses bras une fillette de treize ans et une femme se cramponne à lui en hurlant hystériquement :

– Ma fille est morte ! Ma fille est morte !

Toutes les activités du service s'arrêtent immédiatement. Margret s'occupe à calmer la maman, Mohammed installe la petite sur le lit de la salle d'examen. Le Protecteur, accouru aux cris, repousse la foule qui a suivi, derrière la porte. La petite Fleur d'Hibiscus prépare les instruments nécessaires pour traiter un grand brûlé, alors que la troisième para-médicale est déjà prête à faire une piqûre de calmant...

Quand Dada a fini de distribuer les rôles, il va lui-même, très calmement, questionner le père tout en tenant la petite fille par la main droite (presque le seul endroit du corps qui ne semble pas être brûlé avec les cheveux et le front) :

– Voilà... Hier, c'était la fête. Il y avait des feux de bengale partout. Ma fille est allée aux toilettes quand une fusée a explosé à l'intérieur parce qu'il n'y avait pas de toit... Toute la nuit elle a hurlé. On est pauvre, on pouvait pas payer le docteur. Il demandait trois cents roupies pour venir. Je ne gagne que deux cents roupies par mois. Alors, avec les voisins, on a fait ce qu'on a pu, on a mis de la bouse de vache partout, avec beaucoup d'eau fraîche, on l'a enveloppée dans un drap et ce matin, à quatre heures, on a pris le bus, puis un *rickshaw*, et on est arrivé ici... Docteur, elle va pas mourir, ma petite ? Dites-moi, le Dieu, il va la protéger ?...

La bouse de vache est réputée antiseptique. S'il est exact qu'appliquée fraîche sur le sol ou les parois, elle empêche la venue des moustiques et autres bestioles, je ne garantis quand même pas son efficacité antibiotique sur les plaies !

La jeune fille étendue devant eux, presque inconsciente, n'a plus d'âge. Son visage ressemble à une baudruche gonflée où on voit à peine deux points qui peuvent être les yeux. Le nez a disparu. Quand on a ouvert le drap, beaucoup de chairs sont parties avec. Sur tout le corps, d'énormes cloques semblent prêtes à éclater au moindre toucher. Mais surtout, il y a des zones toutes blanches où la peau est comme du parchemin...

Brièvement, après avoir pris le pouls, examiné le cœur, estimé la surface brûlée (60 % environ) et le degré de brûlure, il est annoncé au papa que, même si c'est extrêmement étendu et grave, seuls quelques endroits sont brûlés au troisième degré (épaule, oreille et cuisse gauches) ; les autres brûlures sont superficielles (au visage et à l'endroit des cloques), ou du deuxième degré, là où c'est le plus rouge. Elle s'en sortira donc, mais avec de très graves séquelles, ce qui, bien sûr, ne fut pas expliqué aux parents.

Aussitôt la piqûre faite, bien avant les explications, Margret Didi* commence les premiers soins, aidée de Fleur d'Hibiscus qui ne tarde pas à tomber en syncope quand elle découvre l'état réel du cou et surtout des oreilles qui ont disparu, littéralement fondues. Elle va temporairement rejoindre la maman qui, elle-même, s'est évanouie d'émotion. Une petite piqûre de codéine permet le décapage (extrêmement douloureux) des plaies, en prenant bien soin de ne pas ouvrir les cloques…

Leur nettoyage antiseptique, l'application de pommade, de la biogaze, des gazes stériles et enfin, des bandes de pansement, le tout prit plus d'une heure, ce qui retarda d'autant l'ensemble des consultations. Mais devant une urgence de cette dimension, personne ne songeait même à regarder la pendule, sauf quand elle sonna midi, ce qui surprit tout le monde.

Vint enfin le tour de la famille chrétienne de Pilkhana. La grande fille de dix-sept ans avait des problèmes de menstruation… Alors, il lui fut demandé de venir l'après-midi à dix-sept heures à la clinique de gynécologie…

Quand tous les malades furent passés, il était déjà treize heures trente. Il fallait faire vite pour ingurgiter les repas apportés dans des gamelles…

À quatorze heures commençait la consultation pédiatrique qui concernait près d'une centaine de bébés ou de tout petits enfants. La procédure est quelque peu différente de celle du matin. Tout d'abord, il y a les fiches personnelles de traitement. C'est en général le plus difficile à établir : il est fréquent que la maman ne se rappelle plus l'âge précis de son bébé, ni les différents noms qu'elle ou son entourage lui a donnés, d'autant qu'ils ont souvent changé…

Ensuite, la maman va à l'étage et c'est la consultation où, selon la méthode observée le matin, deux aides soignantes examinent les enfants, leur prescrivent un traitement, et envoient les cas graves au responsable du dispensaire.

Celui-ci en profite toujours pour faire à haute voix un enseignement à l'intention du personnel, mais aussi des malades, pour bien leur montrer la différence entre la maigreur du marasme et celle du *kwashiorkor*, entre les paralysies dues à la polio et les infirmes moteur cérébraux, la malaria et la typhoïde, la simple diarrhée et la gastro-entérite redoutable, les vers et les amibes, les diarrhées jaunes, vertes, incolores et autres, la gale, les eczémas, les mycoses, les impétigos et autres furonculoses, les tétanos et les méningites, les simples fièvres de nourrissons et les fièvres symptomatiques de grandes maladies, les affections des yeux dues à des microbes et celles dues à l'avitaminose, les otites purulentes et les otites tuberculeuses, etc. Ensuite, les vaccins sont proposés (mais pas encore imposés), le traitement est donné.

Tout le monde est bien conscient que cet enseignement n'est pas suffisant, et l'équipe paramédicale médite déjà le lancement d'un centre de prévention de la malnutrition. Pour l'instant, une carte de lait ou de nourriture est allouée, selon leur âge, aux enfants les plus gravement atteints.

Quant à ceux en danger de mort, rachitiques à l'extrême ou atteints au quatrième degré, ils sont dirigés vers le centre de rachitiques, à l'étage supérieur. Dans ce centre qui comprend quinze lits, on s'efforce, non seulement de sauver le bébé, mais encore de l'arracher à la malnutrition. Ce qui oblige à le garder pendant plusieurs mois.

Une dizaine de jeunes filles ou de femmes s'occupent de ce centre, un des tous premiers services de *Seva Sangh Samiti*, fondé en 1969. Trente ans plus tard, en 1999, sa responsable, Mrs Alice John, est toujours à son poste !

Lorsque la consultation pédiatrique est terminée, c'est au tour de la clinique gynécologique de s'ouvrir. Les femmes ne peuvent pas parler de leurs problèmes féminins devant tout le monde.

En général, si une femme ou jeune fille se plaint d'une maladie génitale précise ou d'une maladie des seins, Margret Didi va l'examiner dans la cabine. Si vraiment c'est nécessaire, elle demande la permission à la patiente (qui en général accepte, mais pas toujours), et le responsable du Centre, un homme, vient alors la voir et prescrit le traitement.

Cela permet encore au personnel (et aux mamans) d'apprendre les différences entre une grossesse normale et une grossesse dangereuse, une tumeur bénigne du sein et une maligne, un avortement provoqué et un avortement spontané, les origines souvent psychologiques des règles déréglées, les hémorragies à sang rouge (règles) et noir (cancer), les problèmes particuliers des jeunes filles d'âge pré-pubertaire qui, en général, ignorent tout de tout, l'évaluation de l'âge d'un fœtus pendant la grossesse, les différentes maladies vénériennes, etc.

À part les cas spéciaux, tout se passe dans la bonne humeur et les rires, car, si quelqu'un essaie de confier quelque chose de très privé à voix basse, c'est quand même entendu de tout le monde, et il est fréquent que dans la pièce, quelqu'un alors s'exclame :

– Mais moi aussi c'est comme ça !

L'échange devient alors général et le privé ne compte plus, ce qui est finalement la formule universellement acceptée pour être soigné ici.

... Et nous voici en fin de journée. Il faut maintenant quitter le centre après l'avoir balayé et nettoyé. À dix-neuf heures, en effet, commencent, dans ces mêmes locaux, les cours d'alphabétisation des adultes et l'accompagnement des enfants en âge scolaire qui ont besoin d'un tuteur pour étudier, parce qu'ils ne peuvent trouver la place nécessaire chez eux...

En 1974, première année du nouveau Centre médical, l'équipe a soigné 180 000 malades... Aussi, quelques mois seulement après son inauguration, les responsables du centre étaient-ils totalement débordés et ne pouvaient plus continuer longtemps à ce rythme... Il était temps de réorganiser l'ensemble pour assurer une meilleure coordination entre les différents services.

Le Comité du SEA se vit contraint d'embaucher les premiers docteurs, un médecin généraliste, un chirurgien, un pédiatre, un gynécologue, un orthopédiste. Puis vinrent successivement deux infirmières diplômées, une hôtesse d'accueil, la création d'un fichier central (pour 16 000 familles), l'enseignement audio-visuel en salle d'attente, des cours de perfectionnement pour le personnel, les vaccinations de masse, la kinésithérapie, un centre de planning familial, l'ouverture, tôt le matin, d'un petit local pour les piqûres anti-tuberculeuses, un service d'urgence digne de ce nom, un autre d'accompagnement des malades dans les hôpitaux, une équipe pour faire face aux situations imprévues (épidémies, inondations, victimes d'échauffourées...), et enfin, le dépistage systématique des lépreux et leur traitement.

Mais toutes ces activités restaient exclusivement sous la responsabilité des premiers volontaires paramédicaux, qui se voyaient dégagés de leurs tâches des débuts et disponibles pour de nouvelles entreprises.

Depuis le début, les malades qui ne pouvaient pas venir au dispensaire, grabataires, paralysés, ankylosés, cloués sur une natte, trop faibles, trop vieux ou tout simplement travaillant toute la journée, avaient toujours bénéficié de la possibilité d'un traitement individuel chez eux... Mais ces soins étaient laissés à l'initiative individuelle des paramédicaux et de leur responsable.

Désormais, la compétence reconnue de quatre ou cinq jeunes travailleurs, ajoutée à la présence des médecins, libérait plusieurs membres qualifiés et permettait d'organiser des soins à domicile de routine, les malades étant parfois totalement abandonnés à eux-mêmes, dans leur misère et leur souffrance...

Qu'il suffise de mentionner ici un patient exceptionnel qui devint aux yeux des volontaires, non seulement l'occasion de soigner, mais encore l'occasion de se dépasser... et d'être stimulés par la patience, l'endurance et la beauté de ceux qui savent souffrir avec une telle sérénité !

Mohammed Halim – le Plein de Bonté – est un jeune musulman de seize ans. Il habite juste en face de la grande mosquée devant laquelle se dresse une espèce de petit monument funéraire décoré, appelé *Karbala* (ou Imambara), entouré d'oriflammes, qui rappelle la mort de Hussein, fils du quatrième Imam Ali, lui-même beau-fils du Prophète, martyrisé en Irak. Les drapeaux verts exhibent le dessin d'une main triomphante, la *Pandjali*, dont les doigts représentent les cinq membres de la famille du Prophète, Muhammad, Fatima, Ali, Hussein et Hassan.

La maman nous appelle en pleurant et nous explique que les médecins ont abandonné son fils alors qu'il souffre atrocement.

Immédiatement, l'infirmier va le voir, accompagné de Fleur d'Hibiscus. Mais, à peine entrée dans le taudis qu'ils habitent, celle-ci, pourtant bien entraînée et expérimentée, doit ressortir aussitôt pour vomir, car un spectacle abominable attendait les visiteurs : le jeune garçon, étendu sur un *charpoy* (lit de cordes), porte sur le visage deux énormes boules purulentes et sanglantes qui ont dû être des yeux, mais dont les globes, chacun de la grandeur d'une pomme, retombent sur les joues.

La mère éplorée nous montre alors les certificats médicaux diagnostiquant un cancer des globes occulaires au dernier stade.

Nous comprenons qu'aucun autre choix ne nous est laissé que d'accepter d'être les témoins quasi impuissants d'une maladie atroce dans sa phase ultime, en faisant tout notre possible pour limiter par des pansements appropriés les dégâts visibles, apporter un soulagement temporaire par quelques puissants analgésiques, et essayer autant que faire se peut de redonner au petit malade l'espérance et quelques consolations.

> – Petit frère Mohammed Halim, tu es dans les mains d'Allah, pas dans les nôtres. Tu sais ce que les médecins ont dit avant. Tu ne peux plus guérir, mais on va venir chaque jour t'aider pour que tu ne souffres plus trop. Il faut nous faire confiance, tu es devenu notre petit frère et nous ne t'abandonnerons pas. Allah, lui aussi, est avec toi, il t'aime et il te protègera, tu verras.

Le lendemain, notre jeune ami est tout sourire et nous dit qu'il se sent mieux, mais que le remède n'est pas suffisant pour apaiser la douleur :

– Mais ça ne fait rien puisque vous êtes à nouveau là… Et puis on vient de m'apporter de l'eau de Zen-Zen*…

– Écoute, petit frère « plein de bonté », si tu veux, c'est moi qui vais appliquer la sainte eau de la Mecque sur tes yeux. Fais confiance à Allah-Béni-soit-Il. Lui seul sait ce qu'Il fait. Mais aussi, puisque les pilules n'ont pas beaucoup agi, on va te faire une piqûre de morphine. Alors là, tu verras, tu ne souffriras plus, mais il faudra qu'on fasse ça deux fois par jour.

Nous expliquons à la maman qu'il faudra chaque jour augmenter les doses jusqu'à ce qu'Allah le prenne avec lui, ce qu'elle accepte les yeux mouillés de larmes, mais avec une dignité extraordinaire et un Inch' Allah ! qui vient vraiment du cœur. Constamment sur les lèvres des musulmans, cette expression signifie : « que ça plaise à Allah ! S'il plaît à Dieu ! », ou encore : « si c'est Sa Volonté » ; elle n'est pas la marque d'une attitude passive et démobilisante, comme on le croit trop souvent, mais bien d'une attitude profonde de foi et de confiance en la volonté de Celui qui guide chacun.

Le jour suivant, nous sommes à peine arrivés que notre petit frère s'assoit, porte les mains à ses oreilles, et se met à prier. Sa maman nous explique qu'il fait ainsi cinq fois par jour lorsqu'il entend le muezzin* de la mosquée toute proche. C'est la *Naamaz*, le « moment de se mettre en présence de Dieu ». Comme « *la prière d'un homme assis ne vaut que la moitié de celle d'un homme debout* » (Coran), notre malade redouble scrupuleusement chaque geste.

La prière finie, plein de joie et d'espoir, il s'écrie :

– Je n'ai pas eu mal depuis hier soir, c'est un miracle. Dieu m'a écouté … Et je sens que mes yeux ont diminué de volume…

On ne pouvait pas détruire un tel espoir, tout en sachant bien que la morphine n'agit que quelques heures…

Un jour, deux jours, une semaine, passèrent, et il fallut se rendre à l'évidence : la douleur avait totalement disparu sans l'aide des piqûres, et les yeux retournaient lentement dans leurs orbites tout en s'asséchant…

Cela dura un mois durant lequel notre petit Plein de bonté, se transforma en un témoin de joie, toujours prêt à plaisanter et à faire rire, parfois même de sa gaucherie, car il restait toujours aveugle. Même ses amis qui l'avaient abandonné ne craignaient plus maintenant de le regarder, et revenaient le visiter, car, réellement, il revivait. À quelque temps de là, cependant, il nous annonça :

– Je ne sais pas, mais il me semble que ça recommence à grossir.

En deux jours, il fallut accepter la réalité. Le cancer était reparti et la maladie reprenait ses droits. En quinze jours, l'état des globes fut semblable à ce que nous avions vu à notre arrivée.

Et en trois semaines, il mourut, mais sans souffrance, sans une seule plainte, sans un seul reproche. Ses derniers mots à sa maman furent :

– Allah s'occupera de moi et aussi de toi et de ma petite sœur.

Il mourut avec le sourire, un matin vers six heures. Nous n'étions pas là, c'était un dimanche, alors que nous lui avions promis de porter les brancards qui le conduiraient au cimetière. Et ce n'est que le soir que nous l'avons appris. La maman était abattue. Entre deux sanglots, elle put nous dire :

– Grâce à vous tous, il est mort dans la joie, il est avec Allah. Mais moi maintenant, je suis toute seule. Comment vais-je pouvoir marier Zainadab, la petite sœur de « Plein de bonté ? » (Zainadabad est le nom du « Jardin du Paradis », au Taj Mahal, tombeau de la princesse Mumtaz Mahal, à Agra).

Comme elle était devenue notre sœur à nous aussi, nous nous en chargeâmes quelques mois plus tard... Et elle eut presque droit aux *sola shringa* traditionnels, les seize ornements d'apparat nuptial : boucle d'oreille, pendentif de front, nez, cloison nasale, collier, bracelets de poignets et de biceps, chaînes de chevilles, anneaux pour chaque doigt et orteil reliés entre eux...

L'équipe fondatrice para-médicale fut cependant prise de court lorsque les huit cents lépreux du *slum* furent expulsés par un groupe mixte de politiciens véreux et de mafiosi locaux. Dès 1972, les lépreux avaient été l'objet d'attentions et de soins prioritaires, les cas les plus sérieux étant envoyés au dispensaire des Missionnaires de la Charité (fondé par Mère Teresa) à Pilkhana, dont l'infirmier du SEA était le responsable médical.

Devant cette situation nouvelle, l'équipe fondatrice décida d'ouvrir une clinique pour eux. Mais le Comité ne la suivit pas, certains médecins ayant fait immédiatement opposition. Les superstitions classiques face à la lèpre, les préjugés religieux ou de castes, les principes de la pureté de classe et la peur tout court, triomphaient hélas. Ce fut le premier échec flagrant de *Seva Sangh Samiti*. Ce ne devait pas être le dernier !

Le petit groupe paramédical ne se tint cependant pas pour battu. Il contacta une organisation spécialisée bien connue, obtint d'elle un médecin qui viendrait trois fois par semaine à Pilkhana gratuitement, et réussit à convaincre un club sportif de jeunes, le club Appolo, de mettre son mini local à la disposition de la consultation, ce qui fut fait en quelques semaines… C'est ainsi qu'un petit club de jeunes musulmans accepta de faire ce qu'une grande organisation philanthropique et sociale avait refusé. Les lépreux avaient leur centre local et nous pûmes y diriger, la tête basse, la honte au front et la rage au cœur, les malades soupçonnés d'être atteints de la maladie de Hansen.

La lèpre, bien que guérissable à cent pour cent, continue à faire ses ravages en Inde, à cause surtout de l'approche négative de la société, et de l'attitude peu rationnelle et antisociale de certains membres de la communauté scientifique et médicale…

Une partie du Service d'Entraide était dans l'impasse. Cette triste expérience semait les germes d'une implosion de l'organisation, qui se produisit en fait près de quinze ans plus tard, par scission du Comité, sans affecter les structures. Seul, l'esprit fut atteint… Et comme c'est l'esprit qui est le principal facteur du vrai développement, les conséquences en furent incalculables.

Un deuxième événement dévastateur, à court et à long terme, intervint peu après l'expulsion des lépreux, lorsque le SEA décida de transférer son bureau à l'extérieur du *slum*, pour des raisons d'efficacité. Le contact quotidien avec les plus pauvres disparut, et, avec lui, la solidarité automatique, le lien permanent, le respect et la confiance qui en découlent toujours.

III

L'enquête sociale

À première vue, le service médical semblait maintenant solidement implanté. Une nouvelle initiative allait le couronner, redessinant les orientations futures du *Seva Sangh Samiti* : le démarrage d'une enquête sociale accompagnée d'une action de prévention médicale.

Au fil des années, le personnel paramédical avait pris l'habitude de travailler en équipe : chaque orientation était discutée, chaque décision prise ensemble, chaque initiative soumise à la critique du groupe. Certains commencèrent alors à poser des questions qui, petit à petit, exigèrent de vraies réponses :

– Notre service est apprécié, c'est sûr, puisque tant de gens viennent chez nous pour dialoguer, recevoir un conseil, proposer quelque chose, mais il est certain aussi que la plupart viennent pour recevoir une aide concrète, même si, à part les médicaments, elle n'est que fort rarement accordée…
– Oui, c'est vrai, et je me demande bien si on n'a pas créé une mauvaise habitude chez les gens : quand ça ne va pas, avant de chercher eux-mêmes des solutions, ils viennent vers nous…
– Et puis, est-ce que vous ne croyez pas que nous, les travailleurs sociaux, on est finalement… de l'autre côté de la barrière. Les gens viennent à nous, c'est bien. On attend, on écoute…

– Oui, on écoute, mais on n'en a guère le temps : on est littéralement assiégé par la foule et le travail…
– C'est bien pourquoi, à la fin, même si les gens suggèrent, c'est toujours nous qui prenons la décision… et qui disposons…

– Ça y est. J'ai compris : il faut qu'on aille voir les gens chez eux, et rencontrer non pas des individus sans liens, des « gens à problèmes », mais toute une famille dans laquelle peut-être le père est chômeur, la mère enceinte et anémiée, la grande fille ne peut pas se marier, le fils aîné doit arrêter ses études, le jeune adopté travaille douze heures par jour dans un atelier, la fillette de onze ans doit être hospitalisée pour ses poumons, le petit frère de neuf ans fait les quatre cents coups car il ne va pas à l'école, la fillette de sept ans doit chercher des charbons sur la voie ferrée, le bébé polio, etc.
– Oui, c'est ça que je voulais dire. Et c'est cette famille vue dans ses relations avec sa courée (où il y a plusieurs voisins tuberculeux), sa chambre (une pièce pour onze, et elle s'écroule), la ruelle (une latrine pour trois cents), le quartier (une pompe à eau pour trois mille), le secteur (les eaux ne s'écoulent pas durant la mousson, d'où les inondations, à cause de la présence de grandes étables à buffles dont la bouse bloque les drains), et le *slum* tout entier (taux de pollution élevé, problèmes de relations politiques, inter-culturelles, inter-castes, inter-religieuses, etc.). On pourra comprendre la vie des gens de l'intérieur !

Aussitôt dit, aussitôt accepté, aussitôt réalisé.

Un groupe de cinq travailleurs sociaux est désigné, composé de l'infirmière adibasi, de Mohammed, qui en devient le responsable, de Fleur d'Hibiscus, d'une mère de famille à cheveux blancs pour « faire sérieux », et enfin, d'un jeune assistant, tous représentant une des trois religions du *slum*. Avec l'infirmier.

Il fut décidé que chaque jour nous irions dans des courées différentes : une carte détaillée de Pilkhana dénichée à la municipalité fut épinglée au mur, et divisée en zones (rouge, verte, bleu, etc.), en quartiers, courées et logis. Ce système permettrait de bâtir un fichier précis dans lequel chaque famille, même si elle perdait sa carte (par exemple : rouge, IV.C.12), pourrait immédiatement retrouver sa fiche. Et surtout, n'importe qui parmi nous pourrait retrouver la famille dans l'inextricable lacis de ruelles, lorsque nous en aurions besoin pour donner les compléments de vaccinations, ou terminer les traitements de préventions diverses...

Tout cela exigeait beaucoup de temps et de dévouement. Rester dehors pendant des heures, debout, dans le froid et la fumée âcre des matins des trois mois d'hiver, dans la chaleur étouffante des quatre mois d'été, dans la boue humide et sous les pluies diluviennes des cinq mois de mousson, en gardant le sourire, la patience et la bienveillance nécessaires, tout cela dépassait la simple bonne volonté !

Mais ce groupe fonctionna plusieurs années et les résultats en furent si étonnants qu'au bout de quelques mois, il était possible, tant la sympathie et la compréhension étaient devenues évidentes, de savoir d'emblée au dispensaire quelle famille avait déjà reçu la visite du groupe...

Comme on l'avait prévu, les rapports entre travailleurs sociaux et malades commencèrent à s'inverser. Avec quelle joie maintenant, et surtout avec quelle fierté les gens pouvaient nous dire :

> – « Moi, Anando, Ali ou Patrick, je vous reçois chez moi, dans mon logement. Vous êtes ici chez vous, vous êtes mes hôtes. Qu'est-ce que je peux faire pour vous ? »

Même les plus pauvres d'entre les pauvres nous recevaient ainsi en position de force. Ils partageaient avec nous l'eau, le thé, les biscuits, les pâtisseries... Ils n'avaient plus peur de dire leurs vrais besoins, de parler de chacun des membres de leur famille et même de donner leur opinion, parfois plutôt brutale, et souvent négative, sur notre travail social ou médical.

Tout ce qu'ils nous ont dit alors nous a énormément aidé par la suite pour la réorganisation de certains services. Cela nous a aussi encouragé, car nous n'avions pas bien réalisé que le travail commencé si humblement, plus de dix ans auparavant, par quelques personnes courageuses, avait produit tant de fruits.

On constata par exemple que, pratiquement, plus aucun gosse de moins de sept ans n'était aveugle par suite de déficit en vitamine A. Certaines infections cutanées, si fréquentes au début, avaient disparu. La lèpre était en régression spectaculaire chez les enfants et même chez les adultes...

Les mamans nous expliquaient comment, maintenant, elles allaient au dispensaire pour de simples bobos, et réclamaient d'elles-mêmes une piqûre anti-tétanique. Beaucoup d'enfants avaient reçu le cycle complet des vaccinations. Presque tous les cas de paralysie post-polio avaient été pris en charge, et les nouveaux cas étaient en nombre infime.

La malnutrition des enfants avait énormément diminué (de quelque 80 % à 20 ou 30 %), ainsi que la mortalité infantile (de 26,7 % à moins de 9 %). Et le nombre d'enfants par famille avait décru de 4,6 à 3,5... Ce qui prouve que lorsque les familles ne voient plus mourir leurs enfants, elles savent d'elles-mêmes limiter leur progéniture.

Le nombre d'enfants scolarisés était nettement plus élevé, grâce aux milliers de bourses scolaires distribuées et aux admissions dans les foyers d'enfants du SEA. L'espérance de vie des adultes avait augmenté. Elle était de 32 ans vers la fin des années soixante ; on la situait maintenant entre 40 et 45 ans. Le choléra était devenu presque inexistant, les gastro-entérites causaient moins de morts, preuve que les mamans avaient un peu suivi les conseils de prévention et d'hygiène. La variole, bien sûr, avait été éradiquée, comme dans le monde entier.

Restaient les gros points noirs : le chômage n'avait guère diminué ; la tuberculose demeurait la tigresse tueuse numéro un, sans aucun signe qu'elle ait été arrêtée, ni même freinée, malgré les quatre mille malades déjà traités et guéris... Mais elle n'était plus la seule responsable du décès des adultes durant ces dernières années. Quelques signes indiquaient que le cancer pratiquement inconnu il y a dix ans, commençait à apparaître, et que les maladies cardiaques étaient en nette progression avec l'accroissement de la longévité...

À la question lancinante : « Est-ce que nous ne faisons que de la charité, ou est-ce que nous faisons du développement ? », les faits répondaient d'eux-mêmes. La « charité » et le partage initial, lentement organisés par l'intuition pratique de tant de petites gens, avaient conduit à une forme de développement authentique.

L'originalité des moyens adoptés ressortait avec force :

– Partir des vrais besoins des gens exprimés par les gens eux-mêmes ;

– Répondre de façon pluridisciplinaire, c'est-à-dire intégrale, malgré les inévitables faiblesses et échecs de l'ensemble.

Alors commença à émerger une nouvelle perception de l'approche sociale. Les rapports inter-personnels étant absolument fondamentaux, il fallait à tout prix les préserver ; mais une certaine réflexion « théorique », menée à partir de la réalité de base, devenait tout aussi nécessaire. Qu'appelions-nous développement et quels étaient les meilleurs moyens de le promouvoir ?

À cette interrogation, l'avenir proche allait se charger de donner des réponses… inattendues.

Au cours de notre enquête au porte à porte, nous avions tous été beaucoup frappés par l'amour que la plupart des gens portaient à leur passé rural. Beaucoup entretenaient des liens très étroits avec des membres de leur propre famille restée au village.

Même les réfugiés politiques du Bihar au temps de la partition gardaient au cœur la nostalgie des villages d'où l'intolérance des temps les avait chassés. Il en était de même pour les chrétiens Bettiah qui venaient de la frontière du Népal. Rares étaient ceux qui ne retournaient jamais chez eux. Quant aux musulmans venus du Bangladesh, ils trouvaient toujours le moyen de maintenir des contacts avec ce pays, par amis ou famille interposés, de façon souvent clandestine d'ailleurs et à grands risques.

Chacun retenait une bonne partie des coutumes de son district ; chacun était fier de ses racines rurales. Beaucoup conservaient encore un lopin de terre sur lequel ils faisaient reposer tout leur espoir d'une fortune meilleure, où leurs enfants, sinon eux-mêmes, retourneraient un jour pour vivre loin de la déchéance des *slums*.

C'était à qui raconterait les raisons qui l'avaient poussé à s'arracher à la terre nourricière : calamités naturelles, intolérances politiques ou religieuses d'il y a quarante ans, exploitation éhontée des grands propriétaires terriens, ou plus simplement et plus récemment, l'obligation d'hypothéquer, puis de vendre ses champs pour payer une dette de mariage, les émoluments d'un médecin rapace ou les intérêts d'un usurier.

Jamais au dispensaire les gens ne parlaient de leur passé, mais dès qu'on franchissait le seuil de leur maison, on faisait en quelque sorte partie de la famille, grâce à ce prodigieux sens de l'hospitalité indienne qui veut que tout hôte soit l'envoyé de Dieu, et doive en conséquence être traité comme tel.

D'où les confidences immédiates sur leurs préoccupations réelles, qui n'étaient ni la nourriture quotidienne, ni l'absence de travail, ni la dureté de la vie, mais bel et bien la seule obsession qui les empêchait parfois de dormir : la possibilité de retourner au pays, le jour où leur village leur offrirait enfin les moyens de vivre décemment, ou tout au moins de survivre avec dignité. Bien sûr, les adolescents et les jeunes adultes ne partageaient pas toujours ce point de vue. Mais là n'était pas la question.

Entre 1973 et 1976, de timides efforts avaient été accomplis par *Seva Sangh Samiti* pour lancer quelques antennes dans les *slums* environnants ou dans quelques lieux plus éloignés.

Juste avant l'ouverture du Centre de Pilkhana, le frère Mohammed avait déjà proposé d'ouvrir plusieurs dispensaires dans différents *slums* périphériques. Un an après sa proposition, il revint à la charge et, en liaison avec le responsable du Centre médical, commença officieusement une consultation dans un petit local offert par une organisation islamique de Gusheri. Avec trente cinq mille habitants, ce *slum* était réellement un des plus pauvres de Howrah et, rapidement, les malades affluèrent.

Le premier juillet 1975, le Comité du Service d'Entraide acquit au cœur du *slum* un splendide terrain (une usine désaffectée), et décida d'y ouvrir un centre médical et un foyer d'enfants. Notre ami Mohammed en fut le premier responsable et un médecin fut nommé peu après. Outre les soins généraux des malades, un centre pédiatrique et une clinique de prévention contre la malnutrition y furent aussi ouverts sur le même modèle que ceux de Pilkhana. Sur ce terrain qui offrait même un grand espace vert, deux foyers pour enfants musulmans ouvrirent, un pour les garçons, un autre pour les fillettes.

Dans le *slum* de Tikiapara, à peu près de la même dimension, juste de l'autre côté du chemin de fer qui bordait Pilkhana, l'infatigable Mohammed mobilisa ses amis musulmans qui dénichèrent rapidement un local pour un dispensaire.

Trop limité et timide dans sa conception, le centre périclita peu à peu et fut remplacé, bien des années plus tard, par un dispensaire homéopathique tenu par Mohammed lui-même, entre temps devenu Docteur !

Un troisième *slum* d'environ vingt mille habitants, Shivpur, fut également choisi par le même groupe pour y fonder un autre dispensaire. Trois ans plus tard, ce dispensaire fut pris en charge par une autre organisation, *Howrah South Point*, une importante organisation locale de développement.

Le premier septembre de la même année 1975, quelques gars et filles travaillant au centre de Pilkhana se mirent au service d'un groupe de 350 familles adibasi chrétiennes (environ 1 500 personnes) pour ouvrir un dispensaire à Bétor, à 10 km de là, trois fois par semaine. Ce dispensaire où plus de 80 personnes se faisaient soigner chaque jour et, parmi elles, bon nombre de Bengali hindous des environs, fut, dès le début, auto-suffisant, car les malades des classes moyennes du voisinage payaient intégralement le traitement, ce qui permettait aux plus pauvres de le recevoir gratuitement.

L'équipe de soins avait été soigneusement triée de façon à assurer une représentation des trois religions locales. La responsable en était Sukeshi Didi (Sukeshi signifie « belle chevelure », en sanscrit).

Enfin, en liaison avec un jeune volontaire dynamique du Kerala, quelques autres travailleurs lancèrent une clinique de soins pour les tuberculeux à l'autre bout de Calcutta, dans la zone semi rurale, très pauvre, de Kaurapukur.

Plusieurs fois, la question avait été posée au cours des réunions :

> – Est-ce qu'on ne pourrait pas faire quelque chose dans les villages ?

Seva Sangh Samiti avait déjà fait trois tentatives en direction des campagnes : en 1972, pour aider à la réalisation d'un petit projet de développement rural, en 1975, lors des inondations dans une petite île au sud de Howrah, et en 1977, avec la construction d'un village pour cent familles dans le lointain Andhra Pradesh, à la suite d'un cyclone qui fit près de cent mille morts...

Les opinions, chaque fois, étaient fort partagées, mais la majorité disait :

> – Pourquoi aller au loin quand la misère est si grande ici qu'on ne peut qu'à peine y faire face, et que l'avenir est dans les villes, comme chacun sait ?

D'autres rétorquaient que la misère était bien plus profonde dans les campagnes, où vivent plus de soixante-dix pour cent des Indiens. Alors, l'avenir n'était-il pas plutôt là-bas ?

Une petite minorité était d'avis de foncer et de commencer une action de développement dès le lendemain... Mais quelques-uns soulignaient avec raison qu'un parachutage ne servirait à rien, que la politique de l'hélicoptère ne pouvait guère aboutir qu'à créer des mendiants qui dépendraient éternellement de l'aide apportée, et qu'il valait certainement mieux attendre une occasion propice...

Un point cependant était unanimement reconnu : presqu'aucune organisation dite humanitaire ne s'occupait des villages, car la vie y était trop dure et les conditions de travail trop éprouvantes pour les volontaires. Toute l'aide était centrée sur la ville, pour la ville, et, le plus souvent, n'atteignait même pas les plus pauvres situés dans les *slums* ou sur les trottoirs.

On peut dire qu'en général, seuls les services donnés par les frères et les sœurs de Mère Teresa atteignaient les plus pauvres des pauvres. Sans oublier néanmoins les initiatives individuelles des médecins de trottoirs, comme le Docteur Jack Preger, fondateur de l'association *SOS Calcutta*.

Mais, dans l'ensemble, on ne pouvait pas dire à Calcutta que les plus pauvres étaient touchés. Et encore moins dans les zones rurales.

Il fallait utiliser dans les campagnes les mêmes stratégies que celles mises en œuvre de façon intuitive à Pilkhana.

Il fallait que les villageois eux-mêmes soient les agents de leur propre développement. Il ne fallait pas imposer des normes urbaines à des gens qui évidemment les accepteraient sans mot dire, car toute aide était la bienvenue, et même celle qui contribuait à briser les structures sociales, voire familiales, des villages ! Pour réaliser cela, une seule solution : la patience.

Mais si nous étions résolus à attendre, nous étions aussi décidés à agir.

Le moment propice ne tarda pas à arriver. Ce fut en 1978 et un nouveau cycle commença.

Deuxième partie

EAU, SOURCE DE MORT : LES INONDATIONS

1978-1979

IV

Une avalanche aquatique sub-himalayenne
Août-septembre 1978

En général, la mousson – de l'arabe *Mausam*, temps, saison, repris en hindi – arrive du Sud-Est vers le 9 juin et repart à la mi-octobre. En ce troisième mois de la mousson, les nouvelles sont alarmantes. De toutes parts arrivent des précisions sur l'étendue des ravages dans tel ou tel État du nord de l'Inde.

Début août déjà, les inondations ont fait 260 morts, 7 millions de personnes sont touchées, deux millions et demi d'hectares sont sous l'eau. De l'Assam à l'est jusqu'au Rajasthan à l'ouest, en passant par tous les États du centre, y compris New-Delhi, la capitale, c'est partout la même situation. Et dans le sud aussi, particulièrement en Andhra Pradesh. Mais tous ces États sont bien loin et, hélas, on passe rapidement aux autres nouvelles...

6 AOÛT. On apprend que les inondations au Bihar tout proche menacent sérieusement l'ensemble de la région. Vingt mille personnes sont isolées par les eaux, il y a 480 morts.

15 AOÛT. Jour de l'Indépendance, le Bengale du Nord est touché : cinq cent treize villages sont isolés. L'armée est appelée à la rescousse. Le sud est menacé par les rivières en crue...

Au *Seva Sangh Samiti*, on parle déjà des possibles mesures d'urgence à prendre.

20 AOÛT. Le danger se rapproche : le niveau du Gange dépasse la cote d'alarme... Le Bihar compte 200 000 réfugiés ; un million de vaccinations anti-cholériques ont été réalisées. Toute la plaine indo-gangétique au pied de l'Himalaya est menacée.

27 AOÛT. Les manchettes des journaux sur la progression des eaux sont en lettres énormes. L'inquiétude est générale. En bas de page, on apprend l'élection de Jean-Paul Ier à Rome, la situation au Moyen-Orient, le drame permanent du Liban. Les secours s'organisent pour le centre du Bengale. On parle déjà de reconstructions, de prêts.

Au Service d'Entraide, on se prépare plus sérieusement à former une éventuelle équipe de secours, mais on hésite. Avec tant de nouveaux plans pour les *slums* et si peu de volontaires, est-il possible de se lancer dans de nouveaux projets ?

4 SEPTEMBRE. Les eaux viennent d'atteindre les zones proches de Calcutta ; 196 camps de réfugiés sont créés ; des milliers de personnes sont nourries chaque jour un peu partout. Midnapur est coupée complètement. Des barrages doivent s'ouvrir. L'eau progresse rapidement.

Le district de Howrah est atteint : plus de 2 mètres d'eau dans certains endroits ; des huttes s'écroulent ; les appels au secours se multiplient, mais le gouvernement affirme qu'il a la situation en mains, excepté dans cette zone que plus personne ne peut atteindre à cause de la force du courant...

10 SEPTEMBRE. Le Service d'Entraide se décide à envoyer du secours. Mais il faut savoir où et comment y aller. Notre ami Mohammed est envoyé en éclaireur, mais les routes sont coupée ; il doit revenir après douze heures de transports divers...

12 SEPTEMBRE. Une lettre de nos amis à l'étranger nous assure de leur soutien financier. Ouf ! on est parés de ce côté. Mohammed repart sur Midnapur dont on n'a aucune nouvelle depuis six jours. Avec un bateau, il essaie d'atteindre la zone ; impossible, le bateau tournait sur lui-même ; nouvel échec.

Entre-temps, l'eau a encore progressé. La zone sinistrée n'est plus qu'à cinquante kilomètres d'ici ; des milliers de réfugiés commencent à affluer à Calcutta...

13 SEPTEMBRE. Cette fois, il n'y a plus à hésiter. On décide de se lancer. Première démarche : obtenir des permissions, car c'est nécessaire ; on ne peut pas aider quelqu'un sans permission, c'est évident !...

Tellement évident qu'on ne peut même pas obtenir la dite permission, car le gouvernement a décidé que seules les organisations d'envergure nationale participeront aux secours.

Mais ce jour-là, la fédération des médecins de Howrah nous contacte :

« Si vous êtes d'accord, on travaille ensemble. Nos médecins veulent organiser un jour de secours (oui, un jour, un seul !). Vous donnez les médicaments et le personnel infirmier, car nous, nous n'avons que 100 roupies et personne pour nous aider... »

Alors, on saute sur l'occasion. Eux, ils sont officiellement reconnus, et pour leur « jour de secours », bien sûr, ils ont décroché la permission. Donc, on accepte, mais à une condition, minimum une semaine. On pense qu'il faudra plus de temps, mais on ne le dit pas.

14 SEPTEMBRE. Presque toutes les rivières du Bihar ont quitté leur lit ; le Gange a dépassé de 2,50 mètres la cote d'alarme. En Uttar Pradesh, où 54 des 56 districts sont touchés, les hélicoptères lâchent de la nourriture sur les villages isolés ; recoit qui peut. De nombreux quartiers de New-Delhi sont toujours inondés...

C'est aujourd'hui le début de l'aventure du SEA. Toutes les permissions en poche, nous débarquons à quatre à Jhikira, petite localité à 60 kilomètres de Calcutta, antique village perdu de la « Vallée des larmes », celle de la Damodar, qui tire son nom du grand nombre d'inondations périodiques apportant depuis des siècles la détresse, et souvent la mort. On prend immédiatement contact avec les membres du conseil municipal et on commence à travailler.

Tout le village est sous l'eau, y compris le temple vénérable dont les bas reliefs disparaissent déjà sous les flots montants. On nous installe dans un ashram* gandhien au bord de la rivière, à Durgapur. Ce sera notre camp de base. La situation n'est plus tout à fait dramatique car il ne reste plus qu'un mètre d'eau ; il y en a eu jusqu'à deux mètres. Cependant, l'eau remonte depuis hier, car il pleut à nouveau.

Dès le premier jour, nous partons en pirogue, remontant le cours de la rivière. Nous accostons près d'un petit village. La foule, immédiatement, nous entoure, demande des vivres, des médicaments, des vêtements. Certains pleurent, mais la plupart restent très dignes.

Installés sur les marches moussues et moisies d'un vieux temple à demi broyé par de gigantesques racines, nous commençons les consultations et les vaccinations anti-cholériques. Les malades affluent, deux cents, trois cents, quatre cents. Des enfants surtout, tous rongés par les vers et la malnutrition. Beaucoup de maladies contagieuses, beaucoup d'anémies...

Les jours suivants, nous allons d'un village à l'autre, le long des berges, soignant des milliers de gens, faisant des milliers de vaccinations, nous levant à cinq heures et nous couchant à minuit, avec un seul repas par jour. Mais nous sommes heureux de pouvoir faire quelque chose. Le seul ennui, c'est que, chaque jour, il faut attendre un nouveau médecin, et parfois il arrive fort tard. Mais nous commençons à soigner dès l'aube et les malades défilent.

Cependant nous voulons essayer d'aller plus loin, là où personne ne peut encore aller, là où nous étions déjà restés un mois il y a cinq ans, à Batora.

18 SEPTEMBRE. L'équipe se divise en deux. Un médecin et Mohammed restent à l'ashram de Jhikira pour ouvrir un dispensaire permanent. Badel-Nuage Noir et moi-même, partons en pirogue pour Batora, où nous allons tenter de démarrer un centre ou deux.

Accueilli enfant dans les foyers du SEA et devenu instructeur technique d'un centre de grands garçons, Badel (« nuage noir, nuage de pluie, jour de pluie », ce nom est considéré comme portant chance dans un pays où l'eau est, d'ordinaire, toujours la bienvenue) va jouer un role prépondérant dans tout le secteur rural, dont il sera le responsable.

Cinq heures pour atteindre la zone. Il faut décharger deux fois la pirogue, une fois à cause des rapides, et une fois parce qu'un arbre obstrue la rivière. Nous devrons même porter le canot sur nos épaules, avec l'aide des villageois, à cause d'un éboulement. Arrivés sur place, c'est avec émotion que nous retrouvons les gens qui nous reconnaissent et nous font fête.

Mais le spectacle est tragique. Toutes les petites cases, celles des plus pauvres, ont disparu ou sont totalement détruites. Mais ici, personne ne pleure. La tragédie fait partie de leur vie : c'est leur treizième inondation en vingt ans !

Il reste deux mètres d'eau, et partout le courant est fort. À tout instant, on doit jeter l'ancre pour ne pas être emporté. Chaque groupe de huttes, sur des petits tertres de trois, quatre mètres, est complètement isolé. Les grandes chaumières, parfois à deux étages, hébergent de nombreuses familles de réfugiés. C'est dans ces grandes maisons de boue et de bambou, les typiques bungalows du Bengale, que nous dormirons chaque nuit, à différents endroits, car nous sommes accueillis avec une hospitalité et une délicatesse vraiment émouvantes.

Puis la tournée recommence, mais en plus pénible, car il est très difficile ici de trouver de quoi manger. Pendant plusieurs jours, nous n'avons pas bu un thé avant dix-huit heures, ni même pris de repas avant vingt-trois heures ou minuit. À ce rythme, on est vite épuisé, d'autant plus que les malades sont nombreux et qu'on n'a pas une minute de répit.

Pour corser le tout, il pleut à verse, comme seule la mousson sait faire pleuvoir. Alors, transis, on se réfugie sous une véranda et on commence à transpirer à cause de la foule et de la chaleur élevée...

On vaccine à tour de bras avec le *dermojet* à air comprimé qu'on avait déjà utilisé pour les réfugiés du Bengladesh, en 1971. Chaque fois qu'on en termine avec un endroit et qu'on veut aller dans un autre, c'est le même dilemme : où aller ? De chacun des petits monticules, s'élèvent des appels : « Venez ici, il y a des malades ! » Mais comment satisfaire tout le monde ?

Pendant une semaine, nous ratissons la zone, passant d'un village à l'autre, d'un groupe de famille à un autre et, de temps en temps, nous retournons à Jhikira pour nous ravitailler en médicaments et faire le lien avec le dispensaire, long et pénible voyage, tard dans la nuit. Il faut absolument reprendre contact avec Pilkhana.

24 SEPTEMBRE. Nous décidons de repartir le lendemain, en laissant là tout le matériel. Nous espérons revenir quelques jours plus tard, après avoir décidé quel type de secours pourra être entrepris à long terme.

25 SEPTEMBRE. Toute cette journée se passe au Centre Médical de Pilkhana, en rapports, contre-rapports, suggestions et échanges avec les responsables pour la suite des secours. Mais la catastrophe nous guette.

26 SEPTEMBRE. Énorme manchette : BARRAGE ROMPU, QUINZE MILLE NOYÉS ! Ce chiffre sera démenti plus tard, mais l'un des grands barrages en amont de Calcutta a craqué.

Un million quatre cent cinquante mille personnes sont touchées, il y a cent dix morts dans le district de Birbhum. Des trains sont immobilisés avec des milliers de passagers affamés...

Toute la zone ouest d'Howrah est à nouveau submergée. Des centaines de milliers de maisons sont rasées, des carcasses de bétail flottent partout, toutes les communications sont coupées, les eaux avancent à toute allure, les faubourgs de Calcutta sont peut-être menacés, le Gange risque de déborder.

Mais il n'y a aucun danger pour Calcutta elle-même, en dehors des zones basses, où les inondations sont normales en cette saison...

27 SEPTEMBRE. Le train a sept heures de retard ; ce sera le dernier en provenance de New-Delhi. Je rentre du Bihar où il fallait contrôler en urgence une épidémie de rage dans un foyer d'enfants. Tout le long du trajet, on peut voir les eaux monter ; des familles entières campent le long des voies ; des trains sont bloqués sur des lignes secondaires. À la gare d'Howrah, des milliers d'hommes, travailleurs pour la plupart, ne peuvent rejoindre leurs villages. On imagine sans peine leur détresse : la famille menacée, et eux, incapables, non seulement de les aider, mais encore de savoir s'ils sont sinistrés ou non, vivants ou morts !...

Lorsque j'arrive à Pilkhana, il pleut comme il n'a jamais plu. Et Dieu sait pourtant si la pluie, en temps de mousson, on y est habitué ! Avec plus de quatre mètres de pluie par an, on sait ce que c'est, même si on est loin du record du monde détenu par Cherrapunji en Assam, avec onze mètres.

Mais cette année, la pluie ne cesse de tomber, en seaux, en trombes, en cataractes. Les mots manquent pour exprimer la réalité, et pourtant le bengali est riche en termes exprimant les variétés de pluie : *halka* (bruiner) ; *guri guri* (pluvioter) ; *jhum jhum kore* (clapoter : bruit sur les toits) ; *probol* (pluie à verse) ; *mushal dare* (en cataractes si épaisses qu'on ne peut rien voir), etc. Ce qui est sûr, c'est que les vannes du ciel sont ouvertes toutes grandes…

Dans la salle d'attente du centre médical, règne une forte excitation. Il a, bien sûr, fallu se mouiller les pieds pour l'atteindre. Et même les jarrets ! Mais cela, on y est habitué, car c'est chaque année la même chose : les drains bouchés, l'écoulement inexistant, l'eau putride des égouts véhiculant rats crevés, cadavres de chiens, excréments et détritus organiques, le tout noyé dans un mélange visqueux de pétrole, de cambouis pratiquement indélébile, avec, probablement, quelques braves bactéries par-dessus le marché…

Bienheureux alors les hommes bengalis qui, grâce à leur *dhoti* (longue pièce d'étoffe qui s'enroule autour des hanches, puis se passe entre les cuisses), inélégant mais ingénieux, n'ont qu'à en relever négligemment une extrémité pour éviter de mouiller leurs vêtements, même si l'eau monte jusqu'à mi-cuisses, et même plus haut ! Musulmans et Biharis avec leur *longhi* (espèce de long pagne) devront utiliser les deux mains pour le remonter jusqu'à la taille et marcher ainsi sans crainte. Les seuls qui ont vraiment des problèmes sont ceux qui s'habillent « à l'anglaise », avec pantalons, chaussettes et souliers. Mais qui les plaindrait ?

Les femmes, elles, qui ne prendraient pas le risque de montrer leurs mollets, ne peuvent éviter de se mouiller. De toute façon, leur seule préoccupation concerne les gosses qu'elles portent sur les bras pour leur éviter de se tremper.

Pour corser le tout, il y a ceux qui sont tombés dans les drains (et se sont probablement fait une entorse), et ceux qui ressemblent à des égoutiers en deuil pour avoir chu dans les immenses égouts en avançant imprudemment, sans imiter les connaisseurs de la topographie locale !

Les consultations se terminent très tôt aujourd'hui car, au fur et à mesure que la journée avance, le nombre d'arrivées diminue. La pluie augmente encore sans cesse, à tel point qu'on se demande si elle va jamais s'arrêter.

À QUINZE HEURES, il fait déjà sombre. À SEIZE HEURES, il fait nuit. À DIX-SEPT HEURES, l'eau envahit le bas de la salle d'attente. Le personnel qui habite au loin s'inquiète, et on lui recommande de partir le plus vite possible. Dans la rue, l'eau atteint les genoux...

À DIX-HUIT HEURES, comme prévu ce matin, les quelques gars et filles de Pilkhana sont réunis au premier étage pour discuter de la situation. Ils pensent aux leurs, dans leurs cahutes instables du fond du *slum*. L'inquiétude monte, même si certains ne veulent pas le montrer.

On a demandé au bureau de nous informer s'il y a des nouvelles alarmantes au bulletin radiodiffusé de dix-huit heures quinze.

Et vers DIX-HUIT HEURES TRENTE, le responsable jaillit comme un diable de sa boîte :

> – On vient d'avoir la nouvelle ! Tout le nord du Bengale est sous les eaux, la Damodar a rompu ses digues et le sud du district de Howrah est complètement inondé. Le Gange est à sa hauteur maximum. On dit qu'il est possible qu'il dépasse la cote d'alarme. Ça ne se serait pas vu depuis vingt-cinq ans, mais le speaker dit que si la pluie s'arrête, il n'y a pas encore de danger réel.

Maintenant, chacun semble pressé de rejoindre sa famille ou ses proches. Mais si quelque chose de plus grave arrivait, il faudrait se tenir prêt. À quoi au juste ? On n'en sait rien ! Et le lieu de rencontre serait le Centre médical.

> – Allez, bonne nuit. Et dans tous les cas, à demain matin. Faut pas s'affoler. Et n'oubliez pas ! On fait pas du « chacun pour soi ». Si quelque chose arrive...

Départ précipité. L'eau arrive à mi-cuisse. C'est vraiment plus inquiétant vu de la rue que du premier étage !

DIX-NEUF HEURES. Le dernier membre du personnel vient de quitter le centre médical et voici qu'arrivent les premières familles de réfugiés.

La grande salle d'attente étant sous trente centimètres d'eau, on les installe dans la deuxième : cent personnes, deux cents, deux cent cinquante... On prépare les salles du premier étage et on y installe les femmes et les enfants qui hurlent de peur, car on est dans le noir avec seulement quelques chandelles. Les femmes crient et se chamaillent pour avoir de la place pour toute leur famille et les biens qu'elles ont pu sauver. Les hommes se fâchent parce qu'on veut les séparer des leurs.

DIX-NEUF HEURES TRENTE. Torrent dans les escaliers. Toutes les salles des deux étages sont inondées. L'eau vient de la terrasse. Avec des garçons, on brise la porte à coups de barres de fer car on ne trouve pas la clé du cadenas, pour faire un barrage sur la terrasse. On parvient à stopper les eaux, provisoirement du moins. Mais tout est mouillé partout. Plus personne ne peut s'asseoir à terre. On monte les bancs qui surnagent dans la première salle d'attente et les familles s'y installent en grappes, ou plutôt en pyramides instables.

VINGT HEURES. Déjà quatre cents personnes au moins, serrées comme des harengs. On monte tous les bébés et leurs mamans au centre des rachitiques, à l'étage supérieur. Avec les jeunes filles, Fleur d'Hibiscus en tête, on organise la cuisine pour tous, la distribution de lait pour les bébés... On pille littéralement le matériel médical, pour fabriquer ce dont on a besoin avec les moyens du bord...

VINGT ET UNE HEURES. Le centre est archi-plein. On essaie de convaincre certaines familles d'évacuer sur Salkia, là où le foyer des grandes jeunes filles du SEA a invité les gens à venir s'installer. Beaucoup d'hommes acceptent d'aller dans une usine voisine pour laisser de la place aux femmes et aux enfants. Il pleut à torrents : un centimètre à l'heure...

Avec l'équipe des garçons, de l'eau parfois jusqu'aux aisselles, nous évacuons malades et vieillards, sillonnant Pilkhana avec deux ou trois *rickshaws* providentiels. Ça va durer plusieurs heures.

J'en profite pour aller voir mes voisins au fond du *slum*. Tous ont déménagé. Soulagement de les savoir en sécurité. Seul Krishna* (l'homme qui a inspiré le personnage d'Azari Pal dans le livre *La Cité de la Joie*), le père, mon frère, est demeuré :

– Qu'est-ce que tu veux, je suis tuberculeux et inutile. Mourir ici, cette nuit ou un autre jour ! Et puis, il y a les voleurs. Je dois surveiller ta chambre et ton Dieu aussi. Il faut que je le prie, ça peut servir, non, quand il y a tant de gens qui souffrent ?...

Dans ma chambre, cinquante centimètres d'eau ! Les voisins, avant de partir, ont mis des cierges devant l'icône (le Saint Suaire de Turin). Même dans la pire des détresses, l'hindou n'oublie jamais la Divinité, fût-elle... chrétienne.

J'arrive à décider tous les lépreux d'évacuer. Ouf ! il était temps. Car beaucoup sont tellement mutilés (comme les culs-de-jatte) qu'ils ne s'en seraient jamais sortis tout seul. Dans la rue, les derniers groupes de réfugiés, enfants juchés sur les épaules, fuient avec affolement. La panique se lit dans les regards.

Nuit noire, pluie incessante, nouvelles de bouche-à oreille souvent fausses sur les morts, les maisons écroulées, l'impossibilité d'aller nulle part. Ça n'arrange pas le moral. Avec le groupe des garçons, on fait le va-et vient. Les *rickshaws* ne peuvent plus avancer. Il reste les épaules. Les derniers vieillards grelottants et les enfants paniqués sont amenés au centre surpeuplé, où les filles et des travailleurs font des merveilles.

Du restaurant voisin, on vient nous apporter des galettes, du gruau, du lait de buffle. Tout gratuit ! C'est un des restaurants marxistes musulmans où je mange depuis des années. Le repas est organisé, gigantesque pique-nique improvisé. Les enfants s'endorment, mais les adultes ne peuvent que somnoler dans ce caravansérail qui tient à la fois du capharnaum et du radeau de la Méduse. L'atmosphère est déjà irrespirable. Il y a probablement plus de huit cents réfugiés dans ce petit espace. Pourvu que cela ne devienne pas le « Trou noir de Calcutta* »...

UNE HEURE DU MATIN. On est toujours sur les dents pour essayer de s'adapter à chaque besoin, car c'est évidemment à des moments comme celui-là qu'un vieillard s'évanouit, qu'une femme a des crises d'estomac, qu'un enfant fait sa diarrhée sur les affaires d'un voisin, qu'une crise de malaria se réveille, que le bébé de moins d'un kilo et demi réclame son biberon spécial, qu'il n'y a plus de pétrole dans la lampe, qu'il faut trouver des serviettes (les rideaux serviront) pour sécher les derniers arrivants, bref, qu'il faut improviser mille et une choses…

DEUX HEURES TRENTE. Seul, je fais un dernier tour de Pilkhana dans les ruelles les plus reculées et, surtout, dans le quartier des lépreux, le mien. Tout est mort comme seule une ville déserte peut être morte. Dans le cœur du *slum*, il ne reste probablement pas plus de cinquante personnes. Vingt-cinq mille ont été évacuées, formidable exode. Dans les rues, il n'y a plus un chat, ils sont… sur les toits.

L'eau continue de monter. Impossible d'aller plus loin, ou alors à la nage. Mais à quoi bon ? Tonnerre et éclairs sont au rendez-vous ; je dois lever le menton pour éviter que l'eau putride ne m'entre dans la bouche. Mieux vaut rentrer. Rentrons !…

QUATRE HEURES. Avec les jeunes, on essaie de faire un petit somme. Sur les trente centimètres du comptoir du dispensaire, une place m'est réservée, l'une des meilleures…

Mais hélas, bien avant cinq heures, les malades affluent déjà.

La nuit terrible, dont chacun se souviendra, est finie. Mais la prochaine nuit, que nous réservera-t-elle ?

28 SEPTEMBRE 1978. Le transistor nous apprend que tout Calcutta est sous l'eau, que la plupart des *slums* ont été partiellement évacués, que tous les bâtiments administratifs sont touchés, que la ville est paralysée. Mais peu de détails, car aucune communication n'est possible. Pas d'électricité, pas de téléphone, centre de radio sans travailleurs pour les liaisons, etc. Les pluies ont été les plus abondantes ici depuis cent ans, nous affirme-t-on, avec quarante centimètres en trente heures !

Pour ajouter à l'horreur, une tornade a fauché Midnapur, blessant cent cinquante personnes, écrasant cinq cents maisons.

Dans le centre médical qui se réveille, on s'organise pour une vie un peu plus normale, mais qui va durer plusieurs jours. La pluie semble moins forte. Dans l'après-midi, profitant d'une soudaine baisse des eaux, de nombreuses familles nous quittent et vont chercher refuge chez des amis, à Calcutta. Certaines n'y parviennent pas et vont grossir les réfugiés de la gare, déjà pleine à craquer.

D'autres familles cependant, qui ont dû passer la nuit debout dans des conditions précaires, nous rejoignent. C'est le cas pour vingt-deux de mes voisins. Une chambre spéciale est aménagée pour les lépreux. Puis, il y a la sourde-muette folle que je connais très bien. Elle a accouché hier sous l'escalier. Quelques autres mendiants et des tuberculeux se joignent au groupe.

En attendant, il faut trouver du ravitaillement pour tous ces gens. Alors, des équipes de garçons sont envoyées à droite et à gauche pour collecter du bois, du pétrole, du riz... Et on y arrive. Et c'est la cuisine géante qui va permettre de ravitailler non seulement le centre, mais encore la plupart des bâtiments où des familles ont trouvé refuge. Les grandes filles du centre d'apprentissage préparent à tour de bras la nourriture nécessaire, que nos garçons vont ensuite chercher sur des chars à bras à roues très hautes. Il en va de même pour le foyer des grands garçons. Quant au lait pour les enfants, on en a en abondance, notre stock étant sur place. On a de la chance d'avoir assez de nourriture.

Dans certains centres, c'est une détresse sans nom, car il n'y a pas un grain de riz, pas une goutte de lait et même, parfois, pas d'eau ! Nous devons aller chercher l'eau à la pompe, sous la pluie. C'est la corvée majeure, que garçons et filles, à tour de rôle, vont accomplir avec bonne humeur et spontanéité.

29 SEPTEMBRE. De nouvelles digues rompues, avec des brèches de trois cents mètres ; cent morts parmi les réfugiés qui s'étaient installés là depuis dix jours. Totalement coupée du monde extérieur, Calcutta est complètement paralysée. Les quartiers résidentiels ne sont pas épargnés. Plus de cinq mille voitures sont sous l'eau. Beaucoup de buildings vétustes, ou en construction, s'effondrent, et bien sûr, dans les *slums*, beaucoup de huttes, mais ça intéresse moins les journaux, le sort des crève-la-faim ! L'eau manque totalement dans le tiers de la ville, où deux millions de personnes sont assoiffées. Le premier ministre du Bengale n'a pu rejoindre son foyer pour la nuit. Tous les rails des chemins de fer sont sous soixante centimètres d'eau. Les postes, bien sûr, ne fonctionnent plus. Ni les téléphones !

Dans la campagne, la situation est hors de contrôle. Aucun hélicoptère n'a pu sortir à cause du temps. On ne sait rien des milliers de villages inondés. Il a plu vingt-huit centimètres dans la nuit. Un cyclone menace la région, prévu ce soir, à vingt-deux heures. Un raz-de-marée exceptionnel est attendu à trois heures du matin demain... La crainte augmente partout, mais aucune panique, excepté dans les quartiers résidentiels ! Ils n'ont pas l'habitude, eux, de la colère des dieux !

QUATRE HEURES TRENTE DU MATIN. Au centre médical : les cris des enfants nous réveillent. On a veillé presque toute la nuit. Maintenant, il faut penser à ravitailler les familles qui vont revenir à Pilkhana, profitant d'une nouvelle baisse subite des eaux.

Avec notre amie l'Enjouée, redoutée par temps calme mais inappréciable en temps d'urgence, on commence par faire cuire de la nourriture que les garçons (dans l'eau jusqu'à la taille) vont aller distribuer de porte en porte, à partir de trois centres de distribution. Le dévouement des jeunes du *slum* est extraordinaire. Les plus engagés, toujours sur la brèche, toujours prêts à rendre service ou à répondre à une urgence, sont justement ceux qui nous donnent du fil à retordre durant l'année, essayant de troubler les consultations, de chahuter les filles, de menacer le personnel, bref de jouer les trouble-fêtes ! Durant ces jours-là, on les a appréciés, les blousons noirs de Pilkhana !

On constate aussi des tas de gestes d'entraide : des familles musulmanes accueillant des familles hindoues, des jeunes portant des vieux, des familles partageant leur nourriture, des tireurs de *rickshaw* transportant les vieux bénévolement (à côté de ceux qui exploitent sans vergogne la situation), des restaurants qui distribuent gratuitement de la nourriture, des petits clubs de tout genre qui achètent, avec leur caisse, du riz pour le cuire et le distribuer, etc.

Mohammed, apprenant que le *slum* voisin, Tikiapara, se trouve dans une situation encore plus critique, réunit quelques garçons du voisinage et va organiser là-bas une cuisine volante, nageante plutôt car ils doivent pousser les marmites flottant sur l'eau... Ils vont jusqu'où c'est possible. Mais plus loin, il faudrait un bateau. De leurs fenêtres, des réfugiés font signe désespérément : ils n'ont rien mangé depuis deux jours. Beaucoup de malades, typhoide, choléra. Il n'y a pas d'eau potable ; ils boivent l'eau de la rue ; ils veulent un médecin… De retour, Mohammed vient nous demander de faire quelque chose. Mais il est trop tard, on verra demain !

La troisième nuit se passe mieux que les précédentes, mais le sommeil n'est guère possible pour les responsables. Beaucoup de familles, dont les pères ont eu l'occasion d'aller jeter un coup d'œil sur leur maison, ont perdu le moral en entendant la description des dégâts. Le cyclone annoncé s'est détourné sur les Sunderbans où il a fait d'énormes dégâts.

30 SEPTEMBRE. Mauvaises nouvelles : le raz-de-marée a dévasté toute la région entre la mer et Calcutta, emportant des milliers de huttes sur son passage. Il a atteint les zones de Batora où nous étions il y a dix jours. Peu de morts semble-t-il, grâce à l'avertissement donné à temps par le gouvernement. Les gens ont pu se réfugier dans les bâtiments en dur, écoles, cinémas, etc.

Au Bengale, cent quatre-vingts morts sont signalés, quinze millions de personnes touchées, dont un million cent mille à Howrah. Les hôpitaux ne fonctionnent plus par manque de personnel. La situation est dramatique dans les beaux quartiers de la ville, car beaucoup de riches ne savent pas (ni ne veulent parfois) s'entraider et se débrouiller comme les pauvres !…

Au Centre médical, il ne reste plus que deux cents personnes, mais nous sommes toujours sur les dents, car les secours des différents secteurs sont centralisés ici.

– Tu sais la nouvelle ? Le nouveau Pape est mort… (il s'agit de Jean-Paul Ier, qui est mort un mois seulement après son élection).

– Quoi ? Après un mois ?…

Les chrétiens sont douloureusement surpris, mais il y a le riz à trouver, la médecine à donner, les volontaires à affecter à telle tâche, le responsable de tel service à secouer, mille problèmes à résoudre…

Le matin vers DIX HEURES, réunion avec les délégués du SEA et les responsables des divers secteurs de secours. Un comité d'urgence est mis sur pied, indispensable. Si jusqu'à présent les dirigeants n'ont pas pu tous atteindre Pilkhana, ils se sont dévoués sans compter pour organiser les secours à l'arrière.

Quelle incroyable ténacité pour se débattre, chercher, et trouver, on ne sait comment, les tonnes de nourriture nécessaires pour les centres de distribution ouverts ! Sans l'intendance, qu'est-ce que, nous, on aurait bien pu faire ?

La pluie s'est enfin arrêtée. Elle est tombée trois jours et demi sans discontinuer. Il a plu vingt-huit pouces (soixante douze centimètres), ce qui est un record ici. Mohammed et moi nous rendons à Tikiapara avec des remèdes, certes, mais aussi avec du lait en poudre et du gruau chaud. On s'arrête là, où a été faite la distribution de la veille...

Mais des gens nous crient des fenêtres :

– Allez plus loin, là où personne n'a pu encore aller pour donner de la nourriture, puis revenez voir nos malades...

Quel sens de l'autre absolument stupéfiant, dans une telle situation !

Alors, on va plus loin. L'eau dépasse le char à bras. On porte les marmites sur les brancards, et les sacs de lait sur la tête, et on repart en titubant. De toute part, on nous appelle.

Jusqu'au crépuscule, on va essayer de faire le maximum. Puis on promet de revenir, et on repart. Et quand on arrive dans le fond de Pilkhana, c'est pour se trouver nez à nez avec une Enjouée, sari gaillardement troussé à mi-corps, suant, hurlant, gesticulant et distribuant avec sa bande de gars un gruau appétissant. Elle n'a pas arrêté de la journée.

V

Dans les villages de la « vallée des larmes » Octobre 1978

IER OCTOBRE. Dans les campagnes, la situation empire ; de nombreux barrages ont dû être ouverts ; Batora est sous quatre à cinq mètres d'eau. Dans le Bihar, 576 000 personnes sont nourries quotidiennement par le gouvernement ; on compte 200 morts de dysenterie...

Lentement néanmoins, Calcutta renaît à la vie, mais dans le *slum*, la misère s'ajoute à la misère. Il n'y a plus d'aliments, pas de charbon, pas de pétrole, pas de médicaments, peu d'eau potable. Une boue infâme, nauséabonde, puante recouvre tout. Seul avantage : on peut pêcher du poisson dans les endroits les plus inattendus, et personne ne s'en prive !

Réunion au Centre médical. Outre Pilkhana, Tikiapara, Salkia, le SEA a ouvert, avec Nuage Noir, une cuisine dans le *slum* de Gushuri, à vingt minutes d'ici, assurant l'alimentation de cinq mille personnes et la distribution de lait pour les bébés.

Dans tous ces *slums*, trois nouvelles équipes de garçons commencent à déverser des tonnes de désinfectant pour prévenir les épidémies ; tous ont les pieds et les mains brûlés par le produit, malgré les gants et les précautions prises, mais on les rencontre dans la rue, plaisantant crânement, continuant avec bonne humeur leur pénible tâche. La plupart sont aborigènes ou « intouchables » ! Quelle réponse au mépris dont on les entoure si souvent !

Les responsables des secours au Centre médical n'ont pratiquement pas dormi depuis cinq jours. Mais ce n'est pas encore le moment de se reposer, car il va falloir nettoyer et désinfecter le Centre de fond en comble : les services hospitaliers rouvrent demain…

Le reste de la journée se passe à organiser de façon plus rationnelle les centres de secours. Mohammed (encore lui !) arrive en fin de matinée, tout excité : la situation s'améliorant à Tikiapara, il est allé jusqu'à Bankra, à dix kilomètres d'ici, qu'il a atteint à dix heures du soir. Là, la situation est catastrophique. Il faut faire quelque chose ! Je file avec lui. Il pleut à nouveau.

En effet, les huttes, et même les maisons de briques, effondrées ne se comptent plus. Visite de trois écoles où sont entassés des milliers de réfugiés des villages voisins. Rencontre avec un membre du parlement de New-Delhi qui veut organiser des secours, mais n'a rien. On va coopérer.

On visite les lieux, on organise, on promet pour le lendemain l'ouverture de deux centres pour cinq mille personnes. Avec qui ? On ne sait pas. Comment ? On ne sait pas. On verra bien ! Les amis du *Seva Sangh Samiti* trouveront bien camions et vivres !

2 OCTOBRE. Les brèches de quelques rivières ont été colmatées. Certains trains recommencent à circuler.

Au Centre médical, tous les services reprennent comme d'habitude, mais ça va être difficile.

J'en profite, tôt le matin, pour aller faire un tour dans ma chambre car, depuis six jours, j'avais oublié de me raser. Les voisins vont bien. L'eau commence à se retirer. Les taudis des lépreux sont à peine habitables. J'ai honte de ma chambre qui, bien que pas mal touchée, a été lavée par les familles proches et tient encore debout. Mes habits et bouquins sont déjà ou moisis, ou emportés par les flots. Il faudrait aviser… mais pas le temps aujourd'hui.

3 OCTOBRE. À la campagne, les eaux montent toujours. Près de Burdwan, une famille de six aborigènes s'est liée par les habits au tronc d'un arbre ; toute la journée ils ont pu résister au courant, mais le soir, ils ont été emportés par les flots.

Amta est tout à fait coupée ; aucun contact possible avec la ville. Seuls les hélicoptères assurent le ravitaillement dans la zone de Jhikira. Sept mille villages sont totalement inondés. Cent mille personnes sont réfugiées le long de la rivière Damodar. On craint cependant que les berges ne craquent pendant la nuit. Des secours sont envoyés ; aucun ne peut parvenir plus loin que vingt-cinq kilomètres de Howrah ; les camions s'embourbent ou tombent en panne, l'eau dépassant le capot ; SOS pour deux cent mille sinistrés...

Arrivée anxieuse à SEPT HEURES TRENTE au Centre médical. Aujourd'hui, il va falloir mettre les bouchées doubles.

Dans la salle d'attente bondée, cinq de nos jeunes assurent la vaccination systématique. Au bureau, deux hommes attendent depuis la veille et ils n'ont rien mangé :

> – Venez à notre secours, notre village (Kanshra) est sous l'eau et on meurt de faim. La route est coupée. Par bateau, c'est encore possible. Sans *Seva Sangh Samiti*, nous sommes perdus...

Démarches, enquêtes, le secrétaire, puis le président. Mais où est le vice-président ? Il est occupé à négocier, les denrées devenant de plus en plus rares...

À DIX HEURES, la décision est prise. On va démarrer vers une heure, avec quelques tonnes de marchandises. Pourrons-nous passer ? Les réfugiés ne vont-ils pas nous piller au passage ? On ne peut attendre la réponse pour foncer. Alors on fonce ! Vers Kanshra !

Nous sommes quatre, avec Nuage Noir et deux autres amis.

Le chauffeur est livide. Il a peur : la route est recouverte d'eau et on n'est qu'à dix kilomètres de Calcutta. Plusieurs camions sont embourbés, d'autres renversés, d'autres échoués comme des navires. La route est coupée en plusieurs endroits... Un mètre d'eau. On s'arrête ; dans l'océan que sont devenus les champs de riz, on ne voit plus la route. Un char à bœufs survient. Sauvés ! On n'a qu'à le suivre, mais à son rythme ; il connaît le chemin, c'est notre seule chance. Notre chauffeur, loué, pense au retour ; nous, pas.

Autour de nous, l'eau est partout, avec des milliers de petites îles de palmiers portant des maisons écroulées. L'eau dépasse le milieu du capot : que faire ? On ne peut plus reculer ; le camion glisse, le chauffeur jure et freine, on glisse encore plus sur la berme...

Une pierre nous arrête. On peut repartir. On l'a échappé belle ! En dépit de l'anxiété, il vaut mieux plaisanter et rire de la situation que de se ronger les sangs ! Sur la route, des milliers, non des dizaines de milliers de réfugiés fuient les eaux qui montent sans cesse. Un petit baluchon, c'est tout ce qu'ils ont pu sauver, avec leurs enfants sur les épaules. Dans certaines agglomérations plus élevées, ils sont là depuis cinq ou six jours entourant les responsables de leurs villages, comme un essaim d'abeilles sauvages entoure la reine. Des dizaines d'essaims !

Dès que le camion freine, ils nous bloquent, nous entourent, nous questionnent, nous supplient, nous menacent. Une vingtaine de jeunes montent, prêts au pillage...

On parlemente : « Regarde, je suis docteur, on n'a que des médicaments ! » Ils ont faim, ils nous croient, ils nous laissent passer, ils n'ont pas vu le riz. Ouf ! Même scène un peu plus loin. Mais ici, il y a des gens de Pilkhana, envoyés par le parti communiste. Ils sont, ô miracle, de « mon restaurant », ce sont mes amis ! Ils nous fraient le passage. Re-ouf !

La nuit tombe. Le chauffeur est toujours vivant, mais sa pulsation doit encore s'accélérer... Les bœufs nous ont quittés ; il faut continuer seuls ; les deux garçons, avec des torches, marchent devant le camion pour tâter la route. Parfois, il y a tellement d'eau qu'ils doivent monter sur le marche-pied ; ils tiennent alors une perche à la main... Enfin, on doit s'arrêter, la route étant définitivement coupée.

On va décharger ici ; il y a justement des bateaux (décidément aujourd'hui, c'est une succession de miracles !) ; mais les bateliers refusent de nous prendre. Que faire ? Un responsable du Parti omniprésent arrive, parlemente, enfin nous laisse passer, et oblige ses hommes à nous faire embarquer. Il a compris les priorités, lui, et au risque de perdre sa popularité, il nous a aidés. Il était temps...

HUIT HEURES DU SOIR. La « mer » est grosse, la chaloupe lourde, on embarque de l'eau, mais on avance paisiblement, sous une lune faible dont le halo blafard dévoile un paysage fantomatique.

Le grand danger : les fils électriques si bas, malgré les quatre mètres cinquante des poteaux, qu'ils ont déjà électrocuté des bateliers plus loin... On fouille le ciel avec les torches et on baisse la tête quand on découvre les fils, in extremis... Nos pilotes nous affirment qu'il y a plus de trois mètres d'eau.

Vers ONZE HEURES du soir, on arrive au village. Accueil triomphant avec tam-tam avertissant la population. Nous sommes épuisés... Malgré l'heure tardive, les responsables musulmans vont prier à la Mosquée pour remercier Dieu du secours. Ils m'invitent à me joindre à eux, geste qui me touche profondément.

Ils se prosternent devant Allah le Miséricordieux, qui a envoyé de l'aide. Bien que tombant de sommeil, je me prosterne avec eux. « Mon Dieu, c'est votre Dieu » (le Coran le reconnaît aussi : « *Notre Dieu et votre Dieu, c'est un seul* » (Coran 29.46). Je récite avec eux la Fatiha*. Si Nabi Issa, le prophète Jésus est mon Prophète, Muhammad aussi est un grand Prophète que j'aime beaucoup, et je remercie Allah, « le Père de toute Miséricorde » (2 Corinthiens 1, 3), de m'avoir envoyé ici, de nous avoir envoyés ici, et de le représenter...

4 OCTOBRE. Kanshra est un petit village musulman de trois cents habitants, situé sur un tertre, avec une délicieuse mini-mosquée dont les eaux viennent lécher les murs. Les maisons, surélevées, ne sont que peu atteintes, mais tous les villages alentour sont sinistrés ; la plupart ont même complètement disparu.

À l'école, quelques centaines de réfugiés sont rassemblés dans une promiscuité à faire frémir un habitant de *slum*. En haillons, yeux hagards, affamés, ventres ballonnés... Seuls les enfants rient et chahutent, les enfants, les éternels insouciants, tout heureux de pouvoir trouver de nouveaux jeux avec les eaux... « Maman, j'ai faim ». Réponse : « On n'a rien, demain tu auras tout, promis. En attendant, mange cet escargot » (escargots géants, de près de cinq cm, ou limnées aquatiques à la coquille spiralée) ; les larmes cessent et l'enfant retourne à ses jeux ; il a confiance.

Seul l'adulte meurt d'anxiété… On installe le camp. Nuage Noir commence la cuisine avec les immenses marmites de mariage… On prépare les bateaux, et à dix heures, on peut déjà commencer la distribution dans les hameaux cernés par les eaux…

La pirogue avance dans un paysage magnifique, mais tragique ; il pleut. Pris dans une bourrasque, nous nous réfugions dans une crique. Des dizaines de villageois surgissent de toutes parts. On établit une carte par famille, avec le nombre de membres. Ils recevront ainsi chaque jour la nourriture préparée (car, bien sûr, ils ne peuvent cuisiner, n'ayant plus ni bois sec, ni bouse de vache, ni matériel), avec le lait pour les enfants, une espèce de riz soufflé appelé *muri*, et des biscuits.

On fait les traitements. Tous les enfants sont infestés de vers, des petits, des longs, des gros… Et puis, des typhoïdes, malarias, dysenteries, fièvres et broncho-pneumonies…

Ici, un groupe de trois à quatre familles qui ont voulu rester sur leur îlot dévasté. Là, un tertre où il ne reste plus rien, sinon les familles qui n'ont pu l'évacuer à temps (on va s'en charger). Plus loin, une maison en briques et ciment, à deux étages, partiellement écroulée, mais où se sont regroupées cinquante personnes…

Du matin au soir, nous faisons ainsi du cabotage d'île en île, de hameau en hameau.

À VINGT-TROIS HEURES, la dernière pirogue revient, distribution terminée. Cinq mille personnes ont été servies. On va pouvoir manger. Au fait, on a « oublié » le repas de midi et la faim surgit alors, disputant la place au sommeil…

6 OCTOBRE. À Kanshra, avec le groupe médical, on décide d'aller plus loin à la recherche des groupes isolés non encore atteints ces deux derniers jours. On y va au jugé, prenant à tout hasard, lait, marmites, gruau, riz séché…

Nous approchons de la digue de la rivière Damodar : des dizaines de petites huttes de réfugiés, d'un mètre de haut à peine. Les enfants se rassemblent, tous maigres à faire peur, car ils n'ont rien mangé depuis huit jours. La photo idéale pour « l'hebdo-qui-doit-apitoyer ». L'appareil photo est dans le sac, mais comment le brandir devant tant de misère ? Ce sera un problème permanent, résolu par la négative, en ne sortant jamais l'appareil en public.

On distribue immédiatement vivres et médicaments.

À quatre kilomètres de là, nous découvrons, complètement entourée par les eaux, une école à côté d'un petit temple hindou. C'est aujourd'hui la grande puja* de Durga*, et les statues de boue sont prêtes, mais sans les habits. De l'encens brûle. Quelques hibiscus sont offerts en guirlande. Et puis, cent vingt réfugiés, aussi peu habillés que les statues !

La joie est mitigée, car nos provisions ont fondu, mais c'est de la joie quand-même, avec des remerciements à la déesse noire : « *Je suis née avec ton nom dans mon cœur et jamais personne n'y prendra ta place* » (invocation attribuée à Ouma lorsque, désespérée, elle redisait son amour à Shiva qu'elle cherchait en vain ; elle devint ensuite sa femme).

Et la même prière jaillit de mon cœur à l'intention de Jésus.

Le Protecteur, hindou, me fait remarquer :

– Regarde la Déesse, elle terrasse le buffle-démon. C'est comme nous, on terrasse le démon des eaux par notre action de secours.

Lui, au moins, il a bien compris le rôle de Durga et son lien avec la vie. C'est pour cela que le petit peuple aime cette déesse.

Leurs huttes effondrées et immergées sont en face. On va « visiter ». Ça ressemble au passage d'un cyclone, sauf que les palmiers, ici, sont debout. Une maman tient son enfant dans ses bras au milieu des décombres. Elle est là, debout, sans bouger, et nous regarde vaguement. Toute la misère du monde est dans son regard. En fait, elle ne nous voit pas. Dix minutes plus tard, elle sera toujours là, au même endroit. Elle semble absente.

On risque une photo : aucune réaction, seuls ses yeux parlent. Ils parlent de la Mère Bengale se tenant stoïquement au milieu des ruines, sauvant son enfant sans mendier, sans gémir, hors du temps, ou plutôt au cœur du temps qui, pour celui qui vit dans la misère, est toujours éternité !

Trois kilomètres plus loin, on nous signale un groupe d''îles particulièrement dans la détresse. Pire encore, nous affirme-t-on.

Est-ce possible ? On va bien voir. Le batelier râle, il n'est pas payé pour aller si loin. Il en verra d'autres le pauvre, il va falloir qu'il pagaie, et ferme ! Les garçons l'aideront. Allons, souquons tous ensemble !...

On approche d'un mini-archipel. Des cris s'élèvent. Des centaines d'enfants accourent sur le rivage, battent des mains et appellent en dansant. Leur dénominateur commun : un ventre énorme, proéminent, ballonné... les vers ! En guenilles pour les plus de dix ans, nus en-dessous de dix. C'est le groupe des intouchables, les « enfants de Dieu » de Gandhi*, le plus pauvre rencontré jusqu'à maintenant, indubitablement. Nous sommes sur une autre commune. On s'en balance ! Nous sommes là pour les hommes, pas pour les découpages administratifs ! Cette évidence nous coûtera cher par la suite.

La nuit tombe, on est pressés. On réunit tous les enfants par groupes d'âge, et la distribution de pilules vermifuges commence, accompagnées d'un paquet de flocons de riz. Le lendemain, des milliers de vers seront sortis : un enfant en avait cent dix-huit, un autre soixante-douze...

Pendant les vaccinations, l'appareil se détraque, c'est bien le moment ! On va voir quelques malades. Nous marchons sur un tapis de coquilles d'escargots géants, gros comme des œufs de poule. Ils n'ont mangé que ça depuis le 26 septembre.

Une fillette de quatorze ans a une gastro-entérite aiguë ; elle doit boire de l'eau de noix de coco verte. Mais il n'y en a plus ici, et ils n'ont pas un sou. Le « riche » qui m'accompagne et m'a conduit ici, dit : « Je lui en apporterai moi-même ce soir une dizaine. » Il reviendra vers vingt-trois heures ! Geste extraordinaire quand on connaît les relations habituelles riches-pauvres dans les villages. De plus, il est de la caste des brahmanes. Quel encouragement pour nous ! La fillette sera sauvée grâce à lui...

Et on repart dans la nuit noire. Aucune lumière. Sur des centaines de kilomètres carrés, seules les lucioles dansent partout, par myriades, éclairant presque parfois le paysage. Mais, dans nos yeux, demeurent ces images atroces, insoutenables, de visages innocents et affamés. Et dans nos cœurs, la certitude, insoutenable elle aussi, que le massif de palmiers que notre pirogue longe silencieusement recèle des milliers d'autres affamés pour lesquels on ne peut (et on ne pourra) rien faire. Ne nous reste que la fuite, avec la complicité de la nuit, les larmes aux yeux...

VINGT-DEUX HEURES. On se croyait fatigués, mais le groupe nourriture n'est toujours pas rentré. En les attendant, on va préparer les médicaments pour demain, stériliser le matériel chirurgical et les seringues. Deux des garçons s'endorment sur le travail ; ils n'ont même pas mangé.

7 OCTOBRE. Au Bengale, vingt-quatre millions de personnes ont été touchées par le cataclysme, dont quinze millions directement. Neuf millions d'entre elles reçoivent toute leur nourriture du gouvernement ; l'armée a sauvé dix mille personnes et distribué cent dix tonnes de nourriture. Mais le marché noir bat son plein ; la police confisque plusieurs stocks, dont dix wagons de riz. À Amta, la situation est toujours désespérée...

QUATRE HEURES DU MATIN. À Kanshra. Nuage Noir et ses jeunes s'affairent déjà autour de leurs marmites. À partir de ce jour, ce sont six mille personnes qu'il va falloir nourrir, dispersées sur un territoire de huit kilomètres de rayon. Ce serait peu, s'il ne fallait pas se rendre presque dans chacune des mille familles. Mais chacun tient à nous aider.

Le dispensaire ouvert, c'est la ruée de ceux qui habitent dans les environs ou qui peuvent venir sur des radeaux de troncs de bananier ou en pirogues creusées dans un tronc de cocotier.

9 OCTOBRE. Les eaux descendent ; à certains endroits, la barque a de la peine à passer, il faut faire de grands détours, et ça complique beaucoup le travail...

Pour la première fois depuis quatorze jours, on peut dire que la situation s'améliore sur tous les fronts ; mais le Bengale a besoin de treize millions de vaccins de choléra, et l'Inde n'en a que sept millions, alors qu'elle en est le principal producteur mondial.

À Kanshra, on arrête de préparer la nourriture pour distribuer des rations à cuire que les gens viennent chercher, car avec la baisse des eaux, on n'a plus le temps matériel de fournir tout le monde. D'ailleurs, nous sommes aussi à court de bois et une marmite est déjà hors d'usage...

10 OCTOBRE. Inondation dans tout le Bihar. Le Bengale est à nouveau menacé par les rivières en crue, spécialement le Gange. Dans les villages, des gangs de *dacoïts** (bandits) s'organisent pour piller les maisons abandonnées ou effondrées, les bijoux étant le moyen d'épargne traditionnel même des plus pauvres.

À Kanshra, des troubles politiques éclatent. Nous sommes accusés en haut lieu (Préfet de Howrah) de favoritisme, d'injustice dans la distribution, de manœuvres politiques et d'inefficacité. Plainte a été déposée contre nous. Mais par qui ? Par ceux sur les pieds desquels on a marché en traversant des communes sans permission, et en refusant, est-il dit, de travailler avec le gouvernement !

Le Président du Service d'Entraide est, paraît-il, effondré...

Il faut courir à Amta, à la mairie qu'on peut maintenant atteindre, puis chez le Député, perdre du temps à s'expliquer, à se disculper, démarches nécessaires pourtant, car la vie du SEA est en jeu.

Après trois jours de bagarres, la cause est gagnée, puisqu'« ils » font une demande officielle – avec excuses à l'appui et reconnaissance par écrit des services rendus – pour qu'on puisse rester encore un mois ici. On n'en attendait pas tant !

11 OCTOBRE. La situation s'améliore ; il faut songer à aller plus loin. Il reste encore deux endroits inaccessibles sur tout le district de Howrah. Nuage Noir part à droite, et nous à gauche...

Franchissement de la Damodar. Partout des ruines, de l'autre côté. À dix kilomètres de là, tout un village n'est plus qu'un amas de décombres, de tôles, de tuiles, de chaume : des vieilles maisons bengalies, plusieurs fois centenaires, contenant chacune dix à quinze familles, environ quatre-vingt personnes. C'est à en pleurer ! Ils n'ont presque rien reçu, sinon par hélicoptère.

On doit traverser le village sur des poutres enjambant les ruines, puis franchir des étendues d'eau, debout sur des radeaux de bananiers dont les troncs s'enfoncent et penchent dangereusement... De longs bambous permettent de garder l'équilibre, mais à l'arrivée, c'est un plouf spectaculaire ! Nous devons repartir le soir sans rien pouvoir promettre.

12 et 13 OCTOBRE. Les unes après les autres, les routes sont rouvertes au trafic routier ; un train sur deux recommence à circuler prudemment...

Retour de Nuage Noir à Kanshra. Il a pu atteindre Jhikira, et revient avec la deuxième machine à vaccinations qu'on avait laissée là-bas, il y a trois semaines. On va pouvoir recommencer. Essai. Elle est détraquée !

Le dispensaire bat son plein : chaque jour défilent quatre à cinq cents malades. Le Protecteur va le prendre en charge pendant notre séjour à Jhikira.

14 OCTOBRE. Grande nouvelle en exclusivité : le Pakistan bat l'Inde au cricket. Le sport reprend ses droits après la politique...

Quittant Kanshra, nous partons pour Jhikira, à vingt kilomètres de là. Barge, *rickshaw*, pirogue, marche à pieds secs, puis mouillés, bateaux, ponts de bambou primitifs... et boue. Enfin on y arrive et on met tout en place avec le maire et son conseil.

Nous sommes les premiers à venir ici depuis dix-sept jours et nous retrouvons avec joie tous ceux du petit ashram quitté trois semaines auparavant. Mais quel changement ! Quelle désolation ! C'est encore pire qu'à Kanshra, car toutes les huttes, même de deux étages, se sont effondrées...

15 OCTOBRE. Après avoir promis au maire de Jhikira l'arrivée d'une équipe de secours dans les trois jours, on décide de tenter la jonction avec Batora, où la situation est désespérée. Tout le monde nous dissuade d'essayer car le courant est trop fort, c'est risqué. Mais on n'est quand même pas venu là pour se reposer !

Alors, on se lance le long de la rivière bien connue. Sur ces quelques kilomètres de méandres, résonnent les appels de milliers de gens qui nous reconnaissent tous ; mais on ne peut s'arrêter, on fonce. Tout est effondré autour de nous, le courant est terrible, on rame comme des forcenés et personne n'est de trop.

La rivière devient torrent en se rétrécissant, des arbres barrent la route : à la hache, on coupe les troncs. Puis, il faut hâler à la corde et plus loin, décharger à cause des rapides et recharger ; enfin porter la barque sur nos épaules (à dix personnes), pour passer la digue de trois mètres qui est défoncée. Et, de l'autre côté, voici le grand fleuve avec l'île qu'est devenue Batora. On est passés.

Nous sommes le premier groupe non gouvernemental à atteindre cet endroit depuis vingt jours. Accueil délirant. Mais déception : « ils arrivent les mains vides »... On verra demain ; aujourd'hui on ne peut qu'aller dormir.

16 OCTOBRE. On file chez le maire, à six kilomètres d'ici. Nous reviendrons dans trois jours. Toutes les portes s'ouvrent, chacun nous reconnaît...

Le 17, retour à Kanshra. Nuage Noir part pour Pilkhana préparer les deux nouvelles équipes, et avertir le Comité de la percée réalisée du côté de Jhikira...

18 OCTOBRE 1978. Partout la situation s'améliore. Deux millions de personnes ont été vaccinées contre le choléra...

Mais la route d'Amta est à nouveau coupée par les eaux ; quinze mille écoles ont été endommagées, vingt-cinq mille pompes à eau sont hors d'usage...

Le *Seva Sangh Samiti* revient en force dans le petit ashram de Jhikira. Sept garçons du foyer, sous la responsabilité de Nuage Noir, viennent nous aider, ainsi que Le Protecteur, qui arrive avec deux infirmières.

Le travail est dur, mais tout se fait cette fois avec la collaboration du gouvernement local. Une liste de six mille noms nous est présentée : la moitié la plus pauvre de la population (on le vérifiera) ; et, dans quatre centres répartis le long de la rivière, nous allons distribuer chaque jour les rations nécessaires pour la survie des plus touchés.

Grâce à la rivière, des tonnes de nourriture peuvent être acheminées sans autre difficulté que de ramer à contre courant jusqu'au camp de base. Y parvenir demande d'immenses efforts à cause de la baisse sensible des eaux. Il faudra par endroits, attendre la marée (qui se fait très fortement sentir jusqu'à plus de cent kilomètres de la mer).

Certains jours, nos garçons reviennent à trois heures du matin, mais ils gardent le sourire. D'autres jours, ils sont purement et simplement bloqués, et tout le transport doit se faire sur la tête. Heureusement, les villageois sont toujours prêts à nous aider.

Mais les problèmes ne vont pas manquer. Du côté des responsables locaux de l'administration, il faut compter avec les inévitables jalousies et critiques ; du côté des villages environnants, avec les revendications : « Pourquoi ne travaillez-vous pas chez nous, dans nos communes ?... »

Il faut encore compter avec la pluie (bien que la mousson soit terminée), la nuit qui vient de plus en plus vite, avec les rats, les insectes, les nombreux serpents (pas mal de morsures de cobra*), avec le ravitaillement enfin : une journée entière (ou une nuit) de transport du camion du Service d'Entraide jusqu'ici...

Il faut trois heures de canot à moteur pour atteindre le village de Batora, cette espèce d''île où vivent vingt-cinq mille paysans et pêcheurs répartis en deux communes.

Avec l'aide du conseil municipal, nous prenons en charge six mille huit cents habitants, avec deux sous-centres de distribution ; nous choisissons les plus démunis, ceux qui ont tout perdu ou presque.

Côté médicaments, nous prenons en charge les vingt-cinq mille habitants, plus deux enclaves sur l'autre rive qui nous ont envoyé des délégations. La plupart des gens ayant été vaccinés il y a un mois et demi, nous insistons sur la prévention et la détection des maladies contagieuses.

Il faut souvent, véhiculer les caisses de remèdes sur la tête à travers les digues des rivières, sur des ponts branlants de bambou, dans la boue des villages dévastés ou dans des chemins qui sont plutôt des fondrières. Les garçons marchent en plaisantant et moi, ma foi, j'essaie de suivre tout en trébuchant, et en riant car je n'ai plus leur âge...

On s'installe dans les endroits les plus inattendus, sur les marches d'un temple, ou dans une petite étable à buffles, les pieds dans l'eau, ou encore sur une véranda défoncée. La foule nous entoure et les malades affluent... La consultation, quotidienne depuis bientôt deux mois, se poursuit, lassante, incessante, astreignante certes, mais aussi pleine de joie lorsqu'on sait le soulagement apporté, la guérison obtenue, la maladie évitée, le sourire rendu. Alors, la fatigue ne compte plus et la lassitude devient plénitude.

Quelle est l'importance d'une ou deux épines dans les pieds – nous marchons perpétuellement pieds nus – devant le Batora retrouvé après six semaines, ravagé, dévasté comme par un cyclone ? Quatre-vingt-dix pour cent des huttes sont détruites. Par endroit, l'eau a atteint six mètres ; on peut le lire sur le tronc des palmiers. Même les grandes maisons des riches, en briques, se sont effondrées. Les paysans ont réellement vécu des journées d'horreur indescriptible.

Certains ont passé trois jours sur la cime des arbres, d'autres, trois ou quatre jours sur la terrasse d'une maison en briques, sous une pluie glaciale et diluvienne, sentant chaque jour la maison s'affaisser un peu plus, tout en étant témoins de l'écroulement total de leur pauvre cahute et des huttes de tout le voisinage, de la mort de leur bétail, de la perte de tous leurs biens, si misérables fussent-ils. Il n'y a eu cependant que peu de morts ici. Chacun possédant sa pirogue, ils ont pu se replier à temps sur la maison construite en dur. Les hélicoptères ont commencé à les ravitailler, bien que très irrégulièrement, et seulement à certains endroits accessibles.

Nous avons aidé Batora jusqu'au 11 novembre. Ensuite, le gouvernement, qui avait déjà assuré régulièrement les secours, a tout pris en charge, et demandé aux organismes privés de se regrouper en une seule zone.

Notre zone, ce sera Jhikira, qui offre les meilleures garanties de travail sérieux à long terme, grâce surtout à la coopération des volontaires de l'ashram. Remontant une dernière fois la petite rivière qui relie encore Batora à Jhikira, nous nous replions sur un endroit plus difficile d'accès, puisque la route est encore coupée.

Tout au long du parcours, les labours ont commencé, labours bien spéciaux il est vrai, car il s'agit avant tout d'enlever le sable accumulé dans les champs : ici, il y en a trente centimètres, ailleurs, jusqu'à un mètre quatre-vingt, posant des problèmes insolubles. Il faut le casser à la charrue et, ensuite, le transporter à la rivière pour que la marée le ramasse. Travail de titan !

Plus loin, toute la population est à la récolte. Récolte bien particulière qui consiste à couper le riz aux épis magnifiques mais... pourris. Quel gâchis !

Partout des huttes en construction s'élèvent, des digues sont en voie de réparation, des brèches sont colmatées, des chemins aménagés. Mais ce n'est pas la fin des problèmes. Les vrais problèmes, ceux du futur, ne font que commencer. Qui va y répondre ? Chacun, bien entendu. Chacun assumera sa responsabilité avec courage, avec ténacité, avec foi, le courage, la ténacité et la foi dont ont toujours été capables les misérables paysans du delta du Gange.

31 OCTOBRE 1978. C'était la fête des lumières en l'honneur de Kali*, la *Diwali**.

Jusque dans les plus pauvres chaumières, même celles qui n'étaient pas encore reconstruite, il y eut des lumignons. Notre centre, lui-même, a été illuminé jusqu'à deux heures du matin. Les gens ont chanté, prié, dansé. Les pétards et les feux de Bengale ont éclaté, partout. Cette fête de la lumière, c'était la fête de l'espoir, l'aurore d'un jour nouveau qui s'annonce : joie pour eux tous, joie pour nous tous qui, ayant partagé leurs ténèbres, pouvons maintenant prendre part à la lumière renaissante.

Selon le rapport officiel final sur les inondations en Inde, 35 millions de personnes ont été touchées, 150 000 kilomètres carrés affectés (plus d'un cinquième de la France), 5 millions de maisons détruites, 15 à 20 000 villages inondés.

Au Bengale, plus de 15 millions de personnes ont été frappées, dont 2,2 millions dans notre seul district de Howrah.

Face à cette catastrophe majeure, le Service d'Entraide a distribué à ce jour 660 000 rations de nourriture. Dans les douze camps de secours ouverts, près de 20 000 personnes ont été nourries quotidiennement. De plus, 30 000 consultations médicales ont été données en sus des quelques 18 000 de Pilkhana, avec en outre une campagne de vaccination systématique contre le choléra.

Nous avons assuré dans les villages soixante-deux jours de secours total. Nous sommes restés un mois et, en cette fin décembre 1978, il nous a fallu partir, en promettant de revenir.

Mais pourrons-nous tenir nos promesses avec tout le travail qui nous attend à Pilkhana ?

VI

À l'ombre fraternelle de Gandhi 1979

Les textes sacrés décrivent la lumière de Gauri, une des déesses consorts de Shiva, surnommée « la Dorée » :

« Oh Gauri-la-Dorée,
Rayon de soleil levant
Étincelant sur les glaciers !
Sois-nous propice.
Multiplie nos moissons.
Que le soleil se marie avec la pluie,
Et que de notre terre jaillisse
la tige verte, l'épi d'or.
Si ta face nous regarde,
Féconde sera notre terre.
Si tu détournes ta face,
Vide sera notre terre
Comme le sein de la femme stérile.
Et pour nous ce sera la mort…

…Mais la pluie viendra et la terre fleurira. »

Et un grand diable noir d'improviser à tue-tête une suite de circonstance :

« Et les pluies sont venues…
Et l'eau a tout détruit…
Mais la terre refleurira… »

Et chacun de reprendre en chœur :

« *La terre a fleuri un jour,*
et la terre refleurira toujours... »

Ils chantent ! Ils sont misérables pourtant, avec leurs champs d'un treizième d'hectare en moyenne, et qui souvent même ne font que vingt mètres sur vingt. Mais c'est parce qu'ils sont pauvres qu'ils chantent. Les pauvres chantent toujours en travaillant ici, dans les champs, sur les chantiers, sur les routes et même dans les usines.

Ils pensent : « Oh ! bien sûr, on ne récoltera guère que quelques quintaux à l'hectare, car on ne peut payer ni engrais ni pesticide, on vivotera ; comment faire autrement avec un si petit bout de terre ? Ah ! si seulement on pouvait avoir trois récoltes au lieu d'une ! Trois récoltes, un rêve ! Un rêve impossible. Alors, si c'est impossible, pourquoi rêver ? »

Et pourtant, le chant d'espérance reprend encore plus énergique qu'avant, et l'avant-bras repique avec détermination la tendre pousse verte que les doigts tiennent avec tant d'amour.

Et la ligne chantante et ondulante des travailleurs, ligne régulière de dos courbés, d'avancer rapidement et rythmiquement, laissant derrière elle sur la terre mère, la marque verdoyante de son labeur. Car les travailleurs journaliers chantent aussi. Ils n'ont pas de terre, eux, mais la terre leur donne du travail. Plus misérables que les premiers, ils chantent avec encore plus de conviction, car ils n'ont d'espérance que dans leurs bras.

Un homme a entendu ce chant, en disciple de Gandhi.

Sri Mritunjoy* Mukherjee ne l'a pas chanté lui-même ; il n'est pas paysan. Mais lui, un riche, il a su comprendre le rêve irréalisable des pauvres, car c'est le privilège des riches de pouvoir être libres ! Même de leurs rêves... et de ceux des autres !

> – C'était il y a bien longtemps, quarante-trois ans maintenant.
>
> Adolescent épris d'idéal, plein comme un jeune de mille projets, et aussi d'enthousiasme pour suivre Gandhi, je me suis mis au service des intouchables de Jhikira, et j'ai

constitué un Comité. Ce n'était vraiment pas facile à l'époque, et j'ai été fort combattu.
En 1951, avec l'approbation du Comité, j'ai fait venir des musulmans rescapés des atrocités de la guerre. Cela non plus, n'a pas été facile, car beaucoup s'opposaient à leur venue dans nos villages hindous.

Notre équipe gandhienne a essayé de les relever, de les éduquer, de les aider. Petit à petit, non sans mal, nous avons modifié beaucoup de choses dans la vie des gens, mais nous avons compris aussi qu'une des choses essentielles, c'était l'EAU, d'où le projet d'irrigation que j'ai toujours rêvé d'accomplir...
Ces derniers mois, je me suis souvent dit que, peut-être, on pourrait le réaliser avec l'équipe qui est venue de Pilkhana pour nous aider durant les inondations.

Il me faudrait en parler avec Kanaibabu ; lui aussi est vieux, mais il est toujours plein d'idées... (fondateur de la coopérative Gandhienne, Kanaibabu a participé à toutes les actions entreprises. Il est mort en 1994, vénéré par tous les pauvres alors qu'il était très riche. Il avait 84 ans).

Et puis, pourquoi ne pas en parler avec les responsables du groupe des Harijans*, et même, on pourrait mettre les musulmans dans le coup...
Bon, c'est dit : après-demain, je convoque une réunion de l'Association de la mémoire de Gandhi (*Gandhi Smarak Nidhi*). On verra bien ce qu'ils diront.

Je suis sûr que ça vaut la peine d'essayer. Si on s'y met tous, l'équipe de Pilkhana reviendra. Après tout, ils l'ont promis. Je leur fais confiance. Tout le monde a été vraiment surpris de leur comportement ; il n'y a pas eu une seule fausse note. Ils n'étaient pourtant pas gandhiens eux, mais ils ont réalisé ce que Gandhi aurait fait. Oui, vraiment, il faut qu'ils reviennent.

Assis en lotus sur sa véranda, Sri Mritunjoy Mukherjee, Vainqueur de la mort, lève sa belle tête frangée de cheveux d'argent d'où s'échappe une étroite queue de cheval, signe à la fois de sa piété, de sa qualité de brahmane, de pandit (lettré, en général connaissant le sanscrit), et de sa charge de pujari.

Ses yeux pétillent d'espoir, ce qui le rajeunit de plus de dix ans. Et dans sa prière chantée soudain, il rayonne : Gandhi rêve, Gandhi est de retour, Gandhi est réincarné. Le Père de la nation recommence une millionième fois son itinéraire inlassable : il prend son bâton et, légèrement vêtu, s'en va d'un pas déterminé vers l'océan, saisir l'humble poignée de sel qui va permettre à son peuple de relever la tête.

En 1930, le Mahatma Gandhi lança la campagne de désobéissance civile et de boycott des tissus britanniques en vue de l'Indépendance, par sa fameuse « Marche sur Dandi », où il viola délibérément la Loi sur le Sel en fabriquant une poignée de sel à partir de l'eau de mer. Geste dérisoire s'il en est, et pourtant, geste libérateur !

Et notre vénérable Vainqueur de la mort en est convaincu maintenant : s'il découvre le petit geste dérisoire à faire à son tour, il en sortira un geste de libération... Oui, mais quel doit-il être ? Alors, levant les deux mains jointes à son front, il s'écrie :

> – Haré (« Oh ! écoute ») Ram, fais qu'ils reviennent ! On va transformer ce village, on va montrer à tous ce qu'on peut faire avec ton aide, mais il faut qu'ils reviennent ! Il ne faut pas leur demander la lune, juste de démarrer quelque chose de tout petit ensemble.
>
> Ce sont des hommes et des femmes qu'il nous faut, pas des billets de banque ! Ce sont des travailleurs sociaux qu'il nous faut, pas des gens qui ne travaillent que pour l'argent. Ce sont des hommes de Dieu qu'il nous faut pour réaliser le *Ram Rajya*, le royaume de Dieu, comme disait Bapuji (Gandhi, affectueusement surnommé « Petit Père vénéré »).
>
> Alors, on sera fort et Rama* nous éclairera : « *Tamassoma Jyotir Gamaya* : des ténèbres où nous sommes, conduis-nous vers la lumière. »

Aux abords de Jhikira, un immense étang laisse frémir ses eaux. Il est comme enchassé dans l'écrin polychrome des diverses essences tropicales.

La pièce d'eau peut s'enorgueillir de nymphéas de cinq couleurs (tous les nénuphars en Inde s'appellent « lotus* ») : les grands blancs, des petits d'un ton plus crème, les jaunes citron très découpés, les beaux bleus, enfin le vrai lotus des dieux, le rouge-violet à cœur jaune.

Sur leurs longues feuilles flottantes trottinent légèrement quelques jacanas aux pattes démesurées. Les flèches d'or des loriots à tête noire jaillissent des manguiers en fleurs qui répandent leur parfum dans l'air matinal déjà vibrant de chaleur. Des alcyons somptueusement parés frôlent la surface de leurs longs rires aigus...

Des cascades de rires, bien humains ceux-là, leur font écho...Sur les ghâts* du *pukur* (escalier de l'étang), se tient un groupe de femmes, éblouissantes dans leurs saris chatoyants et fort seyants, bleu paon ou pourpre impérial, vert perroquet ou jaune topaze, blanc neige ou arc-en ciel.

Ce sont de simples villageoises certes, mais la coquetterie, alliée à la dignité, ne perd jamais ses droits dans le Bengale rural, même chez les plus pauvres qui ont des ports de grandes prêtresses. Les hommes, eux, sont tous aux champs à cette heure. Elles sont entre elles, chez elles, car, sur ce bel escalier encadré par deux tamariniers géants, se décide la vie du village.

Voici le Parlement des femmes bengalies. Tout le microcosme du village s'y reconstitue, tous les racontars s'y colportent, toutes les nouvelles s'y discutent, tous les ragots y sont disséqués, toutes les situations débattues...

> – Que les hommes croient que c'est au *panchayat** (conseil communal élu) que tout se décide, c'est leur affaire. Tant qu'ils le croient, nous les femmes, on a le pouvoir réel ! Non le pouvoir de décider, mais celui de suggérer et de faire réaliser... Au foyer, on est reines, même soumises, même battues, même méprisées, parce qu'on est toujours aimées et estimées, sinon de nos maris (encore que la plupart nous vénèrent comme des déesses), mais toujours de nos fils ou filles, de nos frères, pères ou mères !... Des belles-mères ? Tout dépend.

La femme ici, c'est le cœur de la fibre sociale, à la fois la trame et le maillon, la perle et le pendentif, guirlande de jasmin et bois de santal réunis.

Tous les hommes le reconnaissent d'ailleurs, bien que peu sachent en tirer toutes les conséquences, car le Bengale rural reste une société d'hommes, faite pour les hommes, une société évidemment patriarcale, ce qui permet, d'ailleurs, à la femme, derrière la scène, de mieux en tirer les ficelles !...

Une matrone dans la force de l'âge émerge de l'eau dans son sari blanchâtre qui lui colle à la peau, et levant les deux mains au-dessus du front, murmure quelques mantras à Krishna « aux yeux de lotus » (un des mille noms de Krishna), puis résolument, se pince le nez et s'enfonce lentement sous l'eau, comme un buffle sous les hyacinthes aquatiques...

Puis, la tête fait surface à nouveau et le manège recommence trois, quatre fois, très lentement...

> – Les ablutions, c'est important. C'est ce qui nous distingue des intouchables et qui fait que la prière et les offrandes sont agréées : si le corps est purifié, l'âme l'est aussi.

Et pour faire le compte, un dernier plongeon et une réémergence digne de la Déesse Lakshmi surgissant de la mer de lait.

Depuis qu'elle est veuve, on ne l'appelle plus que Mère de Radha* Rani, mais son nom est Kalamanik – Rubis sombre (une des espèces les plus rares et les plus prisées de rubis).

En un tour de main, elle s'enveloppe dans un nouveau sari blanc immaculé (habillement traditionnel des veuves), tout en déroulant prestement les quatre mètres cinquante du précédent qui est trempé. Elle lance alors un regard majestueux sur le groupe de femmes qui se pressent sur le ghât et, se baissant, saisit d'une main énergique son savon (un mélange de cendres et d'urine de vache) ; accroupie, elle commence à frotter en grommelant entre ses dents, tout en enregistrant les commérages de ses voisines.

Puis, brandissant son sari roulé en torsade pour le battre sur la pierre, elle lance d'une voix forte :

> – En tous cas, c'est pas moi qui vais la plaindre Shyamuli-Petit Merle. Vous dites que son mari l'a battue et qu'elle ne

peut plus marcher. C'est vrai, son homme, c'est un tigre royal sous forme humaine, mais est-ce qu'on ne dit pas qu'elle l'a battu un jour, avec des sandales (censées être en cuir de vache : forme suprême de l'injure), lui, son Seigneur et son Maître ? Vraiment, elle a le cœur aussi noir que la peau !

– Anarphul-Fleur-de-Grenadier : C'est vrai, Mère de Radha Rani, qu'elle n'aurait jamais dû faire cela, tschi !

Mais est-ce que tu sais que le père de ses enfants a refusé de voir un docteur pour son petit qui s'était coupé le doigt ? Maintenant, c'est tout jaune et brûlant ! Il dit qu'il n'a pas d'argent, mais tout le monde sait qu'il le boit, son argent ! Dis-nous, Petit Merle, comment il est ce matin, ton petit ?

– Shyamuli Petit Merle, trente ans, très noire, le regard fermé, déjà édentée (sans doute un coup plus fort que les autres) : Il est chaud comme une plaque à chapattis (plaque de fer pour faire lever puis griller les galettes de blé sans levain), et il tremble tout le temps. Hare Ram, je pense que le riz de son front est déjà terminé… (Selon la croyance populaire, à la naissance, un dieu, parfois nommé Vidhata, inscrit sur le front le destin de l'enfant et le nombre d'années à vivre, sous la forme d'une « quantité précise de grains de riz »).

– Vina-la-Harpe : Allez, parle pas comme ça. Ton petit, je le connais : il a un bon front et le dieu Vidhata a écrit ce qu'il fallait pour lui dessus.

– La-Bien-Aimée : Ah, si seulement la « chambre à médicaments » (*Dawa-khana*, le dispensaire) n'avait pas été fermée ! La Déesse, c'est bien, mais le docteur, quand il est bon, c'est encore mieux !

– Gita-le-Cantique (« Cantique du Dieu », du nom du livre sacré : la *Bhagavad Gîtâ**) : T'en as déjà vu, toi, des bons docteurs ? Dans ce village, on n'en connaît que trois catégories : les tueurs de dix, les tueurs de cent et les tueurs de mille. Où tu vas aller le chercher ton bon docteur ?

– La-Bien-Aimée : Je parle du dispensaire qui avait été ouvert pendant les inondations. Ils donnaient de bons remèdes et qu'est-ce qu'ils soignaient bien !…

– Cantique : Voilà déjà un mois qu'ils sont partis et comme mon homme dit qu'ils reviendront pas, j'y pensais déjà plus... Dis-nous un peu, Espérance, toi qui y a travaillé au dispensaire, qu'est-ce que t'en dis ?

Asha-Espérance est la fille du vénéré Vainqueur de la mort.

Belle et forte fille de dix-neuf ans, elle a travaillé comme bénévole au dispensaire pendant toute la durée des inondations :

– Ça a été le plus beau moment de ma vie. On était tous crevés de fatigue, mais comme on était heureux alors !

Mon cœur sait bien qu'ils reviendront. Dada l'a promis, et lui, quand il promet, tout le monde dit qu'il respecte sa promesse. Est-ce que c'est pas vrai Radha Rani ? Toi aussi, tu as travaillé avec nous à la fin. Est-ce que tu crois qu'il va revenir ?

– Reine Radha (dix-sept ans) : Sûr, c'est sûr, tous ils le voulaient. C'est bien pour ça d'ailleurs qu'ils ont laissé du matériel. Et puis, est-ce que ton père à toi il le voulait pas ?

– Rubis sombre : Mais alors, pourquoi ils ont quitté s'ils ont dit qu'ils devaient revenir et qu'ils ont laissé du matériel ?

– Espérance : Le docteur Dada a dit : « Les inondations, c'est fini. Si on reste, tout le monde va croire qu'on va continuer à distribuer comme avant. Si vous voulez qu'on revienne, il faut que vous commenciez aussi quelque chose... »

– Rubis sombre : Il a vraiment dit ça ? Et alors, est-ce qu'on a commencé quelque chose ?

– Espérance : Mon père, il réfléchit beaucoup. Il parle avec beaucoup de gens. Mais chacun dit : « moi, qu'est-ce que je peux faire ? » Alors, Baba (papa, en bengali), il sait plus que faire. Moi, j'ai l'impression que, parce qu'il a déjà les cheveux blancs, il veut plus recommencer quelque chose tout seul.

Et les autres hommes ne veulent rien faire sans lui...

– Rubis sombre : Oh, les hommes ! En parole, ils sont aussi grands que les montagnes. En acte, ils sont comme les graines jaunes de la moutarde ; ils parlent comme le vent, ils oublient comme le vent...

Et, son travail terminé, elle lance à la cantonnade, comme si elle était le *speaker* du Parlement :

– C'est pas tout, ça, l'enfant de Shyamuli-Petit Merle, est-ce qu'on va le laisser mourir ? Moi, je vais lui parler au père de ton enfant et je vais lui dire ce que je pense !

Mais si c'est vrai qu'il n'a plus d'argent pour le docteur, et bien on va voir ton père, Espérance, et lui, je le sais, il aidera... On ira chez un docteur ayurvédique* que je connais. Ses prescriptions, il les écrit avec les doigts de Mahadev lui-même. L'enfant guérira. Mais avant de se disperser comme de sottes sauterelles, il faut encore qu'on décide ce qu'on va faire pour le dispensaire...

– Une voix : Qu'est-ce que tu veux qu'on fasse, c'est l'affaire des hommes.

Rubis sombre réagit comme si elle avait été piquée par un scolopendre jaune (énorme mille-pattes, très commun dans les chaumières, dont la morsure, mortelle pour les enfants, est très dangereuse pour tous) :

– Quoi, l'affaire des hommes ? Si on attendait qu'ils décident quelque chose, on les verrait mourir les uns après les autres, nos gosses ! Eux, ils pensent qu'à avoir une montre, un « sistor » (transistor), ou un pantalon *engrezi* (anglais). C'est notre affaire à nous et il faut faire quelque chose.

– Janaki-Luciole, fille du respecté Kanaï Babu : Moi aussi je voudrais faire quelque chose. Je sais pas, on pourrait faire même des demandes tous ensemble. Mon Baba, il fait très souvent des listes, des « pétitions », et après...

– Rubis sombre : Ah, mais voilà justement ce que je cherchais ! Mais oui, c'est une pétition qu'il nous faut faire, une liste de noms, quoi !

Allez, Espérance, ma nièce, je viens avec toi. On va en parler à ta mère et elle va convaincre ton père, le Pandit Vainqueur de la mort. Et vous autres, vous en parlez aux hommes de vos familles, vos pères, vos fils, vos frères, les pères de vos enfants, enfin à tous les hommes !

Si tous ils signent, alors le Dada et son équipe vont revenir. Vite, on va faire ça aujourd'hui. C'est vraiment une bonne idée que tu as eue là, Luciole, ma fille !

La nouvelle se répandit comme un feu de roseaux sar*.

Personne ne savait trop d'où elle venait, mais le bouche-à-oreille était formel : le dispensaire allait être ouvert à nouveau et les équipes des inondations allaient revenir. C'est les hommes qui avaient décidé ça ! Encore que chacun se demandât bien, en aparté, pourquoi on ne l'avait pas appelé pour prendre une décision commune si importante...

Le hameau musulman de Durgapur, à l'est de Jhikhira, était en ébullition (l'autre moitié du hameau est le quartier des intouchables où se trouve l'Ashram, centre de toutes les activités) :

– Ça, c'est un coup des *kafirs* (non-musulmans, plutôt péjoratif) ; ils prennent des décisions sans nous ; vite, il faut qu'on se réunisse nous aussi...

Et c'est chez le forgeron qu'un petit groupe s'assembla dès la fin de cette première journée.

Kamar, alias Abdullah (Esclave de Dieu en arabe), était à son soufflet enterré dans la terre battue, seul le bec en ressortait. Nonchalamment au rythme d'un coup toutes les trois ou quatre secondes, il tirait la corde pour entretenir un brasier qui finissait juste de rougir à blanc une pièce de fer encore informe.

Autour de lui, un certain nombre de paysans ou de travailleurs journaliers tenaient en main, qui un soc, qui une houe, qui une faucille ou encore des longs couteaux de cuisine *boti**, des hameçons, un crochet, une hache ou des *katari* (espèce de couperet), de tailles diverses.

Tous étaient musulmans et s'étaient donné le mot pour se rencontrer discrètement sans que ça se sache trop : il fallait faire le point. Alors, comme chacun avait quelque chose à réparer, aiguiser ou affûter, le meilleur endroit pour en discuter, sans en avoir l'air, c'était chez le frère Abdullah.

On était en fin d'après-midi : les femmes revenaient en longue ligne de la lointaine pompe à eau avec leurs *kalsis* (jarres de cuivre, le cadeau de mariage par excellence) sur les hanches et sur la tête.

Le soleil se couchait déjà. Les longues palmes des palmiers de Palmyre jouaient à cache-cache avec quelques nuages dorés ou plutôt mordorés, évoquant l'angoisse de Sita, emmenée désespérée à travers le ciel dans le chariot volant de Ravana* en direction de Lanka, son sari écarlate déroulé signalant son passage sur fond de nuages, à tous ceux, éplorés, qui la cherchaient… C'est en pleurant sur ce rapt, dit-on aussi, que le vent gémit, les lotus se ferment et les hibiscus se fanent…

Les vaches et les chèvres rentraient docilement en direction de leurs quartiers de nuit, soulevant une fine poussière ocre qui, justement, donne à cette heure son nom poétique de *goduli*, l'heure de la « poussière des vaches », la plus belle des six « heures » de la journée (aube – levant – midi – fin d'après-midi ou *shondha-goduli* – couchant – nuit).

C'est bien ici la maison d'un « Croyant », car un chiffre connu des seuls initiés : 786, nombre sacré signifiant *Bismillah**, orne en arabe la porte principale.

Un grand silence règne dans la pièce que seul le brasier incendie en chantant. On entend un « tchik-tchiki » saccadé, lancé par un gecko solitaire, petit lézard à ventouse, suspendu au plafond.

Kamar-Abdhullah, prend doucement la parole, comme se parlant à lui-même, absorbé qu'il est par son soufflet :

– Yah Allah (« Mon Dieu ! » ou « Ô Dieu ! »), il n'y a pas à dire, quelque chose se passe. La femme de mon fils est toute excitée : elle a entendu dire qu'une pétition allait être signée pour ouvrir un dispensaire…

– Razak le Pourvoyeur (un des noms d'Allah) : Je tiens ça aussi de ma sœur. Vous savez qu'elle livre son poisson un peu partout et aujourd'hui, je l'ai entendue dire à sa mère que la décision était prise de faire revenir ceux de Howrah qui nous avaient aidé durant les inondations.
C'est vrai que ce serait très bien. Sans eux, qu'est-ce qu'on pourrait faire tout seuls ?

– Imam* Rachid le Guide (un des noms d'Allah) : Tu blasphèmes mon fils, seul l'Éternel, Son Nom soit béni, est indispensable. Et tous les *Shirks* (polythéistes, et par extension, tout « infidèle », dans le Coran), hindous et nasris (Nazaréens, chrétiens, plutôt infâmant), on n'en a pas besoin.

– Ali : Tu dis ça vénérable père, mais tu étais quand même bien content quand toute ta famille a été logée sous une tente et nourrie pendant deux mois. En ce moment-là, tu ne leur as pas demandé de quelle religion ils étaient, ces Shirks !

– Imam Rachid le Guide : Oh ! ça, ils ont exercé la *Zaddakah* (charité volontaire, par opposition à l'aumône obligatoire, qui est un des cinq piliers de l'Islam), et c'est eux qui en ont bénéficié les premiers. Si toutefois Allah, Son Nom soit béni, peut en faire bénéficier des mécréants…

– Abdullah : Je ne suis pas de la prière moi, mais je sais que parmi ces *Shirks*, il y avait même des croyants comme le frère Mohammed. Et tous, ils ont été si bons pour nous. Pendant ces deux ou trois mois, on n'a pratiquement pas vu d'enfants mourir.

Alors est-ce que ce n'est pas pour ça aussi que Allah le Tout-Puissant, Il veut nous bénir ? Est-ce que ce n'est pas Sa Volonté ?

– Imam Rachid le Guide : Si Allah, Son Nom soit béni, le veut, ça se fera. L'Islam, c'est la complète soumission à la volonté d'Allah, et la paix avec Lui et toutes les créatures. Comme notre saint prophète nous l'a enseigné.

– Ali : Alors justement, eux s'ils viennent, c'est la paix pour tous, parce que, avec notre comité, on pourra à nouveau faire de grandes choses.

– Imam Rachid le Guide : Ton comité, c'est le Vainqueur de la Mort qui en est le président, non ? Ce n'est pas un de l'Islam, ça !

– Abdullah : Est-ce que Gandhi n'a pas fait de longs jeûnes pour nous les musulmans ? Et le vénéré Vainqueur de la Mort, il travaille avec l'esprit de Gandhi. Moi, je dis que peut-être aussi Gandhi était un prophète d'Allah…

– Imam Rachid le Guide : Tu blasphèmes et tu deviens non croyant. Dans quelle sourate de notre Saint Coran le nom de Gandhi est-il écrit ?

– Abdullah : Tout ça, on en discutera à la mosquée. Aujourd'hui, on se réunit ici pour autre chose. Allons rencontrer le pandit hindou pour lui dire que nous aussi les musulmans voulons signer la pétition et qu'on veut travailler tous ensemble.

Qu'est-ce que vous en pensez vous autres ?

L'unanimité semble faite. Seul l'Imam, quelque peu borné et bloqué, cherche des sourates pour répondre. Mais comme il n'en trouve pas immédiatement, il dit, un peu gêné :

– *Allah uh Akbar* (*Dieu est grand*, un des cris de ralliement de l'Islam), moi aussi je vais y aller et je lui dirai que s'il reconnaît Muhammad comme le Prophète, alors on va tous avec lui.

– Ali : Écoute, vénéré Guide. C'est mieux si toi tu parles avec Jibril* (l'archange Gabriel qui révéla le Coran au prophète et apparut à Marie). Peut-être qu'il te révèlera la volonté d'Allah.

Nous, on va y aller de ce pas. D'accord ? Abdullah, Razak et vous autres, les deux là, on y va.

À l'entrée du village, au bord de la rivière, les ombres s'allongent presque à l'infini. Un gazouillis assourdissant sort du figuier-pipal où des milliers d'étourneaux mynah envahissent leurs dortoirs nocturnes. Le figuier-pipal (ficus religiosa) est sacré pour les hindous, car il est dédié à leur « Trimurti*-Trinité », et pour les bouddhistes, car c'est sous son tronc que le Bouddha* atteignit l'Illumination.

Sur le banc circulaire en ciment qui ceinture les quatre mètres de circonférence du tronc géant, seuls se voient encore nettement les cheveux blancs du pandit Mukerji, assis en lotus ; à ses côtés, trois hommes âgés sont assis en tailleur, à la bengali, avec une jambe pendante comme sur la débonnaire statue de Ganesh* à tête d'éléphant.

Devant eux, en cercle, il y a déjà une bonne vingtaine d'hommes quand arrive notre délégation musulmane. Plusieurs, pour occuper le temps, allument des *bidis* (petites cigarettes faites d'une feuille de tabac roulée) qu'on passe aux plus proches. Deux vieux fument le hookah (narguilé).

Assez vexé de paraître en retard, Abdullah lance à la ronde un *Salam Aleikhum* plutôt renfrogné, auquel seul le Vainqueur de la Mort répond en portant la main à son front :

> – *Wah Alleikum Salam*, frères. Vous avez répondu vite à notre invitation, il n'y a pas le temps d'une cigarette et demi qu'on a envoyé deux hommes vous inviter à vous joindre à nous. Regardez, les représentants de l'autre hameau musulman sont arrivés juste avant vous.

On notera ici que le brahmane hindou emploie en signe d'amitié, ce qui n'est pas courant, le salut musulman traditionnel : *La paix soit avec vous*, prononcé en portant au front la main droite ; la réponse est accompagnée du même geste : *Et la paix soit sur vous aussi.*

Un peu rassuré et calmé par cette réception fraternelle, notre groupe se joint aux frères déjà présents tout en leur demandant en aparté ce qu'il en est. La réponse semble les satisfaire au plus haut point puisqu'il apparaît que personne ne sait vraiment rien, et qu'en tout cas rien n'est encore décidé. Abdullah est également satisfait de voir que l'Imam de l'autre hameau est là car, lui, il est vraiment ouvert et pas fermé comme Rachid le Guide...

Lorsque tous sont réunis, il y a bien là cinquante personnes représentant les villages principaux de Jhikira et les six hameaux qui l'entourent.

La lune vient de se lever et son éclat plombé permet de distinguer les traits des assistants, sauf ceux des trois hommes assis contre le tronc, dans l'ombre des branches maîtresses. Un « aigle de nuit » (hibou grand-duc) hulule plaintivement ; quelques chouettes lui répondent au loin de leurs voix métalliques et criardes ; tandis que les lucioles zèbrent la nuit de leur danse nuptiale luminescente.

Plus d'une oreille se tend avec angoisse, plus d'un œil essaie de détecter l'esprit ou le djinn responsable de tel frémissement d'ailes obscures, de telle figure glauque, ombre mouvante d'autant plus étrange que muette, de tel « bruissement furtif de l'aile de Gabriel », signe rassurant, car il donne la certitude que l'Archange Gabriel, gardien de l'univers, veille (allusion au traité du soufi Suhrawardi, XIIe siècle, toujours très lu en Inde).

Et la pâle luisance de quelques mycètes haut perchés – ces champignons phosphorescents parasites des écorces humides – renforce le mystère.

Un des hommes qui était assis à terre s'est levé. C'est Anand (Le Joyeux), un des leaders, travailleur agricole. Grand et basané, il n'est vêtu que d'un simple linge de coton passé entre les cuisses ; il semble hésiter, se racle la gorge, se gratte le nez, puis enfin se lance :

> – Le vénéré Shri Mukerji a répondu à notre appel. Nous sommes tous honorés par sa présence. Par lui le dieu nous bénit.
>
> Je ne sais pas parler. Je suis un paysan, pas un maître d'école. On a voulu se réunir ce soir pour discuter parce qu'on a une idée, mais on ne sait pas trop comment la réaliser. C'est pour ça qu'on est ensemble.
>
> Un doigt, ça ne peut rien faire. Avec deux doigts, je peux tenir ça – et il tire de son oreille la piécette de vingt cinq paisas, qui y était déposée selon la coutume : sans autre habit qu'un cache-sexe, le paysan se sert de son oreille comme d'un porte-monnaie.
>
> Mais il me faut toute la main pour saisir mon bâton – et il se baisse pour le ramasser. Mais ça ne suffit pas. Si je veux travailler avec la houe, j'ai besoin de mes deux mains... Mais qu'est-ce que je peux faire tout seul, hein ? Si je veux faire une rigole autour de mon champ, ça va me prendre trop de temps seul... Alors, je vais t'appeler toi, Kamal-Le Lotus bleu, et puis toi aussi, Budhi-l'Intelligent ! Vous deux, venez ici !

Les deux hommes se lèvent, et gauchement, ils vont lui prendre la main à droite et à gauche, ce qui augmente leur confusion, car pareil geste ne se fait jamais en public...

> – Vous voyez, maintenant on est déjà plus fort, et en faisant comme une chaise avec nos mains... Allez, faites comme

moi… C'est comme ça qu'on a pu porter Bimol-le Pur quand il s'était cassé la jambe à la dernière lune. Mais si on veut creuser tout un canal d'irrigation, alors trois ce n'est pas suffisant. Il faut qu'on soit dix ou vingt…

Allez là, levez-vous ! Oh ! les frères musulmans aussi, on a besoin de vous. Bhalo, bhalo, très bien ! Mais voilà qu'on décide quelque chose de très gros pour tout le village… Alors, de combien on a besoin, hein, vous me le dites ?

Les hommes qui ont compris commencent déjà à se lever…

– C'est ça, on a besoin de tous. Chacun est nécessaire. Allez maintenant tout le monde se lève. Ça y est, tout le monde est d'accord…

Tout le monde est maintenant debout. Et les trois hommes qui semblaient présider se lèvent aussi lentement.

Le pandit « Vainqueur de la Mort » tend ses deux bras et fait signe à tous de se rasseoir :

– Allons frères, écoutez-moi. Vous avez entendu le discours du frère « Joyeux ». Lui, c'est un simple paysan. Il ne sait pas lire ni écrire. Mais c'est un grand chef. Il sait ce dont on a besoin. Écoutez-le.

Aujourd'hui, il y en a parmi vous qui sont venus me voir et ils m'ont dit : « Pandit, il faut que tu écrives une lettre pour nous. On veut que tous ceux qui ont travaillé avec nous pendant les inondations reviennent. On a idée comme ça, les hommes, que si vous, vous écrivez, eux ils accepteront. »

Mais moi je vous dis, si c'est seulement moi qui écris, le Sahib dira : « Oh, c'est seulement un riche qui écrit… » Vous le connaissez, lui, il dit toujours qu'il est là pour les pauvres. Alors, que proposez-vous ?

Anand-le-Joyeux répond sans hésiter :

– Il faudrait que tous, on écrive.

– Exactement, petit frère Anand. Mais puisque vous ne savez pas écrire, comment faire ?

– Abdullah : Si c'est la volonté d'Allah, quelqu'un peut écrire quelques mots. Et puis nous tous, chacun à la suite, on peut mettre notre nom et ceux qui ne savent pas signer, eh bien, ils mettent leurs pouces…

Un charivari succède immédiatement à cette intervention, tous réalisant qu'on a trouvé la solution.

– Vainqueur de la Mort : Attendez, ne parlez pas tous à la fois ! Le frère Abdullah a bien parlé. C'est ça qu'il nous faut. Ça s'appelle une pé-ti-tion. Est ce que vous en avez déjà fait ? Non ! Mais il ne faut pas oublier une chose. Votre leader a dit : « On a besoin les uns des autres. » C'est vrai ! Vous les pauvres, si vous n'êtes pas unis, vous n'êtes rien. C'est pour ça que c'est nécessaire d'être unis.

Mais vous ne pouvez jamais être unis si ce n'est pas Ram, le grand Dieu, qui vous unit. Ce n'est pas parce que vous êtes fort ensemble qu'il vous faut oublier Dieu. Sans lui, qu'est-ce que vous êtes, hein ? Et moi qu'est-ce que je suis ? Rien ! Mais avec lui, on est fort. Ah ça oui ! Alors il faut écrire à Howrah et il faut commencer par « Om, He Ram »…

Mais Abdullah de Dieu n'est pas d'accord :

– Non, il faut commencer par *Bismillah*…

– Vainqueur de la Mort : C'est vrai, je n'avais pas pensé à vous. Mais Bhagwan et Allah c'est tout un. Alors on n'écrit ni Ram ni Allah, on écrit : « Om, Dieu Tout Puissant ». Est-ce que vous êtes d'accord maintenant ?

– Imam Sheikh* Kabir-l'Informé (Informé, un des noms d'Allah) : Ton Dieu n'est pas le vrai Dieu, mais tes pieds sont sur la voie.

Au nom de tous les croyants, moi je suis d'accord. L'important c'est de mettre le nom d'Allah – son Saint Nom soit béni – en avant. Et si vous écrivez le Dieu Tout Puissant, alors ça va. Ce qu'on veut aujourd'hui, ce n'est pas parler d'Allah, mais c'est réaliser quelque chose ensemble.

Moi l'Imam, j'ai parlé.

Le deuxième homme assis sur le banc de pierre s'est levé. Il a plus de soixante-quinze ans, mais semble costaud comme un taureau brahmine. Il n'a pas encore dit un mot ; depuis le début il semblait perdu dans ses pensées. C'est le fondateur de la coopérative ; tout le monde lui fait confiance. C'est un sage ; il ne dit jamais une parole s'il ne l'a pas plusieurs fois pensée.

– Kanai Babou : Mon vénérable frère Mritunjoy a parlé. Mon petit frère « le Joyeux » nous a dit ce qu'il pensait. Abdullah le sage a proposé quelque chose de bien. L'homme de la prière l'Informé a accepté. Et vous tous, mes frères cadets, vous avez approuvé. C'est bien. Le dieu Mahadev sera content.

Mais si vous écrivez à Pilkhana, c'est pourquoi au juste ? Si vous dites revenez, il faut expliquer ce que vous voulez. Alors, qu'est-ce que vous voulez exactement ?

Et sans dire un mot de plus, avec une infinie dignité, Kanai Babou se rasseoit sur le banc, se replongeant dans ses pensées.

Pendant dix bonnes minutes, un tohu-bohu digne de la Genèse (tohu-wa-bohu, en hébreu) succède à la sage proposition. Chacun essaie de dire ce qu'il souhaite, ce qu'il faut faire à tout prix...

– Le Joyeux : Bon maintenant, ça suffit. On a assez discuté. Je demande aux responsables des deux hameaux de Jhikira et des six autres villages, de venir ici.

Sept hommes se lèvent, cinq hindous et deux musulmans, et vont s'asseoir devant.

Mais l'un d'entre eux, avant de rejoindre sa place, va toucher, avec crainte et révérence, le sommet de la pierre qui jouxte le tronc, pour se protéger du démon à cinq faces et quatre yeux qui, comme chacun sait, épie les bons projets des hommes pour mieux les torpiller. Et il dépose délicatement dessus une demi-feuille de bananier en offrande, certain qu'elle le rendra au moins temporairement sourd et aveugle, tout en se croyant honoré...

Ces pierres sacrées, longues et oblongues, au sommet arrondi peint en rouge sang, sont érigées en protection contre divers démons pré-aryens ; elles portent des noms différents selon les régions ou les villages.

Arjun* est le premier à parler :

– La terre, c'est notre vie, mais sans eau, elle est comme morte. Alors, on a besoin d'irrigation...

– Vikram* : Les femmes, elles disent qu'elles veulent un dispensaire pour les enfants...

– Interruption par diverses voix : Les femmes, c'est pas elles qui décident, c'est nous. Nous, on sait bien ce qui est nécessaire pour nos enfants. Dis-nous simplement, toi et ton groupe, qu'est-ce que vous voulez ?

– Vikram : Comme je le disais, nous les hommes, on pense que le plus important, c'est des remèdes pour nos enfants. Et pour nous aussi. On voudrait qu'ils ouvrent un dispensaire. Jamais on n'a eu si peu de morts pendant une inondation.

– Kamal-Lotus : Le Seigneur Chaitanya* (grand poète bengali, créateur du mouvement Bhakti* vishnouiste) a dit : « *Apprendre à lire et à écrire est un très grand trésor* ». Nous, on voudrait une école dans notre village, et aussi un docteur...

– Abdullah : Ce qu'il nous faut, c'est de l'eau pour boire. Il nous faudrait plus de puits. Dans le village musulman, il n'y a pas un seul puits. Nos femmes et nos filles... enfin, je veux dire, on doit chercher l'eau à près de trois kilomètres. C'est vraiment très loin. Nous, on est pour un dispensaire et des pompes à eau.

– Budhi l'Intelligent : Nos bébés meurent très vite. Il faudrait un docteur pour nous expliquer comment empêcher ça. Et puis aussi, il faudrait qu'on puisse augmenter le rendement de nos champs de riz. Dans mon village, il y en a qui parlent de pompes pour irriguer, d'engrais, de poison pour tuer les insectes, et aussi de bœufs pour les labours, et puis des tas d'autres choses.

Il y en a même qui disent qu'on pourrait faire des *loko-samiti* (Comités du peuple) dans chaque *para* (hameau), parce que notre père Vainqueur de la Mort, il en avait souvent proposé...

Après la dernière intervention, c'est à nouveau près d'un quart d'heure d'un véritable pandémonium de cris, de gesticulations, de contestations ironiques, d'invectives, d'approbations, de contre-propositions : « Aux voix, aux voix ! Vive notre village, c'est le meilleur... »

Kanai Babu se lève et, appuyé sur sa canne de bambou incrustée, il déclare d'une voix forte :

– Vous avez tous bien parlé, surtout ceux qui ont dit qu'ils allaient participer eux-mêmes. Ça, c'est vraiment nécessaire. Si la main ne saisit pas la canne, ce n'est pas la canne qui va marcher toute seule... – il brandit son bâton énergiquement –... et si je veux m'appuyer et qu'il n'y a pas de canne, hein ? Comment vais-je marcher ? – et en mimant cela, il risque de s'affaler provoquant des rires de partout...

Donc, si on veut que des gens de Howrah viennent, il faut qu'ils s'appuient sur nous. Il faut leur promettre notre canne. Est-ce que vous êtes d'accord ? Mais il ne faut pas être trop gourmand... On va donc écrire tout d'abord pour un dispensaire. Tout le monde semble d'accord. Et puis aussi qu'ils nous envoient deux de leurs garçons pour réaliser avec nous quelque chose. On verra quoi, ensemble, après.

Les palabres ont déjà duré près de deux heures ; il est maintenant vingt heures trente. Et ce n'est que vers vingt-deux heures, lorsque la lune commence à décroître, que la lettre se trouve prête. De nombreux autres villageois se sont joints au groupe primitif, et il y a maintenant plus de cent cinquante personnes...

Dans le silence qui s'établit, plusieurs affirment entendre chuchoter les *bhuts** (esprits, fantômes) dans les branches supérieures du figuier-pipal :

– C'est facile de les reconnaître parce que les *bhuts* parlent toujours du nez... Ce qui est plus difficile par contre, c'est de les identifier, car, parmi les cinq espèces d'esprits connus, certains sont vraiment difficiles à distinguer, et ce sont les plus dangereux. Est-il vraiment prudent de leur révéler notre projet alors qu'ils nasillent déjà entre eux ?

Quoique, avec le pandit Vainqueur de la Mort, le lettré Kanai Babou, et même le frère Imam l'Informé qui est *hadji* (il a fait le pélerinage de la Mecque), et qui affirme qu'Allah est plus fort que tous les djinns réunis, on ne risque peut-être pas trop. Il n'empêche, à mon retour, je dirai à la mère de mes enfants de faire quelques prières et quelques offrandes spéciales. Elle sait très bien ce qu'il faut faire pour cela...

Enfin vint le moment de la lecture :

– Au grand secrétaire général de *Seva Sangh Samiti* que nous sommes très honorés d'approcher avec révérence, à notre frère le vénérable infirmier-grand frère, qui nous a grandis par sa présence, à nos frères et sœurs de Pilkhana qui ont changé notre vie et laissé dans le cœur un grand vide quand ils sont partis, nous les habitants de la commune de Jhikira à laquelle se joignent un bon nombre de la commune d'Amragori, nous implorons votre clémence et nous appelons sur vous la bénédiction de Dieu pour vous supplier de prendre pitié des plus pauvres parmi nous, dont vous êtes le père et la mère, et qui vont mourir si vous ne venez pas les aider.

Vous nous avez appris à partager. Alors, nous vous disons : si vous venez avec nous à nouveau, notre cœur et nos bras seront avec vous aussi. Nous avons fait un comité et les frères hindous et musulmans sont dedans. Et puis aussi les « enfants de Dieu » (nom donné par Gandhi aux « intouchables ») que partout le monde méprise, mais pas nous parce qu'ils sont nos frères.

Nous voulons que vous ouvriez à nouveau le dispensaire pour soigner tous nos enfants... Nos fils et nos filles vous aideront gratuitement. Tous les malades donneront quelque chose, ce qu'ils peuvent. Et puis aussi, on aimerait bien que vous envoyiez des hommes pour nous aider dans le développement. Parmi ceux qui étaient avec nous pendant les calamités, il y en avait des très qualifiés et des très bons. Nous leur donnerons le logement, la nourriture et tout ce dont ils ont besoin.

On ne sait pas encore ce qu'on va faire, mais on réfléchira tous ensemble parce que beaucoup d'entre nous aimeraient de l'eau potable, des canaux et puis aussi des écoles. Mais on fera tout cela ensemble. Si vous envoyez une infirmière, elle sera comme notre fille à nous tous, et nous la protègerons.

Ici, il n'y a pas de chrétiens. Parmi vous, il y en a. Mais il n'y a qu'un seul Dieu et tous on est ses fils et ses filles. Et les chrétiens aussi ils peuvent nous montrer comment leur Seigneur Jésus, l'avatar* de Dieu, il a soigné tout le monde, comme la Mère Teresa que nous vénérons avec tout notre cœur. S'il vous plaît, ne nous refusez pas.

Ici, maintenant, il y a une liste où chacun a signé parce que chacun veut que vous veniez. Nous restons tous dévoués et sommes vos amis et frères.

Signé : le président du Comité des intouchables, le secrétaire de la Coopérative, les responsables des sept hameaux, les maires des communes et tous les habitants.

Note : chaque signature ou empreinte de l'index gauche a été vérifiée et authentifiée par nous tous.

C'était une longue lettre. Beaucoup n'en comprirent pas très bien le langage. C'était du *sadhubangla* (haut bengali littéraire sanskritisé), un peu trop compliqué pour des travailleurs journaliers qui ne parlent que le « cholito », le bengali courant. Mais enfin ça sonnait bien, et plus c'est compliqué, plus c'est efficace. Ça ressemblait à une proclamation du gouvernement le jour de l'Indépendance ou à une récitation des Upanishads*. Vraiment, c'était bien : « On l'aura notre dispensaire… »

Bref, le lendemain soir, dix feuilles couvertes de près de mille signatures étaient prêtes à emporter par la délégation désignée.

Et tous étaient tellement sûrs du succès de la pétition qu'ils commencèrent dès ce jour-là à repeindre l'Ashram, à changer le chaume du toit, bref à préparer l'arrivée de ceux sur lesquels on comptait pour faire non seulement un nouveau village, mais un village modèle. Et une liste de volontaires se prépara aussi doucement.

Au Centre médical de Pilkhana, la délégation fut accueillie avec joie. En fait, on l'attendait, et même avec quelque impatience, car certains pronostiquaient déjà que jamais les habitants de Jhikira ne s'organiseraient pour nous inviter chez eux. En ville c'est toujours comme ça, on ne fait pas confiance aux villageois.

Avant de partir, les responsables de Jhikira avaient même réussi à faire contresigner leur document par deux personnalités : le député au parlement et le responsable du développement du canton (BDO), qui avait rajouté à la lettre : « Lu et approuvé, et fortement recommandé pour action immédiate et nécessaire. »

Leurs propositions furent immédiatement acceptées. Les travailleurs de base tels Mohammed, Khasi*, Nuage Noir, Dada et quelques autres, ne voyaient aucune difficulté insurmontable.

Mais les membres du Comité de *Seva Sangh Samiti* – dont c'était la responsabilité d'être plus réalistes – mirent quelques bémols à cet enthousiasme, car il était vrai qu'on ne pouvait pas prendre les travailleurs du centre médical, déjà absolument débordés, pour les envoyer à Jhikhira. De plus, il nous manquait la certitude d'avoir assez de fonds pour participer à ce nouveau projet. Enfin, il était nécessaire de réfléchir à ce qui pourrait être fait ensemble, ce qui risquait de prendre quelque temps. Bref, il fallait attendre au moins un mois pour être sûr.

Toutefois, en signe de sympathie pour la démarche des villageois, on décida de leur envoyer temporairement deux des responsables qui avaient travaillé sur place et qui n'étaient pas encore travailleurs du Service d'Entraide. Quant au dispensaire, aucune infirmière ou infirmier n'étant disponible, il faudrait attendre. Déception…

Mais attendre est un mode de vie pour les paysans, et la patience un mode de survie. La réponse du SEA sonnait à leurs oreilles comme le cri du coucou-geai qui, même sous un ciel de plomb, permet en toute certitude de préparer les semis, car la mousson est comme déjà là… Ils comprirent qu'un jour viendrait où ils auraient leur dispensaire…

Deux jours après, deux jeunes responsables s'installèrent dans l'Ashram de Durgapur et, avec l'aide des villageois, commencèrent les enquêtes et les prospections nécessaires pour établir les possibilités et les priorités. Leur rapport fut prêt en quinze jours.

Ils rencontrèrent une telle collaboration de la part des habitants qu'ils n'hésitèrent pas à forcer la dose, en proposant une liste impressionnante de projets possibles dont, bien sûr, l'indispensable Centre primaire de soins de base.

Mais il fallait à tout prix trouver un responsable administratif et une infirmière.

Et voici qu'un jour, nous avons vu arriver à l'Ashram un homme de forte stature, souriant, enjoué, qui se trouva être l'homme providentiel dont nous avions besoin : Dadu, grand-père dans le langage familier. Budhadev Mishra (dont le nom signifie « Le Dieu Bouddha »), ancien professeur dans un collège de Bombay, avait cinquante-trois ans. Il venait d'une grande famille hindoue du sud de Calcutta ; il était de caste brahmane. Admirateur du grand poète Rabindra Nath Tagore*, il connaissait par cœur des centaines de ses poèmes, qu'il évoquait à propos de chaque événement de la vie, à grand renfort de citations de saints hindous ou de poèmes sacrés en sanscrit, langue qu'il parlait couramment.

Dès la première matinée, il sut conquérir son entourage par son exubérance, sa jeunesse de cœur, son esprit d'initiative et son respect des plus pauvres, intouchables compris. Il ne resta que trois ans avec nous, car il mourut au travail d'une crise cardiaque, le 4 juin 1982, à Jhikira. Mais sa présence changea à tout jamais le contenu et le style des cinq centres, dont celui de Jhikira, créés avec lui et pour certains grâce à lui.

La jeune fille qui vint, elle aussi, nous tirer de l'impasse, nous l'avions déjà entrevue à l'œuvre à Bétor, dans le dispensaire pour aborigènes où elle était volontaire pour travailler le soir.

Shukesi, dont le nom signifie Belle Chevelure, avait, ensuite, été transférée comme éducatrice dans un des foyers de fillettes, à quarante-cinq kilomètres à l'est de Calcutta. Puis, elle avait attrapé la tuberculose et, de ce fait, ne pouvait rester au contact des enfants. Sans aucune famille, et sans qualification spéciale, elle n'avait nulle part où aller. À vingt ans, son âge présumé, elle se voyait en train de mourir.

C'est ainsi qu'un jour, celle qui fut, et demeure, l'un des acteurs les plus dynamiques de notre aventure, est arrivée en pleurs au bureau de Pilkhana…

L'infirmier a paisiblement discuté avec elle et, après quelque temps, lui a dit :

– Mais dis-donc, petite sœur, pourquoi n'irais-tu pas dans un village ? Tu as déjà travaillé au dispensaire, tu pourrais donner quelques remèdes et faire quelques soins. Est-ce que ça te plairait ?

– Oh oui, beaucoup ! J'aime tellement aider les pauvres. J'aimerais même donner toute ma vie pour les malades. Mais vous savez, je ne sais pas grand-chose. S'il n'y a pas quelqu'un avec moi, je ne peux vraiment rien faire…

– Écoute, si tu vas à Jhikira, tu y vas premièrement pour ta santé et pour te reposer. Mais comme tu ne peux pas rester comme ça, inactive tout le jour, il y a des médicaments là-bas, et tu vois ce que tu peux faire.

– Eh bien ! je suis d'accord. Mais il n'y a pas de chrétiens là-bas. Est-ce que les gens vont m'accepter ?

– Oh ! aucun problème pour ça. Tu verras, ce sont tous des gens formidables. Alors c'est décidé, tu pars demain. Tu verras que tu seras heureuse là-bas.

Le Comité n'était pas très content. Enfin, ça ne se fait pas d'envoyer une fille très jeune dans les villages. Et qu'est-ce qu'elle pourra faire là-bas sans formation d'infirmière ?

Dix jours après, l'infirmier de Pilhana se rend à l'Ashram de Jhikira, où une petite pièce a été mise à la disposition de la malade.

Une longue file de gens semble en attente devant la porte. À l'intérieur, assise sur son lit, encadrée par des piles branlantes de caisses de médicaments, Belle Chevelure est en train de dispenser des soins avec l'aide souriante d'Espérance, la fille du Vainqueur de la Mort, et de Luciole, la petite-fille de Kanai Babu.

Celle-ci montre avec fierté les registres qu'elle tient : « Le premier jour, il y a eu dix malades, le deuxième cinquante, dimanche cent et hier près de deux cents. Aujourd'hui, on va sans doute dépasser ce nombre. » Et notre « malade-mourante-de-tuberculose » prodigue à tour de bras piqûres, points de suture, pansements, petits plâtres, excisions diverses, soins aux grands brûlés…

Belle Chevelure était heureuse. Elle ne pensait plus à sa maladie, ni à son passé douloureux, ni à son avenir incertain. Elle n'espérait plus qu'une chose, rester ici et continuer ce qu'elle avait commencé, réaliser ce qu'elle rêvait et dont elle parlait avec enthousiasme :

– J'avais oublié de vous dire que j'avais un peu travaillé avec un docteur quand mon frère m'a chassée, et aussi avec Mère Teresa. Et je vous ai tellement regardé quand j'ai aidé quelques mois à Pilkhana, qu'ici, j'ai tout retrouvé. Je n'ai plus peur du tout…

Ce qu'il faudrait encore, ce sont des soins spéciaux pour les bébés et puis, comme à Pilkhana, une clinique contre la malnutrition, et aussi une campagne de vaccination, sans compter qu'il y a beaucoup d'orphelins et des enfants handicapés ; il faudrait sans doute ouvrir une école de formation pour infirmières avec les filles locales, et penser à accompagner les grands malades à l'hôpital, et surveiller de près les mamans enceintes, et les lépreux, on ne peut pas les abandonner comme ça, et les tuberculeux, ils auraient besoin de médicaments spéciaux, et… et…

Mais tout cela est un autre chapitre.

Disons simplement que les gens de Jhikira ont eu leur dispensaire. Et en prime une grande sœur qui allait passer près de dix ans avec eux, et les aimer plus qu'ils n'avaient jamais pensé que quelqu'un venant d'ailleurs pût le faire.

Troisième partie

LA SÉCHERESSE : EAU, SOURCE DE VIE 1979-1981

VII

Les héritiers de l'aube

Chez les Santals de Bankoura, trois cents kilomètres à l'ouest de Calcutta, les puissants tambours-tamak ont résonné toute la nuit. Tribu adibasi du groupe mon-khmer, dont une branche a donné naissance à la civilisation khmère au Cambodge, les Santals sont environ sept millions ; ils vivent à cheval sur les frontières du Bihar et de l'Orissa. Leurs tambours sont faits de bois de manguier ou de tamarinier et peuvent peser jusqu'à quinze kilos ; il s'agit des tambours-tunda préhistoriques des pujas (cérémonies d'offrande), inchangés depuis Mohendjo-Daro (civilisation de l'Indus, 2500-1200 av. J.-C.), décorés de grandes touffes de plumes, et des tambours-nagaras en peau de buffle sauvage de l'Orissa.

Dans chaque village, sous les banyans* séculaires, les tamariniers géants et les immenses manguiers, de longues files de femmes et jeunes filles noires, tatouées, au coude à coude, saris blancs bordés de rouge, dansent souplement, inlassablement.

Par intermittence, un groupe d'hommes enturbannés, en pagnes et torses nus, arcs et flèches à la main, grelots aux chevilles, crinières de cheval teintes aux épaules, bondit dans le cercle de danseuses éclairé par le grand feu de bois, et entame une danse endiablée à une cadence époustouflante.

La mélopée des femmes est sauvage, le rythme envoûtant. Personne ne songe au sommeil. Personne ne pense au lendemain. Le corps vit enfin au rythme de l'esprit ; les cœurs battent à l'unisson des tambours. Les corps souples se plient, se relèvent, se fondent ensemble, se déroulent et se tendent. Il n'y a plus de problèmes. Il n'y a plus de difficultés quotidiennes. Il n'y a plus d'individus.

Il n'y a que la vie qui est toute joie, spontanéité et dynamisme. Il n'y a plus que l'Homme, l'homme primitif, primordial. Et son, et rythme. Les ancêtres aussi sont avec nous. Les esprits aussi dansent avec nous. La tribu toute entière danse, la tribu est. Les tams-tams battent inlassablement, se répandent, diminuent, s'amplifient, s'enfoncent dans la nuit qui ne peut plus exister sans eux...

Les Adibasis ont enfin renoué avec leurs origines millénaires... Ils sont arrivés nul ne sait quand. Ils ont été les premiers habitants de l'Inde, d'où leur nom tiré du sanscrit dont ils sont si fiers. Il y a cinq mille ans, ils exécutaient déjà ces danses* dans les forêts vierges qu'ils occupaient partout. Il y a deux mille ans, ils dansaient ces mêmes danses dans les jungles où l'envahisseur aryen les avait refoulés.

Et aujourd'hui, c'est toujours le même folklore, danse de chasse et danse de cueillette, danse d'amour et danse de mort, dans les ultimes refuges de montagnes que la civilisation envahissante leur a laissés, ou plus simplement, au milieu des champs qu'ils ont fini par occuper en permanence, toujours proches du bosquet sacré, jamais coupé, puisque c'est l'habitat des Ancêtres.

Mais à l'aube, lorsque les tambours peu à peu se tairont, il faudra faire face à la réalité. Cette réalité que cinquante et un millions d'aborigènes répartis en plusieurs centaines de tribus, dont plusieurs en voie de disparition, refusent de regarder en face.

Populations tribales autochtones, *natives*, indigènes, « tribus répertoriées », où qu'ils se trouvent, les Adibasis avec leur teint sombre, souvent noir comme jais, leur face négroïde et leur courte stature, sont en général méprisés. Plusieurs tribus en sont encore à l'âge de la pierre. Mais d'autres ont atteint un haut degré de culture avec un rituel social extrêmement élaboré, parfois avec des traits matriarcaux.

La plupart ne sont pas hindous et pratiquent les diverses religions animistes du Sarna* tribal (religion cosmique naturelle).

Certains se sont laissés plus ou moins hindouiser. Plus d'un million d'entre eux sont devenus chrétiens (surtout des Oraons, des Mundas, les fameux Nagas coupeurs de têtes et de nombreuses tribus d'Assam).

Mais ils sont restés ce qu'ils avaient toujours été : les habitants primitifs des jungles, avec leur rire, leur simplicité, leur dynamisme et leur insouciance. Demain ? On verra bien... et la danse a repris ! Et la bière de riz aussi, bien entendu, est entrée dans la danse. C'est comme cela chaque soir ou presque, en certaines saisons surtout...

Mais en cette fin juin 1980, il y a quelque chose de différent. Nous venions d'arriver de Calcutta lorsque la danse s'est prématurément interrompue pour faire place à une autre cérémonie : la cérémonie pour « ensemencer les nuages »...

Mais au fait, pourquoi nous trouvions-nous ici ?

Sundari* Didi (*Sundor* signifie beau, belle en bengali) est une splendide, fière et impressionnante Santali d'environ quarante ans, qui porte comme une reine l'ébène de son teint, les cinq pieds six pouces de sa stature exceptionnelle et l'éclat permanent du lumineux sourire éclairant sa face, qui met en valeur son éblouissante denture blanche.

De l'avis de tous, le nom qu'elle porte, la Belle, est bien mérité. De plus, elle est connue dans tout le voisinage et l'arrière pays pour sa bonté et son activité énergique en faveur de l'amélioration du statut des femmes tribales, de l'alphabétisation des enfants et de l'amélioration des conditions de vie des indigènes. Et ses accès de colère quand quelque chose ne va pas comme elle le souhaite, ne font que renforcer l'estime qu'on lui porte !

La Belle a fondé avec son mari, un petit homme rond et enjoué, la *Société Adibasi de Développement Vivekananda*, qui a déjà à son actif un centre d'apprentissage pour jeunes filles, une école de couture, une distribution quotidienne de lait, un mini-dispensaire avec presque aucun médicament, l'enseignement de l'hygiène à domicile, du développement rural à petite échelle, et un certain nombre d'activités que plusieurs ONG du Bengale ont contribué à financer.

Nous l'avons vue arriver un jour à Jhikira, le sourire à tout vent et débordante d'énergie dans son sari blanc à bord rouge. Elle s'exprimait dans un anglais impeccable :

– Voilà, j'ai entendu parler de vos activités durant les inondations, ainsi que de tout ce que vous avez essayé de faire pour les plus pauvres avec les gens des villages.

Je ne viens pas vous demander de l'argent, je viens vous demander votre collaboration. Je ne viens pas vous demander de faire tout seul quelque chose pour nous, je viens vous demander vos bras et vos cœurs pour nous aider.

Jusqu'à maintenant et depuis bientôt dix ans, mon mari et moi, avec des amis, nous avons pu faire beaucoup de choses avec les autres et pour les autres, bien que ce soit trop peu. Mais maintenant ce n'est plus comme avant, ce n'est plus possible de faire tout tout seul…

Vous avez peut-être appris la grave sécheresse qui ravage notre district.

Si vous pouviez voir la désertification de la terre, la détresse des gens, le regard des enfants qui attendent une goutte d'eau que leurs mamans ne peuvent même pas leur assurer, car tous les puits sont à sec. Si vous pouviez être témoins du désespoir des hommes qui voient anéanti le fruit de tout leur travail, si vous pouviez partager un peu ce que nos frères et sœurs adibasis vivent aujourd'hui, ce serait formidable.

Nos champs sont notre sang, ce sont les corps de nos ancêtres qui les fécondent, mais nos champs sont en train de mourir et nos ancêtres de pleurer de soif. Alors si…

Elle ne pouvait plus parler. Des larmes furtives coulaient de ses yeux brillants que son sourire forcé n'arrivait même pas à rattraper… L'émotion nous gagnait nous aussi, et c'est Dadu qui s'est le premier ressaisi en disant :

– Petite sœur, tes larmes sont nos larmes et notre cœur est tout brûlant de savoir que tes enfants Adibasis sont dans le malheur. Le seigneur Krishna dans la *Bhagavad Gîtâ* nous enseigne d'être heureux de la joie des autres (Gîtâ, 12-4). Alors nous aussi voulons créer cette joie.

Avec Dada, nous allons y aller, et on verra ce qu'on peut faire. Mais moi je te le dis, c'est le Dieu qui t'a envoyé chez nous. Le même Dieu nous enverra chez vous, et de nos cœurs sortira l'amour qu'Il y a déposé pour ceux qui n'ont rien et qui souffrent.

Ce qui ne peut être guéri doit être enduré, mais ce qui peut être changé doit changer. Il y a le feu du ciel qui brûle dans ton Pays. Nous n'avons que des verres d'eau à offrir, mais par le grand Dieu, nous vous les offrirons. Nous n'avons pas le droit de désespérer. Quand les mains s'unissent, la chaîne de l'espérance peut se forger.

Nous prîmes le train le soir même. Nous arrivâmes à Bankura à six heures du matin. Puis ce fut un bus brinquebalant, pendant deux heures de route. Enfin, nous fîmes une heure de marche sous un soleil déjà torride et sur des terres transformées en pierrailles brûlantes, en braises de feu.

Et ce fut l'arrivée au centre de Chanyagora : guirlandes, danses, allégresse, espoir… Parées comme pour un mariage, les jeunes filles du centre nous avaient préparé un repas d'honneur comme seuls les pauvres savent en offrir…

Le lendemain, dès avant l'aurore, le chef du village est devant notre hutte avec quelques anciens, impatients de nous dire leur vie, de nous confier leur détresse, de dérouler pour nous le calvaire de ces douze derniers mois… Comment ne sont-ils pas fourbus après leur nuit, alors que nous sommes littéralement crevés simplement par le voyage ?

Mais revivre leur vie va nous faire vite communier au secret de leur dynamisme, nos cœurs vibrant à l'unisson des leurs !

– Boisak 1389 (calendrier bengali = avril-mai 1979). On est au cœur de l'été. Dans la campagne surchauffée, l'air tremble… 42, 45, 48 degrés… On survit dans l'espérance de l'arrivée de la mousson…

JUIN : la date fatidique est passée. L'eau espérée n'est pas arrivée ; le riz n'a pas pu être repiqué, il est mort sur pied.

JUILLET : l'espérance encore ténue d'une mousson retardée, s'évanouit… et fait place au désespoir.

AOÛT : la terre se craquelle… On ne peut même pas planter des légumes…

SEPTEMBRE : les provisions de l'an dernier, utilisées avec parcimonie, commencent à s'épuiser…

OCTOBRE : le bétail ne trouve déjà presque plus rien à brouter. Les vaches se dessèchent : le lait disparaît et elles ne vêlent plus.

NOVEMBRE : c'est au tour des chèvres à souffrir… et on réalise enfin qu'aucune récolte accessoire d'hiver ne sera possible cette année, sauf peut-être quelques piments.

DÉCEMBRE : les vaches ont commencé à mourir, puis le petit bétail a suivi…

JANVIER 1980 : l'eau se raréfie dans les étangs. Seuls les grands bassins d'irrigation en contiennent encore.

FÉVRIER : les grands étangs s'épuisent… les poissons périssent.

MARS : il ne reste d'eau nulle part ; les longs réservoirs sont à sec et les lits des rivières sont devenus des mers de sable…

AVRIL : la chaleur remonte doucement. On voit déjà poindre le fond des larges puits et l'eau doit être rationnée…

MAI : 42, 44, 46 degrés Celsius… Plus d'eau nulle part… même dans les puits. Le gouvernement envoie des camions citernes d'eau potable. Les enfants commencent à mourir… Heureusement qu'il y a eu si peu de naissances cet hiver ; les gens sentaient bien la calamité s'installer…

DÉBUT JUIN : depuis longtemps les arbres ont commencé à dépérir, mais maintenant nombreux sont ceux qui ne sont plus que bois mort. Personne n'ose les toucher, pour ne pas irriter plus encore les dieux de la nature. Seuls les banyans et les manguiers tiennent bon…

MI-JUIN. La mousson n'est toujours pas là…
On découvre à quelques kilomètres d'immenses trous creusés par les éléphants dans le lit de la grande rivière. Le sable se mouillait, disait-on !

Ce fut la ruée vers l'or liquide. Chacun creusait, le plus profondément possible, puis attendait deux heures, trois heures, quatre heures que l'eau veuille bien faire surface..., puis on déposait dans le fond des *gamchas* qui s'imbibaient d'eau...

Les *gamchas* sont ces longue pièce d'étoffe que tout paysan porte sur lui et utilise comme couvre-chef, serviette, pagne, sac à provisions ou couverture. On les essorait en recueillant avec vénération le précieux liquide dans des petits pots ; on arrivait comme ça à recueillir un litre par famille... Ça a duré deux jours.

Puis les éléphants sont arrivés ; ils trompettaient de colère... et de soif. Pendant deux nuits, ils avaient attendu qu'on leur restitue « leur place », mais en vain.

Alors, ils ont chargé... Ils n'ont tué personne, mais plusieurs femmes et vieillards se sont blessés en fuyant... Une vieille matriarche a alors pris possession des lieux, rendant à sa troupe d'une trentaine de pachydermes, l'eau dont ils étaient les premiers propriétaires, du droit du plus fort ! Et depuis, personne n'a pu s'approcher.

> – Et maintenant, c'est la fin juin. Vous êtes là et il ne nous reste plus rien. Rien que vous, puisque les dieux nous ont abandonnés, puisqu'il est trop tard pour la mousson cette année et qu'on va tous mourir !...

On nous invita alors à parcourir la campagne, et nous découvrîmes les horreurs que seuls les pauvres savent subir.

Un char à banc brinquebalant, avec deux énormes roues de bois non cerclées, un joug et deux buffles : celui de droite porte d'immenses cornes de plus d'un mètre, recourbées le long des flancs ; celui de gauche les a presque en forme de lyre... Tous deux, d'un noir gris poussiéreux, la peau sur les os, sont parmi les derniers survivants du bétail...

Et on se met en marche pesamment, d'un pas nonchalant et placide, paysan, avec des tressaillements, des renâclements, des rebonds... C'est lent, mais ça avance. Ornières ignorées, ravins dévalés, rios à sec négociés, rien ne résiste à ce puissant bovidé...

Autour de nous, c'est le désert. Partout ici, il y a deux ans, il y avait des champs de riz. Maintenant ce ne sont plus que mottes craquelées, de larges zébrures fissurées laissant apparaître la latérite rouge.

Des troncs secs et décharnés, éparpillés çà et là, nous rappellent qu'un jour en ces lieux fleurissaient les glorieuses « Flammes-de-la-forêt » d'un rouge écarlate, qui attiraient au printemps toute la gent ailée des amateurs de nectar ; que les précieux « arbres-à-coton-de-soie » se signalaient de loin par leurs touffes d'or ondulantes ; que les « arbres-à-beurre » jonchaient chaque matin leurs pieds de grosses fleurs crème au calice couleur de prune dont se gorgeaient les hommes (et les ours !) jusqu'à en tomber ivres morts !

Il ne reste aujourd'hui de tout cela que ces pathétiques squelettes, sous lesquels on aperçoit parfois des ombres furtives creuser pour dégager des racines… Peut-être sera-ce là leur seul repas ?

Nous traversons des hameaux vides. Les familles ont fui pour aller là où on leur offrait du travail… et de la nourriture, là où le gouvernement et les associations de secours ont installé des centres de distribution.

> – Au début, nous explique la Belle, personne ne voulait y aller. Nous les Adibasis, on est des paysans, pas des mendiants. Mais il a bien fallu accepter, la tête basse, à cause des femmes et des enfants…

À cinq kilomètres, nous rencontrons un chantier de travail. Près de mille personnes y sont employées. Le gouvernement offre un kilo de riz par famille, contre quatre heures de travail par jour.

Ici, on creuse des canaux d'irrigation… Ailleurs, on rehausse les chemins, on refait des digues, on réhabilite les berges des rivières, on élargit les réservoirs, on aplanit les collines, on prépare des trous le long des routes pour planter de futurs arbres, on défriche des zones de broussailles, et même dans certains endroits, on creuse pour reboucher. Tout simplement pour donner du travail !

Sundari voudrait nous faire aller plus loin, mais nous n'en pouvons plus.

Pas un souffle de vent et pourtant la terre est parcourue de petites trombes de poussière. L'une d'elles traverse notre attelage qui s'est arrêté de manière quasi prémonitoire quelques minutes avant… Les buffles baissent la tête, tournent de 45 degrés, et font face. Nous ne sommes touchés qu'en bordure, mais un souffle irrésistible nous soulève… Il faut se cramponner.

Et ce n'était qu'une mini-trombe de quelques quatre à cinq mètres de hauteur et deux mètres de large ! Nous en fumes quittes pour la peur, changés en statues de poussière toussant, éternuant, crachant, pleurant... Il nous fallut tourner bride. Et le trajet de retour se fit en grand silence.

Le soir, nous assistions aux danses. Puis ce fut la cérémonie pour « ensemencer les nuages ». Chacun et chacune y participait, y compris les enfants, jetant vers le ciel une goutte, une précieuse goutte d'eau, en prenant bien soin qu'elle retombe sur la terre, et non sur une pierre, sur une personne ou sur du bois !...

Il fallait implorer le ciel pour la terre. Il fallait appeler la pluie pour l'abreuver. Il fallait planter le germe d'eau dans les nuages, émouvoir le dieu des orages, le forcer à tourner son regard vers la terre nouricière, la terre assoiffée, victime de la sécheresse...

Nous étions alors fort fatigués... Mais la soirée commençait à peine...

Alors surgit de l'ombre un homme de forte stature bien que courbé par les ans, noble vieillard à longue barbe blanche, riant de toutes les rides gagnées par ses quatre vingt-quinze ans d'existence.

Il portait une *kurta* (tunique lâche) couleur safran, sur un long vêtement blanc flottant, et un turban ivoire avec une queue crême retombant élégamment sur le dos... On ne pouvait deviner sa religion.

On nous expliqua qu'il était le barde-troubadour du village, qu'on ne savait pas d'où il venait, car même s'il s'exprimait à la perfection en santali, il parlait tellement d'autres langues qu'on ne pouvait deviner sa langue maternelle qu'il taisait. Il était là maintenant depuis plus de quinze ans. Mais avant ? Personne ne pouvait dire...

Il n'était ni baul*, ni pir*, ni hindou, ni musulman, ni ascète jain* gyrovague. Il se faisait appeler Kabir* du nom du grand saint, poète et philosophe indien du XVe siècle, éperdu de l'amour du Dieu unique, musulman de naissance, mais répudiant l'islam rituel, hindou de dévotion, mais refusant les castes et tous les rites...

Adorateur de Dieu, le *desh Bhakta* (« Dévot du pays ») l'était certainement. *Desh Bhakta* est la forme indianisée du concept de « patriote », qui ne couvre pas seulement l'espace géographique, mais encore toute la culture, la mythologie, l'histoire, et la croyance en la destinée unique de l'Inde dans le concert des nations, à travers les millénaires.

Il connaissait d'ailleurs toutes les traditions religieuses et sacrées. Mais plus encore il était adorateur de Bharat*, la Déesse Terre, tenant dans sa main le drapeau tricolore vert, safran et blanc de la Mère Inde.

À l'entendre, il avait voyagé partout, dans cette vie comme lors de ses naissances antérieures. De la Mère Inde, il connaissait tout, il avait tout vu, tout entendu, tout vécu de sa vie à elle. Et à longueur de nuit, il régalait ses auditeurs de ses descriptions et de ses histoires. Il peuplait leurs nuits de paroles et leurs jours de rêves parce que pour lui Bharat Mata était *les Mille et une nuits* qu'il disait avoir vécues en mille et un mois d'existence, un pays de rêve où coule réellement « le *Ghî** et le miel » et où « *le lait des vaches jaillit avec abondance* » (citation des Védas)…

Et on le croyait, ou du moins, on voulait le croire.

Selon lui, « le peuple des hommes » était isolé dans un monde quasi mythologique où seule Calcutta émergeait comme réelle : le pays des sahibs et des Anglais ! L'homme blanc, tout ce qui est en dehors de la forêt était Londres, y compris Calcutta. Plus loin rien, ou plutôt tout, tout le vrai réel, tout ce dont il pouvait parler, lui, Kabir, et chanter, et révéler le mythique, l'étrange et le beau…

Tenant entre ses mains un primitif *gopiyantra* (petit tambourin baul utilisé par les Santals), il débutait toujours par l'Hymne national indien, le *Jono-Gono-Mono*, écrit par Tagore, qui fut entonné pour la première fois à Calcutta en 1911 :

Longue vie à toi, Maître de nous tous,
Dispensateur du Destin de l'Inde
Ton Nom réveille les cœurs du Pandjab,
Du Sindh, du Gujarat, du Maharata,*
Du Dravida, d'Orissa et du Bengale,
Et son écho rebondit sur les monts Vidya et Himalaya,

Pour se mêler à la musique des fleuves Jamuna et Gange,
Avant d'être psalmodié par les vagues des trois Océans.

Et il citait Sarojini Naidu, le « Rossignol indien », poétesse, disciple de Gandhi, et travailleuse sociale pour le relèvement des femmes, qui devint gouverneur d'État après l'Indépendance. Fameuse pour sa voix d'or, elle mourut en 1949 :

L'Inde, ma Mère, dont la maison est un toit de neige,
les parois des océans vivants,
et dont les portes sont toujours ouvertes à tous.

Il chantait la blancheur des glaciers du pays des neiges (sens du mot Himalaya en sanscrit), et les plages argentées du Coromandel, les vastes jungles noires du Térai, et les étendues infinies des dunes sablonneuses mordorées du désert du Thar (« Pays de la mort »), les forêts ombrophiles de l'Assam et les collines bleuâtres des Ghâts occidentaux, les étonnants canaux à cocotiers des « arrières-eaux » du Malabar et les lagunes à palétuviers des Sundarbans, les laves sombres du Gondhwana (ancien continent pré-cambrien dont les roches forment le centre du plateau indien), et les *Marble Rocks* blancs à calcite cristallisé de Jabalpur, les plaines latéritiques ou ocres des plateaux du centre, et les rizières émeraudes du Bengale d'or...

Il chantait le tumultueux Brahmapoutre* surgissant du Tsampo mystérieux des marches tibétaines (Tsampo : « la rivière qui purifie »), et la mugissante Mère Gange (« eau de félicité ») dévalant les gorges fascinantes de Gangotri*, les cinq rivières fertiles du Pandjab et les lagunes à îlots de flamants du lac Chilka, les chutes vertigineuses des Jog Falls non loin de Mysore, et les milliers de ruisseaux tabulaires de Cherrapunji, l'endroit le plus arrosé du monde, les oasis à dattiers du Rajasthan et les îles à orchidées de rêves de l'archipel des Andamans, les jardins à coraux de la mer d'Oman et les atolls opalescents des Laquedives, les « *tea-gardens* » de Darjeeling (« Cité de la Foudre ») et les collines à agrumes et épices du Kérala...

Ah ! oui, comme Bharat était belle et variée, lumineuse et altière, du Kanchenchunga à Kanyakumari, « Déesse Vierge » des trois mers du sud, pointe sud extrême de l'Inde, où se rencontrent la mer d'Oman, l'Océan Indien, et le Golfe du Bengale (Cap Comorin).

La barbe de Kabir en tremblait d'émotion et de fierté... Et il entonnait majestueusement, tel un second Aurobindo*, l'hymne nationaliste bengali *Bande Mataram* :

Je m'incline vers Toi, Mère (Inde),
surabondante en fruits et en eaux,
rafraîchie par les vents alizés,
enrichie par les moissons de tes champs,
Toi, notre Mère à tous.

Mais dans ce Brindavan* de merveille, théatre des ébats de Krishna et des *gopis* (bergères), il y avait quand même d'autres « manouches » (*manush* = homme, en sanscrit), ces « vrais hommes » que sont les authentiques autochtones : les frères Nagas aux coiffes et aux lances à plumes de calao ; toutes les tribus indomptables du nord-est et du haut Assam ; les descendants birmano-tibétains qui se partagent les 3 000 km de l'arc himalayen ; tous nos « cousins » de la grande famille des Mo-gonds ou Mundas, puzzle ethnique se répartissant les ex-provinces centrales, à parures, traditions et folklore si divers qu'on pouvait à peine s'y retrouver, puis tous les fiers nomades Banjaras sur les routes de l'Andhra Pradesh, et les très antiques Todas, polyandres barbus du sud de la péninsule, ou les terribles négritos Jarawas, irréductibles chasseurs qui ignorent le feu et vivent encore à l'âge de la pierre, comme les Sentinels, à la Petite Andaman, dans le golfe du Bengale...

– Les envahisseurs aryens qui nous ont chassés de nos terres, eux, ils sont dégénérés, mais nous, nous restons les Adibasis, les premiers enfants de la Mère Bharat !

Et au service de ses enfants, le barde racontait la nature et ses habitants, la richesse de sa flore et de sa faune. Et il finissait invariablement par une description idyllique et poétique du Sikkim aux rhododendrons géants, aux mille variétés de plantes, certaines carnivores (la népenthès peut digérer jusqu'à de petits oiseaux), aux 700 orchidées, aux 600 espèces de volatiles et aux 400 espèces de papillons tropicaux dont le plus grand du monde : l'Attacus Atlas aux ocelles géantes, papillon nocturne de trente-cinq centimètres d'envergure...

C'était une façon de faire comprendre à chacun que les vrais hommes ne faisaient qu'un avec la nature, qu'ils étaient en communion avec la Mère dont était issue toute vie et toute matière... sous la protection des dieux ou plutôt « du Dieu », comme disait Kabir étrangement... pour eux !

Puis il chantait les plaines infinies de la vallée indo-gangétique dévastées par les sabots des hordes rapaces de Sikander-le-Macédonien, des Huns d'Attila, des Mongols de Gengis Khan, des dix-sept razzias successives de « l'Épée de l'Islam », Mahmud de Ghazni, des Turkmènes de Tamerlan, des Moghols de Babur et de bien d'autres conquérants Afghans, Perses, Balouches et Pathans, qui, d'envahisseurs, se transformèrent en « ombres assimilées » inoffensives dans les nouvelles castes créées à leur intention.

> – C'est ainsi que les peuplades autochtones vaincues se retrouvèrent triomphantes ! concluait-il farouchement.

Ceci conduisait tout naturellement le ménestrel de Dieu à faire revivre la geste épique de l'empereur Ashoka*, l'épopée de Chandra Gupta (Chandragupta II, au IVe siècle av. J.-C.), le choc olympien avec Sikander (Alexandre le Grand, qui livra sur l'Indus sa dernière grande bataille orientale avant de retourner mourir en Perse, en 323 av. J.-C.), toujours présent dans la mémoire collective indienne...

Et des héros* plus modernes : Prithivi Raj, Shivaji le Mahratte, Tipu Sultan de Shrirangam, et Mira Bai la poétesse de Rewa, la Jhansi Rani, Ranjit Singh et les Maharani Satis d'Amber, et le Gourou Nanak s'inspirant de l'hindouisme*, de l'islam, du christianisme et des zoroastriens* pour fonder le Sikhisme sous l'inspiration directe du grand Kabir lui-même !

Et enfin, le fameux Ram Mohan Roy, réformateur bengali du XIXe siècle, qui fonda le Brahmo Samaj en 1828, et fut « le père de l'Inde moderne » : il refusait le système des castes et œuvra en faveur de l'ouverture et de la purification de l'hindouisme, ouvrant la voie à toutes les réformes sociales futures.

> « *Ceux qui habitent ce grand pays, quelle que que soit leur religion ou leur couleur, ils appartiennent à ce pays.* » (citation des Upanishads : « TAMVARSHAM BHARATAM, BHAROTYA YATRA SHANTATI »).

Des Anglais, Kabir ne retenait rien !

Les deux seuls monuments dignes d'être mentionnés étaient le gâteau sucré du Victoria Mémorial à Calcutta et les stucs de la ville rose administrative de New-Delhi !

Et la liste de ses héros à lui s'arrêtait avec les disparitions successives du père de la nation, le Mahatma Gandhi, de Rabindranath Tagore, Sri Aurobindo, Nehruji*, Maharishi, Rajaji, Radakrishna, et le tout dernier, Gafar Ali Khan, le « Ghandi de la frontière », musulman.

Le troubadour acceptait encore bien sûr le « Lok Nayak-Héros du peuple » et sa « Révolution Totale », ainsi que la dernière incarnation des Sages Indiens, l'Océan de la Sagesse, le Dalai-Lama tibétain…

Depuis, la Mère Inde s'était comme arrêtée… Il n'y avait plus rien, plus de créateurs, plus de héros, plus de saints, rien que le *Kaliyug** dans toute sa corruption.

> « *Idéalisme et rêves, ces flammes du cœur, ont disparu de ce pays. Si tu veux qu'elles reviennent à nouveau, éventes-en les quelques braises rougeoyantes…* » (Mir Tagir Mir, après le sac de Delhi en 1739).

Car il faut bien le reconnaître, à la suite du grand poète Mohammed Iqbal, le « Père spirituel » du Pakistan mort en 1948 : « *La flamme de l'Esprit s'est éteinte dans la lampe de l'Inde. Quand donc la nuit de l'Inde verra t-elle poindre son aube* ? »

Qu'on ne dise pas à Kabir les progrès de l'Inde moderne !

Il en riait et les méprisait. Centrale nucléaire, télévision, fusées, satellites géostationnaires et autres gadgets électroniques, étaient pour lui déjà présents dans les Védas il y a 5 000 ans. Ce n'était aujourd'hui que *Maya*, illusion ! Ce n'était que le retentissement de la flûte tentatrice de l'Occident par gouvernement interposé :

c'était le Krishna-corrupteur annonciateur infaillible de la dernière des incarnations de Vishnu* : Kalki (le dernier avatar, souvent représenté avec une tête de cheval) qui allait détruire ce monde d'oppressions et de mal...

Mais rien ne serait perdu : ce serait le nouveau cycle, le Sona Yug, l'âge d'or à nouveau... Les *rishis* (Sages des temps préhistoriques, auteurs de la plupart des Védas) allaient réapparaître...

Et l'aède concluait :

> – À cause du paradis qu'est la Mère Bharat et de ses promesses d'un nouvel âge, acceptons encore un peu les maux présents qu'elle nous offre, et avec quelle abondance, pour nous aguerrir : chaleur, gel, poussière, foule, faim, soif, avalanche, érosion, inondation, cyclone, sécheresse...

Et à ce mot même la magie était brisée...

Chacun retombait sur terre ! Le paradis était perdu, les grandioses fresques pulvérisées, le rêve brisé faisait place à la dure réalité...

Mais avant que quiconque ait eu le temps de se décourager, l'Amant-servant de la Patrie lançait invariablement la deuxième partie de l'Hymne national :

« *Tous implorent tes grâces et chantent tes louanges,*
Car leur salut est au fond de ta main,
Toi, le Dispensateur du Destin de l'Inde !
Longue vie à Toi, longue vie
Et victoire à Toi ! »

Quand les calamités nous tombent dessus, simples vaguelettes dans l'océan des âges, il ne nous reste que la force des mythes pour y faire face en nous remémorant les bienfaits et les beautés de la Mère Terre : de toute façon le bien triomphera finalement du mal.

Confiance et espérance donc.

Et le visionnaire d'en appeler au grand nationaliste hindou-chrétien Brahmabandav Upadhyay*, le premier Indien à avoir réclamé l'indépendance totale du pays :

« *Plus nous aimons Natasari le dieu homme, plus nous aimons notre pays, plus nous devenons fiers de sa gloire passée et avons foi dans le futur de notre peuple.* »

Force du peuple ! Force des peuples !

En quittant Sundari, son mari et son groupe de jeunes filles, nous savions que nous reviendrions.

Il y avait urgence. Le temps n'était pas plus aux palabres qu'aux réflexions élaborées et prudentes.

Ils nous promirent de préparer une chambre pour une infirmière, et surtout de commencer immédiatement quelque chose par eux-mêmes. Aucune exigence n'était posée. Leur comité était déjà mixte : hindous, protestants, et animistes... Que voulait-on de plus ?

Durant le trajet de retour, nous vint l'idée de commencer par ce qu'ils souhaitaient avant tout : un dispensaire.

Blandina, surnommée Diamant Noir à cause de sa beauté et des deux consonnes de son nom (BD : *Black Diamond*), était maintenant libre. Grandie dans l'un des foyers de *Seva Sangh Samiti*, elle avait été la première à bénéficier d'études officielles d'infirmière et de sage-femme.

Il ne fut pas difficile de convaincre le Comité du SEA, et Diamant Noir aquiesca immédiatement. Bien que d'une tribu tout à fait différente (Oraon, d'un groupe dravidien du Bihar), elle aussi était Adibasi, et son sourire perpétuel s'accommoderait bien de celui de Sundari...

Une semaine plus tard, notre infirmière, accompagnée du responsable médical de Pilkhana, de Dadu, et de deux autres travailleurs, ouvrit le premier dispensaire dans un petit local quasi neuf mis à sa disposition.

En quelques jours le succès fut total. Dès le premier mois, il y eut plus de 8 000 malades soignés. C'est aussi rapidement que fut ouvert un atelier de préparation de nourriture de sevrage, pour procurer du travail à onze veuves et nourrir 400 bébés en train de mourir. Dans le même temps, vaccins, cours d'hygiène et de soins pour enfants se succédaient, ainsi qu'une formation d'infirmières donnée sur le tas à des jeunes filles santalies.

Dès la première semaine également commença le creusement de puits. Sept puits furent réalisés en un temps record malgré leur coût extrêmement élevé. Environ 15 000 personnes en furent les bénéficiaires.

Un autre projet de plus grande envergure fut la construction d'un très grand réservoir de plus de 150 mètres de long, destiné à stocker l'eau de pluie et à la laisser s'écouler lentement, au gré des besoins, par des petites vannes aménagées aux quatre angles. Ce gros ouvrage de retenue qui couvrait un hectare et demi employa 300 travailleurs hommes et femmes pendant plusieurs mois sur une base de « nourriture contre travail ». Ce qui leur permit de faire survivre leurs familles jusqu'à la moisson suivante.

Quelques centaines de petits métayers voyaient ainsi leurs terres leur garantir au moins deux récoltes de riz par an à l'avenir...

Dans le même temps une école de couture fut créée pour permettre aux jeunes filles pauvres d'aider leurs familles en gagnant quelque argent tout en apprenant un métier.

Analphabète à 90 %, la population avait été incitée depuis longtemps par l'association Vivekananda à faire scolariser ses enfants. Mais la présence du Service d'Entraide permit d'étendre cette action aux adultes par des cours du soir. C'est ainsi que dans 40 villages, et en général sous un arbre, 40 professeurs furent payés pour enseigner les rudiments nécessaires à des adultes : signer leurs noms, remplir un mandat, comprendre un reçu (d'usurier, d'employeur, de docteur, etc.) : 1 600 hommes et femmes en bénéficièrent...

Le centre fonctionnait vraiment bien ; il était quasi autonome puisque, en dehors de l'infirmière, le représentant infirmier du SEA y faisait des visites régulières, mais n'y résidait pas.

Le futur était bruissant de projets, lorsque tomba comme la foudre une loi du gouvernement du Bengale : « Toute organisation qui reçoit des fonds de l'étranger et en fait bénéficier la population tribale, doit quitter dans les quinze jours ses activités et arrêter toute aide. »

Il s'agissait d'empêcher des groupes de pression révolutionnaires ou extérieurs (de droite comme de gauche) de favoriser, grâce aux projets de développement, le mouvement politique du Jharkand qui avait pour but de créer un État séparé avec les populations tribales du Bengale, du Bihar et de l'Orissa. Les chrétiens étant accusés de favoriser ces mouvements autonomistes, le couperet nous concernait au premier chef, puisqu'il y avait quelques chrétiens parmi nous...

Ce nouvel État est en fait aujourd'hui en formation ; mais de puissants intérêts s'efforcent d'empêcher, comme partout, les aborigènes de s'organiser.

Sundari et son comité se démenèrent comme de beaux diables. Ils reçurent le soutien de tous les élus locaux, de tous les responsables officiels du développement de Bankura et même de certains ministres du Front populaire. Le *Seva Angh Samiti* de son côté ne ménagea pas son énergie pour organiser pétition sur pétition...

On put repousser le départ de près de deux mois, mais finalement, la mort dans l'âme, il fallut se résoudre à obéir à la loi, avec la fierté cependant de savoir que nous étions la dernière des organisations concernées à quitter le secteur... Piètre consolation !

Par la suite, les Santalis essayèrent plusieurs fois de nous faire revenir, mais en vain, la situation politique empirant avec le temps.

Cet échec réel (bien que relatif) libéra notre infirmière, et nous permit de nous tourner vers un autre horizon lointain d'où nous parvenaient depuis quelques mois des appels pressants.

VIII

Sur la piste des rouleurs de tabac

Au temps des inondations de Jhikira, un jeune secrétaire de mairie de la commune voisine, Abdul Wohab (dont le nom signifie en arabe « Dispensateur des dons », un des 99 noms d'Allah) avait été le témoin privilégié de l'odyssée du SEA.

Retourné dans son village du delta du Gange, à plus de cent kilomètres de là, il réalisa que son travail politique dans le parti socialiste révolutionnaire léniniste (*Revolutionary Socialist Party*, RSP), un des groupes minoritaires présents dans l'Alliance du Front Populaire (*Left front*) au pouvoir au Bengale depuis 1977, ne le conduirait nulle part.

Il avait constaté qu'armé du seul sentiment d'amour et de compassion pour tous les hommes quels qu'ils soient, le groupe mixte apolitique non violent, chrétien, musulman et hindou, de *Seva Sangh Samiti* avait en fait réalisé l'un des buts pour lesquels il se battait depuis longtemps déjà par des moyens de violence : contribuer à unir les plus pauvres pour leur permettre d'améliorer par eux-mêmes leurs conditions de vie.

Tout en achevant ses études au barreau de Calcutta, il profitait de chaque occasion pour rencontrer l'infirmier de Pilkhana et l'inviter à venir l'aider à organiser ses frères et sœurs des villages, tout spécialement les rouleurs de *bidis* qui étaient, à l'en croire, presque tous atteints par la tuberculose. Les *bidis* (ou *beedees*) sont de petites cigarettes faites d'une feuille de tabac roulée, dont les mégots pendent aux lèvres des coolies, paysans et autres travailleurs pauvres.

Il y avait cependant un obstacle de taille. Après chacune de ses visites, quelques autres personnes arrivaient et nous recommandaient de ne pas lui faire confiance, car « il faisait de la politique ». Pour le Service d'Entraide, la situation était délicate. Fallait-il risquer de se laisser entraîner dans une affaire qui sentait le soufre, ou à tout le moins qui semblait ne pas faire l'unanimité dans le canton ?

Les mois passant, « Dispensateur des dons » devenait toujours plus pressant :

> – Je vous en supplie, venez seulement un jour avec moi et vous verrez. Et puis, si vous n'êtes pas convaincu que les gens ont besoin de vous, alors ne revenez plus. Je vous laisserai tranquille. Je vous en supplie au nom de votre Dieu, venez. Et si vous acceptez, alors je vous promets de laisser tomber mon métier d'avocat et de donner toute ma vie aux tuberculeux...

C'était là langage assez fort, auquel finalement nous ne pouvions guère résister, d'autant plus que la loi du gouvernement affectant Bankura venait d'être passée et que nous pouvions peut-être, de ce fait, dégager du personnel...

C'est ainsi qu'un beau jour d'hiver, deux travailleurs sociaux du SEA, l'infirmier et l'assistante sociale, prirent un bus puis un autre, sur une route abominable, le long de l'immense égout transportant toutes les eaux usées de la mégapole vers le golfe du Bengale.

Enfin, empruntant un *rickshaw* miteux et moribond, ils parcoururent les cinq derniers kilomètres, pénétrant dans la zone des pré-Sundarbans, dont le village de Banghor est le centre.

Une petite cabane surélevée, un plancher de deux mètres sur deux mètres, une natte... Sur la natte, cinq hommes sont assis en rond autour d'un monceau de feuilles de tabac, chacun ayant devant lui une petite corbeille et un rouleau de fil blanc très fin. Ils sont là depuis six heures du matin. Ils ont préparé et aplani les feuilles dans la pénombre de la pré-aube.

Et dès qu'ils ont pu distinguer un fil noir d'un fil blanc, ils se sont assis en lotus et mis au travail. Ils y seront encore, à les entendre, jusqu'au crépuscule : « Lorsqu'on ne pourra plus distinguer un fil blanc d'un fil noir… »

Ils devront alors compter les cigarettes réalisées, les grouper en petits tas de douze, de cent vingt, et de mille deux cents, pour aller ensemble les présenter à leur boss en disant :

> – Ô Incarnation de la justice, voilà le travail réalisé. Daigne dans ta bonté, connue et reçue d'Allah, nous offrir de quoi faire vivre notre famille…

Mais, avant de toucher un salaire royal, totalement dû à la générosité d'un cœur plein de la compassion obtenue par l'intercession du grand prophète Muhammad – que la paix soit sur lui –, il a fallu les faire ces cigarettes ! Et la dite « Incarnation » de nous expliquer avec suffisance :

> – Rien de plus simple vous voyez. Il suffit de sortir une des feuilles de tabac sèche du tas, de l'aplanir entre les deux paumes d'un geste ferme, mais pas trop cependant pour ne pas la briser, de la déposer dans le creux de la main gauche de telle façon qu'elle en épouse la forme de cuvette, de la saisir entre le pouce et l'index des deux mains, de la rouler délicatement, mais fermement, en partant de l'extérieur, et enfin tout en maintenant la feuille roulée dans la main gauche, de saisir de la main droite le rouleau de fil, de le couper d'un coup sec des dents, puis, par le pouce, d'en maintenir une extrémité entre l'index et le pouce gauche côté sommet de la cigarette, et de l'enrouler avec les doigts, droit jusqu'au nœud final et au geste leste qui envoie la *bidi* terminée dans le petit panier…

Simple en vérité ! Mais ce qui l'est moins, c'est la vitesse de réalisation qui fait que toute cette opération doit se réaliser en quelques secondes, car les travailleurs sont payés aux pièces.

Mille pièces leur rapportent la pitance d'une roupie* et demie. S'ils travaillent bien, ce qui veut dire : s'ils n'arrêtent pas une minute, ils pourront obtenir du négrier la somme fabuleuse de cinq roupies par jour. Ce qui leur suffira amplement pour offrir un bol de riz à chacun des membres de leurs familles… mais sans le curry !

La vitesse d'exécution est telle, qu'entre deux cigarettes les doigts continuent à se mouvoir au même rythme. Et si par hasard les esclaves arrêtent une minute pour nous parler, les doigts continuent leur travail dans le vide, ainsi que la tête qui elle aussi dodeline automatiquement en suivant le mouvement.

Mais ce n'est pas tout. Un des patrons rencontrés nous assure avec bonhomie qu'il laisse entière liberté à ses 200 travailleurs, répartis sur quatre villages, pour fumer toutes les bidis qu'ils désirent, même pendant le temps du travail.

Et c'est bien là le drame. Confinés dans une pièce sans air à l'atmosphère suffocante, la feuille de tabac roulée en permanence au bec fragilise à l'extrême leurs poumons qui, déjà affaiblis par la sous-alimentation chronique, fonctionnent à rendement réduit.

Pour couronner le tout, les rouleurs de tabac ont pris l'habitude, fraternelle mais fatale, de se passer la cigarette de bouche à bouche à tour de rôle, pour ne pas perdre de temps à l'allumer...

Nous avons passé toute une journée à visiter les *bazaars*, à débusquer les petites échoppes dans les ruelles des hameaux, et à contempler des groupes de 50 employés dans de grands ateliers, dans un rayon de plus de 10 km.

Partout, la constatation était la même : les esclaves étaient tuberculeux et se succédaient à grande vitesse à l'intérieur même des familles, car ils mouraient rapidement, et le fils prenait la place du père, le frère du frère...

Sur la foi du rapport écrit et du récit chargé d'émotion de l'assistante sociale qui pourtant en avait déjà vu bien d'autres, le Comité du SEA accepta d'emblée. Mais les conditions étaient très strictes : une association mixte totalement apolitique, un démarrage de quelque chose avant notre arrivée, un projet « réaliste », et une affirmation que notre aide ne serait que temporaire.

Ces clauses furent acceptées sans difficultés, et en janvier 1980 une ONG fut fondée : SHIS (*Southern Health Improvement Samity*), l'Association pour l'Amélioration Sanitaire des Sundarbans.

Une jeune hindoue fort pieuse, Sabitri* Didi, en devint la présidente. Nous l'avions rencontrée chez elle, et nous avions été frappés, non seulement par sa personnalité, mais encore par ses convictions maintes fois répétées : ne pas se marier, pour se consacrer à la libération de ses frères et sœurs les plus pauvres, avec l'aide du grand Dieu.

Dix-huit ans après, non seulement Sabitri Didi est encore la présidente de SHIS, mais elle en est devenue la Mère, ayant réalisé tout ce qu'elle avait rêvé et bien plus encore, car cette organisation lui est en partie redevable de l'esprit exceptionnel qui y règne.

SHIS est devenu un centre quasi international. Notre frère « Dispensateur des dons » en fut et en reste le directeur secrétaire. Sept autres membres furent cooptés dont deux travailleurs chrétiens, un bouddhiste et plusieurs des élus locaux hindous et musulmans, signe que dès le début l'association était réellement intégrée dans le canton.

Le quartier général était une *tea-shop*, une minable et minuscule échoppe à thé traditionnelle délabrée. Les membres du Comité local s'employèrent à l'aménager de telle façon qu'elle pût servir à la fois de bureau, de dispensaire, de chambre à coucher et de cuisine.

Dans le même temps, ils préparèrent des projets de développement rural et d'alphabétisation. L'expérience des trois centres déjà lancés leur avait fait comprendre l'importance et la nécessité d'un DÉVELOPPEMENT INTÉGRÉ ET INTÉGRAL, c'est-à-dire qui ne mette pas en jeu seulement un projet particulier et précis, mais bien toute une série de projets en relation les uns avec les autres, qui s'appelleraient et se compléteraient mutuellement.

C'était l'époque où Diamant Noir se voyait contrainte, le cœur gros et le visage inondé de pleurs, de quitter l'asile fraternel de Bankura où elle avait conquis tout le monde par sa simplicité et sa qualification.

À son arrivée à Banghor, on lui fit visiter ses quartiers, la fameuse *tea-shop*. Envahie de jour par les membres du comité et par tous les malades qui affluèrent vite, et la nuit, seule, absolument seule !

Au bout de deux jours, il fut vite compris que les ivrognes locaux ne lui laisseraient guère de répit, car la nuit ils tambourinaient à la porte, laissant notre Diamant Noir à moitié morte de peur.

Il faut dire qu'une jeune fille résidant toute seule, ça ne s'était jamais vu, ça ne s'acceptait même pas. Et puis, qu'est-ce que c'était que cette chrétienne au milieu d'une population où il n'y en avait absolument aucune autre ? Et par-dessus le marché qu'est-ce que c'était que cette Adibasi au milieu de Bengalis ? Vraiment, comme personne n'y comprenait rien, les soûlards, eux, du moins, voulaient « en profiter »...

Le comité s'adressa alors au commissariat qui accepta de poster un policier armé devant le dispensaire. Les policiers n'ont pas toujours bonne presse par ici, mais celui-là était hors pair. Il y resta un an, et rien désormais ne menaça plus la sécurité et la sérénité de notre petite sœur infirmière.

Et quand Dada ou Dadu revenaient la visiter, ils dormaient... avec le policier, devant la porte, sur le *charpoy*, lit commun constitué d'un simple cadre de bois tendu de cordes entrelacées !

Le dispensaire connut vite une très grande affluence. Les tuberculeux étaient nombreux à s'y presser. Comme il n'y avait aucun médecin, et que la Didi ne pouvait elle-même diagnostiquer et soigner une maladie si spécifique, un système fut mis au point comme à Jhikira pour envoyer et accompagner les malades par groupes à Pilkhana (six heures de trajet aller et retour), pour faire les radios pulmonaires et les examens de sang et de crachat.

Et sœur Diamant Noir avait pour rôle de veiller à ce que les remèdes prescrits soient pris régulièrement jusqu'à la fin du traitement.

La nécessité se fit vite sentir cependant d'avoir deux sous-centres à 10 et à 20 km de là, pour permettre non seulement les soins, mais encore la détection systématique, la prévention par vaccination BCG, l'enseignement audiovisuel et le « suivi des dossiers ». Deux nouveaux jeunes garçons paramédicaux furent formés à cet effet.

Après un an, ils purent prendre le relais et laisser enfin Diamant Noir rejoindre le centre de Chowani, oasis de palmes au milieu d'une mer de rizières, où elle passera treize ans et épousera un garçon de l'endroit.

Elle avait accompli sa tâche avec un tel dévouement et une telle efficacité que jamais jusqu'à ce jour, les travailleurs du SHIS ne purent l'oublier ! En un peu plus d'un an, 800 tuberculeux avaient été soignés et plus de cinq mille consultations spécialisées assurées par notre infirmière.

Dans le même temps, SHIS réalisa aussi un canal d'irrigation, deux écluses, 10 pompes allant chercher l'eau à 30 ou 40 mètres de profondeur, la nappe phréatique ici étant facile à atteindre, ainsi que 16 écoles du soir pour adultes, dont trois pour les femmes...

L'association avait donc bien démarré. Les fondements étaient posés. Encore fallait-il les consolider et surtout les intégrer dans un mouvement authentique de développement communautaire de base.

IX

Les « Villages-du-peuple »

Revenons à notre centre rural principal de Jhikira.

En 1980, les malades affluaient au dispensaire placé sous l'énergique direction de la grande sœur Belle Chevelure. Celle-ci avait maintenant les choses bien en mains. Elle se payait encore le luxe, avec sa santé retrouvée, d'améliorer régulièrement et d'élargir les services médicaux et sociaux.

Pour augmenter l'efficacité des soins, elle avait organisé quatre petits sous-centres dans des villages limitrophes, dont deux ne s'atteignaient que par bateaux.

Les soins à domicile, les urgences étaient parfaitement organisés, y compris de nuit. On la voyait souvent, une lampe de poche à la main, aller aider un accouchement difficile, assister un malade du choléra, ou encore prendre une heure pour prodiguer les soins délicats exigés durant des mois par de grands brûlés ou des grabataires qui ne pouvaient être transportés au dispensaire.

De plus un petit dispensaire homéopathique local qui voyait mille malades par mois reçut des subventions, car elle lui envoyait certains cas pour lesquels le traitement allopathique était illusoire.

Au cours des trois premières années, 200 000 malades furent ainsi soignés. La renommée du dispensaire s'étendit tellement qu'il fallut enseigner le plus rapidement possible aux jeunes filles volontaires, spécialement Espérance et Luciole, les bases des diagnostics et du traitement. Le but était qu'un jour ces filles fassent elles-mêmes tourner le centre médical...

Pour aider à la formation, on fit appel à Fleur d'Hibiscus, de Pilkhana, qui vint fréquemment enseigner et organiser les cliniques de prévention de la malnutrition dont elle était devenue en quelque sorte la spécialiste.

Ces services se révélèrent une fois de plus être le pivot autour duquel le vrai développement pouvait se faire.

En effet, les mamans venaient nombreuses et repartaient non seulement satisfaites des soins, mais encore pleines de respect pour la compréhension et l'amitié reçues, toutes choses qui dans leur vie d'éternelles méprisées suscitaient la confiance et l'écoute des conseils prodigués. Il en résultait une réelle amitié pour le personnel, tout spécialement pour Dadu et Belle Chevelure, toujours au service des plus pauvres.

Le développement a déjà commencé, quand des personnes se sont mises en route, quand des relations sociales se sont établies, des comportements nouveaux instaurés.

Si on ne sait ni les écouter ni leur faire confiance, les petites gens, surtout les basses castes ou les femmes, accepteront toujours bien sûr de tout recevoir de l'extérieur (argent, travail, projet), mais la simple générosité les transformera alors en mendiants. Là où avant notre arrivée, il pouvait y en avoir un, on en rencontrera facilement deux... ou cent, et le prétendu développement sera devenu un cocon, un « enveloppement », rendant les gens dépendants, passifs et... exigeants.

Du contre-développement en vérité, qui vient s'ajouter au mal-développement chronique, et dont les stigmates peuvent demeurer fort longtemps. Il m'est arrivé parfois de m'en sentir responsable, tant il est difficile de savoir comment évoluera un projet débutant.

Pendant tout ce temps, Vainqueur de la mort et ses équipes de harijans ne restaient pas inactifs. Fidèles à la promesse de coopération décidée sous le grand banyan un soir de pleine lune, ils choisirent les six villages où ils avaient déjà des leaders et les structurèrent de façon fort originale, au grand dam des partis politiques qui avaient eux-mêmes dans chaque hameau leur propre responsable et entendaient bien garder la haute main sur toutes les décisions prises au niveau local.

Mais notre Pandit ghandien avec ses quarante ans d'expérience au ras du sol ne s'en laissa pas conter ; il utilisa toute son influence – et elle était grande – pour laisser aux intouchables et aux musulmans le soin de s'organiser.

Chaque hameau devait réunir tous les hommes une fois par mois. Comme il y avait en moyenne mille habitants par hameau, cela faisait environ 150 chefs de familles. Un comité devait être élu, comprenant 10 à 15 personnes. Ce « comité du peuple » devenait ainsi une association enregistrée officiellement, chargée de discuter les problèmes, de chercher des solutions, et de les proposer au comité.

Une fois par mois également, les trois responsables de chaque comité se réunissaient avec Vainqueur de la mort, pour prendre les décisions pratiques et faire part de leurs propositions aux responsables du SEA.

Parallèlement, un *Mohila Samiti*, comité de femmes, fut instauré avec des représentantes de chacun de ces villages sous la conduite de Didimouni, l'institutrice (elle aussi ghandienne) de l'école enfantine, bien que la tante Rubis-sombre en fût la responsable réelle...

Les hommes furent prompts à identifier les besoins essentiels et à les mettre sur le papier. Après tous les débats précédant la venue du SEA, ils n'avaient qu'à réfléchir cinq minutes pour établir les priorités.

Tout d'abord, on avait besoin d'améliorer l'irrigation : sans canaux pas d'eau, sans eau pas de récolte, sans récolte pas de riz, sans riz pas de vie. Des pompes étaient nécessaires : le système traditionnel de balancier actionné à la main était inopérant. Mais pour utiliser les pompes, il faut des bateaux. Pas de bateaux pas de pompes, pas de pompes pas d'eau, pas d'eau pas d'irrigation.

Si la surface irriguée augmentait, les récoltes hors saison augmentaient aussi. Pour en assurer le succès, il fallait des engrais, des pesticides, de nouvelles variétés de riz, car les semis traditionnels ne répondaient plus aux nouvelles exigences. C'était peut-être une erreur, mais qui pouvait le savoir alors, face à la propagande du gouvernement et des spécialistes agricoles qui ne juraient plus que par les nouvelles semences ?

L'expérience prouva en effet que non seulement ces nouvelles variétés à haut rendement exigeaient plus d'eau, toujours plus d'engrais et de pesticides (tous produits écologiquement dangereux), mais encore qu'elles étaient très fragiles, sensibles à l'action destructrice des virus et autres parasites, et très dépendantes des variations de l'eau et de la température, alors que les formes indigènes, moins exigeantes et cent fois plus robustes, « rendaient » moins, mais vivaient mieux !

De plus, on manquait aussi d'eau potable, donc de pompes à eau sur des puits tubés, car le gouvernement n'en créait que trop peu, souvent pas assez profonds, et qui commençaient à tarir en moins de deux ans. Ils étaient aussi trop espacés ; il fallait souvent marcher trois à quatre kilomètres pour aller chercher de l'eau...

On avait besoin d'écoles qui ne s'effondrent pas à chaque nouvelle inondation. Et qui puissent servir de refuges pour les sinistrés au moment où les eaux montaient par trop.

Avec les responsables du Service d'Entraide, il fut décidé ce qui suit : le SEA s'engageait à offrir initialement du matériel et des bœufs de labour. Peu en possédaient ; leur location revenait fort cher et grevait le budget familial, obligeant souvent les paysans à recourir au Mahajan usurier.

Les comités de villages bénéficiaires mettaient le matériel et les bêtes à la disposition du petit paysan qui payait le service à des taux fixés. Cet argent était alors déposé dans une banque au nom du dit comité, et servait à l'amortissement du matériel, à son entretien, et à la création de services pour les paysans sans terre et les ouvriers agricoles, tels que des étangs de pisciculture, des petits jardins potagers, des poulaillers.

Il fut décidé que les écoles en dur, à cause de leur coût prohibitif, seraient totalement prises en charge par le SEA.

Elles seraient gérées par leurs instituteurs dans le cadre du système instauré par le gouvernement du Bengale (salaire payé par l'État).

Douze localités qui, année après année, étaient sujettes aux inondations, et où les écoles avaient été détruites, furent identifiées. Chaque école concernant environ 300 gosses, plus de 4 000 enfants bénéficieraient de ce système.

Quant aux pompes à eau, *Seva Sangh Samiti* acceptait de creuser quarante puits tubés (220 m de profondeur en moyenne). Les gens devaient y contribuer par des heures de travail gratuites, et par la prise en charge du coût de la plate-forme : 10 % du prix total environ.

Le creusement d'un canal d'irrigation fut aussi reconnu comme une mesure d'urgence, pour pallier les effets de la sécheresse qui avait fait suite aux inondations ; il devait bénéficier à 750 familles (près de 5 000 personnes).

Autant les « comités de villages » avaient été rapides dans l'évaluation des besoins, autant il fut difficile aux femmes d'exprimer clairement les leurs.

Bien entendu, elles approuvaient totalement les priorités proposées par les hommes, elles qui en avaient souvent débattu avec leurs maris ou frères dans le secret de leurs foyers ; mais à la limite c'était de leur compétence à eux.

Elles discutèrent à perte de vue de l'amélioration des services hospitaliers, d'écoles pour les enfants, d'écoles de couture, voire d'écoles du soir.

Mais, concrètes avant tout, elles ne savaient guère faire de synthèses ou de résumés. Elles parlaient par intuition. Et puis elles avaient tellement de problèmes chaque jour qu'elles ne pouvaient laisser passer l'occasion de les exprimer…

> – Tara-l'Étoile, en riant : Écoutez, les hommes, ils pensent les problèmes, nous on les voit et on les vit. C'est pas vrai ?
>
> – Raj-Kumari-Princesse : Tu l'as dit, Étoile, ma sœur, mais ça me fait pas rire ! Je me sens comme une esclave, je travaille toute la journée comme une bête de somme, je fais toujours la même chose, et à la fin de la journée, qu'est-ce qu'il me reste, hein ? Un homme grincheux qui n'est jamais content du plat que je lui offre ! Comme si c'était moi qui le lui

payais, ce qu'il y a dans le plat ! Et il me dit toujours : c'est moi qui gagne l'argent, toi tu ne fais que le manger. Mais est-ce que je ne gagne pas moi aussi mon riz et celui de mes enfants avec ce travail d'esclave ?

– Koruna-la Compassionnée : Bien sûr que tu as raison, grand-tante Princesse, tu le gagnes dix fois ton riz ! Mais le père de tes enfants, il est d'or celui-là, parce que lui aussi il rit souvent, et toi, tu as beau dire, tu ne veux même pas reconnaître que tu l'aimes beaucoup ! Mais si on rit, c'est parce qu'il faut bien rire, on ne peut pas quand même passer tout son temps à pleurer !

– Pushpita-Petite fleur : C'est qu'elle a raison aussi. On connaît toutes la chanson :

Vous pouvez, ô femmes, rire et rire encore.
Mais il y a quelque chose de caché derrière votre rire.
La vie de la femme est une écorchure
dont les hommes ne portent pas les cicatrices…

– Princesse : Oui, je reconnais que les hommes parfois se crèvent au travail, mais eux c'est seulement quelques heures. Tandis que nous, quand j'y pense, je me dis que ma grande fille Komola-Fleur de Lys a raison des fois…

Oh ! celle-là, elle pousse à la vitesse d'un bananier et elle me dépasse déjà d'une tête à 18 ans ! Pas plus tard qu'hier, elle m'a fait une espèce de comédie en mimant pour ses frères et sœurs le travail des femmes qu'elle affirme ne jamais vouloir accepter plus tard pour elle. Elle peut aussi bien refuser le mariage que la mort. Mais les deux viendront en leur temps. Est-ce que ce n'est pas vrai ?

– Petite Fleur : Eh ! dis donc, « Fleur-de-bananier-qui-pousse-si-vite », est-ce que tu pourrais pas les refaire pour nous, ces mimes qui plaisaient tant à tes frères et sœurs ?

Il faut pas avoir honte, on est entre nous, il n'y a pas d'hommes par ici. Allez, vas-y !

Et voici la surnommée pour un soir « Fleur de bananier », une superbe fleur de kadamba* orange dans les cheveux, poussée au centre par la foule des femmes. C'est une belle jeune fille dorée dont les yeux pétillent, montrant une personnalité bien à elle, et qui, même si elle blanchit en public (équivalent du « rougissement » des Occidentaux), n'a pas froid aux yeux et n'est finalement pas malheureuse de s'exprimer.

Et la voilà qui prend une humble pose de femme servile, repousse légèrement le bas de son sari, en le remettant complètement sur sa tête et, allant à petits pas de ça de là, en jetant de furtifs coups d'œil à droite et à gauche, mime en parlant chaque action :

– Eh bien ! voilà, est-ce que c'est une vie ? Dites-le moi ?

Aller cinq fois par jour avec les *kolsi* (récipients d'argile ou de cuivre servant à puiser l'eau) sur la tête et sur la hanche pour chercher l'eau de la rivière à trois cents mètres. Aller de la même façon chercher l'eau potable deux fois par jour à quatre kilomètres où se trouve la pompe. Aller chercher les branches d'arbres, les mettre sur la tête ou parfois tirer presque un tronc entier ; ramasser dans le même temps par terre les bouses de vache pour la cuisine et les mettre dans un panier ; faire des galettes avec, les sécher, les détacher, ramasser toutes les feuilles sèches partout, la paille pour les animaux et l'eau aussi…

Et puis laver et habiller les gosses (et chop, une taloche par ci, et vlan une baffe par là), préparer le biberon du petit (mais le lait, où il est le lait ?) ; préparer la nourriture (battre le riz, trier le riz, cuire le riz, piler les piments), alimenter le feu par petits bouts de paille ou de feuilles, attendre que les hommes arrivent (et elle mime les mégots aux lèvres et leur voix de fausset : « alors c'est prêt ?… »). Cuire le *Dal-bhat* (lentilles-riz, composante obligatoire et quotidienne de chaque repas), trier les scories, préparer le savon (mélange de cendres et d'urine de vache), nettoyer les plats avec les cendres, laver le linge (encore un voyage à la rivière), soigner les malades… et les bêtes malades, fabriquer des instruments en osier, roseau, herbes : des filets, des paniers, des nasses…

Enfin s'occuper de tout, maintenir toujours tout en ordre, nettoyer, laver, réparer, entretenir, panser, enduire tous les murs et les sols de bouse de vache fraîche pour éloigner les insectes et maintenir la fraîcheur, aérer les couvertures et les nattes, enlever les punaises, surveiller les poules, les canards, les pigeons, les chiens et les chèvres sans oublier la perruche et le chat…

Et elle imite la perruche, elle miaule avec le chat, elle s'agenouille dévotement devant le trou du cobra où elle doit déposer quelques gouttes de lait chaque jour…, ce qui fait bien sûr rire tout le monde aux éclats :

– Shabash, Shabash, Bhalo, comme c'est vrai tout ce qu'elle fait, comme c'est bien ça qu'on vit nous toutes ! Elle pouvait jouer Draupadi dans le Mahabharata*, elle a vraiment du talent pour la comédie !

– Nirmala-la pure : Allons, continue encore un peu, je suis sûre que tu n'as pas fini !

– Momota-l'Affectionnée : Mais qu'est-ce que tu veux qu'elle dise de plus ? Je ne savais pas moi-même que je faisais tout ça ! Jamais j'aurais pensé…

Mais elle n'avait pas du tout l'intention d'arrêter, notre Fleur de Bananier si bien poussée :

– Ah, vous voulez que je vous dise, hein ? Mais je n'ai encore rien fait de ma journée ! Je suis une fainéante de fille qui ne pense qu'à jouer : « il te reste encore des tas de choses à faire, allez ouste ! »

Et en avant ! Il me faut épouiller les enfants, porter la nourriture aux hommes dans les champs, aller relever la nasse à crabes et le filet de pêche au travers des ruisseaux, ramasser les limnées aquatiques et les escargots géants, les vider (vous aimez les vider, vous ?), et puis chercher tout ce qu'on peut trouver pour fabriquer le curry (tout légume pouvant être apprêté avec le riz)…

Allez, en avant, je vais dans l'étang jusqu'à la taille pour couper les tiges de nénuphars (excellentes pour accompagner un légume), je ramasse les châtaignes d'eau à la surface, puis je grimpe comme je peux avec mon sari pour avoir des papayes, des mangues ou des bananes vertes, ou encore des fleurs ou des cœurs de bananiers (le bétail en raffole) ; ou alors des jaquiers, sans oublier les pousses de bambou, et enfin monter sur le toit pour les citrouilles.

Et puis quand j'ai du temps libre, il me faut encore étendre les piments pour les sécher, préparer les condiments, et tout le reste encore...

– Mamoni-Perle de mes yeux : « Mais où est-ce qu'elle va encore chercher un reste ? Moi, j'en ai déjà la tête qui tourne, de savoir que demain je vais devoir préparer tout ça ! »

– Fleur de bananier : « Mais ne m'interrompez pas, je n'ai pas de temps à perdre moi ! Il me faut encore repiquer toutes les deux heures le piquet des chèvres, défibrer les cocos, préparer le chaume du toit et le réparer, arroser le jardin potager, et puis c'est la nuit. Ouf, je suis crevée ! »

– L'Étoile : « Alors, cette fois tu peux te reposer, hein ? »

– Fleur de bananier : « Comment ? Moi me reposer ? Mais nous, les servantes à perpétuité, pas question ! Qui est-ce qui va souffler dans la conque pour appeler la déesse, faire les rites aux dieux, surveiller les devoirs des gosses, nettoyer et allumer les lampes tempête et les narguilés, préparer les bétels à mâchonner, masser les jambes et bras des hommes revenant des champs, offrir la nourriture, coucher la marmaille, refaire les biberons...

Et s'il nous en reste encore du temps, et s'il y a des restes de repas, alors on va pouvoir manger... »

– Princesse : « et se coucher... »

– Fleur de bananier : Pas encore, parce que d'après ma sœur aînée qui est mariée, on ne peut pas encore se reposer quand on veut dormir ! Il paraît qu'il faut encore être à la disposition des maris qui veulent discuter. De quoi, ça j'en sais rien... Et même paraît-il jouer ! À quoi ? Elle ne me l'a jamais dit... Oh ! je le sais, on dit toujours : « le plaisir de la natte ». Mais personne ne m'a jamais expliqué ce que ça voulait dire. Mais moi, je vous l'affirme, le repos, c'est pas pour aujourd'hui ! Sans doute pour demain, hein ?...

– La Compassionnée : « Khub Bhalo, très bien, cette fois tu l'as mérité ton repos ! »

– Perle de mes yeux : « Non, non, dis-nous, Fleur de bananier, dis-nous maintenant, non pas seulement ce que tu fais, mais ce que tu en penses. Tu as été à la grande école après tout. Toi, tu peux penser beaucoup. Nous, est-ce qu'on sait ? »

– Fleur de bananier : « Ah, vous voulez que je vous dise ? Non, Ma (Maman), si elles le veulent je vais leur dire ce que j'en pense. Tant pis si ça ne plaît pas à Baba (Papa) et aux autres hommes... Après tout, on n'est pas des esclaves, on est des femmes ! »

À trois ans déjà, on nous dit : « Tu es une fille, il faut que tu travailles, que tu apprennes à tenir le ménage. » À six ans, on nous serine : « Tu es une fille, il faut que tu saches tout faire pour le jour où tu te marieras. » À dix ans, on nous affirme : « Tu n'es plus une enfant, tu es une femme, tu ne peux plus jouer comme les gosses. » À quatorze ans, on nous explique : « Tu ne peux plus rester avec nous, le dieu il t'avait prêtée à nous, tu appartiens à ton mari maintenant, va dans sa famille ! » Et quand on arrive, c'est la belle-mère qui reprend le refrain...

Moi, je vous le dis tout haut : jamais je n'accepterai de me marier s'il faut m'occuper de tout ça, et puis de faire des enfants ! J'ai vu maman ! Dix lunes qu'elle doit les porter ses enfants, et après, de nouveau un an les porter sur les bras jour et nuit pour les allaiter, et après encore, en porter un dans le ventre tout en portant sur le sein celui de deux ans à calotter constamment parce qu'il vous empêche de faire votre travail...

Et quand Baba arrive le soir, il dit : « Alors c'est bien, ça ! Mon fils, quand il sera grand, il m'aidera, et ma fille, quand elle aura quatorze ans, je la marierai à un Radja, et celui qui va naître, le dieu va en faire un docteur, et il nous aidera quand on sera vieux... »

Mais moi, quand je lui rétorque : « Qui ils aideront, tous ces mioches, toi ou maman ? », lui il me répond : « Si tu dis un mot de plus, je te fais te marier la semaine prochaine avec le vieux qui t'a demandée deux fois depuis que sa femme est morte... »

– Princesse : « Hare, eh ! fermez vos oreilles ! Fleur de bananier, tu vas trop loin, c'est Fleur de Cactus que tu devrais t'appeler ! Si ça se sait ce que tu dis, tu vas prendre une raclée, et nous aussi de t'avoir écoutée ! »

– Fleur-de-bananier : « Ça m'est égal ! Et ce n'est pas fini ! J'ai encore d'autres choses à dire ! C'est Gurudev (Tagore) qui le chante » :

« *Nous autres, femmes, on n'est pas seulement la gardienne du feu familial, on est la flamme même du logis* ! »

Pourquoi, alors, on ne peut jamais créer quelque chose, faire quelque chose de joli, quoi ! Il nous faut toujours faire et refaire sans cesse les mêmes choses. C'est monotone. Même quand maman accouche, le soir même elle travaille déjà.

Il n'y a que le jour de la mort où on est libérée. Enfin si on meurt très tôt le matin, sinon, si on meurt le soir ou dans la nuit, il nous faut encore tout faire dans la journée !... En clair, nos vies, c'est d'arriver un jour en palanquin dans la maison des beaux-parents, et d'en repartir en civière... Ce sont les deux seules occasions qui nous permettent de sortir : le mariage et l'incinération !

Nous, les femmes, on est comme des vers à soie. Toute notre vie se passe à tisser les fils du cocon qui deviendra notre prison. La seule différence, c'est que personne ne nous permettra jamais de devenir papillon...

Si on a la malchance d'être l'aînée, alors, on est condamnée à être la servante de tous. Si on a la chance relative d'être la cadette, alors, notre destin est d'être chevrière, vachère ou « bufflière ». Mais, dans tous les cas, c'est la vie d'esclave dans la belle-famille qui nous attend...

Eh ! bien, moi je dis : il faudrait qu'un jour on arrête ce travail, oh ! juste un jour. Tiens, par exemple le même jour que quand les hommes ils décident de se mettre en *hartal* (grève nationale, où toute activité s'arrête). On ferait rien ce jour là ! Imaginez ce que ça donnerait !

Et la voilà qui s'assied les bras croisés, la tête baissée, et qui commence à ronfler tout en repoussant de temps à autre du bras un enfant supposé qui vient pleurnicher !

L'auditoire se tord de rire. Il y a bien longtemps qu'on n'a pas eu l'occasion de se marrer comme ça. Cela remonte à plusieurs mois, au temps du holi*. Une voix moqueuse lance à la cantonade :

– Et si on la faisait cette nuit la grève, on aurait comme ça tout le temps de discuter, non ?

Tout le monde comprit que c'était une plaisanterie, mais l'idée même de ses conséquences fit peur à plus d'une, qui s'avisèrent qu'il était peut-être temps de rentrer…

Mais c'était sans compter avec notre arbre fruitier à l'esprit fertile… Autant arrêter un feu de Bengale quand il est déjà allumé…

– Et puis tenez, puisque je vois que le peu que je vous dis vous choque, eh bien ! je vais vous en dire encore bien plus !

Quand une maman donne naissance à une fille, vous savez qu'on dit toujours : « Tchi, encore une fille, c'est de ta faute… »

Eh bien ! vous savez ce que j'ai appris au Dispensaire ? C'est l'homme qui est responsable de cela. Jamais la femme. Fille ou garçon, c'est de lui que tout dépend. Qu'est-ce que vous en dites ? Et puis aussi, quand un bébé nait déformé, on dit toujours : « Cette mère est pas capable de faire un beau bébé… » Et alors, est-ce que vous savez que ça vient souvent du père ou de ses parents, et pas toujours de la mère ?

Ah ! ah ! *Bap-ré-Bap* ! (« Oh ! Père ! »), je vois que certaines se bouchent les oreilles, mais que d'autres entendent ça pour la première fois…

Mais, toujours au Dispensaire, la Didi nous a dit que quand une maman ne pouvait pas avoir d'enfants, eh bien ! c'est 8 annas à cause du père et 8 annas à cause de la mère (50/50), alors qu'on entend toujours dire que c'est à cause de l'épouse, qu'il faut la punir ou la renvoyer, etc.

Eh bien, c'est la vérité ! Et même si certaines essaient de me faire taire, je vais encore vous dire une dernière chose qui vous fera sauter en l'air comme si vous aviez été piquées par une « veuve noire » (grosse araignée très venimeuse) : quand on a toujours et toujours des enfants, et encore un, et encore un, presque chaque année, eh bien ! presque toujours, c'est de la faute de l'homme…

Alors, quand les hommes, ils crient après nous parce qu'on a trop de marmots, à qui la faute ? À eux, et souvent à leur « bangla » (alcool frelaté qu'on appelle en général « *môd* » dans les villages)…

Et pourquoi on supprime tant de filles à la naissance, vous pouvez me l'expliquer, vous ? Oh ! je sais, vous croyez simplement que votre dernière née est non viable, c'est pourquoi on ne vous l'a pas montrée ! Mais c'est tout arrangé avec le père et la belle-mère…

Et si je sais ça, c'est que ma tante paternelle est *daï* (sage-femme traditionnelle) dans le village voisin…

Cette fois-ci, un silence de mort plane sur l'assemblée. Les implications de ce qu'on vient d'entendre sont si terribles que plus personne n'ose respirer, voire penser… C'est comme une paralysie collective…

– Oui, c'est ça notre vie de femmes, et vous n'avez rien à répondre à cela… Comme vous trouvez peut-être normal qu'on ne nous demande pas notre avis pour les mariages ?

Même les mamans n'ont souvent rien à dire. Est-ce qu'on est la propriété des hommes seulement ou quoi ? Maman, elle dit toujours : « si papa veut, si papa veut, si papa veut ! ». Moi, je dois toujours dire : « si papa est d'accord ! » Ma petite sœur elle ne peut rien faire « si son frère aîné n'est pas d'accord »…

Eh bien ! moi non, ce que je veux, je le fais, et si ça ne plaît pas, je quitte le village, je pars en ville ! Mon cœur est brisé comme le riz sous la *dekki* (pédale à décortiquer le riz)… Voilà, j'ai fini !

Et elle quitte le centre du cercle en se découvrant résolument la tête, les cheveux dénoués en signe de défi, le menton relevé, mimant un vrai départ à grands pas en regardant fixement au loin...

Toutes les jeunes sont pliées en quatre de rire. Les matrones, la plupart belles-mères, ne savent trop s'il faut rire ou pleurer. Quant aux plus âgées, elles sont clairement outrées et se scandalisent de l'audace et du dévergondage de cette jeunesse.

Tout à coup une voix forte et calme s'élève. Espérance s'avance de quelques pas, et dit tranquillement :

> – « Tout ce que mon amie et ma sœur Fleur de Lys vient de dire, ma mère et surtout mon père Vainqueur de la mort sont pour douze annas (75 %) d'accord (l'ancienne roupie était divisée en seize annas et la coutume s'est gardée de calculer les pourcentages en annas).
>
> C'est pour ça qu'ils disent qu'un "comité de femmes" est nécessaire dans chaque village, pour qu'on prenne nos vies en mains et qu'on puisse faire des propositions. Mais bien sûr, beaucoup d'hommes ne sont pas comme Baba et beaucoup de femmes ne sont pas non plus comme Ma... »
>
> – L'Étoile : « Je suis d'accord moi aussi. Mais on n'osera jamais rien faire... Qu'est-ce qu'on peut faire sans nos hommes ? »
>
> – Princesse : « Oh ! et puis, après tout, on se débrouille quand même, hein ! Chacune d'entre nous, on trouve bien les moyens d'avoir une petite réserve d'argent pour soi, non ?
>
> Bien sûr, personne ne veut le reconnaître, mais c'est si facile de vendre un œuf par ici, un légume par-là, un fagot plus loin et de se faire payer un petit service par la voisine. Ça nous permet au moins parfois de payer un petit jouet pour les gosses ou une friandise pour la fête de nos filles. (L'homme, lui, il s'occupe assez des garçons !) Ce n'est pas de l'argent volé quand même, et parfois, ça permet d'acheter le lait nécessaire au bébé quand la maman est malade...
>
> Moi, je dis, si on est des esclaves parfois, on peut quand même aménager une vie agréable dans notre esclavage... »

C'est le moment que choisit la forte tête du « Parlement » pour rappeler le but de la réunion :

> – Rubis sombre : « C'est bien vrai tout ça ! Ah ! mais voilà, on papote et on oublie pourquoi on est ici. Il ne faut pas oublier qu'on doit faire des propositions au comité général. Nos hommes, on sait déjà bien ce qu'ils vont demander, et on est d'accord.
>
> Eh bien ! nous, pourquoi on ne proposerait pas qu'ils nous donnent des vaches. C'est de ça qu'on aurait le plus besoin. Ça donnerait du lait pour les enfants et les malades, ça aiderait au labour et au transport ; la bouse est si utile pour la cuisine et pour l'hygiène, et on peut avoir du yaourt et du *ghee* (beurre clarifié). Et en hiver ça tient chaud, et puis, il y aura des veaux et on pourra les vendre quand ça va mal.
>
> Enfin on sera béni du seigneur Krishna, parce que c'est la mère Bhagavati, et que c'est une bénédiction d'avoir une vache ! » (Bhagavati, la « Déesse bénie », est un nom générique souvent associé au culte de la vache).

Au soulagement général, car on se sentait quand même un peu coupable de s'être détendu plutôt que d'avoir réellement fait une réunion, un projet original avait été proposé, et il fut adopté immédiatement à l'unanimité.

Une nouvelle unanimité fut trouvée pour déléguer Rubis sombre, Fleur de Bananier et Espérance, avec une femme plus âgée, au Comité pour faire leur rapport (sans bien sûr parler de l'affaire de la mime qui était quelque chose de strictement féminin).

Et c'est avec une grande satisfaction qu'elles se virent allouer vingt vaches laitières pour un début (trois par village, et deux en supplément), une école de couture pour vingt jeunes filles, un repas supplémentaire par jour pour l'école enfantine des intouchables de Durgapur, et une école du soir pour trente femmes.

Et c'est ainsi que dans les deux ans, le centre contribua à installer douze écoles, plus une école de sanscrit, une école coranique, et un centre culturel hindou, cent quatre-vingt cinq pompes à eau et tout ce qui avait été proposé au comité du peuple.

Devant l'extension et la multiplication des programmes de développement, le comité général du SEA, surchargé de travail, dut trouver une solution pour simplifier l'organisation. Il fut donc décidé de décentraliser les prises de décision.

Désormais, chacun des quatre départements du SEA (médical, social, éducatif et rural) eut son propre comité exécutif chargé d'étudier et de suivre les projets. L'organisation dans son ensemble bénéficia largement de cette réforme.

Ainsi, en dehors du comité directeur, près de trente travailleurs sociaux endossaient de nouvelles et réelles responsabilités.

Le secteur rural en fut transformé, puisque les décisions réclamées par les situations de terrain pouvaient être prises pratiquement sur place... Le nouveau comité exécutif pris le nom de RRDD (Département de secours d'urgences et du développement rural). Bien sûr, le nouveau système laissant beaucoup d'autonomie à chaque département, le contrôle n'était plus aussi strict qu'avant.

On rédigea une charte de développement à usage interne précisant les buts à atteindre et les principes devant guider les décisions.

Plusieurs de ces règles devaient se révéler fort précieuses. Certaines aussi... dangereuses. Nous l'apprendrons assez rapidement à nos dépens : un responsable partit avec la caisse, et quelques années plus tard, un autre fut pris en flagrant délit de malversation. Tous deux furent renvoyés...

Mais les années suivantes allaient voir se multiplier les projets... Une réflexion sur le développement et ses méthodes s'impose ici.

Interlude

X

Les racines des palétuviers

LE BANIAN. Au cœur du Jardin Botanique de Calcutta, fondé en 1787, en périphérie d'une des plus grandes zones urbaines de la planète, un arbre pluricentenaire offre aux touristes ébaubis, une frondaison de deux mille deux cents mètres carrés, une circonférence de deux cent trente mètres de rayon et une extraordinaire floraison de trois mille deux cents racines adventices aériennes.

Un banian, considéré comme le plus grand du monde. Ses racines gigantesques, après avoir atteint le sol, se contorsionnent et dansent un ballet étourdissant.

On entend cliqueter les caméras dans un concert d'exclamations… Seuls les Indiens invoquent leurs dieux dans une révérence sacrée, car l'arbre évoque pour eux le bosquet vénéré du Panchavati, petit groupe de cinq arbres sacrés sous lesquels le Sage Ramakrishna* méditait, de l'autre côté du Gange, à Dakshineshwar.

Le spectacle en vaut la peine. Mais je me dis qu'il est triste de voir un tel géant prospérer sur une telle surface et n'autoriser la pousse que d'un maigre gazon. Pas de sous-bois, pas de buissons, pas de fleurs. Rien. C'en est même devenu proverbial en bengali : « *Sous un banian, rien ne peut pousser* ». Et pour couronner le tout, ses petits fruits aigres ne nourrissent que les oiseaux !

LE BAMBOU. On le voit partout. Il est partout. Chaque village héberge ses bosquets. Au-dessus de chaque bocage émergent ses bouquets, feu d'artifice vert et sans feuilles jaillissant des futaies à l'époque de la mousson, longs panaches vert foncé durant la saison sèche.

Et quand son feuillage tourne au mordoré, quand l'ocre et l'or des feuilles s'envolent à la fin de l'été, il contribue autant que le blond des rizières à la beauté du pays adoré, souvent évoquée dans les poèmes de Tagore :

> « *Mon "Bengale doré", comme je t'aime !*
> *Ton air et ton ciel, comme une flûte,*
> *Font à jamais chanter mon cœur.* »

Le bambou n'est jamais seul. Il est sociable et ne peut s'étendre sans les autres puisqu'il se propage par rhizomes ; jamais non plus, ses pousses ne s'enchevêtrent. C'est l'antipode du banian… et du palétuvier.

Le bambou peut atteindre 40 mètres, avec des tiges de 30 cm de diamètre. Durant sa vie, il peut produire jusqu'à… 15 km de tiges ! Il s'élance, droit comme un « i », à raison de trente centimètres par nuit, dès les premières pluies torrentielles. Et même si parfois, sa hauteur le force à se pencher, son tronc, quoiqu'il arrive, reste droit et fier, prêt à tous les usages auxquels l'homme le destine. Il est encore plus utile que le cocotier, ce qui n'est pas peu dire.

Un seul inconvénient cependant : il ne fleurit que tous les dix, vingt ou trente ans, selon les espèces. Donc, une graminée géante combien pratique, mais sans fruits et sans fleurs ou presque.

LE COCOTIER. Il invite le soleil. Il signe les tropiques. Impossible de concevoir sans sa silhouette de carte postale, les plages argentées exotiques, les îles des mers chaudes, les canaux à catamarans*, les étangs bleutés du Bengale, les bordures des rizières et toute photo cadrant une hutte de pêcheur.

Il offre aux zones humides ce que le bambou apporte aux zones sèches et torrides. Le Bengale paradisiaque possède les deux côte à côte, mais lui, il donne fleurs et fruits. Et quels fruits ! En quelle abondance, voire surabondance !

Il pousse fort lentement mais si son propriétaire sait attendre dix ans, ce sont plus de cent fruits qui, chaque année, viendront le combler, fruits qu'il offrira encore à ses petits-enfants, bon an, mal an, sans faiblir, avec, en prime, l'usufruit de sa pulpe, de sa fibre, de son écorce, de ses palmes… et de son tronc après sa mort, pour en faire poutres et bateaux.

Le cocotier est un enfant du pays. Il ne trahit jamais l'espoir mis en lui.

LA GOURDE-SERPENT. Appelée au Bengale *Chi-chinga*, la gourde-serpent (ou serpent-gourde) est une légumineuse de la famille des cucurbitacées.

La graine à peine mise en terre, la voilà qui s'élance. En huit jours, elle est reine du jardin. Quinze jours et elle caracole sur le toit. Trois semaines après, elle tapisse la chaumière de verdure. Le mois suivant voit déjà ses premiers fruits ramper ici ou là. Les gourdes, effilées et longues à n'en plus finir, puisqu'elles dépassent les deux mètres, se récolteront par dizaines, bien avant la fin du deuxième mois.

Surprenante et fière cousine de l'humble et ventripotente citrouille, la gourde-serpent assure la survie du pauvre. C'est la contribution de toute femme misérable au repas familial. Quand il n'y a plus rien, il reste toujours « ça ».

Et « ça », c'est tellement long que ça dure des jours. Et chacun, reconnaissant, de bénir les dieux qui l'ont fait pousser, les mauvais esprits qui l'ont épargnée, et le labeur de Ma-devi, la maman devenue déesse, « *qui nous sauve de la famine* ».

Un à deux mois de festival seulement, car voici que la tige mère s'étiole, jaunit, se dessèche, s'affaisse et disparaît. Il y aura, bien sûr, un nouveau cycle, mais cela nécessitera une intervention humaine.

Banians, bambous, serpents-gourdes, cocotiers, que viennent donc faire ici ces plantes ?

Elles viennent nous enseigner. Elles viennent souligner ce qu'il est bon de faire, et ce qu'il faut éviter, ce qu'il faut essayer, et bien fort refuser, ce qui est accompli, et ce qui ne convient pas, ce vers quoi il faut tendre sans jamais l'idéaliser…

Il est de grands projets. Fiers et beaux, de loin déjà, ils paraissent efficaces. Et ils le sont souvent. Ce peut être un barrage, un combinat géant, une usine clés en mains, une zone « reconvertie », un hôpital démesuré…

C'est le développement-banian. Plein d'experts, souvent « parachutés » (les racines aériennes), il occupe tout le panorama.

À son ombre, aucune initiative individuelle n'est permise. Et il s'étend, s'étend ! Sa force lui permet même parfois de perdre son tronc primitif : il tiendra envers et contre tout… Mais, peu à peu, il tournera sur lui-même… comme un serpent qui se mord la queue. S'il n'implose pas, il deviendra stérile.

Rien ne pousse là où il est. Devenu sa propre raison d'être, il est condamné, non pas à disparaître, mais à végéter. Et à continuer, presque sans autre but que de nourrir ses racines suspendues qui prolifèrent : salaires inflationnistes, surnombre de salariés, besoins internes, projets-routines…

Sans contact avec le sol, il se fragilise et tous ses composants avec lui, car le soutien de l'esprit créateur n'existe plus. Pire encore, ses racines piliers deviennent racines-étrangleuses lorsqu'elles s'enroulent autour d'un arbre voisin, le « prochain » devenant alors un obstacle à éliminer…

Son antithèse est le projet-citrouille. Il jaillit de nulle part, mais est présent partout. Il ne demande aucun investissement et fructifie sur une simple initiative. Il fleurit on ne sait trop comment et porte tant de fruits que c'en est parfois époustouflant.

Fruit du travail d'un seul individu ou d'un petit groupe, il est loin d'être stérile et arrive souvent à point pour résoudre un problème temporaire. Mais, faute de concertation, il s'effondre en quelques mois ou en quelques années.

À Pilkhana, on rencontre un grand nombre de ces petits groupes qui se font et se défont, ouvrent un local, peignent un titre pompeux en hindi sur un écriteau, pour le barrer peu après et y calligraphier de l'urdu, qui ne durera que le temps d'une autre initiative, en bengali cette fois, pour finir avec une barre rouge et un « FERMÉ » qui semble tout à fait définitif, mais qui ne le sera jamais…

Des centaines, des milliers d'associations, de clubs, de groupes d'entraide, de coopératives, souvent complètement « informels », mais aussi souvent officiellement enregistrés, émaillent les trottoirs des *slums* comme les villages les plus reculés. Librairies, clubs de sports, groupes de jeunes, d'aides à ceci ou cela, petits projets (un puits, un étang, une échoppe, un chemin, un centre homéopathique), s'ouvrent à droite ou à gauche. Mais il n'y a rien pour les soutenir. Et ils disparaissent vite.

Pourtant, ce développement-là est vital, essentiel. Sans lui aucun projet, jamais, ne fructifiera. Pas plus le banian qu'aucun autre. Car nous sommes ici au début de l'auto-développement, qui est un changement permanent non guidé. Si ces clubs, ces associations, sont les fruits d'un développement par les habitants eux-mêmes, tout recommencera. L'enthousiasme, la jeunesse de cœur, la joie, l'espérance, l'amour partagé pour les plus nécessiteux, leur éviteront de s'enliser.

C'est là le seul développement que les pauvres peuvent se permettre. Ses bénéfices sont minces, et ne changent rien aux institutions. Mais le vrai handicap est que ce développement-là ne fait pas sérieux aux yeux des théoriciens : ils ne peuvent ni le comprendre ni le reconnaître ; donc il n'est pas sérieux.

Le développement-cocotier serait-il l'idéal ? Tronc solide, exigences faibles, longévité, rentabilité assurée, il a tout pour séduire.

Mais contre lui joue son… extrême lenteur. Le projet décourage tout autant qu'il attire… Beaucoup démarrent avec fougue, peu ont le courage d'attendre des fruits qui pourtant, à coup sûr, « passeront la promesse des fleurs »…

C'est un foyer pour orphelins ou enfants démunis ; pendant trois ou quatre ans, chacun contribue avec enthousiasme à sa marche : « ils sont adorables ces petits »… Cinq ans, six ans, ça devient long… Ensuite, les donateurs – les riches des villages, ceux de la ville, de l'étranger – ne voient plus que « des gosses à nourrir et à éduquer », et passent à des projets plus « efficaces »…

C'est un dispensaire qui soigne dix ou… cinq cents malades par jour : on l'aide avec énergie durant quelques années et puis, « c'est toujours la même chose », et puis « ça coûte si cher » ; surtout quand ledit dispensaire se met à recevoir cent vingt mille malades par an…

Alors là aussi, on se découvre tout à coup d'autres tâches. En oubliant que le fruit est à portée de la main, puisque, enfin, telle maladie a été totalement éradiquée, telle habitude d'hygiène prise à jamais, le nombre d'enfants par famille est en nette diminution, la natalité en baisse spectaculaire, la morbidité en passe de plafonner à un niveau presque normal…

Mais il faut reconnaître que ce type de projet ne représente pas encore le développement idéal car il se complaît dans sa solitude.

Fécond et efficace, il doit devenir communautaire, pour durer et fructifier, s'intégrer à d'autres projets (irrigation, éducation, conscientisation), encourager les initiatives individuelles…

Mais ça lui est si difficile ! Car il est fier, le cocotier !

Avec le développement-bambou, nous sommes sur une meilleure voie. Il ne nourrit ni ne soigne son homme, mais il lui permet de se forger les moyens de survivre et de se suffire à lui-même.

Auto-suffisant, il multiplie ses effets presque à l'infini. Il ne peut vivre et se propager sans les autres sur lesquels il doit toujours prendre appui.

Enfant chéri de la bureaucratie, c'est le grand favori des revues scientifiques de développement, le gagnant de toutes les loteries du cœur (on montre le petit réfugié qui grandit en quelques heures, le mourant qui ressuscite) : rapidité, efficacité, sécurité, sûreté, il met à la portée de tous le développement-charité… à la sauce médiatique.

En tant que tel, il a sa place pourtant : il est souvent utile pour réveiller son monde ; il mobilise, sensibilise, fait bouger. C'est nécessaire. C'est énorme. On a besoin aussi du développement-bambou, jamais dangereux (sauf dans les pseudo-conscientisations), quoique fréquemment un peu court.

Ne servirait-il que de vitrine à l'ensemble des projets, il jouerait déjà un grand rôle… C'est le développement idéal en quelque sorte.

Si bien qu'on le retrouve un peu partout dans le monde, mais hélas, trois fois hélas !, en copies conformes, en clones identiques. Rien ne ressemble plus à une bambouseraie du Bengale qu'une bambouseraie du Ruwenzori africain ou du Szeu-Tch'ouan chinois.

Le projet-bambou est net et droit, « propre-en-ordre », diraient mes frères helvètes ; avec lui, on sait où on va. Il se prête admirablement aux statistiques et vit dans un ordinateur comme un poisson dans l'eau.

Mais il n'a aucune souplesse d'adaptation. Bien sûr, les grandes organisations internationales ou les Églises, qui ont tendance à transporter les « modèles » à travers le monde, ne peuvent guère faire davantage. Elles ne peuvent pas toujours partir de la base, et ne savent que rarement y rester... Alors ?...

Alors, n'y aurait-il aucun modèle de développement valable ?

Dieu merci, il nous reste une dernière chance, et c'est le delta putride des palétuviers qui va nous l'offrir. Le modèle de développement le plus efficace à court, moyen et long terme, et même dans les cas d'urgences, les dépannages ou la simple entraide, est justement ici.

La nature a créé, dans les Sundarbans indien et bangladais, un biotope extraordinaire pour favoriser la diversité et la survie des espèces génétiques qui les peuplent. On ne peut trouver de meilleur modèle que ce développement-écosystème utilisant toute la biomasse disponible pour faire vivre, soutenir, s'agrandir et se multiplier tout un territoire et sa population.

« *Une lueur verte, couleur d'aigue-marine et délicieusement diaphane, gagne de plus en plus à l'horizon du levant* »... (Pierre Loti).

Vue de loin, la jungle semble flotter sur les eaux. Elle est comme suspendue dans l'éther et seule émerge sa frondaison. Le ressac n'en finit pas de déstabiliser le « *dugout* », petit canoë local creusé dans un tronc de cocotier, à l'équilibre extrêmement fragile, pourtant solidement amarré au milieu d'une crique. Pas seulement par protection contre les fameux tigres des Sundarbans, mais par prudence, pour éviter le retournement de l'esquif lors du phénomène presque unique au monde des marées inversées, turbulences provoquées, comme dans le delta de l'Amazone, par la rencontre de deux reflux identiques derrière une île.

Pour l'instant, il n'existe que la lutte de l'eau saumâtre s'infiltrant entre les branches des arbres exondés, et le clapotis des vagues se ruant à l'assaut des taillis...

Et, tout à coup, nous y voilà : en moins d'une heure, nous sommes descendus de plus de cinq mètres (huit mètres aux marées d'équinoxe) ; ce jusant se produit toutes les six heures trente.

Nous sommes en contrebas des berges traîtresses comme des sables mouvants, au fond d'une étrange cuvette où surgissent de leurs trous des milliers de crabes chinois écarlates aux gros yeux d'ivoire, une immense pince sur la droite et une petite à gauche, en compagnie de centaines de « poissons-poumons » qui galopent sur les berges ruisselantes à l'aide de leurs nageoires érigées, se lancent à l'assaut des racines enchevêtrées, grimpant allègrement, sautant de l'une à l'autre comme des arboricoles chevronnés. Puis ils disparaissent dans les feuillages avec toutes sortes de pitreries qu'accentuent encore les facéties de leurs yeux télescopiques...

Levant la tête pour les suivre, nous nous trouvons face à un inextricable et extraordinaire rideau végétal de racines impénétrables... LES PALÉTUVIERS !

De la boue, une mer de boue ! Des racines, un océan de racines ! De la vie, tout palpite de vie !

« *Somudrobon* » en bengali, une forêt océane ! Et, partout, du sel, encore du sel, tout est sel : le limon, le sable, les racines, les feuilles, l'air, le vent, les senteurs, les couleurs... N'y échappe que l'extraordinaire festival des feuillages supérieurs, kaléidoscope géant dont les verts, les ors, les rouges et les bleus illuminent d'une frénésie tremblotante le paysage brûlé par le soleil mordant du Tropique du Cancer.

Là-bas, au-delà des bras du fleuve dont la largeur atteint plusieurs kilomètres, tout l'horizon est barré par cette orgie de couleurs... Terre étrange, inhospitalière ? Il faudrait vraiment y aller voir de plus près...

À mesure que l'eau se retire, les infinis mystères de ce prestigieux biochore de marées tropicales nous sont révélés. Les berges boueuses, aux strates de multiples couleurs selon les dépôts successifs, déroulent les unes après les autres leurs bizarres beautés.

Partout, le sol est recouvert du tapis à clous que forment les pointes à baïonnettes des pneumatophores, racines respiratoires des palétuviers. D'autres racines, caparaçonnées de limon, figées dans des positions invraisemblables et grotesques, s'élancent par de tortillants arceaux rampants en d'impossibles arches surplombantes, retombent en rideaux, faisceaux ou cavernes, ou se redressent en jets de plusieurs mètres de hauteur pour finir en imitations de lianes parasites étouffant leur propre tronc.

Devant les « pointes » insulaires les plus avancées, le sable, pas encore vraiment fixé, devient pâture de riz sauvage vert tendre, délices des timides cerfs axis tachetés, dont les faons folâtrent sous l'œil gris vert et grognon de quelques sangliers.

Cet écosystème de mangrove est un aqua-système unique où tout est interdépendant, où tout se tient depuis le phytoplancton des criques consommé par les zooplanctons, jusqu'aux feuilles de palétuviers qui flottent à la surface des eaux. Champignons microscopiques et bactéries ont tout le temps de s'y infiltrer, procurant ainsi, lors de leur putréfaction, une nourriture de choix riche en protéine aux poissons et aux innombrables invertébrés...

Cet ensemble forme la base de la pyramide écologique dont le tigre et le crocodile sont les sommets indiscutés. Entre ces extrémités, là où se constitue la chaîne énergétique jamais interrompue, c'est la vie qui triomphe, fascinante, avec ses trouvailles insolites et ses relations complexes entre proies et prédateurs, dans un grouillement continu de mollusques fouillant la vase qu'ils labourent méthodiquement, sous l'agitation fébrile de crustacés de toutes tailles que de gros limules dispersent régulièrement de leur démarche saccadée, leur longue queue dressée...

Une foule de poissons fréquente ces rivages, des plus grands – requins (qui remontent souvent le Gange au-delà de Calcutta), poissons scie, poissons marteau, raies Manta, Diable-de-mer – jusqu'aux plus petits, comme ces monstres, nains phosphorescents à la gueule démesurée, arrachés aux abysses par les tempêtes de fond.

Les tortues de mer géantes et les terrestres, de taille moyenne, sont aussi de la partie, comme les petits serpents de mer si venimeux qui font pendant au cobra géant et au python de huit mètres, et toute la faune herbivore et carnivore, y compris les féroces chats sauvages-pêcheurs et les lézards-varans de plus de deux mètres, et les innombrables oiseaux, eux-mêmes chasseurs et proies tour à tour…

Et que dire des insectes pullulants et des nuages de moustiques qui vrombissent ?

Nous nous réconcilierons pourtant avec la gent ailée inférieure en contemplant avec respect les dizaines d'essaims d'abeilles sauvages, qui atteignent jusqu'à deux mètres et peuvent fournir chacun jusqu'à quinze kilos de miel. Principaux agents de la pollinisation, elles se nourrissent du nectar des fleurs de palétuviers qui, pendant la saison, recouvrent la forêt entière d'un velours jaune, l'enveloppant d'un parfum envoûtant…

Dans ce laboratoire gigantesque où la griffe et la dent sont reines, dans ce bouillon de culture primitif, s'élabore l'alchimie de la vie. Tout apparaît en désordre, agressif et dangereux. Tout semble boueux ou en décomposition, mais c'est le mystère de l'adaptation qui se dévoile sous les yeux de l'observateur averti.

Les racines des quelques trente-cinq espèces de palétuviers recensées étouffent-elles sous le sel des boues ?

Elles ressurgissent à l'air libre, respirant à l'aide de lenticelles et rejetant le sel par d'originales glandes sudoripares… D'autres racines, lorsqu'elles atteignent trente centimètres, laissent leurs graines-lancettes s'ancrer fermement dans la terre avant de s'en séparer par un petit frisson : un nouvel arbre est né…

C'est le principe de viviparité au travail : on ne lâche le rejeton que lorsqu'il est déjà à pied d'œuvre ; efficacité, économie, indépendance et survie assurées !

Pour l'inventivité, le règne animal ne le cède en rien au végétal. Les crabes ferment leurs trous lorsque l'eau descend, en les bloquant par un mélange astucieux de boue à l'extérieur et d'une bulle d'air à l'intérieur. Ils attendent en somnolant de pouvoir rejeter le tout d'un coup de leur pince gauche, dès que la marée descendante le permet.

L'étonnante araignée-loup fait provision d'air entre ses poils et n'a même plus besoin de bouger lorsque la marée la recouvre. Les poissons gobis qui vivent à perpétuité dans les boues ont décidé que leurs yeux ne leur seraient guère utiles et les ont donc supprimés... Enfin, les carapaces décomposées des mollusques et des crustacés ravitaillent en calcium les racines respiratoires des palétuviers, leur permettant de s'armer pour rejeter le sel par un système osmotique à rebours.

Le tigre lui-même s'est adapté : il ne boit que de l'eau saumâtre. Et le cerf ne doit sa survie qu'au léchage de la rosée sur les feuilles au-dessus de la ligne de flottaison, et aux feuilles et fruits que, par leurs gaspillages, les troupes de singes lui fourniront...

Mais nul ne peut forcer la barrière absolument infranchissable des racines souvent doubles, et des palmiers nains à épines géantes, sauf à essayer d'emprunter les pistes des sangliers qui trouent le rempart végétal, labyrinthe dangereux, royaume des serpents et des araignées-loups !

Il ne nous reste qu'à savourer de toutes nos forces les merveilles de la nature au travail, sachant que ce combat pour la survie soutient l'ensemble des cinquante-quatre îles des Sunderbans et en fait un bouclier contre l'érosion des flux montants et descendants, les dégâts des trombes d'eau, les destructions des cyclones et les dévastations des raz-de-marée.

Et une fois que les palétuviers auront changé ce milieu inhospitalier en un biotope stable et viable, parsemé de criques et de canaux qui, peu à peu, stockant l'eau douce de la mousson, se transformeront en marécages non salins où s'épandra couche après couche le limon fertilisé, alors, avec un désintéressement sans égal, ils inviteront à les supplanter une foule d'autres essences, comme le fameux Sundari* qui donne son nom à la région.

Son travail accepté, le palétuvier, après s'être rendu inutile, rejettera toujours plus avant ses nouvelles racines, dans son travail incessant de conquête de terres prises sur l'océan.

Ainsi se forment de nouvelles îles. Ainsi s'agrandit le delta. Ainsi l'emporte la terre dans son combat contre la mer. C'est la victoire absolue de la vie. Les forces créatrices ont triomphé. Pas par la force, mais par l'adaptation, le recyclage, la transformation, le partage. Tout est utile, tout devient bon. Tout chante.

Et lorsque tombe subitement la nuit tropicale, les rivages, parfois, se convertissent en un conte de fées bioluminescent, magie sublime créée par des milliards de micro-organismes normalement invisibles, les dinoflagellés. Dans les eaux devenues phosphorescentes, les poissons tracent de longs sillons lumineux, tandis que dans les hautes frondaisons des lampyres de rêve dansent leurs sarabandes. Le ciel lui même, sur fond noir absolu et d'une pureté diaphane, couvre d'étincelles stellaires l'archipel alluvial des glorieux palétuviers.

Qui n'a saisi, d'emblée, la richesse de ce modèle ? Boues acides, glaises salines, déchets et détritus, coquilles en putréfaction, cadavres apportés par les océans, feuilles en décomposition, algues marines en perdition, tout nourrit les racines du palétuvier.

Ces racines originales, ce sont les génies conjugués de tous les pauvres de la terre. C'est leur propre contribution à la survie du monde, et elle est de taille. Humble et silencieuse, personne ne la remarque, et c'est là sa puissance. Car si la réelle force des pauvres était connue, il se trouverait bien quelqu'un pour tenter de la leur ravir, car elle est seule (seule !) porteuse du futur de l'humanité.

Personne n'est trop pauvre, trop faible, ou trop handicapé, pour y participer. Personne même ne peut se récuser. Chacun y contribue par sa goutte d'oxygène. Rien n'est planifié ni dessiné d'avance. C'est un enchevêtrement de projets, d'idées, de réussites et d'échecs, une pétaudière toute orientale, un grouillement bien asiatique qui, introduit dans un ordinateur BCBG, en deviendrait vite le virus !

C'est la culture des pauvres, où chacun a besoin de l'autre et se doit d'aider l'autre. Mais où chacun est fidèle, jusqu'à la limite de ses possibilités… limitées.

Indubitablement, c'est cette forme de culture qui a produit les plus belles fleurs, et qui les produira jusqu'à la fin des temps. Car c'est cela la force, la sagesse et le pouvoir des pauvres, le génie des petits, la contribution au monde des exclus de ce monde.

Les gouvernements peuvent se succéder, les civilisations disparaître, les pauvres, eux, demeurent. Comme les buffles font front durant la tempête, la tête baissée, bravant humblement les éléments, ils font face, attendant stoïquement. Et ils repartent lentement à leurs projets qui ne sont pas les nôtres.

Car leur fonction à eux, au seuil de la survie biologique, est celle des palétuviers : protéger la vie, garantir le futur, perpétuer la race de l'« homo sapiens » dont eux seuls, collectivement, méritent le qualificatif.

Au dehors n'apparaissent que les scintillements artificiels des « grandes réalisations » et l'agitation mimétique superficielle des classes moyennes supérieures, le *brown colonialism* qui occupe la vitrine extérieure du pays.

La vraie Inde est celle des humbles, et même si elle est demeurée au néolithique, c'est cette Inde qui vit et qui est ! Ces masses n'appartiennent pas à l'Inde. Elles sont l'Inde. Aujourd'hui comme par le passé.

Voici donc enfin un modèle qui peut servir à tout projet. Nous le tenons, le développement idéal, car il vient de la terre, vit de la terre et y restera. Il donne confiance et fait confiance. Il danse la danse de la création et de la destruction. Il est la vie ! Il est « la danse de Dieu », celle du Nataraj !

À mon frère aîné, le Pape Jean-Paul II, qui me demandait en 1985 ce que je pensais de son action pour les pauvres et pour « faire avancer les chefs d'État et les institutions », j'ai répondu, avec une conviction profonde, qu'il faisait à son niveau le maximum de ce que lui seul pouvait faire, mais, qu'à mon humble point de vue, le plus important dans tout ce qu'il disait et faisait, et dans tout ce qu'on disait et faisait à ce sujet dans le monde, c'était de « FAIRE CONFIANCE AUX PAUVRES ! »

Quatrième partie

DANS LES JUNGLES À TIGRES DES SUNDARBANS

1981-1983

XI

Sur les talons des cyclones tueurs

Dans la nuit du 10 au 11 décembre 1981, un terrible ouragan balaya les ruelles de Pilkhana, secouant les toitures, faisant virevolter les tuiles et empêchant toute vie normale dans le *slum*. Il pleuvait depuis trois jours, d'une pluie d'hiver froide, d'autant plus froide que les jours précédents, le thermomètre accusait encore 28 °C à l'ombre...Et quand soudain, vers dix-huit heures, le vent se déchaîna, la pluie redoublant de violence, ce fut l'apocalypse urbaine !

Le lendemain matin, les journaux publièrent la nouvelle : le delta du Gange, les Sundarbans, à 120 km au sud-est, avaient été frappés de plein fouet par la queue d'un cyclone se dirigeant vers l'Est, qui progressait depuis trois jours dans le golfe du Bengale à la vitesse circulaire de 150 à 250 kilomètres à l'heure. Les satellites artificiels l'avaient bien suivi ; les populations étaient partout prévenues ; mais une dépression atmosphérique de dernière minute avait modifié sa course et toute la côte bengalie avait été balayée.

Par pure coïncidence, cette nuit-là on enregistrait l'une des plus hautes marées de l'année, et c'était une vague de quatre mètres cinquante de haut qui avait dévasté le delta. Vague en fait plus meurtrière que le cyclone lui-même, celui-ci étant heureusement en fin de course et fort affaibli déjà, ce qui évita une catastrophe d'ampleur nationale.

Mais le bilan de cette nuit de cauchemar se révèlera dramatique : deux millions de personnes touchées, un million de sinistrés, cinq cents morts dénombrés, cent mille maisons détruites, 15 000 têtes de bétail noyées, 200 000 hectares de terres inondées en pleine récolte...

Les habitants de cette région deltaïque où n'existe nulle route, mais où pullulent îles, rivières, criques, estuaires, canaux, sont parmi les plus pauvres du Bengale. La plupart sont des réfugiés de l'ancien Pakistan oriental devenu Bangladesh. Ils ont été installés là dans les années 1950.

Chaque année une région ou l'autre de ce delta inhospitalier enregistre inondation, cyclone localisé, tornade, trombe d'eau, sécheresse, affaissement de rives, rupture de digues, invasion d'eau saline, raz de marée enfin...

En apprenant la nouvelle, l'équipe rurale se mit immédiatement sur le pied de guerre. Le dimanche 13, trois envoyés allèrent sur place, mais ne purent approcher de la zone détruite. Enfin, nous obtînmes l'accord verbal du gouvernement sur une zone où travailler : l'endroit le plus touché et le plus inaccessible.

On se précipite alors sur le matériel à préparer ; on forme les équipes ; on charge deux camions, on prévoit l'intendance d'arrière-garde et le matériel à emporter dans quelques jours, lorsqu'on sera mieux fixé sur la destination. Et on démarre avec quelques volontaires.

Cinq heures de camion, trois heures de déchargement-chargement, et trois heures de bateau. Quatre-vingts kilomètres à vol d'oiseau, cent vingt en fait... Et voici le dernier port, Basanti. Dans cette petite ville où il habite, notre ami Nuage Noir, maintenant responsable d'un centre technique du Service d'Entraide, nous attend depuis deux jours. Il nous conduit immédiatement au bâtiment administratif, où trônent quelques pontifes scribouillards représentant soi-disant le gouvernement :

– Alors, comme ça, vous voulez distribuer de l'aide ? Où sont vos permissions ?

– On n'a guère eu le temps de les obtenir. Le cyclone n'est que d'avant-hier, et hier il fallait savoir où aller...

– Vous ne pouvez pas aller plus loin, il n'y a aucune route. Et puis sans permission, rien à faire. De toute façon, tout est détruit.

Si vous voulez distribuer des secours, vous ne pourriez pas aller ailleurs ? Peut-être de l'autre côté de la rivière ? À côté de la ville de Canning se trouve le terminus du chemin de fer. Là, on vous dira où distribuer votre matériel...

– Messieurs, nous voulons aller LÀ OU PERSONNE NE PEUT ALLER, là où les habitants sont sans secours...

– Impossible ! Vous êtes de la ville et c'est beaucoup trop loin. Vous ne pouvez pas retourner chaque jour à Calcutta ou même ici...

– Mais nous, nous tenons à rester sur place...

– Impossible encore. Comment allez-vous dormir ? Qu'est-ce que vous allez manger ? Où loger ? Comment vous ravitailler ? Et puis, vous verrez, une fois sur place, impossible de repartir : les sinistrés vous dévaliseront...

– Monsieur le représentant du gouvernement : dites-nous d'abord où il y a eu le plus de morts ?

– À Jhorkali...

– C'est où ça ?

– C'est à vingt-cinq kilomètres d'ici à vol de corbeau, mais il n'y a aucune route. On ne peut y aller que par bateau, ça prend plusieurs heures, et c'est très dangereux...

– Très bien, c'est là que nous voulons aller.

– C'est une mer de boue là-bas... Et même le gouvernement n'a pas pu y aller encore...

– Eh bien ! c'est juste ce qu'il nous faut...

– Qu'est-ce que vous avez l'intention de faire ? Combien de jours vous allez y rester ? Deux jours, trois jours ?

– Ce qu'on est prêt à faire, c'est de donner des tentes et des habits et du matériel aux sinistrés, de les nourrir au moins pendant un mois, d'ouvrir un dispensaire avec nos infirmières, et de voir avec les gens ce qui est le plus nécessaire. Ensuite, à long terme, on verra.

– Écoutez, voici quand même un papier. Je le signe, vous êtes autorisés à aller à Jhorkali et à y rester, disons, une semaine. Faites ce que vous pouvez faire.

Mais si par hasard vous deviez rester plus longtemps, alors, il faudrait un permis du DM (préfet), du BDO (officier responsable du développement), du CMO (médecin du district), des maires concernés, du président des maires, du MP (député au parlement de New Delhi) qui habite un peu plus loin, des responsables politiques locaux, du RSP (parti révolutionnaire socialiste), ainsi que des ministres des secours sociaux, du développement, de l'irrigation et du secteur médical.

Ah ! encore une chose : il me faut tous les deux jours un rapport en quatre exemplaires sur vos activités... De plus chaque bénéficiaire, pour chaque don reçu, doit donner son nom, son adresse et sa signature ou son empreinte digitale (index de la main gauche, hein !), vous avez compris, hein ? Chaque malade, chaque enfant, chaque repas, etc. On vérifiera d'ailleurs tout ça, c'est nécessaire.

Partez vite avant que je ne revienne sur ma permission.

– OK, OK, on fera tout ce que vous demandez...

Mais intérieurement, on savait bien que ça ne serait pas possible.

Et nous voilà partis sur nos barques louées, pleines à craquer de tonnes de matériels et de nourritures.

Nous longeons la côte : partout, des huttes effondrées, des palmiers pliés et décapités, des plantations détruites, des toitures en dur arrachées, des écoles écroulées... Toutes les cultures, recouvertes d'un sable-boue grisâtre et salin, semblent anéanties. Les vergers sont dévastés, et même les immenses banians gisent parfois sur le sol, leurs gigantesques racines aériennes enchevêtrées comme des cadavres sur un champ de bataille.

Partout, le long des berges où la végétation de palétuviers est absente, sur des centaines d'hectares de terres qui semblent surgir d'un désert, des hommes et des femmes, le visage fermé, travaillent d'arrache-pied pour sauver ce qui peut l'être. Leurs silhouettes se découpent au sommet des digues qu'ils tentent de colmater avec des seaux de gravier, des sacs de jutes remplis de sable. Leur visage est sec, mais leurs cœurs sont en pleurs. Pas un geste vers nous, pas une main qui se tend, à peine un regard, rien ; la détresse semble leur avoir fermé les yeux sur le monde extérieur...

Et nous allons plus loin. Dix kilomètres : ici et là déjà, on rencontre des carcasses de bétail gonflées, sur lesquelles parfois se nourrit un vautour remontant le courant sur ce radeau marémoteur improvisé. Puis voici les premiers cadavres, accrochés aux racines des palétuviers ou sur le sable des berges... Un vieillard, une jeune femme, un bébé... Tous déjà enflés comme des outres, les yeux dévorés par les charognards, parfois les intestins ouverts par les chacals, les chiens... ou les requins.

Quinze kilomètres : le paysage devient lunaire. Il n'y a littéralement plus rien sur la berge que nous longeons. L'autre rive a diparu lentement, la largeur du fleuve atteignant maintenant plusieurs kilomètres...

Vingt-cinq kilomètres : une crique de palétuviers, un débarcadère détruit. Un aigle de mer magnifique, blanc et roux, plane et lance son cri sauvage. À l'horizon proche, la jungle, domaine des tigres, s'estompe dans la brume. Nous sommes arrivés.

De loin, on nous a observés. Plusieurs centaines de personnes se pressent sur la « crique de la tempête » (étymologie du nom Jhorkali). Personne ne dit un mot.

Nous escaladons à grand-peine la berge défoncée. Personne ne nous tend un bras secourable. Lorsque nous sommes rassemblés, la foule nous entoure, pas hostile, pas accueillante, presque incrédule, dirait-on. Pas un *Nomoshkar** de bienvenue. Des visages fermés, des yeux inexpressifs, des cœurs verrouillés. Les enfants se cachent. Pas un cri, pas un pleur. Les femmes se sont voilées le visage avec des saris tout déchirés, ou des lambeaux d'étoffes qui les recouvrent à peine. Les hommes sont quasi nus.

Un vieux décharné aux cheveux gris s'avance :

– Vous venez du gouvernement, on n'a pas besoin de vous ! Voilà deux jours qu'on attend, on a eu trois cents morts ici.

Vous nous avez abandonnés. Retournez chez vous. On ne vous fait pas confiance. Vous allez encore nous demander de voter pour vous, et puis vous ne ferez rien. On connaît ça, c'est toujours comme ça.

On préfère mourir tout seul. Même les dieux nous ont abandonnés. Pourtant on continue à leur faire confiance. Regardez !

Sur un tertre proche, ils ont érigé une statue en boue de la déesse Kali, au pied de laquelle sont déposés des noix de coco, des légumes, des fruits, du riz, et des fleurs...

– On est dans ses mains, on est ses enfants, c'est notre mère, même si elle ne nous est plus favorable. Peut-être à cause de nos péchés. Le gouvernement nous disait qu'il était notre père, on y a cru. Maintenant on sait que ce n'est pas vrai.

Partez. Et puis nous, on est tous des réfugiés du Bangladesh, vous, vous êtes des Babus, allez, partez.

La mort, est-ce quelque chose d'autre qu'un changement de vêtement ? Seul le corps périt. Alors, on n'a pas peur de mourir. On n'a pas besoin de vous.

(La mort, un changement de vêtement, comparaison classique tirée de la *Mishra Gîtâ*, mais qu'on trouve ainsi dans la *Bhagavad Gîtâ*.)

Ostensiblement, quelques hommes, surtout des jeunes, commencent à s'écarter pour bien montrer leur hostilité...

Nous jetons un coup d'œil par-dessus la foule. Derrière, juste derrière, il y a un camp. Enfin, si on peut appeler un camp cet amas de boue, de bois, de couvertures et de déchets, avec quelques tentes par-dessus le marché. La détresse du campement se marie avec la détresse de la terre dévastée qui l'entoure, et surtout les débris de leurs cœurs brisés.

Il nous faut rester à tout prix, mais comment ?

L'un de nous alors a une idée géniale. Bouleversé par le spectacle de cette dignité absolue dans la détresse absolue, il se penche, se prosterne, et prend la poussière des pieds du vieillard pour la mettre sur sa tête :

– Tu es mon père et tu es sage, mais nous, nous ne sommes pas du gouvernement. Regarde : tous nous sommes jeunes, sauf notre grand frère Dadu. Nous sommes hindous, chrétiens et musulmans. Nous ne venons pas vous aider. Nous venons vivre avec vous.

Tout ce que nous avons est à vous. Regarde, grand-père, ces trois barques pleines de matériel et de riz, eh bien ! ce n'est plus à nous, c'est à vous. Vous en faites ce que vous voulez. Mais ne nous obligez pas à repartir, on veut rester avec vous. Vous êtes nos pères, nos frères et nos sœurs. Et votre vénérée Mère Kali, c'est notre Mère à nous aussi… »

Dans notre groupe, chacun approuve à grands hochements de tête, même si on se demande bien ce qui va se passer. Vont-ils piller les barques ? Plusieurs minutes s'écoulent…

Et tout à coup, un homme relativement jeune se détache du groupe après quelques consultations avec d'autres, et vient toucher les pieds de Dadu et de Dada :

– Soyez les bienvenus, vous êtes ici chez vous. Excusez-nous de vous avoir accueilli comme cela. Mais on a tellement souffert et on a tellement été souvent trompé, que les jeunes parmi nous, ils ne voulaient même pas venir au débarcadère. Ils ne voulaient pas vous laisser accoster…

On vous fait confiance, on partagera tout ce qu'on a avec vous…

Et ce fut une explosion de joie, de mains jointes, de bienvenues, d'accolades pour les hommes, de pieds touchés pour les femmes. Les pirogues sont hissées à terre et vidées en un clin d'œil…

Deux volontaires repartent immédiatement dans le hors-bord, porteurs de deux lettres, l'une, pour le comité du SEA, réclamant immédiatement de la nourriture pour 1 500 personnes, des tentes supplémentaires et des médicaments, l'autre, pour le comité rural, demandant d'envoyer sur le champ Belle Chevelure, avec quelques-unes de ses filles de Jhikhira.

Les bateaux partis, trois équipes se constituent. L'une monte, avec l'aide des gens, plus de cent tentes pouvant abriter chacune dix personnes. Mais comme il n'y en a pas suffisamment, certaines doivent en abriter plus de vingt.

Une deuxième équipe commence aussitôt... à peler les patates, trier le riz et le faire cuire dans d'immenses marmites. Une troisième organise illico un dispensaire de fortune, commence les consultations (sans paperasserie inutile, cela va de soi), car les dysenteries, gastro-entérites, pneumonies, font déjà des dégâts depuis deux jours...

Le même soir vers 20 heures, après la première soupe, c'est le repas pour tous, sauf pour l'équipe du dispensaire qui travaille d'arrache-pied. À 23 heures, le dernier malade vu (mais il y aura encore une jeune femme qui accouchera après minuit), l'équipe pense pouvoir se reposer...

C'était compter sans nos sinistrés qui n'attendaient que cet instant pour nous raconter leurs déboires... Et jusqu'à une heure du matin, crevés et tombant de sommeil, il nous fallut les écouter avec le respect que l'on doit à ceux qui ont survécu à une telle catastrophe.

> – Il était onze heures du matin, on sentait l'orage dans l'air.
>
> Nous étions sur nos barques de pêche. Tout à coup, il m'a semblé que le vent tournait et que des vagues plus grosses barraient l'horizon. Nous avons continué. Ce n'était pas la première fois que nous devions affronter une tempête. Mais quand le soleil fut tout au-dessus de nous, nous ne pouvions déjà presque plus avancer. Et vraiment le temps devenait de plus en plus menaçant.
>
> Le plus âgé d'entre nous, Vasant Dada (Vasant signifie le printemps), nous a dit que c'était un cyclone. Nous, on a rigolé et on lui a dit qu'il devenait vieux. Pour un cyclone, il faut des nuages plus noirs que ça : c'était le simple vent de la flûte de Krishna à Brindavan, rien de plus. Mais s'il avait peur, on pouvait retourner... Bien sûr, il a dit qu'il se trompait sans doute...
>
> Une demi-heure après, j'ai consulté les six autres pêcheurs du regard, ils ont hoché la tête comme pour dire : « Tu es le

responsable, à toi de décider. Nous, on te suit. Si tu avances, nous, on avance. Si tu repars, on repart... »

J'ai décidé de rebrousser chemin parce que tout à coup, les goélands avaient disparu. Ça, c'était vraiment mauvais signe. Mais du coup, on a eu le vent en proue et il devenait impossible d'avancer... On a mis plus d'une heure pour atteindre la rive à la vitesse maximum. Et à ce moment-là, on a tous craint de chavirer. Si on n'avait pas affalé la voile, on se serait retourné.

Pour faire les derniers mètres, il a fallu jeter la corde avec l'ancre à ceux qui étaient sur la berge. Ils nous ont alors halé jusqu'à l'intérieur. On l'avait échappé belle...

Une femme l'interrompt :

– Madhuri-la-Délicieuse : Et pendant ce temps, nous les femmes, on ne vivait plus. À la radio de dix heures, ils ont averti tous les bateaux de pêche : « Un cyclone se prépare, rentrez au port le plus proche, n'essayez pas de rejoindre votre port d'attache... »

Moi, j'avais le père de mes trois enfants et mon aîné en mer. J'étais morte de peur... J'ai brûlé de l'encens comme jamais je ne l'avais fait avant. Et j'ai promis à Vishnu d'aller faire le grand pèlerinage du Seigneur Jagannath* à Puri s'il sauvait mon homme et mon fils... Quand il est arrivé, je suis tombée comme évanouie parce que je n'y croyais plus...

– Minoti-Humble Prière : Parce qu'il faut dire qu'à ce moment-là déjà, on ne s'entendait plus. Il y avait tellement de vent qu'on a tendu une grande corde entre nos deux huttes pour pouvoir marcher sans tomber. Alors on s'est assis et on a attendu.

C'était juste après le temps où il n'y a pas d'ombre (environ 13 heures), et on voyait déjà de moins en moins. On récitait tous le *Japnam* (espèce de litanie consistant à répéter sans fin le nom de la divinité pour obtenir l'extase, ou lui arracher une faveur. Se récite aussi souvent sur le petit *mala*, rosaire hindou à 108 grains : Haré Krishna Haré Rama...) Je ne sais pas combien de fois on l'a dit, mais je sais que le dieu n'a pas entendu...

Et puis, après avoir vu voltiger le *gola* (grenier à riz, petite structure circulaire au milieu des courées), on a su qu'on ne mangerait plus cette année-là… »

Un des hommes présents fait faire silence :

– Viveka-l'Éveillé : C'est moi le délégué du conseil communal de Jhorkhali, c'est moi qui ai la radio. Le gouvernement a dit que le vent soufflait à 200 km à l'heure sur le golfe du Bengale : Attention, il va y avoir un raz de marée avec le cyclone ; chacun doit s'abriter dans des maisons en briques…

Ça c'était la meilleure ! On n'en a pas ici, sauf Chandrama-Oncle Lune (le « ma », contraction pour « mama », est employé ici par dérision), le marchand de riz qui fait toujours du marché noir. C'est quand même pas lui qui allait ouvrir son grand hangar pour nous loger tous !

Alors, on a vu des tas de gens arriver sur la place du marché, parce que c'est là que les maisons sont les plus épaisses. Tous ces gens commençaient à prendre peur, alors, ils venaient avec des cordes où se cramponnaient les femmes et les gosses, et les hommes, ils transportaient toutes leurs richesses, les chèvres, les poules et même les perroquets.

Il était à peine trois heures, et il faisait déjà tout noir. C'est qu'on commençait alors à vraiment trembler de peur. On ne pouvait plus parler. Il fallait hurler pour se comprendre. Ça me faisait penser au grand train express quand il passe dans les gares sans s'arrêter…

Et puis, à la radio, ils ont passé un téléphone du centre de radar, et il y avait un employé qui hurlait : « Le cyclone vient de toucher la côte sud des Sundarbans. Toute la région habitée va être touchée dans les dix minutes, et on signale une vague énorme… » Alors le gouvernement a donné des tas de conseils, mais nous on a fermé le bouton.

Le vent a encore augmenté, les palmiers se pliaient jusqu'au sol, les palmes des cocotiers étaient arrachées, les autres arbres s'envolaient ici et là, et la grande toiture d'asbestos des hangars de Chandramama s'est envolée elle aussi.

Mais on a eu de la chance. Toutes nos maisons dans le centre du bazaar étaient entourées d'une forêt de bananiers. C'est peut-être ça qui nous a sauvés. À cinq heures, c'était la nuit noire. Tous les *asuras* et *rakshashas* (deux des dix classes de démons) hurlaient, et les *Devas* et *Devis* (dieux inférieurs et habitantes féminines des cieux) lançaient leurs disques de feu et leurs flèches. On savait qu'on allait mourir. Et puis tout à coup on a entendu comme une clameur étouffée et puis…

Kotchop-la-Tortue lui coupe la parole :

– Et puis… vous, vous avez rien vu. Alors que moi, j'étais bloqué derrière le petit temple en arrière du village sur la butte de la digue intérieure. J'étais presque plus haut que lui ; mais je m'étais cramponné et accroupi parce que je ne pouvais plus avancer, même si je savais que ma hutte, où se trouvaient ma femme et mes deux gosses et les cinq autres membres de ma famille, était à moins de cent mètres. Je pensais que j'étais comme mort, mais j'avais mal aux bras tellement je me cramponnais…

Alors, j'ai entendu comme un bruit étouffant qui dominait presque celui du vent… Je suis sûr aussi que j'ai entendu des cris… Alors j'ai vu une grande lueur rouge comme du feu qui avance. Elle était au sommet d'une espèce de muraille d'eau qui avait bien cent mètres de haut et qui mugissait comme un taureau qui regarde un autre taureau dans un combat…

Et puis je ne sais plus ce qui s'est passé, parce que je suis resté toute la nuit accroché au petit temple. Je ne savais même pas si j'étais vivant ou mort…

L'Éveillé reprend son récit :

– Oui, c'est ça, nous on a pas vu, mais on a entendu. Il y a eu un déluge d'eau comme quand on passe sous une gouttière pendant la mousson, mais c'était de partout.

Alors, peut-être en quelques secondes, on s'est tous retrouvés dans l'eau jusqu'aux épaules ; et puis elle est descendue rapidement jusqu'aux genoux. Heureusement que les huttes chez nous ont tenu le coup.

Et puis, j'ai rouvert le transistor que j'avais mis tout en haut du placard, parce que je ne voulais plus l'entendre.

Quelqu'un expliquait tout calmement aux habitants de Calcutta comme s'ils étaient au cinéma : « Un raz de marée de six mètres a envahi la côte. Il avait encore quatre mètres cinquante quand il a touché les zones habitées. Il a été aussi accompagné d'une lame de feu. On signale d'importants dégâts. Prochain bulletin à minuit. » (cette « lame de feu » correspond à un phénomène électro-magnétique effectivement observé lorsqu'il y a conjugaison d'un cyclone avec un tsunami d'envergure. Il est provoqué par l'accumulation d'électricité au niveau des nuages bas).

Et ils ont annoncé un programme de variétés. On a tout coupé. Je voulais le casser, leur transistor…

Les récits se succèdent. Vient enfin celui de Basant-Printemps :

– Le cyclone a duré huit heures. Quand on a cru que vraiment le seigneur Hari l'avait saisi à la gorge et tué et qu'il s'était arrêté (allusion à la scène où Krishna, bébé, avait étranglé le démon du cyclone), on est sorti doucement.

Mais on ne pouvait plus marcher tellement il y avait de la boue et de l'eau partout ; la moitié du marché semblait démolie. Des hommes sont alors arrivés. Pas des hommes, des statues de boue, des fantômes de boue plutôt. Ils disaient qu'ils avaient tout perdu, que leurs familles étaient mortes, que c'était la fin du monde, que Ravana était de retour, etc.

Ils étaient comme fous, on les a fait taire. On leur a dit : « On va y aller ensemble chez vous maintenant que le cyclone est terminé. Et vous verrez que vos familles ne sont pas mortes. »

C'est alors que le vent a recommencé à souffler par rafales et ç'a été à nouveau l'enfer…

On a appris après par la radio que ce petit temps de calme, ça s'appelle l'œil du cyclone. Il a duré à peu près une heure. Et l'ouragan a encore duré toute la nuit, huit heures. Mais il n'y a plus eu de vagues d'eau. Toute la nuit, on a tremblé de froid, et de peur.

À cinq heures du matin, on a pu sortir ; il pleuvait, mais pas trop fort. Il faisait très froid, on était tous transis. On s'est visité les uns les autres sur la place. On échangeait les nouvelles. Certains pleuraient. D'autres ne pouvaient même plus pleurer. Tous, on attendait l'aube.

– Kumbakharna-Dormeur : « On aurait mieux fait de ne jamais la voir, cette aube de malheur.

Quand on a pu voir quelque chose, on n'en croyait pas nos yeux : tout était détruit partout dans le village, tout était sens dessus dessous. Il y avait des troncs d'arbres à travers les maisons ; ils ont même tué des gens à l'intérieur. Il y avait des tas de carcasses de buffles, de chiens et de chèvres sur la place.
Mais quand on est monté sur le terre-plein qui entoure le village, alors c'était pire que Kurukshetra* après la bataille de 5 000 éléphants contre 5 000 autres éléphants. Plus un seul arbre n'était debout, plus une seule hutte n'était visible.

À Parbatipur, il n'y avait plus rien, plus rien. Il n'y avait que des vautours qui tournaient, qui tournaient, des chiens et des chacals qui semblaient se battre ici et là. On ne savait pas trop pourquoi… Quand on s'est approché, on a compris. Ils se disputaient les cadavres de nos frères et sœurs… »

Nous aurions passé toute la nuit à les écouter, mais nous étions littéralement morts de fatigue. Eux cependant, qui avaient bien plus de raisons de l'être, auraient volontiers veillé… Ils avaient retrouvé des raisons de vivre…

XII

Un incident vraiment pénible

Le lendemain matin, à quatre heures, tout le monde était déjà debout pour installer les cuisines, le dispensaire, les indispensables feuillées…

Cette première journée se passa à établir les listes des sinistrés, à faire les enquêtes appropriées, à les comparer avec celles proposées par le conseil local, à discuter des secours à donner, et à établir notre quartier général un peu à part sous une grande tente, avec des WC privés (en pensant aux filles qui allaient sans doute arriver).

Vers le milieu du jour, il y eut un incident vraiment pénible. On vit tout à coup les gens du camp, rassemblés par groupe, discuter avec animation, nous désigner du doigt de loin, regarder vers la place du marché à l'autre bout, puis parfois se mettre à crier comme s'ils n'étaient pas d'accord entre eux.

On fit alors venir Viveka-l'Éveillé pour savoir de quoi il s'agissait. Il avait comme honte de nous parler. Enfin, il nous dit :

> – Écoutez, ça m'ennuie beaucoup, mais il y a une grande réunion maintenant dans le bazaar.
>
> Il y a un autre parti politique qui dit qu'il ne faut pas accepter votre aide, qu'il faut vous chasser, et qui monte tous les gens contre vous.
>
> – Mais pourquoi donc ?

– Ils disent… excusez-moi, mais ce n'est pas moi qui le dis, ils disent que parmi vous il y a un Sahib et des chrétiens. Et que si on accepte votre riz, il faudra ensuite nous convertir au christianisme. Ils disent que tous les chrétiens font ça…

– Et toi, tu es le maire ici, qu'est-ce que tu en penses ?

– Avant, moi, je croyais comme ça aussi parce qu'ici il n'y a pas de chrétiens, j'en avais jamais vu dans ma vie. Je croyais qu'ils voulaient toujours détruire notre religion.

Mais je savais pourtant que la Sainte Mère Teresa-des-pauvres, elle n'est pas comme ça. Mais elle est comme le Dieu des chrétiens. Il est bon, lui ; même qu'il paraît que c'est pour ça qu'il est mort sur la croix. Si vraiment le dieu, il est mort comme ça pour les pauvres, alors c'est qu'il était vraiment Vishnu réincarné…

Mais ils m'ont dit : « Toi, c'est tout ton parti qui va devenir chrétien. » Et ceux de mon propre parti, ils ne sont pas aussi contents avec moi maintenant…

– Écoute, on va y aller. On va discuter sur la place…

– Non, c'est trop dangereux, ils sont vraiment très excités. Ils pourraient même vous tuer.

– Allons, on n'a pas peur, on sait pourquoi on est ici. Allez, tu peux appeler tous les gens qui sont sous les tentes, même ceux qui sont contre nous, et on va aller ensemble voir nos amis de l'autre parti.

La petite place ravagée par l'ouragan est pleine de monde, et l'excitation semble à son comble lorsque les deux orateurs nous aperçoivent…

L'un des membres de l'équipe raconte :

– Notre infirmier Dada prend alors la parole, au milieu de pas mal de cris hostiles venant surtout de ceux qui sont les plus éloignés, et de plusieurs endroits à la fois :

– On n'est pas à vendre !

– Ram, ton royaume restera toujours Ram Radjia (le royaume de Ram) !

– *Markin go home* ! – Les Américains chez eux !

– Les chrétiens sont les suppôts du capitalisme !

– *Allah Akbar*, on n'est pas à acheter !

... Et d'autres slogans de ce genre.

Mais dès que le grand frère ouvre la bouche et s'exprime en bengali, les cris font place à des interjections de stupeur. Et quand il dit : « *Amar Prio Bhai O Bhonera, mes frères et mes sœurs respectés de Jhorkhali...* », le silence s'établit tout à fait.

– On est venu pour vous aider et partager avec vous, parce que vous avez beaucoup souffert et beaucoup ont tout perdu, et parce que le grand Dieu a serré vos cœurs comme des chiffons mouillés.

Nous, on n'a pas beaucoup à vous donner, mais vous voyez, on a nos deux mains et puis surtout notre cœur à partager. Dans une famille quand quelqu'un est malheureux, le père, la mère ou les frères l'aident... C'est pour ça qu'on est là. C'est parce que vous êtes tous de notre propre famille.

Votre « Poète Universel », Tagore, a dit : « *le service du Père de l'Univers consiste à servir tous ses fils et filles* ». Si VOUS ne voulez pas, on ne va pas rester. C'est chez vous ici, pas chez nous. Mais on voudrait aussi que ce soit chez nous... Quand vous nous direz : « maintenant, ça va, la vie est de nouveau comme avant », alors on repartira.

Mais si vous nous demandez de continuer à faire quelque chose avec vous, alors peut-être bien qu'on restera longtemps... Ça ne dépend pas de nous d'ailleurs, ça dépend de Dieu.

Le Dieu Tout Puissant, l'Être Universel, il est avec vous et avec nous aussi. Nous ne savons pas bien comment vous l'appelez. C'est peut-être le grand Shiva lui-même dans sa compassion pour tous ceux qui souffrent. C'est peut-être Radhakanta (l'amant de Radha, Krishna) et son amour divin pour ses dévots. C'est peut-être la mère divine Saraswati*, Shakti* (Énergie) du seigneur Brahma. C'est Allah, le Tout Miséricordieux Seigneur. Le grand prophète Muhammad a dit : « *L'Islam, c'est la pureté de paroles et la charité* ».

Eh bien ! nous, on vient avec la parole pure, et on vous tend les mains dans la charité. Dieu nous a dit d'aimer tout le monde sans rien demander, comme le seigneur Krishna dans la vénérée Baghavad Gîtâ : « *Travailler sans récompense, c'est le Karma Yoga** » (union à Dieu par le travail).

Certains parmi vous ont dit : « on ne veut pas des chrétiens ». C'est vrai, moi je suis chrétien, et mon Dieu, c'est le Père de tous les hommes et de toutes les femmes. C'est pour ça qu'on est tous frères et sœurs. Et mon *Ishta Devata* (Divinité d'élection comme en ont tous les hindous), c'est le *Probhu Jissu* (Seigneur Jésus en bengali) qui est mort sur une croix et qui nous aimait.

Avec moi, il n'y a que deux chrétiens : Nuage Noir qui est le responsable du camp, et Patras qui est adibasi.

Notre frère aîné, c'est Dadu Budhadev Mishra ici avec moi, et il est de la caste brahmane. Il a son cordon (cordon sacré que portent les deux fois nés), vous pouvez voir. Il n'est pas devenu chrétien. Presque tous les autres sont hindous, et il y a aussi avec moi le frère Mohammed et trois musulmans. Et il y a Mihir aussi qui est bouddhiste. Alors je leur laisse la parole, et ils vous diront si nous on veut que tout le monde devienne chrétien…

Ce que nous désirons, c'est partager avec vous. Mais c'est vrai qu'on vous demande quelque chose en retour.

C'est… votre amitié et votre aide parce que sans vous, nous on ne peut rien faire. Et puis aussi, et tout de suite, on veut que vous nous montriez où se trouve le temple de votre village parce que les frères du *Sanata Dharma* parmi nous (« Perfection éternelle », nom donné par les hindous à l'hindouisme) veulent aller remercier les dieux pour votre hospitalité. Et moi, j'irai lui donner mon *Pronam*… (salutation respectueuse, généralement accompagnée d'une petite offrande).

Ce fut l'acceptation immédiate par tous.

On n'eut même pas à attendre les discours des autres membres du SEA. Mais, après la dispersion qui se fit aussitôt, ils furent amplement interviewés et eurent l'occasion d'expliquer à leurs hôtes ébahis, comment toutes ces ethnies, religions, castes et classes pouvaient si bien travailler ensemble. Et plus jamais, il ne fut question de dangers pour nous, ou de conversions pour eux !

Mais c'est là une vieille accusation, malheureusement fort répandue, datant des temps sombres de la colonisation où, effectivement, de nombreuses églises chrétiennes attiraient les gens en faisant miroiter des avantages matériels. On appela ces nouveaux baptisés « les chrétiens du riz ». De nos jours, en dehors des sectes, les grandes églises dans leur majorité ont mis fin à cet odieux moyen d'accroitre le nombre de leurs fidèles. Cette pratique demeure cependant, ici ou là, même si elle n'est pas encouragée.

Nous avions gagné la première bataille, mais pas la guerre... Et, bien que confiants, nous étions quelque peu inquiets, car nous ne savions pas quand les renforts en personnels et en matériels allaient arriver.

Les gens attendaient de nous des miracles, et, en l'absence de renforts, personne parmi nous ne se sentait la vocation de « multiplicateur de riz », même ceux qui faisaient profession de suivre Jésus-Christ... Mais de toute facon, ça ne servait à rien de s'inquiéter. On verrait bien demain et après-demain.

Ce soir, les portions étaient congrues, certes, mais tous avaient mangé... Mais demain ? « Allez, assez de suppositions vaines. Allons dormir ! Bonne nuit à tous ! »

Et voici qu'à vingt-deux heures, nous sommes réveillés par un tumulte de cris et de voix...

Et des ténèbres du débarcadère à demi réparé, surgissent les silhouettes de plusieurs saris... Voici Belle Chevelure avec trois de ses filles du dispensaire de Jhikira, Asha-Espérance, Janaki-Luciole et Poddo-Fleur de Lotus. De Banghor plus proche, nous arrive le Dispensateur des dons et un jeune « paramédical ». De Chowani, on nous envoie Diamant Noir, de Pilkhana notre ami infirmier, Le Protecteur, avec Fleur d'Hibiscus et deux aides soignantes...

Ils nous annoncent que demain, six garcons vont arriver pour renforcer notre équipe, avec des tonnes de vivres, des tentes supplémentaires, des médicaments, du matériel de chirurgie et autres. Nous serons ainsi vingt quatre.

Plus question d'aller se recoucher ; le temps est à l'organisation et aux décisions.

Mais comment ont-ils fait au comité de SEA et au comité rural, pour tout préparer en une nuit et une demi-matinée, alors qu'il faut plus de dix heures pour nous atteindre ? Mystère de la générosité et du dévouement efficaces. Qu'ils soient mille fois bénis et loués ceux qui ont assuré nos arrières avec une telle promptitude et un tel effacement, car sans eux, qu'aurions-nous pu faire ?

On tient alors un conseil de guerre où les « Calumets de la paix » hookah ou narguilé, circulent de bouche en bouche, et où le maire et ses adjoints nous annoncent d'une seule voix :

– Au cours de notre réunion politique, nous avons décidé que puisque vous êtes vingt-quatre volontaires, nous aussi nous vous offrons vingt-quatre autres volontaires, qui vivront avec vous et accompliront gratuitement les tâches que vous leur indiquerez. Quant à nous tous, on fera ce qu'on peut pour vous arranger au maximum.

Puis, après un silence :

– Il y a un problème : c'est pour les ladies. Où vont-elles vivre ? On n'a pas de maisons en dur à leur offrir. Où elles vont manger et se laver ?...

Belle Chevelure répond alors immédiatement au responsable que ce n'est pas une difficulté, et qu'elles se débrouilleront très bien.

Par contre, les ladies en question avaient effectivement un problème. On venait de leur signaler, dès les premières minutes de leur présence, quelques cas de maladies graves dans des huttes assez éloignées ; elles avaient besoin d'une lampe de poche et d'un guide...

– Quoi ? À onze heures du soir ! Après un aussi long voyage...

– On ne peut pas aller dormir avant d'avoir vu ces deux cas. Une maman qui s'est brûlée quand sa lampe-tempête s'est renversée sur elle pendant le cyclone, et un bébé nouveau-né dont le père dit qu'il va mourir... On y va maintenant, on dormira après.

Et voilà deux filles partant dans la nuit avec un jeune garçon inconnu d'elles... Du jamais vu ici de mémoire d'homme !

Et pour couronner le tout, voici que le lendemain matin, vers sept heures, à la stupéfaction générale, arrive en pirogue avec sa petite fille de quatre ans, la femme de Nuage Noir, Aloka-Brin de lumière, qui, de Basanti où elle réside, a appris la nouvelle du camp organisé...

Et notre maire d'annoncer peu après :

– Vous êtes maintenant vingt-cinq. De notre côté, nous vous donnons donc vingt-cinq volontaires. Et comme il faut que vous vous reposiez aussi, on a décidé que cinquante autres hommes se mettraient à votre disposition en cas d'urgence ou en cas de nécessité. Est-ce que ça vous va ?

Si ça nous allait ? Quand 25 et 25 font 100, toute réponse devenait superflue !

On commença par le commencement : la tambouille, et ce n'était pas une mince affaire ! Mais le grand Orun-Aurore Pourpre de Pilkhana fit merveille avec son équipe et ses énormes marmites fumantes, pour remonter le moral des 1 500 personnes (plus 300 venues de l'extérieur) qui en furent les bénéficiaires.

Belle Chevelure et ses filles organisèrent le dispensaire, et on les vit tôt le matin jusqu'à tard le soir, diagnostiquer, soigner, panser, exciser, recoudre, plâtrer, poser des sérums, faire des lavages d'estomac, piquer et vacciner à tour de bras, sans compter les nombreuses urgences à l'extérieur.

Dans les frimas matinaux et les froides soirées d'hiver, ce sont certainement elles qui ont eu le plus à souffrir des difficiles conditions de vie, car elles étaient toujours sur la brèche, la tête enveloppée d'une couverture quand vraiment le vent soufflait trop fort par-dessus le mur de pisé contre lequel leur dispensaire en plein air était accoté.

De son côté, Brin de Lumière prit en main les listes de réfugiés et se dévoua sans relâche pour que les distributions de matériels répondent aux besoins des plus démunis. Ce n'était pas chose facile, car il fallait tout vérifier ; il ne s'agissait pas de créer des mendiants en donnant tout à tous, pas plus que de faciliter les petits trafics ou de favoriser les malins profiteurs...

Diamant Noir se chargea des tout-petits : nourriture de sevrage, lait en poudre à préparer, etc. D'autres jeunes préparaient les sachets de prévention de la diarrhée. Les garçons de leur côté, avec l'aide des volontaires locaux, s'éparpillaient dans tous les hameaux pour évaluer les dégâts, établir des listes d'urgence, proposer des solutions à long terme, etc.

Une fois de plus, nous pûmes constater que l'impact d'un centre de soins est un des facteurs les plus importants pour la « mise en confiance » de la population.

Quatre jours plus tard, arrivèrent trois envoyés du gouvernement porteurs d'un ordre écrit : « Arrêtez immédiatement tous les secours ; vos papiers ne sont pas en règle et des plaintes sur la qualité de la nourriture nous sont parvenues... »

Sur le champ, nous invitons lesdits délégués à aller eux-mêmes goûter le menu du jour (riz et potirons), et à enquêter auprès des réfugiés. Quant à nous, une rapide réunion suffit pour mettre par écrit notre réponse lapidaire : « Avons reçu vos ordres. Désolés, mais nous ne pouvons pas arrêter. Envoyons un délégué pour vous expliquer. Papiers suivront un jour... »

Et les représentants officiels repartirent, plus que satisfaits de leur inspection, mais hélas sans aucun papier, car le temps nous manquait pour répondre aux exigences de l'administration...

Il y eut pas mal de remous pendant huit jours, d'allées et venues, d'ordres et contre-ordres pour nous mettre au pas, etc.

Finalement, les officiels du gouvernement convinrent avec grâce que jamais ils n'avaient vu un centre de secours si actif et si efficace, et qu'ils prenaient sur eux de nous donner par écrit toutes les permissions nécessaires pour continuer, même si cela devait leur occasionner quelques ennuis.

Et pour se racheter de leur suspicion, ils nous autorisèrent à utiliser pour le personnel, le bâtiment du département d'irrigation, ce qui leur valut en effet pas mal de déboires par la suite, car, au *Writers'Building* de Calcutta*, le ministre concerné ne l'entendait pas de cette oreille !

Les secours d'urgence immédiate organisés, il fallut passer à la phase deux. On installa avec l'aide du « *speed-boat* » des camps secondaires tout au long de la côte qui faisait face à la réserve des tigres. Les traces de ces derniers, qui rôdaient souvent la nuit le long des îles habitées, étaient fréquentes autour de nos relais ; mais cela ne diminua en rien l'enthousiasme de nos filles...

Il fallut deux mois pour rétablir un semblant de vie normale, bien que les réfugiés aient peu à peu repris le chemin de leurs parcelles. Mais comme la boue était encore trop meuble, ils installèrent leurs petites tentes sur un remblai de terre qui servait de route... Ils allaient y rester longtemps !

Puis, il fallut songer à repartir comme nous l'avions promis, puisque nous n'étions venus que pour un « dépannage ».

Si les gens le souhaitaient, nous étions bien sûr prêts à revenir, mais avec quelques... conditions.

L'histoire de Jhikira allait se répéter.

Le jour du départ arriva. Ils organisèrent une grande fête sur la place publique, le 10 février 1982. Il y eut beaucoup de discours, beaucoup de chants, quelques danses et beaucoup d'émotion... Plus de quatre mille personnes étaient venues nous dire au revoir, même d'autres îles. Et à la fin de la cérémonie, le frère Vasant-printemps nous offrit un parchemin encadré sous verre, signé du nom de tous les gens qui avaient souffert de cette calamité et repris espoir.

XIII

Le temps de la reconstruction

Quatre jours à peine après notre retour à Pilkhana, une délégation de Jhorkhali vint solennellement remettre au secrétaire du *Seva Sangh Samiti* une pétition avec une longue liste de signatures, demandant que des travaux de développement soient entrepris, et assurant de la plus totale coopération et participation de tous les villageois et à tous les niveaux…

Moins d'une semaine plus tard, une nouvelle équipe débarquait au village pour se mettre à la disposition de la population : trois de nos meilleurs responsables, tous des hommes dans un premier temps. L'un prit en charge le dispensaire, les deux autres le développement rural : il fallait en priorité colmater les brèches dans les grandes digues et construire deux kilomètres et demi de jetées et levées de terre pouvant servir de chaussées. Ils distribuèrent des centaines de plants de cocotiers et des milliers d'arbres fruitiers aux sinistrés.

Le département rural du Service d'Entraide acheta un terrain et ouvrit un centre au lieu dit « Kumirmari-Au Crocodile Mort », à quelques trois kilomètres de Jhorkhali. Et le bateau avait pour port d'attache « La Berge du Tigre » ! C'est de là que s'organisèrent les efforts pour créer écoles, canaux et pompes à eau…

Mais le plus urgent était la reconstruction des logements, avec le concours des bénéficiaires eux-mêmes. On s'y attela immédiatement et tout le monde s'impliqua : le gouvernement du Bengale, les élus locaux, l'agence du SEA, et les experts, une organisation de Calcutta (*Unayanan*) qui avait des architectes.

La construction d'une hutte demandait en moyenne de six à sept semaines. Le travail le plus important consistait à creuser le sol afin d'obtenir des blocs de boue triangulaires pour élever les murs. L'excavation devenait alors l'indispensable réservoir-étang, où la précieuse eau pouvait rester toute l'année et servir à la pisciculture, d'un très bon rapport ici.

Après la reconstruction de Jhorkhali, l'équipe rurale entreprit la réhabilitation agricole des terres de sept cent cinquante familles réfugiées qui ne pouvaient bénéficier du premier projet. Toutes étaient situées dans une zone de marée récemment fermée par une digue réalisée conjointement par le SEA et le gouvernement.

En 1983, après les secours d'urgence aux gens du delta, après la reconstruction et la réhabilitation, il fallait penser au développement à long terme. En écoutant les gens parler, nous nous étions vite rendu compte que le problème le plus important pour eux était l'absence d'eau potable. L'eau potable peut réduire de 90 % les cas de choléra, de 80 % ceux de diarrhées et de typhoïdes, et ceux de maladies gynécologiques de 60 %.

Nous avions déjà creusé quelques centaines de puits tubés en trois autres districts. Mais là où l'eau était le plus nécessaire, c'est-à dire dans les îles, il fallait creuser jusqu'à 1 500 ou 1 600 pieds de profondeur (soit 500 mètres et plus) pour atteindre la nappe ; le coût devenait alors exorbitant.

Mais avions-nous vraiment le choix ? Ne devions-nous pas avant tout répondre au vrai besoin des gens, quel qu'en soit le coût ?

Une enquête complète et sérieuse s'imposait.

C'est ainsi que le nouveau responsable du département rural, Nuage Noir – désigné après la disparition de Dadu, douloureusement ressentie par tous, le 4 juin 1982 – décida d'entreprendre une visite approfondie de toutes les îles habitées.

Le département rural acheta un bateau, qui servirait dans l'avenir au transport du personnel et du matériel, et deux travailleurs quadrillèrent les criques, vivant nuit et jour dans l'embarcation et cabotant à travers les îles… Le responsable médical fut souvent de la partie.

Les Sundarbans répartissent leurs 300 000 kms carrés (plus de la moitié de la France) entre l'Inde et le Bangladesh. La partie indienne comprend une zone peuplée d'environ deux millions et demi d'habitants, tous venus au cours des deux derniers siècles en défricheurs, chassés par des misères de toutes sortes.

En-dehors de ce large territoire fort peuplé – parfois 2 500 habitants au km^2 – où rien ne subsiste aujourd'hui de la forêt originelle, c'est le règne de la jungle, où pas un seul être humain ne vit. Tout d'abord, c'est interdit. Dans la Jungle-Réserve, le *Tigerland*, « Pays du Tigre », qui couvre actuellement 4 262 km^2 dans sa partie indienne, 2 600 km^2 ont été déclarés « Réserve nationale et biosphère » en raison de l'exceptionnel intérêt biotique et écologique de cette région.

Mais surtout personne, pour rien au monde, ne voudrait y habiter, par crainte atavique du Mama (« oncle maternel »), pseudonyme donné au tigre pour éviter en le nommant d'attirer sur soi les foudres de l'esprit du « Seigneur-de-la-Nuit ». Et puis, c'est le domaine du dieu Dakshin Roy, « Seigneur du Sud », portant un hibiscus et ayant (comme la déesse Durga) un tigre pour monture. C'est un fils de Shiva, censé hanter les tigres et les fantômes de ceux qu'ils ont dévorés…

Depuis quarante ans, figurent au nombre de ces défricheurs des Sundarbans des réfugiés bangladais venus par petits groupes et progressivement installés dans les îles qu'ils colonisaient. Un parti politique local leur attribuait légalement un lopin de terre, avec parfois à peine la place pour une hutte, et le *struggle for life* commençait. Cette immigration a été stoppée depuis une quinzaine d'années par le gouvernement, dont la politique de protection des « Réserves et biosphère » est devenue très stricte.

Beaucoup étaient arrivés un jour, en loques, exténués, avec femmes et enfants, armes et bagages (une serpe rouillée et un baluchon). Fuyant la misère, ils venaient pleins d'espoir s'installer sur un terrain vierge où, croyaient-ils, ils pourraient vivre en paix leur vie de pauvres. Mais d'autres étaient arrivés avant eux… Alors, ils s'enfonçaient plus avant dans la forêt…

La première tâche de ces pionniers fut de construire des digues rudimentaires pour contenir les marées dévastatrices. Puis, il leur fallut défricher les palétuviers. Tâche extrêmement rude, car les longues racines incrustées dans le sol s'étirent sur des dizaines de mètres pour chaque plant.

Ensuite, il y eut le sol à assécher, à assainir, à dessaler, à niveler… Au moins cinq ans de travail continu pour la première moisson, une seule récolte annuelle d'un maigre riz. Des huttes furent bâties, regroupées en général dans un coin jugé moins exposé. Boues séchées, pisés, bambous, toits de paille, des petits hameaux se sont ainsi constitués portant souvent des noms redoutables : Berge du Tigre, Estuaire du Crocodile, Crique de la Fièvre, Crique de l'Ouragan, Bosquet de la Désolation, ou poétiques : Crique de l'Or, Crique aux Oiseaux, du Soleil couchant, de l'Eau dansante…

Ces hommes durent affronter successivement la forêt vierge, la terre saline où rien ne pousse, les marées dévastatrices de cinq à six mètres aux équinoxes, les cyclones fréquents souvent accompagnés de raz de marée, l'absence totale d'eau douce, les serpents qui pullulent, les tigres, les incursions des pirates, les maladies des zones marécageuses, enfin les eaux traîtresses des fleuves géants qu'ils vont parcourir en petites pirogues instables pour essayer de faire survivre leurs familles grâce à la pêche, la récolte du bois et du miel sauvage ou le braconnage.

Le problème de loin le plus angoissant était celui de l'eau potable. Il ne pouvait y en avoir dans cet environnement salin. Les pionniers creusèrent de grands réservoirs à même le sol sablonneux et boueux pour stocker l'eau de la mousson… Là encore, il fallut attendre plusieurs années pour qu'elle soit vraiment buvable. Quant à être potable, les miasmes environnants ne le permettaient guère. Comment ont-ils pu subsister sans eau douce ? Nous ne le comprenons pas. Probablement en faisant bouillir l'eau salée…

Ce qui les sauva tous, ce fut le poisson. C'était réellement chaque jour la pêche miraculeuse dans ces criques où grouille à marée basse tout ce que la mer peut produire : festival de crabes et crevettes de toutes couleurs, langoustes, homards, coquillages, algues nourricières, fruits de mer variés à l'extrême, poissons d'eau saumâtre bien sûr, mais aussi poissons d'eau douce dans les réservoirs et étangs, où les adultes atteignent deux ou trois kilos ! Enfin, poissons de mer, voire de haute mer, où variétés et tailles innombrables sont à la disposition du pêcheur dégourdi. Mer incroyablement fertile. Terre incroyablement hostile !

Il y avait aussi la chasse dans les îles, qui certes améliorait l'ordinaire, mais à un coût humain disproportionné. En témoignent encore les nombreuses « chemises blanches » ensanglantées qui pendent aux arbres, rappelant chaque tragédie causée par le tigre.

C'est ainsi que peu à peu les communautés s'organisèrent. Beaucoup d'habitants sont les descendants des bagnards biharis, forçats bengalis, aborigènes ou autres, déportés là par les Anglais ou les Rajas, qui ont fait souche, témoignant d'un esprit d'entreprise remarquable, défrichant avec ténacité et humanisant un environnement exceptionnellement difficile.

Ceux qui vinrent plus tard, pour la plupart chassés par la misère ou la persécution au Bangladesh, ne montrent plus la même ardeur ni le même esprit inventif. Ils ont été fréquemment trompés, et ont dû souvent quitter, sous la menace, des terres que, trop crédules, ils avaient défrichées « à l'œil » pour de pseudo-propriétaires véreux.

Les tout derniers arrivés végètent dans une misère noire, exploités par les propriétaires, utilisés par les partis, surveillés par la police, ne trouvant plus, à cause de l'augmentation incessante de la population, ce qui leur est nécessaire pour vivre.

Nous les avons déjà rencontrés à Jhorkhali. Nous les retrouvons ici ou là, dans les îles où nous faisons notre enquête.

Pour eux, ce n'est qu'une vie pitoyable de la naissance à la mort. Mais ils la vivent avec dignité, et – c'est étonnant – avec espoir, avec foi en l'homme et en Dieu. En un Dieu suprême, et en ses mille manifestations représentées par les divinités si colorées auxquelles ils reconnaissent de la bonté pour les avoir amenés là, et qu'ils remercient chaque jour avec gratitude parce qu'elles leur donnent de quoi vivre.

Ainsi s'explique leur joie, leur pugnacité, leur plénitude d'existence. Il y a même plus, mais comment le dire ? À moins de l'avoir vécu de l'intérieur, comment oser dire qu'il y a une autre explication : leur exceptionnelle capacité de souffrance qui plonge ses racines dans des millénaires de misère, d'exploitation et de patience continues… Ils savent, d'une connaissance atavique et sûre qui nous semble être la source vraiment profonde de leur espérance, qu'ils tiendront le coup.

Un peu comme les racines des palétuviers qui, ne trouvant qu'un sol de misère, de sel et d'étouffement, doivent ressortir pour respirer et, de ce fait, respirent un oxygène plus abondant que toute autre plante. La tragique paupérisation des masses rurales durant ces dernières années ne les empêche pas de garder toute leur dignité. Elle leur fera trouver le chemin qui, dans leur sagesse multimillénaire, les a si souvent sauvées.

Et nous aussi, nous savons avec eux que l'avenir leur appartient, à eux et non à la population urbaine en dégénérescence qui copie les excès des sociétés de consommation asiatiques véhiculés par les médias locaux. Copies hélas conformes d'une société hyper-matérialiste qui ne jure que par la « globalisation », alors qu'il y a agression des cultures, déprédation de l'environnement, dépréciation de la vie et dévaluation de l'homme.

De chaque côté du fleuve, qui fait ici plus de neuf kilomètres de large, une longue plage de boue grise souligne une sombre forêt. Ce paysage reste le même sur plus de 500 kilomètres, jusqu'aux portes de Chittagong, proche de la Birmanie…

On peut naviguer pendant des heures sans rencontrer âme qui vive, sinon quelques sternes ou goélands blancs dans le sillage d'un sampang aux belles voiles oranges claquant sous le vent, parfois le dos olive d'une tortue géante de Ridley qui hante fréquemment ces eaux relativement proches des plages de l'Orissa où ces reptiles viennent par centaines de milliers déposer leur ponte, ou les joyeuses cabrioles des dauphins, parmi lesquels le « platiniste », à long bec en spatule qui lui sert à fouiller la vase à la recherche de crustacés…

Mais rien sur les rives lointaines ne viendra attirer l'attention, le long des îles égarées dans la tremblotante lourdeur que la chaleur impose au paysage.

Nous sommes devant la plus grande forêt de palétuviers du monde. Sundarbans signifie littéralement « La Belle Forêt », en bengali. Cette forêt vierge, véritable archipel alluvial, embrasse l'immense estuaire formé à la fois par le Gange qui irrigue toute l'Inde du nord-ouest, et par le Brahmapoutre qui, venu du Tibet, traverse au nord-est l'Assam dans toute sa longueur avant de se ramifier au cœur du Bangladesh.

Constituées de centaines d'îles boisées, les bouches du Gange vues d'avion ressemblent à une immense toile d'araignée faite de milliers de rivières, de criques et d'arroyos. Elles sont impénétrables sur les deux tiers de leur surface. Ce sont les marées qui régissent la vie de cette zone marine, où s'emmêlent inextricablement palétuviers et palmiers, souvent à longues épines, ainsi que diverses essences tropicales venues sur les eaux de l'océan indien et de la baie du Bengale. Envahissant deux fois par jour presque toutes les terres, la marée transforme les îles en un océan de boue grise.

Dans cette jungle vivent des dizaines de milliers de familles. Une bonne partie des puits projetés leur est destinée. Mais nous ne sommes pas là simplement pour creuser des puits. Nous ne venons pas développer des projets, mais des hommes, les aider à ne plus survivre, mais à vivre, en leur prouvant qu'ils ne sont pas seuls. Aussi est-ce leur vie que nous voudrions maintenant partager avec vous.

Un chant envoûtant jaillit de la brume du fleuve, le chant des mariniers santalis des Sundarbans :

Pour faire taire la soif et apaiser la faim,
J'ai assaini le sol et défriché la forêt.
Il y a du riz maintenant,
Mais la soif et la faim sont toujours là.

Un esquif, complètement recouvert de chaume et de feuilles de palmier, surgit comme par enchantement et s'arrête devant la jetée du petit village. Un vieil homme santali se tient à la poupe, nu à part un mini-pagne. Un grave et profond mugissement sort du bugle dans lequel il souffle, une corne de buffle mâle. Aussitôt, des huttes parsemées jaillissent en hurlant femmes et enfants... « Ils sont de retour, ils sont de retour ! »

« Ils », ce sont les quelques dix hommes d'une des trois pirogues communautaires du village, partis il y a bientôt six semaines, et qui avaient déjà bien dix jours de retard. Mais, aussi grande que l'excitation, l'angoisse étreint le cœur des femmes : « combien d'entre eux sont de retour ? ». Et de serrer instinctivement les amulettes qui pendent à leur cou et d'invoquer Bon Bibi*, la déesse de la forêt…

Tous sont maintenant sur la jetée. Le vieux sage ressemble à une statue antique. Il reste résolument seul. Tous les spectateurs retiennent leur souffle ; les cœurs battent plus vite… C'est alors que lentement, majestueusement, l'ancêtre tourne la paume vers le haut du hameau, là où se trouve l'idole de la déesse, et un son aigu surgit de son primitif instrument…

Un même cri jaillit de toutes les poitrines, un cri de joie, car chacun a compris, même les enfants : « Tous sont de retour ! ». Et du toit de paille surgissent les six hommes et les trois adolescents de l'équipage… Sur le haut de la digue, tous gesticulent et font signe… Tous, sauf deux silhouettes, là-bas, un peu à part, des enfants collés à leur sari. Ce sont les deux veuves qui ont appris la semaine dernière la disparition de leurs maris, lors du retour de la première barque… Le tigre a brisé leur vie. Comment pourraient-elles se réjouir ?

Après les cérémonies de bienvenue, les pêcheurs portent à terre une immense jarre qui trônait au centre de la barque : le miel. C'est pour cela qu'ils sont partis si longtemps, pour récolter le nectar qui va leur permettre de vivre plusieurs mois sur son revenu…

Et chacun, petit et grand, reçoit dans un coquillage le dé à coudre de miel symbolique et le déguste en faisant claquer la langue : « Ça, c'est vraiment du premier choix, il est aussi doré que la peau de la déesse ! » Et un nouveau chant s'élève, mélopée à refrains synthétisant leur vie :

Je travaille avec ardeur et joie,
Je ne sais ni lire ni écrire,
Je cultive un peu de riz,
Et je vais à la pêche,
Mais mes enfants ne rient pas de moi…

Le soir à la longue veillée, chacun des voyageurs racontera sa part du périple. Cela durera des jours et des jours. Et si un événement spécial est survenu, il sera raconté à nouveau à chaque saison de chaque année, voire à chaque génération s'il en vaut la peine. C'est ainsi que se constitue la mémoire d'un peuple, avec ses mythes et ses héros…

Un homme va mimer la marche vers le miel :

> – On avait repéré des abeilles volant de plus en plus bas sur l'île de Baghmara, « l'île du tigre mort ». On s'est enfoncé dans la jungle en file indienne. On avait peur, parce qu'on a tout de suite croisé des traces du Mama. Il était passé deux heures plus tôt, car maintenant la marée baissait…
>
> Alors on a dit à Moitri-l'Ami-de-Tous, un des plus jeunes, de ne pas lever la tête pour observer les vols d'abeilles ; c'est nous qu'on les suivrait. Lui, il devait observer les alentours… Après deux heures de marche exténuante, je me suis retourné… Moitri avait le nez en l'air, et pas seulement ça, il portait son masque à bout de bras… !

L'assemblée, comme un seul homme, se tourne vers le coupable qui, le nez résolument baissé, meurt de honte surtout devant les filles. Car non seulement il a mis sa vie en danger en ne portant pas de masque, mais encore il a risqué celle de ses compagnons…

Les chercheurs de miel portent toujours un masque derrière la tête, pour que ses couleurs outrageusement poussées montrant un visage humain avec d'énormes yeux, puissent empêcher le tigre, se croyant à tout instant observé, d'attaquer par derrière.

Les récits se succèdent : comment l'essaim a été découvert, à quelle hauteur, qui l'a vu le premier, sa taille (parfois un mètre d'envergure sur deux mètres de long), comment les abeilles furent enfumées, combien de litres de miel… Puis les péripéties du trajet de retour, avec toujours l'ombre du tigre qui, de plus, se trouve en rut durant ces deux mois d'avril et mai, ce qui le rend plus dangereux et moins circonspect…

Chacun est tout ouïe, le corps tendu pour capter la magie du présent, pénétrer en imagination dans la jungle terrible, l'esprit projeté vers la rencontre du Mama si elle a eu lieu !

Et vient l'instant tant attendu…

– Il y avait déjà une demi-lune (14 jours) que nous étions dans la jungle. Nous avions amarré notre pirogue pour la nuit en la fixant au milieu de la crique avec deux ancres placées à égale distance.

Ce jour-là avait été très fatigant et décevant. Nous n'avions trouvé qu'un seul essaim, et il était trop récent : pas de miel pour ainsi dire. Sur le chemin du retour, nous avons aperçu un énorme serpent python. Il était plus gros que ma cuisse et dépassait notre pirogue en longueur. Ce n'était pas un bon signe. Quand « le seigneur qui étouffe » se fait voir, c'est toujours pour nous avertir que le « seigneur qui égorge » n'est pas loin… On s'est dépêché de rentrer et on s'est vite calfeutré sous le toit de la pirogue pour dormir en bouchant bien les deux entrées avec des palmes serrées…

Allez, à toi de parler Prem-l'Amour, puisque c'est toi qui t'es levé la nuit…

– L'Amour : Oui, il faisait si chaud dedans, on pouvait à peine respirer, que moi je ne pouvais pas dormir. J'avais comme un pressentiment…

Alors je me suis levé tout doucement et je suis sorti. Il y avait la « lune de Shiva » (début du croissant lunaire, ainsi qu'il figure sur la tête de Shiva méditant). J'ai été me soulager. J'ai alors entendu tout proche le plongeon d'une tortue géante… Tout était vraiment calme. Et puis j'ai cru voir les deux yeux d'un crocodile tout proche. J'ai prié le dieu… Mais ensuite je n'ai plus vu les yeux, alors je suis allé me recoucher. Mais je ne pouvais toujours pas dormir.

C'est alors que j'ai senti après quelque temps, comme un mouvement sous la barque… J'ai trouvé ça curieux parce qu'à cette heure de marée montante, il n'y a jamais d'à-coups ni de roulis. Il y a eu un mouvement, un seul, ça j'en étais sûr, même s'il était très faible. Alors je me suis accroupi et j'ai regardé à travers les palmes de la porte…

J'ai senti alors mon cœur s'arrêter : le Mama était sur la proue et reniflait quelque chose… Puis il a regardé de mon côté. Du coup, moi j'étais comme paralysé. C'est comme dans les rêves quand on ne peut plus bouger et que quelqu'un va vous tuer. Je voulais hurler, je ne pouvais plus...

Il ne m'avait pas vu, mais il a fait un grand bond, la barque n'a pas bougé d'un pouce. J'ai entendu le plongeon et puis plus rien. Alors j'ai hurlé... Tous les frères se sont réveillés, ils ont crié, mais on n'a rien vu...

Le lendemain, on a compris. Sur le pont, quelqu'un d'entre nous avait oublié de rentrer ses habits et, de loin, ça a dû paraître comme un homme endormi. C'est pourquoi le Mama est venu après avoir vu mon ombre bouger...

Après quelques minutes d'un silence palpable – on pouvait presque sentir l'haleine de la nuit –, une voix timide ramena chacun à la réalité. Elle s'adressait à Probhu-le Seigneur, le vieillard chef de l'expédition et chamane du village :

– Grand-oncle sage, raconte-nous encore une de tes rencontres avec le Mama...

Instinctivement, les femmes réajustèrent leurs saris par-dessus leurs têtes et serrèrent contre elles leurs enfants, tandis que les plus âgés ouvraient déjà la bouche avec avidité pour écouter des histoires pourtant déjà cent fois répétées...

Mais cela ne se faisait pas comme ça. Le Seigneur jeta un coup d'œil sur son groupe qui sembla approuver. Cependant il hésitait encore, car il courait toujours de grands risques !

Finalement, tout bien pesé, il se leva et quatre autres hommes avec lui... Tous les cinq sortirent et revinrent peu après dans une sorte de procession rythmée, Le Seigneur et celui qui le suivait portaient sur les épaules une peau de cerf axis et sur la tête un massacre de cerf... Les trois autres avançaient la tête baissée.

Chaque pas évoquait la démarche timide et prudente d'une harde de cerfs avec deux mâles et trois femelles : deux ou trois pas souples, puis une jambe mi-levée, la tête se tournant brusquement à droite, puis à gauche, les oreilles (mimées avec les mains) se tendant en entonnoir pour mieux écouter la nuit... Un des mâles lança un coup de sifflet assourdi... Chacun hâta le pas et, avec une prudence accrue, sortit de la pièce comme s'il y avait découvert un réel sujet de crainte...

Personne n'osait plus houger. Même les nouveaux-nés semblaient comprendre la solennité de l'instant. Ils ouvraient des yeux tout ronds et en oubliaient même de têter…

Puis les hommes revinrent bruyamment, discutant, s'esclaffant. Ils annoncèrent bravement à la cantonade qu'ils avaient repéré un troupeau de deux cerfs et trois biches tachetées, et qu'il se trouvait là-bas du côté du bosquet de bambou, tout près du grand figuier, attendant que les singes macaques lancent dédaigneusement les fruits à moitié décortiqués dont les cerfs raffolent…

Tout le monde se détendit alors…

On pouvait maintenant parler librement du Mama, car il est certain qu'il avait suivi la harde et s'était mis lui-même aux aguets. Ça allait lui prendre du temps, surtout si les singes tardaient à arriver. En attendant, on pouvait échanger sans crainte les expériences passées…

Le Seigneur ouvrit enfin la bouche :

> – C'était il y a déjà bien longtemps… On cheminait dans une sente de sangliers à la queue leu leu. On était prudent. Tout le monde suivait les consignes… On avait placé tout devant et tout derrière les hommes les plus vieux qui sont les plus maigres et décharnés, parce que vous savez que le Mama il n'aime pas les trop vieux qui sont coriaces et les trop jeunes qui n'ont rien sur le dos. Il aime ceux qui sont dans la force de l'âge et surtout les plus gros !…

Une unique cascade de rires interrompit alors la description, et on vit le frère Mota, un homme de trente-cinq ans, gras comme son nom l'indique, bon vivant mais bon enfant, comme se diluer dans son rire. Beaucoup finirent par l'imiter, mais quand même certains ne riaient pas. Surtout les veuves et les familles des « bien-portant-comme-lui » qui avaient disparu…

Et c'est le moment que choisirent plusieurs d'entre elles pour quitter la scène. On les laissa partir. Plusieurs grandes fillettes voulaient les suivre par peur. On les en empêcha. Chaque membre de la tribu se doit de connaître le danger. C'était une question de solidarité, de vie et de mort, parce que les femmes allaient souvent, elles aussi aux abords de la forêt vierge récolter du bois, et elles étaient souvent, elles aussi, victimes du tigre par manque de prudence.

– On avançait donc lentement. On a croisé plusieurs fois des traces fraîches. Il y avait une femelle de Mama avec deux petits de trois mois environ. Elle devait être affamée parce qu'elle voyageait beaucoup trop à ce qu'il semblait.

On s'est alors rappelé les anciennes consignes : attendre le dernier de la colonne, toujours porter son masque à l'envers, et que personne n'aille se soulager à part, car ça en a perdu plus d'un. Et puis quand on enfumera l'essaim, il faut que quatre hommes s'installent aux « quatre coins du ciel ». C'est souvent à ce moment-là qu'on est surpris. Et puis quand on arrivera sur la plage, il s'agira de ne pas relâcher son attention...

On a eu de la chance ce jour-là, on a trouvé un des plus gros essaims qu'on ait jamais vus. On était content et on est reparti. On a donné à porter le miel à Choto-le-Petit, parce que c'était l'homme le plus fort.

Un moment, on ne sait pas pourquoi, il s'est pris le pied dans une racine et il est tombé. Tous les gâteaux de miel se sont éparpillés. On s'est précipité pour les ramasser et, quand on les a eu tous rassemblés, il manquait un homme... On a vu les grosses traces, mais on n'a rien entendu... Il y avait, c'est vrai, quelques gouttes de sang, mais rien d'autre...

Le lendemain, l'homme de la forêt (garde-forestier) est venu avec moi pour l'enquête. On n'a rien pu retrouver, rien, car la marée avait tout effacé. Alors, il a dit : il n'y a pas de preuve, je ne peux pas donner l'argent à sa famille...

Il y eut un énorme silence. Tout le monde connaissait la victime, mais personne ne pouvait même penser son nom, car son esprit se promène partout maintenant, prêt à faire du mal à tout vivant, et surtout à ceux de son groupe qui n'ont pas su le protéger...

Mais ce que chacun pouvait penser, c'était l'injustice de la loi :

– Elle voulait protéger les animaux dans la réserve, on n'avait plus le droit de les chasser, mais ils chassaient les hommes. Et quand un homme était tué, on donnait 5 000 roupies pour ses proches. Mais sans preuve, ils ne pouvaient rien faire, qu'ils disaient.

Mais dans leurs papiers, ils écrivaient toujours qu'il y avait eu l'an dernier par exemple 100 ou 200 hommes de tués, et ils touchaient l'argent envoyé par l'étranger pour la réserve. Mais nous on ne voyait rien de cet argent.

L'auditoire était indigné, l'auditoire avait peur, mais l'auditoire était passionné et en redemandait encore !

Les enfants, parce que c'étaient des histoires aussi vraies que celles qui parlent d'ogre, de dieu ou de démon, les femmes pour mieux admirer le courage infini de leurs maris, pères ou frères, les jeunes hommes parce qu'un jour ce serait leur tour, et les vieux parce qu'ils aimaient se rappeler...

Mais Le Seigneur hésitait.

– N'avons-nous pas déjà trop parlé de lui ? N'est-il pas dangereux de continuer ? Peut-être encore une, après tout, mais laquelle ? Il y en avait tellement...

Ah ! voilà, j'ai trouvé : c'était une jeune bête, ce n'est pas trop dangereux, et puis il a laissé un don. Alors c'est un signe.

Je peux raconter, et les gosses et les femmes n'auront pas trop peur. Personne n'est mort... Écoutez tous !

À ces mots, chacun se tassa sur lui-même. On était déjà transporté au milieu de l'enfer vert :

– Écoutez, c'était il y a trois ans. Je faisais équipe avec ceux de Jhorkhali Herobangha. Ils avaient perdu leur guide. Ils m'ont demandé. On est allé sur l'île du cobra royal, vous savez, là où il y a le petit temple de la déesse sur l'angle de la rive. On s'était enfoncé très loin, on était fatigué...

Tout à coup, Mama a surgi, on ne sait trop d'où. D'ailleurs, ce n'était pas Mama, c'était Bhagna-le-Neveu parce qu'il était fort jeune. Peut-être avait-il moins de deux ans. Il était sous un pandanus (espèce de petit palmier à racines arc-boutées).

Il a bondi, il est retombé sur Rajkumar-le Prince, mais on a tout de suite vu qu'il ne savait pas comment s'y prendre. Il mordait à droite, lâchait, essayait à gauche. Mais quand même, ça a été une bataille formidable, le « Prince » hurlait de douleur et la bête grondait, rugissait…

Comme toujours, on avait tous des bâtons, alors on s'est tous mis à taper dessus. Lui, ça l'énervait, mais il ne voulait pas lâcher le petit. Alors on a frappé encore plus fort. On n'avait pas peur, on était comme fous… C'était terrible…

Et puis, tout à coup, il a bondi, a sauté sur Boro-le-Grand, lui a à moitié coupé l'épaule, puis s'est enfui dans la jungle en un seul saut de plus de quinze mètres !

Alors, nous, on a regardé le Prince sans trop y croire. Il était vivant, mais il était couvert de sang et on ne reconnaissait plus son visage ; la moitié avait disparu. On est tout de suite revenu et on l'a amené à Gosaba. Ça a pris trois jours. Il souffrait atrocement.

Alors, il est resté deux mois au grand hôpital de Calcutta…

Il a eu trois opérations, mais il a perdu toute la face gauche, et aussi l'os de la mâchoire. Et on a fait des greffes un peu partout. Et son bras, il a été perdu, ils l'ont coupé.

Mais le plus fort, ça a été la mâchoire droite. Il paraît qu'elle a été fracturée à quatre endroits, mais ils n'ont pas pu faire une opération parce qu'ils ont dit : « Il y a comme un bout d'os qui est coincé entre deux molaires, c'est ça qui empêche l'os de s'affaisser. Si on l'enlève, il faudra tout opérer. C'est mieux de le laisser comme ça…

Mais vous savez quoi ? On a fait une radio pour être plus sûr. Eh bien ! ce bout d'os, c'est une dent du tigre… »

L'auditoire poussa comme un énorme soupir collectif, à cause de la surprise bien sûr, mais surtout à cause du mot « tigre » lui-même, bien qu'il ne soit pas trop dangereux à répéter, puisque ce n'était pas le Seigneur mais les docteurs qui l'avaient prononcé. Mais quand même, on ne savait jamais…

Le fait est rigoureusement authentique. Le Prince est venu ensuite se faire soigner pendant plusieurs mois au dispensaire de Jhorkhali. Nous avons tous vu la radio et examiné la denture : c'était une dent de lait de tigre.

Beaucoup voulaient continuer, mais les anciens maintenant hésitaient. Le danger était vraiment trop grand, car le temps passait et peut-être que le Mama avait fait fuir les cerfs et allait revenir…

C'est alors qu'on s'avisa de l'attitude comme en transe de Sadamata (Tête blanche), le vieillard aux cheveux blancs comme du coton cardé :

– Qu'écoutes-tu, Tête blanche ?

– J'écoute le vent qui chante.

– Que chante-t-il ?

– Je ne sais, il fait chanter les feuilles.

– Que chantent-elles ?

– Je ne sais, elles murmurent entre elles.

– Écoute-les mieux…

– Alors, donne-m'en le temps…

Ça y est, je les entends s'agiter. Elles murmurent que l'Esprit rayé arrive. Écoutez, elles frémissent de peur, elles cherchent le nom du Protecteur, mais elles ne peuvent l'invoquer. Seules les femmes le peuvent, nous les hommes, on est marqué…

Le Seigneur a compris. Il lance un ordre. Et une jeune fille, Kumari* Devi, la Déesse vierge, va au nom de tous honorer et supplier la déesse Bon Bibi, et lui donner l'ordre (*Hukum Bon Bibi*) d'empêcher les fauves – et les esprits de ceux qu'ils ont dévorés – de tuer.

Comme première action, il fut décidé de forer 70 puits, tellement les besoins étaient grands. Mais en fait, les résultats furent si appréciés que plus de 100 puits furent creusés. Chacun suffisait aux besoins de 250 familles, près de 1 500 personnes.

Ce fut un de nos grands projets dans la région, et il dure encore malgré son coût énorme et les difficultés logistiques colossales.

Les distances étaient déjà un obstacle de taille. On ne parlait jamais en kilomètres, mais en heures de cabotage : quatre heures, six heures, huit heures, voire dix heures pour les îles les plus éloignées de notre base de Jhorkhali.

Une fois à terre, il fallait traverser les îles de part en part, sur des dizaines de kilomètres, par des pistes de boue, pieds nus sous un soleil accablant ou une pluie torrentielle qui transformait tout en fondrières. Nous bénissions alors les pieds en éventail, littéralement « palmés », aux orteils indépendants, qui permettaient aux habitants de nous aider à marcher sans trop glisser, nous, les habitants des *slums* aux orteils pratiquement soudés, « comme des sabots de chevaux », disaient les gens en riant !

Toutes les permissions obtenues, ce qui prenait parfois des mois, il fallait convaincre les habitants de chaque hameau de former un Comité mixte (apolitique et comprenant les différentes castes et religions), qui serait responsable et même propriétaire de la pompe. Une famille locale plus aisée était invitée à donner gracieusement au dit comité les quelques mètres carrés nécessaires pour l'enregistrement au cadastre.

Les habitants s'engageaient par écrit à construire eux-mêmes la plate-forme, et à effectuer les réparations nécessaires si la pompe venait à ne plus marcher convenablement. Celle-ci devenait alors « leur pompe ». On évitait ainsi la négligence qui affecte les ouvrages « donnés », réalisés par le gouvernement avec d'autres ONG (et nous-mêmes dans les débuts), qui ne sont jamais entretenus ni réparés.

Et le travail pouvait commencer. Laissons la parole à Nuage-Noir :

> – On avait loué à l'année un grand bateau à moteur, sur lequel on pouvait dormir à dix personnes au moins, et faire notre cuisine. Quand on arrivait sur un nouveau site, il fallait tout vérifier : que le matériel de forage était en bon état, la qualité des tubes d'acier, des écrous, des filtres... Puis choisir le site de façon scientifique avec l'entrepreneur et le puisatier... On travaillait 24 heures sur 24. Quand on a commencé, impossible d'arrêter la pompe, car on risque l'ensablement... Et si on ne surveille pas à chaque minute, l'entrepreneur a beau jeu d'annoncer qu'il a mis trois tubes de sept mètres de long au lieu de deux. Qui peut vérifier ?

Tout se faisait à la main. On installait d'abord un trépied de bambou de dix mètres de haut. Au centre, on suspendait une poulie, à laquelle on attachait un à un les tubes d'acier. On installait alors une fraiseuse, que quatre hommes à tour de rôle faisaient tourner lentement avec de longs leviers, pour forer. Ils travaillaient toujours en chantant selon un certain rythme, et ça les aidait beaucoup dans leurs efforts physiques, qui étaient très grands.

Il y avait une équipe de quatorze hommes, sept pour la journée, sept pour la nuit. Pendant que quatre hommes foraient, deux autres activaient la pompe à main, reliée à la fraiseuse par une tubulure plastique qui aspirait l'eau au fur et à mesure... Par un grand tuyau suspendu au sommet du trépied, on infusait sans arrêt de l'eau mélangée à de la bouse de vache pour refroidir la fraise et lui permettre de glisser sans coller...

Parfois, surtout à partir de 300 mètres, on butait sur des petits rochers. On retirait alors la fraise, et on mettait un couteau fuselé spécial...
Autour de 500 mètres de profondeur, le travail devenait très délicat. Le fraisage se faisait extrêmement dur pour les hommes, et il fallait alors estimer quand s'arrêter. Pas assez profond et l'eau serait trop saline, trop profond et le filtre se boucherait... Quand tout se passait bien, il fallait encore nettoyer les tubes : on pompait pendant près de deux jours pour que toute la boue soit bien évacuée du puits et que l'eau devienne limpide.

C'était alors l'heure de vérité, l'heure que je craignais le plus ! Car il me fallait, moi le tout premier, goûter l'eau, et affirmer à la ronde qu'elle était potable. Et tous alors de la goûter à tour de rôle.

Explosion de joie si elle était buvable, avec étreinte de la part de tous, larmes de joie dans les yeux de beaucoup, danses des femmes, gambades débridées des enfants, et banquet solennel dans la jungle pour fêter l'événement...

Mais il arrivait parfois aussi que je doive dire : « cette eau est juste convenable, mais elle est beaucoup trop saline... »

Ça ne plaisait pas beaucoup, mais enfin, si la profondeur maximum avait été atteinte, les gens s'en contentaient ! Seules les manifestations étaient réduites...

Mais parfois c'était le drame !

– Quand il fallait annoncer, la tête basse : « cette eau n'est pas du tout potable... », s'élevaient des cris de consternation, des vociférations ou des menaces selon les endroits...

Et si on avait atteint la profondeur maximum de 1 600 pieds, nous devions renoncer définitivement à creuser un puits dans ce village. Les habitants devraient continuer à boire l'eau des grands étangs aménagés en réservoirs, avec toutes les conséquences qu'ils connaissaient si bien, pour la santé de leurs familles... Nous avions perdu près de 60 000 roupies et parfois plus, mais eux bien plus encore, l'espoir !...

Nuage Noir en était si ému qu'il devait interrompre son récit. Puis il reprenait :

– Voilà quelle a été ma tâche pendant des années !

Lorsque nous eûmes fini la première tranche de cent puits, un nouveau cyclone balaya les îles. Immédiatement après, nous fûmes les témoins émerveillés de la joie des gens qui dansaient de bonheur devant leur eau potable (car les pompes, avec leurs plates-formes surélevées, résistaient aux cyclones), alors que les rivières charriaient des milliers de carcasses de bétail gonflées, que les poissons crevaient dans les étangs devenus totalement salins et pestilentiels, que la police fluviale patrouillait interminablement pour interdire la pêche, car l'eau était empoisonnée...

C'est alors que nous pûmes vraiment comprendre pourquoi les gens bénissaient Dieu, les équipes de travailleurs ruraux, le SEA, et tous ceux qui avaient permis ce miracle qu'ils n'avaient jamais vu de leur vie ! Et quelle fierté pour moi d'avoir été un des responsables de tout cela, quelle fierté !

Peut-on dire qu'il y a eu développement ? À chacun de répondre !

Cinquième partie

UN COEUR, DEUX MAINS, CENT BRAS

1983-1998

XIV

Le rêve de « Vainqueur de la Mort »

À Jhikhira le vénérable Mukherji Vainqueur de la Mort ne manquait pas une occasion de nous parler avec enthousiasme du vieux réseau d'irrigation créé au début du siècle par le Raja local, bien avant les premiers découpages du Bengale, et qui s'était peu à peu ensablé au cours des innombrables inondations. À soixante-treize ans, il tenait dur comme fer à son projet de le réhabiliter.

> – Après l'Indépendance, on ne parlait que de « projets lourds » : grosses industries, barrages, aciéries, et de réalisations concernant surtout les citadins. Pour nous, à la campagne, il n'y avait vraiment pas grand-chose.
>
> J'avais commencé à perdre courage. Je devenais vieux et me prenais parfois à penser que le rêve de ma jeunesse ne verrait jamais le jour. J'étais de plus en plus triste. Mais pour les petits paysans qui y avaient réfléchi avec moi, c'était bien plus décourageant. Nous avions quadrillé le secteur, repéré les emplacements des différents canaux, redessiné de nouveaux tracés…
>
> C'est alors qu'en 1979, après plusieurs mois de travail avec les équipes du SEA, Dada, leur responsable médical s'enthousiasma pour le projet. Il fallut bien des expertises, des études, des modifications, mais, grâce à notre persévérance, le plan de travail fut accepté au début de 1983, et notre Projet de Drainage et d'Irrigation d'Amta (IDPA), put démarrer. Un

comité de treize membres fut constitué. Mon rêve de jeunesse allait se réaliser !

La zone choisie, Amta (à 50 km au sud-ouest de Howrah), compte une population de 130 000 habitants vivant dans 80 villages, regroupés en 14 communes autour de Jhikira, entre la Damodar et son affluent, la Mundeswari. Dix mille agriculteurs marginaux y possèdent de minuscules surfaces (entre 5 et 20 ares), et 120 000 travailleurs journaliers y louent leurs bras au gré des saisons, vivant en marge des marginaux eux-mêmes.

Cette zone connaît huit mois sans pluie, pendant lesquels des récoltes sont possibles avec une irrigation digne de ce nom. Lorsque des inondations viennent dévaster ces terres – en moyenne tous les deux ans –, même l'unique récolte est compromise.

C'est dire que ces villageois sont des *Ekbelas*, c'est-à dire ceux qui prennent un repas par jour.

Laissons la parole à Amyo-le-Nectar, le permanent responsable final du projet. Le Nectar, bien que marxiste, est le descendant direct du Maharaja local et vit dans le plus grand palais de Jhikhira, une immense bâtisse de plusieurs étages, avec des dizaines de chambres.

C'est un homme extrêmement cultivé, qui a fait de très hautes études et s'est montré compétent dans de nombreux domaines.

> – Dans cette partie terminale de la vallée du Gange, où il y a des canaux depuis plusieurs siècles, l'irrigation est une technique ancestrale que les Bengalis connaissent bien.
>
> Dans les trois ou quatre mois qui précèdent la mousson, le niveau de l'eau baisse dans la rivière. Mais, lors des grandes marées, la mer, distante d'une cinquantaine de kilomètres, repousse l'eau douce vers l'amont. Le mascaret qui se forme au moment du flux se propage à une vitesse d'une quinzaine de kilomètres à l'heure, entraînant une inversion du cours de la rivière et une élévation sensible de son niveau.
>
> Le phénomène est suffisamment important, cinq à six jours par mois, pour que l'eau puisse entrer dans les canaux, où elle est puisée manuellement avec les appareils d'élévation traditionnels (pirogues à balancier creusées dans un tronc de

cocotier), ou avec des pompes installées sur la berge ou sur un bateau...

La conception du projet est classique : un réseau de canaux ensablés à réhabiliter et à compléter par des interconnexions ; deux sources d'eau d'origines différentes, rivière et marée ; une légère pente de terrain permettant un système hydraulique gravitaire ; la possibilité de desservir les canaux intérieurs par de petits moyens peu coûteux ; et une équipe décidée à faire jouer l'ensemble de ces facteurs pour le bénéfice du plus grand nombre.

Le creusement est effectué par des équipes de travailleurs, paysans sans terre, marginaux en général. Ils utilisent une houe pour dégager la terre, la mettent dans un panier, la transportent sur la tête, et vont la déverser sur les bords du canal pour former un talus qui sert ensuite de chemin vicinal.

La moyenne d'extraction est d'environ trois mètres cube par jour et par homme. Parfois il y a eu jusqu'à 1 800 travailleurs œuvrant à la fois sur huit canaux dans huit communes différentes. Ce projet, qui concerne environ 120 000 personnes, doit fournir 130 millions de mètres cube d'eau à 6 000 hectares grâce à 154 km de canaux, soit une moyenne de 40 à 45 hectares irrigués par kilomètre de canal.

L'entreprise allait prendre cinq ans. Le financement fut assuré par *Les Amis de Seva Sangh Samiti*, l'organisme parisien d'aide au SEA, conjointement avec la commission des Communautés Européennes, le ministère français des Relations Extérieures et la Fondation de France. Ce coût fut relativement faible.

Ceci était dû à la simplicité d'un projet sans experts, précédé d'une longue étude bénévole, où les salaires des nombreux travailleurs représentaient 80 % du budget. Plus de 500 000 journées de travail furent ainsi assurées et permirent à des milliers de journaliers, payés au taux prévu par le gouvernement, d'améliorer leur vie quotidienne.

Vers la fin des travaux, nous avons, avec quelques responsables du SEA, emprunté une des barquettes du projet IDPA pour aller nous rendre compte des changements survenus.

Les larges et beaux canaux pleins de l'eau bienfaisante et nourricière, étaient partout bordés de petites pirogues à balancier actionnées à la main, qui irriguaient des canaux secondaires internes, creusés par les paysans eux-mêmes et à leurs frais. D'autres villageois, parfois des femmes ou de tous jeunes enfants, régularisaient le débit, au fur et à mesure, et dirigeaient l'eau dans les sillons. Tous riaient, beaucoup chantaient, nombreux étaient ceux qui nous saluaient avec de grands signes joyeux.

Les paysans étaient heureux ; ils réalisaient, certains pour la première fois de leur vie, une deuxième récolte sur un misérable lopin de terre qui n'avait dans la majorité des cas jamais suffi à nourrir leurs familles : un dix-huitième d'hectare et parfois moins ! Et la troisième récolte, celle de l'été, celle que jusqu'à maintenant seuls de très riches cultivateurs ou coopératives pouvaient s'offrir, était à portée de leur main...

Les champs, riz, blé, légumes d'hiver tout au bord des canaux, étaient à des degrés variés de maturité. On voyait des choux dignes d'être primés, des choux-fleurs énormes, des aubergines géantes. Souvent, au milieu de quelques arbres miraculeusement surgis en quelques mois, papayers ou bananiers portaient déjà leurs fruits.

Quel contraste avec les champs avoisinants où l'eau n'arrivait pas encore, où tout était jaune, gris, racorni !

Pour bien comprendre l'étendue du changement, il faut nous reporter quelque temps en arrière. Entrons dans un village et observons la vie d'une famille.

Le matin, la maman distribue à toute la maisonnée quelques poignées de riz soufflé sec (tant qu'il en reste), avec un peu de thé noir froid, car allumer le feu est un luxe. C'est vraiment une nourriture de pauvres, propre à provoquer le béribéri, la maladie de ceux qui ne se nourrissent que de riz, sans aucun complément.

À midi, il n'est pas question de manger, l'homme et la femme étant aux champs ou à la recherche d'un travail souvent problématique ; seulement, dans le dhoti ou dans le sari, un peu de riz soufflé...

Le soir, à l'heure de « la poussière des vaches », lorsque le bétail regagnant le village soulève une poudre ocre tamisée par la brume naissante du crépuscule, la femme allume le feu. Les grandes filles apportent alors le combustible récolté à grand-peine, bouse de vache mélangée à de la paille et séchée au soleil, herbes sèches, branchettes d'arbrisseau, feuilles, glands, etc.

La nuit venue, c'est le repas, l'unique repas du jour : pour les adultes, pendant trois ou quatre mois après la récolte de la mousson, une grosse poignée de riz (200 grammes après cuisson), moitié moins pour les enfants, accompagnée de quelques grammes de sauce de lentilles avec un ou deux piments verts ou rouges contenant la précieuse vitamine C qui leur évitera le béribéri ; les lentilles (*dal*) et, parfois, le poisson fournissent les protéines. C'est tout.

Ni fruits, ni légumes verts, rien. Quand il y en a, ils sont bien trop précieux pour être consommés. On les vend pour acheter du riz. Quand le riz est terminé, on se rabat sur les galettes de blé (deux par personne, trois pour le père qui travaille), et sur les lentilles.

À ce régime, les corps sont peu résistants : beaucoup d'enfants sont atteints de malnutrition, les parents vieillissent rapidement, atteignant trente-cinq ans, quarante ans maximum, guère plus.

Et voilà qu'aujourd'hui, dans la plupart des villages, ce menu « traditionnel » relève du passé. Car maintenant l'eau est arrivée. On est devenu des *Douibélas*, des « deux repas par jour »...

Le riz soufflé du matin est toujours là, accompagné de quelques légumes cuits dès avant l'aube, et parfois d'une bouillie de riz sucrée. Beaucoup de familles peuvent entretenir des jardins potagers autour de leurs maisons : concombres grimpants couvrant le toit de chaume, citrouilles en échalas, gourdes-serpents, treillis en suspension sur l'étang régulièrement alimenté, aubergines, choux, épinards, oignons, pois et plusieurs épices locales... Apparaissent aussi les arbres fruitiers, le bananier miracle qui offre ses régimes de cent bananes en moins d'un an, le papayer et le manguier.

À midi, la mère apporte à son mari travaillant aux champs, du riz, des légumes au curry, des lentilles et un fruit... Le soir, un repas complet : du riz bien sûr avec abondance de légumes, parfois du poisson, car là où il y a de l'eau, il y a du poisson et des crevettes. Si la famille ne manque pas de bras, ces bras si précieux qui constituent son capital par excellence, l'ouvrier agricole ou le petit fermier va pouvoir acheter une vache, puisqu'il y a de l'eau tout près pour l'abreuver. Alors vient le lait pour le bébé et aussi pour accompagner le thé le matin. Vient aussi la bouse à domicile comme combustible...

Pour être honnête cependant, il faut parler aussi du revers de la médaille, car ce sont les femmes, une fois de plus, qui en font les frais. Qui dit amélioration du niveau de vie dit augmentation du nombre de repas, et donc à la fois travail supplémentaire pour cuisiner et consommation accrue de combustible. Comme cet accroissement concerne toute la population, le bois et la bouse de vache deviennent de plus en plus difficiles à trouver, et nécessitent donc encore plus de labeur...

Les récoltes se succédant, les offres d'emploi deviennent abondantes. Les femmes et jeunes filles y répondent de plus en plus et il y a maintenant de l'argent pour payer médecins et médicaments. Les enfants ne vont plus mourir au même rythme. Leur nombre se multipliant, les femmes réalisent soudain qu'elles ont six ou huit gosses, parce qu'aucun n'est mort, et qu'il est temps de penser espacement ou arrêt des naissances, réflexe inconnu d'elles lorsque deux enfants sur trois mouraient...

Mais il est peut-être déjà trop tard pour la maman qui, par ses travaux supplémentaires tous azimuts et ses maternités répétées, se trouve déjà anémiée et épuisée, alors que l'homme jouit de plein droit d'un niveau de vie amélioré, roulant à bicyclette, portant montre, et exhibant fièrement ses greniers à riz ventripotents dont l'entretien et le traitement revient traditionnellement à la femme ! Ce qu'il aurait fallu, c'est de la reforestation à grande échelle le long des canaux et des chemins, ainsi qu'une augmentation parallèle du cheptel avec des micro-coopératives de villages, et une attention plus grande au problème du *family planning.* Il aurait fallu faire ceci sans oublier cela...

> – Aujourd'hui, conclut Amyo-le-Nectar, il y a 6 000 hectares supplémentaires de terres irriguées ; la production vivrière s'est accrue de 60 à 70 % dans la zone d'Amta, qui est maintenant autosuffisante en riz, blé, légumes, et qui exporte avec profit son jute.

La région est devenue autosuffisante. C'est vraiment l'accomplissement du rêve que nourrissait Vainqueur de la Mort au milieu de ses petits paysans, cinquante ans auparavant. Il pouvait mourir en paix.

Devant la franche réussite de ce projet majeur, notre ami français, l'ingénieur Michel Leconte – venu bénévolement chaque année aider nos responsables – a tenté d'évaluer sa rentabilité économique et sociale, pour l'information des organisations donatrices.

> – Bien que cela ne soit pas très facile, nous avons essayé de calculer la valeur ajoutée par l'irrigation. On peut affirmer qu'elle est au minimum de 1 000 francs français par hectare irrigué. L'investissement est donc remboursé en moins d'une année, puisqu'il ne dépasse pas 500 francs par hectare, alors que, dans un projet d'irrigation classique, le temps de récupération de l'investissement est de sept à dix ans. La rentabilité économique est donc exceptionnelle.
>
> Cela tient au très faible coût du projet. Nous pouvons exprimer ce résultat d'une manière plus imagée en disant que, dans la seule année 1985, le projet rapportera plus aux paysans que si les subventions avaient été directement versées dans leurs poches. Mais la rentabilité sociale n'est pas moindre... L'investissement – 3 millions de roupies pour 100 000 personnes – ne dépasse pas 30 francs par habitant. Avec cette somme extrêmement faible, on peut maintenant assurer les besoins essentiels de la population pendant de longues années... Ces chiffres sont absolument impressionnants. Nous n'avons jamais rencontré, en France ou dans le Tiers Monde, de projet d'irrigation avec de telles performances socio-économiques.

Lors de la création du département rural, nous avions décidé de ne nous mettre à la disposition des villageois que le temps de les aider à devenir autosuffisants.

Ce temps était arrivé à Jhikira. Nous devions honorer nos promesses, et repartir. Notre service était maintenant requis ailleurs, car les demandes affluaient...

C'est ainsi qu'en 1986, le cœur gros, nous abandonnâmes l'ashram, qui avait été le témoin de huit ans de lutte et de persévérance, avec des collaborateurs locaux exceptionnels, pour nous replier d'une part sur les îles des Sundarbans où la misère était grande et l'abandon complet, et d'autre part fonder un dispensaire dans un nouveau centre, un village d'intouchables du district de Howrah, Bélari, avec l'aide de Belle-Chevelure.

Mais, grâce aux jeunes filles locales que celle-ci avait formées à Jhikira, nous laissions aux mains des villageois le dispensaire, qui pouvait désormais tourner tout seul, le centre de lutte contre la malnutrition, et nombre d'autres réalisations : 154 km de canaux, des centaines de puits, des éoliennes, des transports améliorés grâce à la construction de ponts-passerelles et de chemins vicinaux, douze écoles primaires, cinq autres « spécialisées », des petits ateliers, des coopératives de villages, etc.

Et surtout, surtout, y demeurait une partie de notre cœur !

XV

Belari : au service des intouchables

Des roseaux typhas panachés tout le long de la route, de longues et hautes rangées d'eucalyptus, et nous voici à Bélari, charmante bourgade d'à peine mille habitants, baignée par le Gange, à quatre-vingt-dix kilomètres au sud de Calcutta. Ses huttes pittoresques (à part trois bâtisses en dur) sont regroupées dans une oasis extrêmement luxuriante, au milieu des rizières, couverte de palmiers, de bananiers, de cocotiers, de buissons fleuris où dominent les hibiscus et les jasmins sur fond de bougainvilliers omniprésents : une véritable orgie tropicale de couleurs, avec la symphonie crépusculaire des chacals et, en basse continue, l'orchestre des grenouilles et des crapauds...

Les habitants sont à 80 % des « intouchables » ; les deux tiers, ouvriers agricoles et fermiers, ne cultivent que de très petites surfaces. On y rencontre aussi un nombre important de musulmans, à l'écart des villages hindous. Aucun chrétien.

La *Ramakrishna Mission**, branche réformée et sociale de l'hindouisme moderne, fondée par Vivekananda, le grand disciple bengali de Ramakrishna, a établi à Bélari un ashram et une école supérieure. Un vieux moine, un vrai Saddhu, préside à sa destinée depuis soixante ans... Maharaj est un ami personnel et attentif de l'équipe du SEA.

Il a mis à notre disposition deux de ses frères sannyasis, moines hindous ou renonçants, qui font partie d'une sorte de tiers ordre et enseignent à l'école. Ils portent en général une longue robe orange, sauf les laïcs, néanmoins célibataires eux aussi.

L'un d'eux se nomme Sorit Kumar, ce qui signifie « Rivière Sacrée ». Mais, pour tous, il est le grand frère, et les gens l'appellent Sorit Da.

Assez âgé, grand et filiforme, ascétique à souhait, c'est l'homme providentiel : ingénieur, architecte, professeur, expert comptable, économe, il est tout à la fois. De haute caste, il est respecté par tous. Il n'hésite jamais à mettre la main à la pâte : sarcler, aider à couper les cubes de boue pour l'édification des huttes, porter les briques, les seaux d'eau, faire les achats des grabataires, nettoyer les latrines que les malades ne savent pas employer, faire la popote, rien ne le rebute. Ce qui ne l'empêche pas de superviser d'un œil expert le forage des puits, le bétonnage des passerelles, la construction brique par brique du complexe médical et d'autres bâtiments dont il a lui-même fait les plans.

Et le matin ou le soir, bien sûr, c'est au petit temple en dessous du grand banian qu'on le retrouve. Oui, ce grand frère-là est le responsable réel du centre, même s'il ne l'est peut-être pas en titre.

Sorit Da a formé, de concert avec deux responsables du village, une organisation locale, le BPBS. *Bellari Pally Bikash Samiti*, Comité de Développement Villageois (avec comme devise : Service, Amour, Sacrifice, Unité), ayant pour but la création d'un dispensaire et la réalisation de travaux d'amélioration rurale.

Un beau jour de canicule de mai 1986, appelée par ledit comité, Belle Chevelure, responsable depuis huit ans du dispensaire de Jhikhira, arriva avec son bambin de trois ans, John Simanto dit Papu. Elle s'était portée volontaire pour aller travailler dans n'importe quel endroit plus nécessiteux que Jhikhira ne l'était désormais.

Seule chrétienne dans une région de 1 500 000 habitants, elle se mit vaillamment à une tâche ingrate, à partir de rien. Aujourd'hui, treize ans après, le Centre soigne 150 000 malades par an en moyenne, et leur nombre va croissant. Depuis sa fondation jusqu'à la fin de 1998, il a assuré 1 250 000 consultations !

Le complexe médico-social comporte aussi un centre de prévention de la malnutrition, un dispensaire homéopathique (cinq mille malades l'an dernier), et un centre antituberculeux dont les 1 000 malades sont suivis un peu de la même façon qu'à Banghor. Pour tous ces services, les gens apportent leur contribution. Il faut aussi mentionner une école enfantine pour 220 petits intouchables, et un centre d'alphabétisation cyclique pour adultes.

Enfin, le développement rural, l'un des buts de l'association *Belari Pally Bikash Samiti*, occupe une place de plus en plus grande avec 20 puits tubés déjà forés, plusieurs kilomètres de canaux d'irrigation creusés, 140 latrines, plusieurs passerelles et ponts, deux routes pavées, plusieurs milliers d'arbres plantés, un étang de pisciculture, un arrêt de bus pour protéger les malades des intempéries, et plusieurs petits projets pour favoriser l'auto-suffisance des gens…

Tout cela sous le regard attentif et la responsabilité de Rivière Sacrée.

Un jour, le ghât du Centre médical fut le théâtre de pourparlers animés. Ce qui frappait immédiatement cette fois-ci, vu de la terrasse supérieure du centre socio-médical, c'étaient les couleurs criardes des saris aux motifs bariolés imitant faussement des brocards de Bénarès. L'humble sari café au lait délavé éternellement porté par Belle Chevelure jurait au milieu des autres comme un banal moineau friquet entouré de perruches snobs !

En s'approchant un peu, on pouvait constater que le groupe remuant et jacassant était là depuis un bon bout de temps, à en juger par les taches sanglantes laissées ici et là sur le sol par les longs jets de bétel rouges que plusieurs filles chiquaient gaillardement… Nombre d'Indiens mâchent en permanence une chique faite d'une noix d'arec, de chaux, d'épices, de girofle, de tabac, de tilleul, etc., mais son usage est très malséant pour de jeunes femmes… On remarquait aussi par terre de nombreux tessons de tasses à thé de terre cuite…

À n'en pas douter, si nous n'étions pas là en face de « *houris* » de rêve, de « fiancées du paradis », dans ce « Jardin des Délices » que la tradition musulmane promet aux croyants (Coran 2,26), ces « Belles de Jour » ne peuvaient être que celles que la bonne société appelle des prostituées, soulignant le mot honni et impur d'un

« *tchi* » méprisant, accompagné d'un crachat et d'un claquement de langue réprobateur…

En l'absence d'Aube Lumineuse, responsable du sous-centre à dix kilomètres de là, c'est Belle Chevelure seule qui accueillait celles qu'elle appelle ses « sœurs dans le malheur ».

Que lui importaient, à elle, les saris m'as-tu-vu et clinquants émaillés de faux bijoux, les plantes des pieds badigeonnées à la laque, les paumes décorées au henné*, les œillades spontanément provocantes,les mots grossiers, les gestes involontairement vulgaires et même les rires épais si artificiels ?

Elle les avait déjà fréquemment rencontrées ailleurs : au dispensaire, où elles sont toujours en butte aux railleries et aux remarques méprisantes, mais surtout dans leurs propres quartiers, aux confins d'Amta ou d'Ulubéria, où elles vivent dans des *slums* ruraux dont la misère et la crasse n'ont rien à envier à ceux de Pilkhana ! Non seulement elle les avait côtoyées, mais encore elle les avait aidées par différents moyens, quoiqu'en secret.

Jusqu'au jour où, dans une conversation,lors d'une de ses visites, l'infirmier de Pilkhana mentionna le souhait du frère Mohammed d'ouvrir un centre pour les petites filles des prostituées.

Le Dada avait sauté avec joie sur cette occasion pour expliquer son amour à lui pour ces filles, mises partout au rancart de la société, mais que le Seigneur Jésus plaçait au premier rang du Royaume de Dieu. Bien avant les pharisiens que nous sommes tous : « *Les prostituées vous précéderont dans le Royaume de Dieu* » (Matthieu 21,31).

On raconte aussi que Ramakrishna se promenant dans la rue avec ses disciples, tomba soudainement au sol et se prosterna devant une maison. Ses disiples le rabrouèrent en disant : « *Ne vois-tu pas que sur le balcon se tient une femme de mauvaise vie* ? » Et lui de répondre : « *Justement, je viens de voir en elle l'image de la Sainte Mère de l'univers, Kali, dans toute sa pureté.* »

Et un *hadith* (parole) du Prophète Muhammad explique qu'un jour, il vit une prostituée sortir un chiot d'un puits où il était tombé, le nettoyer et prendre soin de lui. Et d'expliquer à ses disciples : « *En vérité, elle a sa place dans le Paradis d'Allah.* »

Arrachées dès le plus jeune âge à leurs familles, enlevées, transportées dans un monde parlant d'autres langues, déflorées avant même la puberté (pour donner à des magnats la certitude de ne pas attraper le sida), violées, battues, mises à la disposition de clients aux goûts les plus sordides, torturées parfois, dépouillées même de la quasi-totalité de leur gagne-pain quotidien, ces femmes sont exploitées sous toutes les formes.

Revendues au fur et à mesure de leur déchéance, l'âge venant, elles se retrouvent, souvent avec plusieurs enfants, dans d'infâmes bouges de campagne, le long des routes nationales (notamment sur la GTR*, *Great Trunk Road*, ou sur la route reliant Howrah à Bombay, qui passe par Uluberia, à 13 km de Bélari), pour satisfaire des routiers insatiables et d'autres clients d'autant moins sensibles à leur malheur qu'elles sont considérées par tous comme super-intouchables, donc à toucher sans trop y prendre des gants…

Certes, il y a eu dans le passé des castes de courtisanes, comme les bien connues *Devadasis*, danseuses des temples, mais avec la révolution industrielle et la décadence néo-colonialiste, leur sort a peu à peu empiré. Intouchables des intouchables, ces « Servantes du dieu », consacrées à la danse dès leur plus jeune âge, devenaient souvent aussi « servantes » des prêtres et des dévots. L'institution fut officiellement abolie par les Anglais au début de ce siècle ; mais elle existe encore ici et là dans certains temples du Sud.

On appelle aujourd'hui les prostituées des *sex workers*, travailleuses du sexe, ce qui rend leur profession en quelque sorte respectable, mais permet d'ignorer le « tourisme sexuel » en provenance des pays riches, Europe et Japon en tête, et le honteux trafic international qui écume le Népal et le Bangladesh (à destination de l'Inde), le Bengale et la Birmanie (à destination de la Thailande), l'Inde et le Sri Lanka (à destination de l'Europe et des Pays du Golfe)…

Écoutons-les :

– … Qu'est ce que tu veux Didi, si on s'habillait pas comme ça et si on jouait les timides, on pourrait jamais gagner notre vie. On n'a plus le choix. Alors, on fait comme si on était des princesses…

Mais tu sais, dans nos cœurs, on se méprise d'être devenues par force des roulures et des déchets. On ne vaut plus rien, on le sait. Mais on vaut aussi plus que ce qu'on est, puisqu'on veut pas être ce qu'on est...

Comment t'expliquer ? Seul le Dieu, il comprend. Enfin, on n'en est pas très sûres, parce que les *sadhus* des temples, les *maulvis* des mosquées, les prêtres des églises disent qu'on sera condamnées au *Norok*, à l'enfer* chez *Iblis* (le Diable des musulmans), ou encore réincarnées en ver de terre...

– Mumtaz-L'Élue du Palais : Si tu savais, oh ! si tu savais, comment j'ai vécu comme avec *Iblis* lorsqu'à la frontière du Bangladesh, un douanier m'a séparée de ma famille qui se réfugiait en Inde, m'a vendue à un policier qui m'a remis à un trafiquant qui m'a violée et torturée pendant dix jours, et qui m'a ensuite vendue à une *Madam* de Calcutta (maquerelle responsable d'un petit groupe de filles)...

Et depuis trois ans, comme je suis déjà usée – tu te rends compte, j'ai à peine vingt ans, mais alors, j'étais si belle ! –, elle m'a cédée pour deux mille roupies à mon actuel *Parrain* à la campagne (souteneur). Est-ce que c'est de ma faute si j'ai été comme ça volée ?

À part quelques clients plus compréhensifs, tu es la première qui m'ait regardée avec le sourire de Myriam pour Issa (de Marie pour Jésus), la seule qui m'ait aimée et respectée comme je suis. Pour cela, Didi, jamais je ne t'oublierai, même si on m'envoyait à Bombay, ou à *Bilaté* (en Europe). Vraiment, tu es une deuxième Rabiah ! (La poétesse mystique soufi Rabiah Al Adawya, morte en 801 à Bassorah, fut la première vraie sainte de l'Islam).

On lit très souvent de tels faits divers dans les journaux, car il est fréquent que la police de Calcutta délivre des filles et les confie à la prison des femmes, si elles ne sont pas réclamées par leurs familles. Elles y croupissent des années en attendant qu'un scandale ou un sursaut administratif oblige à les remettre à des associations caritatives comme celle de Mère Teresa.

– Papiya-Oiseau d'amour : Dis donc Belle Chevelure Didi, tu nous reproches de faire *bok-bok* (onomatopée pour des commérages), mais est-ce que tu crois que nous, là où on habite, on a le temps de le faire ? C'est impossible, tu sais bien comment on vit.

Toute la journée, il faut s'occuper des gosses et de l'impossible nourriture à trouver ; et à partir de l'après-midi, ça y est, c'est parti, les clients commencent à arriver. Et tous nos gains nous sont pris quand on va dormir tard au petit matin, et on est si crevées qu'on ne peut même plus discuter entre nous. Aujourd'hui, en quelque sorte, c'est notre grasse matinée du soir... Et tant pis si on arrive en retard et qu'on se fait battre. Après tout, on est ici pour décider quelque chose !

– Belle Chevelure : J'ai pas dit ça pour vous le reprocher, mais juste parce que parfois il y a des urgences, et alors je ne pourrai pas rester avec vous. Et ce serait embêtant, vous venez de si loin... Allons, toi, ma plus jeune petite sœur, Mumtaz-l'Élue du Palais, tu pourrais être ma fille, qu'est-ce que tu voudrais que je fasse pour vous ?

La petite en question paraissait en effet avoir moins de seize ans. Belle Chevelure la couvait tout particulièrement, parce que sur son visage quasi enfantin, ce qu'on appelle « le mal » paraissait un sentiment si naturel qu'il en était comme une forme d'innocence...

– Élue du Palais : Ma, j'ai tellement peur que ma fille qui a près de trois ans, subisse un jour ce que j'ai subi, que j'aimerais trouver un endroit où elle pourrait étudier et devenir une jeune fille comme toutes les autres, et pas comme moi, et pouvoir se marier un jour avec un gentil garçon qui...

– Tahara-la Fille Pure, saisissant au vol ces derniers mots : Un gentil garçon ! Comment ? Est-ce que tu en connais un seul toi, des garçons honnêtes et gentils ?... Allons, ma petite, inutile de penser trouver un « honnête garçon », ça n'existe pas, puisque même les plus honnêtes, ou soi-disant les plus pieux, ils viennent nous rencontrer en cachette la nuit, ces sacrés hypocrites de mâles...

– Priti-Volupté : Vous êtes toutes vraiment cinglées de parler de mariage pour vos gamines. Mais est-ce que vous ne réalisez pas que vos filles, c'est votre seule sécurité et assurance pour le futur ? Mariez-les, et vous crèverez toutes de faim avant 40 ans…

Au contraire, ce qu'il faut faire, c'est bien les éduquer jusqu'à douze ans, et ensuite, quand elles reviendront, elles prendront nos places et gagneront gros en ville, car leurs clients seront des riches et non des minables comme les nôtres. Nos filles, moi je vous le dis, si elles vont à l'école, ce sont des lingots d'or pour l'avenir…

– Belle Chevelure : J'ai beaucoup discuté avec Dada, et aussi le respecté Rivière Sacrée, et le grand frère Mohammed qui veut ouvrir un foyer pour vos filles… Si vous les envoyez pas, elles vont être comme vous exploitées et méprisées par tous. D'ailleurs, vous avez beau dire, mais plusieurs d'entre elles n'ont pas dix ans, et elles ont déjà commencé à apprendre votre métier, je le sais.

Finalement, si c'est vrai que tout le monde vous exploite, vous, à votre tour, vous exploitez vos filles… Ce qu'il faut, c'est les préserver. Je sais bien que vous êtes toutes d'accord et qu'aucune n'aime ce métier. Alors, je vous propose de discuter de ça entre vous, et puis de me dire ce que vous voulez.

Ce qui est sûr, c'est que le docteur Mohammed ne va pas accepter d'éduquer vos filles et de vous les rendre à 12 ans. Ce serait un vrai péché, et je penserais toujours que c'est moi qui les ai conduites à cette occupation qui les rendra si malheureuses, et peut-être même qui les tuera toutes jeunes. Je vous en supplie, réfléchissez bien et demandez au dieu qu'il vous éclaire. Ce qu'il faudrait…

Un appel angoissé monte soudain du dispensaire :

– Didi-ré, Didi-ré, vite, une grosse urgence, vite, un homme est tombé d'un palmier, il est plein de sang et inconscient… Vite…

D'un seul bond, notre Samaritaine est déjà en train de courir… Dans l'infirmerie, elle trouve Aube Lumineuse qui vient juste d'arriver du sous-centre et a commencé les premiers soins pour permettre les points de suture et la pose d'attelles sur un corps apparemment bien désarticulé...

Vingt minutes plus tard, Belle Chevelure peut laisser à sa sœur la responsabilité d'une nouvelle urgence. Elle emmène avec elle Durga-Prya, la Favorite de Durga, qui est responsable d'une petite association de développement à quelque 15 kilomètres de là, et qui vient, comme tant d'autres, lui demander conseil.

Mais dès que cette dernière, dévote de Shiva, aperçoit le groupe de femmes au bord de l'étang, elle comprend d'un seul coup d'œil et se retourne courroucée, le regard réprobateur comme celui des Chérubins aux épées de feu bannissant Adam et Ève de l'Eden (Genèse 3,23) :

> – *Tchi*, Mère de Papu, comment peux-tu encore fréquenter des femmes pareilles ? Est-ce que tu sais ce qu'elles sont ? On voit bien que tu n'es pas d'ici ; tu comprendrais ce qu'elles font ! Jamais dans ma vie, je n'ai même osé prononcer leurs noms, et si j'accepte de leur parler, mes yeux seront souillés et je serai transformée en porc, et dans ma prochaine naissance, je renaîtrai dans un infâme chien paria. Dans tous les cas, je perds ma caste, *tchi* !
>
> Vous les chrétiens, vous n'avez aucune règle, c'est pourquoi vous êtes toujours impurs. Ça vous suffit pas de toucher le sang, les morts et les intouchables au dispensaire, il vous faut encore ces... ces ordures ! Jamais je ne reviendrai ici...
>
> – Belle Chevelure : Mais, ma belle-sœur Favorite de Durga, est-ce que la mère Durga elle-même ne revient pas chaque année pour purifier ceux qui sont impurs et pour délivrer ceux qui sont pêcheurs ? (Durga-Ma, la déesse shakti de Shiva, est particulièrement vénérée à Calcutta, où son « retour » est célébré aux Durga Pujas).
>
> – Prya-Durga : Ne me parle pas de la Grande et Sainte Mère Durga, tu n'en es pas digne. Ces femmes ne sont pas des femmes, ce sont des « *asuras* », des démons femelles personnifiées. Les lois de Manu* nous disent que « *partout où la femme est honorée, les divinités sont satisfaites ; mais maudites soient les maisons où les femmes n'ont pas été vénérées, car elles se détruiront* ».

Mais moi, je rajoute : maudites soient les femmes dont l'impureté a détruit leur propre maison. Je ne peux plus t'entendre, je pars. Et que ta caste de chrétienne soit maudite aussi et que ça retombe sur ta progéniture.

Et laissant une Belle Chevelure toute interloquée et désemparée, elle crache sur le sol devant elle et retourne la tête haute vers sa noble caste, ses certitudes et ses puretés !

Cette altercation n'était pas passée inaperçue du reste du groupe, pas plus que sa raison probable.

Aussi, est-ce avec une délicatesse et une amitié accrues que nos « travailleuses du sexe » accueillent leur grande sœur encore sous le choc de ce qu'elle ne pouvait – et ne pourra – jamais comprendre.

– Maimunnissa (dixième femme du prophète Muhammad qui l'épousa pour la libérer de l'esclavage) : Ne te préoccupe pas de ce que ce cobra, cent fois né en enfer, t'a raconté, nous on a l'habitude. Il y en a tellement qui croient à leur respectabilité, pureté et proximité de Dieu, qu'ils nous considèrent comme des dangers pour leurs castes…

– Papya-Oiseau d'Amour : Et pour leurs hommes surtout !

– La Fille Pure : Ça tu peux le dire. Mais quand ils viennent vers nous, ils ont pas peur de la perdre, leur caste, eux… !

À cet instant, une longue et perçante stridulation retentit comme une trompette, suivie d'une série de « Ku-ook… Ku-ook… », qui font sursauter Papiya-Oiseau d'Amour ; c'est le coup de clairon répété du papiya-coucou épervier qui retentit chaque soir d'été, rappelant à tous les amoureux par son cri et son nom (*love bird*) qu'il ne faut pas faire attendre le ou la bien-aimé(e) :

– Oh ! Ma, c'est déjà presque le crépuscule, il nous faut toutes partir, sinon gare à la réception de nos faux amoureux bien aimés !

Belle Chevelure, grande sœur révérée, nous venons de discuter toutes ensemble de ta proposition et de ce que nous désirerions pour nos enfants. Pour l'instant, on ne peut rien accepter. Il n'y a que Mumtaz-l'Élue qui voudrait mettre sa fille dans le foyer du docteur Mohammed. Mais toutes les autres, on a peur ! Qu'est-ce qu'il fera le Parrain ?

Et puis, on a aussi trop besoin de nos fillettes quand elles pourront pratiquer à notre place. Et puis, si on est envoyées à l'étranger, on ne les reverra plus... Mais il y en a d'autres qui sont prêtes à te remettre les fillettes si tu promets de les faire rendre quand elles seront d'âge. C'est vital pour nous. Sans cela nous mourrons... On est si tristes de te refuser à toi, qui as toujours tant essayé pour nous et avec nous...

– Lalita-Passionnée (forme érotique de Durga) : On te laisse maintenant. Il nous faut partir. Mais on perd pas espoir qu'un jour...

De toute façon, on reviendra de temps en temps. C'est le paradis pour nous, ici, on est si bien accueillies...

Et puis, dis bien à Dada qu'on lui « touche les pieds »...

Et spontanément, toutes ces filles, pourtant peu démonstratives de leurs sentiments naturels, d'embrasser la grande sœur et, pour certaines, de l'étreindre en s'agrippant à elle en sanglotant. Et toutes de lui toucher les pieds, malgré ses protestations, comme si elle était la déesse incarnée...

Le peu d'amour qu'elles rencontraient, elles devaient encore le refuser. Quelle vie !

Et voici notre Didi toute seule, triste et troublée. Elle sait fort bien que des malades l'attendent au dispensaire et d'autres personnes devant sa porte, mais elle se sent si découragée...

– À quoi sert tout cela ?, songe-t-elle devant le beau jardin fleuri, portant d'un arbuste d'hibiscus à l'autre son regard qui a perdu tout éclat... À quoi bon si je ne puis même pas soulager celles qui souffrent tant ? À quoi donc suis-je utile ?

L'autre jour, c'étaient les femmes des *dacoïts* de Dakat Para (hameau de bandits, dans le voisinage de Bélari : une initiative de Belle Chevelure et Aube Lumineuse pour aider leurs femmes a été désavouée par le Comité de développement et repoussée par les hommes du hameau).

Ensuite, c'est le maire qui n'était pas d'accord pour les handicapés. Hier, les deux petits enfants de sept ans – des cousins – qu'on m'a amenés trop tard au dispensaire, sont morts noyés, même si j'ai pratiqué longtemps le bouche à bouche contre tout espoir... Et aujourd'hui ce sont mes sœurs prostituées elles-mêmes qui ne sont pas d'accord. Et demain, ce sera quoi ?

Je me demande bien si ça sert à quelque chose de continuer ainsi...

Tiens, mais qu'est-ce que je vois ici ? À nouveau le dorzi (oiseau tailleur) qui refait son nid ? Le pauvre petit. C'est au moins la troisième fois : les deux premières fois, les œufs ont été mangés par le serpent-ratier et par la vipère des bambous. Quel courage il a de reprendre son travail comme ça... Vraiment, il est têtu et courageux. Mais c'est si beau ce qu'il réalise, qu'il ne peut pas abandonner... Moi, j'aurais jamais ce courage !

Quoi, qu'est-ce que je dis ? Mais pour moi, c'est la même chose !

Je sais bien que c'est beau ce que je fais ici, et je ne dois pas laisser tomber simplement parce qu'il y a des difficultés ou de l'opposition ! Comme le dorzi, je ne peux pas m'avouer vaincue. On logera des familles de sans-abri, on reprendra autrement ce projet pour les fillettes des prostituées, on ouvrira une école enfantine dans le cadre de la colonie pour les enfants des Dakat. Et pour les jeunes handicapés, je vais m'y atteler tout de suite avec l'aide d'Aube Lumineuse et de Rivière Sacrée, qui est enthousiaste pour le projet.

Allons, assez perdu de temps en rêveries, des gens m'attendent, et j'ai beaucoup de riz à vanner... (de pain sur la planche).

Un projet important vient en effet d'être lancé en cette année 1995 : un Centre pour handicapés. Laissons parler ses promotrices, car ces idées sont à 100 % les leurs :

– Ce n'est que cette année en avril qu'on a pu ouvrir le centre, parce que des amis espagnols nous ont aidés. Au début, on ne prend que vingt fillettes, et quelques adolescentes. Dans quelques mois, on passera à quarante. Les familles qui le peuvent donnent 100 roupies par mois.

Toutes les responsables sont handicapées, mais légèrement, elles peuvent aider les autres. Au début, elles étaient toutes volontaires, et travaillaient sans salaire. Je les ai envoyées quelques mois en apprentissage dans des centres spécialisés de Howrah. L'an dernier, d'autres ont suivi différentes formations, sur machine à coudre ou machine à tricoter.

En plus, j'ai contacté quelques artistes locaux, qui font du travail de qualité avec des bambous, du jute, du bois, des poteries, des statues, etc. Ils ont promis d'enseigner gratuitement chaque semaine. Alors, les filles les plus grandes peuvent faire des petits objets d'artisanat, et on les vendra...

On a aussi commencé un projet de broderie sur châles. Aujourd'hui, dix jeunes filles du village et dix handicapées, font six mois d'apprentissage sur place. Ensuite, chacune bénéficiera d'une trame et pourra gagner sa vie. Un châle peut parfois se vendre 8 000 roupies...

Avec le produit de ces ventes, nous allons ouvrir un compte en banque pour chaque enfant et chaque responsable. Comme cela, le jour où ils nous quitteront, ils auront quelque chose avec eux.

Nous voulons aider les plus pauvres, ceux qui n'ont vraiment rien. Il faut qu'ils apprennent à se débrouiller ensemble, pas seuls. C'est pourquoi on veut mélanger toutes les maladies. Une petite aveugle peut très bien s'occuper d'un *spastic* (infirme moteur cérébral) ; un polio paralysé des deux jambes peut laver un petit enfant, ou faire manger un IMC. Chacun peut comprendre qu'il n'est pas le seul handicapé, qu'il y en a qui souffrent plus que lui ou elle. Le but final, c'est que chacun puisse arriver à contrôler sa propre vie, tout en ayant la possibilité de s'occuper de quelqu'un d'autre... Il faut éviter toute dépendance.

Avoir un centre tout près du dispensaire, c'est important pour que les malades apprennent à rencontrer des handicapés. La plupart n'en ont jamais vu parce que les familles les cachent à la maison. Alors les gens se rendront compte qu'un estropié, ce n'est pas un monstre. C'est une personne comme une autre, simplement avec un handicap de plus. Et finalement, comme les infirmes, et surtout les IMC, rient beaucoup, les gens apprennent à les aimer au lieu de les éviter, de les plaindre, ou même de les mépriser comme maudits par le ciel !

Si on a un Foyer, ce n'est pas pour les mettre dans un cocon : on ne veut pas qu'ils deviennent passifs, qu'ils s'habituent à un certain confort et décident de rester là toute leur vie. Ils n'y restent que temporairement, un à deux ans au plus... Ce qui est formidable, c'est que le frère Mohammed a accepté de faire un centre d'handicapés à Bankra. Alors, on peut lui envoyer tous les garçons. Comme cela, nous pouvons nous occuper des filles...

Et puis, dans plusieurs villages, j'ai repéré des infirmes qui avaient déjà commencé de faire quelque chose avec d'autres. Alors, eux, ils viendront régulièrement au Centre et on verra quel type de travail on pourra organiser ensemble. C'est important vraiment que les infirmes eux-mêmes soient responsables de leur projet...

Et je veux encore que mon fils Papou qui a maintenant douze ans les considère comme ses frères et sœurs, et qu'il les aime comme sa propre famille...

Et Belle Chevelure de rire aux éclats et de communiquer son amour et sa foi à ses protégées en les appelant à grands cris et gestes...

Et voici que surgissent de partout, galopant, sautillant, clopin-clopant, se traînant, rampant ou tout simplement portées dans les bras des plus valides, toute une ribambelle de fillettes rieuses et babillardes...

Chacune s'installe alors sans gêne sur les genoux, les bras, voire les épaules du visiteur, tout en essayant d'expliquer dans un bengali volubile à l'hôte de passage ébaubi, les progrès les plus récents ou les plus remarquables dont elles ne sont pas peu fières...

Et la jeune responsable, elle-même paralysée du bras gauche, de lancer à la cantonade : « Où se trouve votre maison ? »...

Et la réponse des marmousets est immédiate et d'une seule voix :

« *Asha Bhavan* ! – La Maison de l'Espoir ! »

XVI

De nouvelles et vigoureuses racines

Dès 1986, quelques-uns des centres ruraux ont commencé à prendre une autonomie progressive. Jhikhira avait donné l'exemple ; d'autres allaient suivre. Les racines étaient bien implantées. Fidèles à la ligne de conduite suivie depuis 1972, époque du premier dispensaire de Pilkhana, qui nous avait déjà menés dans pas mal d'endroits, et conformément aux vœux du SEA lors de la création du département rural, nous pouvions maintenant penser indépendance, auto-suffisance, autonomie et développement à très long terme...

En 1994, à Calcutta, six de ces organisations se sont regroupées avec quelques autres dans un collectif, le CPODA, *Central Pool of Development Agencies*, officiellement enregistré en 1998 sous le nom de CIPODA, *Central Interreligious Pool of Development Agencies*, Centre de regroupement Interreligieux d'Organisations de Développement.

En 1994, elles étaient à l'œuvre sur 83 projets et en préparaient 27 nouveaux. Quatre ans plus tard, en 1998, le CIPODA fédère une vingtaine d'organisations des *slums* ou des villages et son champ d'action s'est étendu à des centaines de chantiers.

Ses 400 travailleurs sociaux prolongent la chaîne d'entraide lancée trente ans auparavant à Pilkhana, puis maintenue par les 225 travailleurs du *Seva Sangh Samiti*, le SEA, qui lentement disparaît, et par les milliers d'autres que nous avons vus à l'œuvre ou rencontrés au fil de ces pages, poursuivant sans bruit leur humble ronde ignorée…

Le premier Conseil d'Administration du CIPODA comprend neuf membres :

– 3 hindous, 3 musulmans, 3 chrétiens ;
– 3 membres de SHIS, 3 de UBA, 3 de Bélari.

Le Président en est Dispensateur de Dons, le Secrétaire, Mohammed, Belle Chevelure en est la Vice-présidente et Rivière Sacrée le Trésorier.

L'auteur de ce livre en est l'accompagnateur « socio-spirituel ». Il fait sien l'aphorisme du *Rig Veda** (I, 164), le plus ancien document écrit de l'humanité, qui résume bien l'esprit dans lequel le CIPODA entend travailler : « FRÈRES, LA VÉRITÉ EST UNE, MAIS LES SAGES LUI ONT DONNÉ DES NOMS DIFFÉRENTS ». Ce qui ne signifie nullement que « toutes les religions se valent », mais qu'aucun nom ne peut épuiser le mystère divin.

Au CIPODA correspond ainsi une vision de l'avenir commune à tous ses membres. Avec une devise : « *Fais tout ce que tu peux, comme si tout dépendait de toi ; prie tout ce que tu peux, comme si tout dépendait de Dieu* ». Avec une bannière : « *À bas toutes les barrières qui séparent les hommes* ». Avec un but : « *Transformons et changeons toutes les relations sociales* » (selon l'expression et l'action de Gandhi).

C'est pour en renforcer le projet qu'est née l'idée de la création d'un Centre international.

En novembre 1999, un terrain de près de quatre hectares a été trouvé, à 4 km de Belari, au bord de la Damodar. Le Centre Interreligieux de Développement (ICOD) du CIPODA doit s'y implanter.

Un jour prochain, se côtoieront dans ce lieu :

– un ashram socio-culturel de service, où toutes les religions se retrouveront sur un pied d'égalité, où la contemplation active sera le pivot de la journée (*Bhakti* : Dévotion-amour) ;

– un village communautaire temporaire, pour tous ceux, de l'Inde ou de l'étranger, qui voudront participer à cette « action contemplative » ;

– un foyer assurant une présence permanente des plus déshérités, où tous les hors castes du monde seront chez eux (*Shanti* : Paix) ;

– un centre de formation pour tous les travailleurs sociaux, où toutes les ONG qui le désirent pourront envoyer leurs volontaires, où jeunes et moins jeunes pourront puiser dans l'expérience de tous ce dont ils ont besoin pour devenir des « leaders-serviteurs du développement » (*Seva* : Service) ;

– enfin, une coopérative agricole, qui permettra à cet ensemble d'être auto-suffisant et écologiquement orienté.

Place donc aux héritiers des palétuviers...

À Bankra, une « Cité de la Joie » islamo-chrétienne est créée.

Notre ami Mohammed Kamruddin, l'un des trois premiers travailleurs du dispensaire de Pilkhana, après avoir obtenu son diplôme de médecin homéopathe, a ouvert en 1982 avec quelques amis une petite école bengalie et urdu pour les musulmans pauvres, ainsi qu'un petit dispensaire homéopathique.

Il n'avait que son salaire pour organiser tout ça. Mais ce grain de riz a si bien grandi qu'en 1986, avec quelques autres travailleurs sociaux, la plupart musulmans, mais aussi un chrétien et un hindou, il a créé un comité nommé UBA (*United Brothers Association*, Association des Frères Unis), et lancé un certain nombre d'activités dans la banlieue pauvre de Howrah.

C'est ainsi qu'à Bankra, a été créé un centre de relogement pour 50 familles aborigènes, pour les trois quarts chrétiennes.

Ce centre a été baptisé « CITÉ DE LA JOIE », en remerciement pour les fonds donnés par l'écrivain Dominique Lapierre, devenu au début des années 1980 l'ami de Mohammed, lors de la préparation du livre dont il est un des héros.

Dans cette entreprise, le frère Mohammed rencontra beaucoup de difficultés, notamment de vives oppositions de la part des partis politiques, de certains musulmans sectaires qui ne voulaient pas d'aborigènes et encore moins de chrétiens, et de la part des catholiques eux-mêmes qui hésitaient à accepter les dix familles musulmanes, animistes, ou hindoues, qui devaient loger avec eux ! La tolérance, hélas, est encore loin d'être universelle, même ici !

Pour bien montrer qu'il était assez indépendant pour s'imposer, Mohammed bâtit encore, en dépit d'oppositions stridentes, un vaste hall pouvant servir de centre de réunions et de prières, avec les emblèmes des trois religions…

Bref, il dut se battre sur tous les fronts et presque seul, lui, le fils d'un pauvre réfugié de la Partition de 1947, qui avait épousé une jeune fille réchappée du génocide du Bangladesh de 1971, et perdu presque toute sa famille…

Aujourd'hui (1998), UBA a déjà traité 100 000 malades dans ses trois centres homéopathiques. S'y sont ajoutés une école primaire pour 340 enfants, 16 crèches pour 1 720 enfants dans les *slums* et les villages, 3 bibliothèques, pas mal d'œuvres sociales, de bourses pour enfants d'âge scolaire et pour handicapés, et enfin 4 centres d'aide au mariage, consistant à mettre à la disposition des mariés les tentes et ustensiles nécessaires pour le jour de la fête…

UBA gère encore un centre d'handicapés pour jeunes garçons, une coopérative pour jeunes filles, un programme de prêts et de scolarisation, ainsi que de nouveaux projets de développement pour 800 enfants travailleurs… Enfin, il faut citer aussi tout un travail de développement dans les *slums* et en dehors : puits, latrines, drains, et même une petite route… Mais les projets les plus chers de Mohammed sont les quatre centres d'apprentissage pour grandes filles établis dans trois faubourgs différents et dans le centre rural géré par l'UBA.

Il n'a certes pas fini de se battre, notre cher ami et frère Mohammed !

À Banghor, la tuberculose est vaincue.

En 1980, sur la piste des rouleurs de tabac, le centre antituberculeux de Banghor avait ouvert sa porte avec le frère Abdul Wohab, Dispensateur des Dons, et le soutien du Comité de *Seva Sangh Samiti* (SEA).

Une ONG avait été fondée : *SHIS*, *Southern Health Improvement Samity*, Association pour l'Amélioration Sanitaire des Sundarbans.

Officiellement constituée et enregistrée en 1983, *SHIS* est devenue en 1986 indépendante du SEA.

Écoutons le récit d'un ancien tuberculeux guéri dont nous respecterons l'anonymat... Appelons-le Mohammed Ibrahim*.

– Quand SHIS a ouvert son dispensaire dans l'échoppe de thé, j'ai été un des premiers malades. Je n'habitais pas très loin, j'avais 30 ans, j'allais mourir, Inch Allah, et je ne pouvais plus travailler. Ma femme faisait un travail de coolie, et réparait les routes en étalant le goudron. Moi, je restais à la maison avec mes deux enfants de quatre et deux ans. Je toussais beaucoup et j'ai commencé à cracher du sang...

Je suis allé voir un *hakim* (guérisseur musulman, littéralement : « *celui qui, comme Issa*, Jésus, *a la puissance de guérison* »). Il m'a dit : « Tu as la maladie rouge, tu vas mourir, mais tu dois acheter ces remèdes... » Je l'ai payé 5 roupies, et j'ai acheté 40 roupies de piqûres et de pilules. Ça m'a fait le prix de presque 15 jours de travail. Mais ça n'a rien changé. Et puis, je n'ai pas pu y retourner parce que j'ai dû hypothéquer mon lopin de terre...

J'ai recommencé à cracher du sang et les voisins ont dit : c'est la punition d'Allah, tu n'as pas pratiqué correctement les cinq piliers de l'islam*, tu es maudit.

Alors je me suis recroquevillé sur moi comme l'escargot géant dans sa coquille, et j'ai dit : « Allah le Miséricordieux, Tu es Halim ("Celui qui sait", un des titres d'Allah), si Tu veux me prendre, prends-moi. »

Et j'ai dit à la mère de Myriam, ma petite fille : « Quand je serai mort, toi tu iras chez mon père et ma mère, ils t'accueilleront, ils t'aiment bien. Mais ils sont pauvres, tu les aideras, et Allah les bénira, et toi aussi parce que tu as été bonne pour moi. » Et elle a pleuré, et moi aussi j'ai pleuré.

Un jour, un croyant, le grand frère Omar, est venu me dire : « Est-ce que tu sais que maintenant on soigne ceux qui crachent le sang ? Va donc au *bazaar*... Viens avec moi, je t'aiderai si tu ne peux plus marcher. Dispensateur des Dons, qui était dans la politique, fait maintenant tout pour les pauvres. Dans son dispensaire, il y a une fille chrétienne toute noire comme Bilal (le premier muezzin de l'islam, à Médine, ancien esclave noir). Elle n'est pas de chez nous, et elle est infirmière. La femme de mes voisins dit qu'elle est très douce et qu'elle rit toujours. Allez, vas-y vite… »

J'y suis allé, qu'est-ce que ça pouvait faire si ça ne marchait pas ? J'allais mourir, et Allah avait son doigt sur moi. Et j'ai été soigné, et en moins de deux ans, j'ai été guéri. J'ai cru à une seconde naissance. J'ai fait le pèlerinage à la tombe du *Pir**… Qu'Allah soit remercié de sa grande bonté et compassion.

Alors, je me suis dit : « Puisqu'il m'a sauvé, je dois faire comme le seigneur prophète Muhammad, béni soit son nom. Je dois aussi soigner ceux qui sont dans la souffrance et la maladie… » Et j'ai demandé au grand frère Dispensateur des Dons ce que je pouvais faire. Il m'a dit : « Je ne sais pas puisque tu ne sais rien faire. Mais tu pourrais nous aider pour faire la ligne des malades deux fois par semaine… »

Après, on m'a demandé de faire des petits paquets de pilules contre la tuberculose, tout préparés pour 15 jours. J'ai fait ça longtemps, trois fois par semaine. Ensuite, on m'a demandé si ça me plairait d'accompagner pour les vaccins dans les villages. J'ai accompagné. Je portais la bouteille Thermos avec la glace dedans pour les fioles. Mais je ne pouvais pas y aller régulièrement à cause de mon travail pour ma famille.

Alors la grande sœur présidente Sabitri m'a dit que je pouvais assister aux cours d'enseignement des malades. J'étais content parce qu'alors j'ai appris ce que c'était la tuberculose, comment on la soigne, mais aussi comment on la prévient, et comment on ne la transmet pas à tout le monde. Ça a été comme ça encore six mois.

Un jour, un des responsables m'a dit : « Dis donc, petit frère Mohammed Ibrahim, est-ce que tu pourrais pas expliquer aux nouveaux malades qu'est-ce que c'est la maladie rouge ? » J'avais peur, je n'avais jamais parlé en public, moi ! Mais après, tous ont dit : « Bhalo, Bhalo, c'est très bien. » Et après je le faisais toujours et j'ai appris beaucoup de choses sur beaucoup de maladies. Ça m'a beaucoup intéressé.

Au début, il y avait 500 tuberculeux en traitement. Après quelques années, il y en a eu 2 000, et maintenant, 5 000… Quand ça a commencé d'être très grand, mon frère le secrétaire a dit : « Tu es le plus ancien ici maintenant, tu vas devenir responsable. On va créer des "leaders" dans chaque village, et tu seras un des leaders les plus importants, parce que tu connais beaucoup de choses. Est-ce que tu es d'accord ? »…

Maintenant, il y a plus de 1 000 leaders, un par village. Et je suis un de ces responsables, et souvent on m'appelle pour que j'explique à tout le monde ce qu'on fait, et comment, et pourquoi on le fait…

Le plus important dans tout cela, ç'a été la création des leaders de villages. Un homme ou une femme tuberculeux, ou qui l'avait été, est choisi. Il devient responsable de son village.

On a réussi à guérir plus de 90 % des malades. Il n'y a que 2 % qui arrêtent le traitement… Les gens du gouvernement disent qu'ils n'avaient jamais vu ça…

Le leader doit non seulement suivre les cours et les réunions que chaque malade est obligé de suivre tous les deux mois pour apprendre et vérifier les progrès de sa guérison, mais aussi il doit avoir des réunions très régulières avec les autres leaders pour pouvoir renseigner les gens, aller visiter régulièrement les familles de malades, s'assurer qu'ils prennent les précautions pour ne pas infecter le voisin, etc.

Enfin, c'est toujours le leader qui doit appeler un jour toute l'équipe du sous-centre pour revisiter chaque famille de village et donner le certificat de « tuberculose éradiquée dans ce village »…

Mais il faut encore continuer à bien surveiller les enfants, les jeunes femmes nouvellement mariées qui arrivent de l'extérieur, et les hommes qui travaillent au dehors… Si l'on surveille bien, alors il n'y aura plus jamais de tuberculoses dans ce village…

Pour les malades dans la grande misère, c'est aussi le leader qui doit les signaler. Alors l'organisation leur donne de la nourriture spéciale, des livres pour que les enfants puissent aller à l'école, des toilettes et parfois une hutte toute neuve...

Il faut encore que vous sachiez que depuis près de dix ans, on a un grand hôpital, et aussi plusieurs sous-centres. On va même ouvrir un nouveau centre sur une île. Et on parle aussi d'un petit sanatorium... Parce que, pour près de deux millions d'habitants, on n'a vraiment rien dans notre région. Seulement SHIS.

Moi, Mohammed Ibrahim, je suis vraiment fier d'avoir été un des premiers leaders, même si je n'ai pas beaucoup étudié et si je suis très pauvre, maintenant, j'ai une très grande responsabilité. Allah soit béni.

Le projet principal de SHIS était la lutte contre la tuberculose. Mais autour du dispensaire s'est déployé un vaste éventail d'activités, l'expérience ayant enseigné que le développement intégré était indispensable pour répondre vraiment aux besoins d'une population, permettre aux gens de mieux se tenir ensemble pour mieux se tenir debout. C'est ainsi que, dès le début, à Banghor, il y a eu un développement rural : 55 forages pour des pompes à eau, des canaux d'irrigation creusés, des vannes installées, des plantations d'arbres, de la pisciculture, des poulaillers, ainsi que 615 toilettes individuelles, et 110 huttes pour les plus pauvres. Tout cela avec la participation des bénéficiaires, en travail ou en argent.

Sur le plan médical, en plus des 50 000 malades par an soignés pour des maladies diverses, il existe une clinique ophtalmologique et un grand centre de PMI (prévention maternelle et infantile), inauguré en 1994.

Là, 300 mamans, « village leaders », ont été sélectionnées pour devenir responsables de leurs propres communautés. En outre, 15 écoles pour Aborigènes ont été et sont aidées, et plusieurs petits ateliers ont été lancés pour permettre aux femmes les plus pauvres de devenir auto-suffisantes.

Une fois de plus, le « pivot » médical a joué son rôle et conduit lentement à un développement plus humain, plus fraternel, plus vrai. En 1998, SHIS est responsable de toute la zone des îles jusqu'au

Bangladesh, d'où les malades affluent. Son ultime réalisation est le lancement de « bateaux-dispensaires » qui sillonnent la zone avec leurs laboratoires et leurs appareils de radiologie.

Enfin, plusieurs programmes sont en plein essor : prêts bancaires et d'auto-suffisance, culture de plantes ayurvédiques*, pour la confection de médicaments, etc.

Le petit groupe d'ONG rassemblées dans le CIPODA. représente ainsi l'embryon d'un nouvel espoir. Ce qui les unit, c'est que toutes ces organisations ont commencé de façon très humble, dans une grande pauvreté. Chacune de ces organisations a pris son élan sur l'intuition d'un homme ou d'une femme qui voulait vraiment faire quelque chose : Dispensateur des Dons, Sabitri, Rivière Sacrée, Belle Chevelure, Aube Lumineuse, Mohammed, Brin de Lumière, ne se contentèrent pas de rêver, ni de projeter. Ils firent des essais, se lancèrent, achevèrent, relancèrent et réalisèrent, avec peine souvent, avec joie et détermination toujours.

Tous leurs comités exécutifs sont multi-castes et pluri-religieux ; ils travaillent avec des membres engagés dans des partis politiques totalement opposés... Tous comprennent des femmes, dont quatre sont présidentes, fondatrices ou responsables, ce qui n'est pas le moindre de leurs mérites, car la barrière des sexes est une des plus grandes difficultés à surmonter, surtout dans les villages reculés.

Deux d'entre eux sont surtout composés de musulmans, deux autres plutôt d'hindous, un est essentiellement chrétien. Quatre ont comme langue de base le bengali, un l'hindi, un autre l'urdu. Aucune de ces associations n'a l'anglais pour langue de travail, comme il est pourtant courant dans la plupart des ONG. Deux d'entre elles travaillent principalement dans les *slums*, mais toutes ont des bases rurales. Tous ces comités tournent avec la participation des bénéficiaires eux-mêmes, bien que celle-ci ne suffise pas, et de loin, à équilibrer leur budget...

Les organisations qui ont le mieux réussi viennent maintenant au secours des autres. La vie leur a appris à passer par-dessus leurs différences, voire leurs divergences.

À l'instar du Service d'Entraide des années 1970 qui, plutôt composé de chrétiens dans ses débuts, sut aimer et aider ses frères hindous et musulmans, ce sont actuellement, juste retour des choses, des musulmans qui aident des organisations hindoues ou chrétiennes, ou des hindous qui aident des organisations musulmanes.

Nous avons aussi la joie d'être témoin de l'apparition de petites « graines de graines », les fils et les filles de nos travailleurs qui commençent à prendre la relève.

Ainsi, l'une des filles de Dispensateur des Dons, Mina, 24 ans, a créé une ONG : elle a déjà 800 élèves dans ses quatre écoles, et commence un travail avec des handicapés...

Le fils de Vainqueur de la Mort, Sikanto, a ouvert une école enfantine et une société interreligieuse ; il veut créer un hôpital...

Rahul, le fils de Dadu, est aussi engagé dans un travail social...

Gopa, la fille du leader marxiste Sarkar, de Chowani, vient de se mettre à la disposition des infirmes de Bélari...

Le fils aîné de Mohammed, finissant ses études, s'offre comme volontaire... Et Papu, le rejeton plein de promesses de Belle Chevelure, seize ans aujourd'hui, prend part à la réhabilitation des handicapés et rêve de nouvelles initiatives pour les vieux et les aveugles... Quelles promesses de riches moissons !

Épilogue

On m'a souvent demandé : « Mais au moins, êtes-vous satisfait de tout ce travail ? » Satisfait ? Certes non ! Et fort loin de l'être !

Je me sens un peu comme le pêcheur têtu du *Vieil homme et la mer* d'Hemingway. J'ai beaucoup lutté, et je n'ai ramené à bon port que… le squelette de l'espadon géant… Mais avec de la joie, beaucoup de joie ! Une victoire à la Pyrrhus, en vérité. Mais dans mon cœur, je ne doute pas que cela ait permis à une nombreuse flottille de barques de pêcheurs de lancer le filet « loin et large », et, avec succès, de souquer ferme, sans peur des squales affamés, des éléments déchaînés et des vents contraires.

Dans une philosophie du développement de type gandhien et chrétien, il n'y a pas de place pour l'échec. Car toute action en soi a sa valeur, indépendamment du résultat. La Gîtâ et l'Évangile se donnent la main. La joie et la sérénité ont été, sont et seront toujours les fruits récoltés.

De ces longues « années de braises et de feu », que l'on me permette donc de tirer une leçon. Au fil des ans, ces volutes de lumière ont décrit un double arc-en-ciel scintillant de gouttelettes d'espoir, comme un viaduc lumineux mettant en communication deux rivages.

L'un correspond au long parcours effectué ensemble, au cours duquel nous avons rencontré d'innombrables noms sans visages et des visages sans noms, la plupart travaillant sans même savoir qu'ils sont d'authentiques « travailleurs sociaux ».

L'autre rivage est celui dont nous avons seulement soupçonné la présence lointaine, où se tiennent ceux qu'il est convenu d'appeler les « bienfaiteurs ». Des hommes et des femmes sans visages et presque toujours sans noms aussi. Mais tous, connus ou inconnus, avec un cœur sous la main, un cœur dont, même à distance, on perçoit avec force les battements. Nous n'avons pas cherché à « *renvoyer les riches les mains vides* »... La condamnation du Magnificat ne vise pas tous les riches, mais ceux-là seuls qui ne peuvent plus ouvrir leurs mains, tellement elles sont pleines, et dont l'équivalent chez le pauvre est le poing tendu et fermé. Il ne pourra jamais, lui non plus, partager, le pauvre ! Et ce sera, du coup, le riche au cœur ouvert qui sera « bien-heureux » : « *Heureux ceux qui ont une âme de pauvre* » (Matthieu 5,3).

L'arc-en-ciel lumineux, tout comme l'humble pont, exige deux rives à unir, un partenariat à créer par-dessus et au-delà de toutes les barrières sociales et religieuses...

Cependant, devant l'énormité du crime, devant l'étendue du viol des masses pauvres qui se déroule chaque jour sous nos yeux, dans tous les tiers-mondes comme dans tous les quart-mondes, il n'y a pas de place pour les sceptiques et les spectateurs persifleurs. Il n'y a place que pour l'action. Partout flamboient d'immenses incendies et on nous reprocherait d'utiliser les pauvres seaux d'eau qui sont les nôtres ? L'inaction seule aujourd'hui est un crime, car c'est elle qui autorise tous les crimes... !

À tous mes frères et sœurs qui m'ont donné la possibilité de les accompagner sur ce chemin d'amour et de service, je remets avec émotion une guirlande d'hibiscus, et, me prosternant devant chacun d'eux à la manière indienne, je lui touche les pieds et en pose la poussière sur ma tête. Car moi, le riche-helvète-devenu-indien qui ai tout reçu, « *je ne suis pas digne de dénouer la sandale* » des pauvres, qui n'ayant rien reçu (pas même une sandale) ont su tout donner... et beaucoup me donner !

Oui, en vérité, selon le mot du Père Chevrier, « LES PAUVRES SONT NOS MAÎTRES ».

Glossaire

Les explications sont succinctes et généralement choisies en fonction du contexte, qui est bien entendu la culture et la religion populaires. Il ne faut donc pas y chercher une description de type encyclopédique ou exhaustif, les réalités indiennes étant fort subtiles et complexes. Les redites sont voulues, pour faciliter la compréhension, y compris de certaines réflexions plus personnelles, afin que soit bien claire la position de l'auteur, qui est un « travailleur social », et qui se sent donc une responsabilité devant les injustices de la société.

ADIBASI (ou Adivassi) : Aborigènes, « premiers habitants du pays ». Les principaux groupes ethniques de la population indienne en général sont : les indo-aryens du Cachemire ; les aryo-dravidiens de la vallée du Gange ; les scytho-dravidiens du Maharashtra ; les mongolo-dravidiens du Bengale ; et les purs dravidiens du Sud. Tous ces groupes ethniques ont leurs propres aborigènes, y compris les mongoloïdes purs de l'arc himalayen et les turco-iraniens du Nord-Ouest.

Il existe en Inde plusieurs centaines de tribus ou d'entités ethniques et linguistiques totalement différentes, mais souvent de peau très noire, représentant un peu moins de vingt pour cent de la population. La plupart appartiennent au groupe indoaryen, quelques-uns au groupe dravidien. Une minorité importante est d'origine tibétaine ou birmane. Enfin, une infime minorité appartient au groupe négrito des îles Andamans et des Ghâts du Sud de l'Inde ; ces derniers sont des cousins directs des aborigènes d'Australie et des Bushmen d'Afrique Australe. Dans cet ouvrage, il est surtout fait mention des tribus Oraons, Mundas, Santali. Parmi ces peuplades, nombreuses sont celles qui ont une culture sociale et religieuse extrêmement élaborée (appelée génériquement SARNA). Beaucoup sont encore animistes, encore que nombre d'entre elles aient été converties à l'hindouisme, à l'islam, ou au christianisme. Quelques-unes comptent plusieurs millions de membres. D'autres ne sont plus que des groupuscules, voire des reliquats, tels les « Totos » du Nord-Bengale (moins de cent individus), les Todas du Sud, ou les Proto-australoides négritos des îles Andamans, encore à l'âge de la pierre, qui ignorent même le feu (les « Sentinels » par exemple, qui sont inapprochables et dont personne ne connaît même le langage).

Les Nagas sont une tribu du nord-est, dans la région de l'Assam (État du Nagaland), célèbre pour les prouesses de ses « chasseurs de têtes », aujourd'hui pacifique et majoritairement christianisée. Tribu et caste nomade de l'Andhra-Pradesh, les Banjaras portent d'admirables costumes bariolés et brodés. Les femmes exhibent en permanence des kilos de bijoux et de bracelets au cou, aux bras, et aux chevilles. Les Todas sont une ethnie du sud des Ghâts occidentaux (monts Nilghiris), aux coutumes très riches et pittoresques, mais en voie de disparition. Il n'en resterait plus que mille individus environ.

Depuis l'Indépendance de l'Inde, les Adibasis font partie des « *scheduled tribes* », « tribus répertoriées », bénéficiant d'un certain nombre d'avantages, dont les fameux « quotas » dans toutes les administrations ou institutions... Mais dans les faits, ils sont souvent odieusement exploités, surtout les plus primitifs d'entre eux. Il est important de souligner que l'Inde est le seul endroit où le mot « indigène » n'est pas vraiment péjoratif, puisque là se trouve l'origine étymologique du mot. Cependant, dans l'usage courant, il garde le ton de mépris que lui ont imprimé des siècles d'arrogance coloniale à travers le monde entier. Aussi préférera-t-on le mot aborigène ou autochtone pour qualifier les « Adibasis ».

ALLAH. Allah signifie en arabe : « Le Dieu ». De tout temps, les chrétiens arabes ont utilisé ce mot pour s'adresser à Dieu ; il est donc parfaitement légitime pour un chrétien de l'utiliser...

AMBEDKAR Dr. Homme politique, défenseur attitré et Messie des Intouchables, il fut un des artisans de la Constitution indienne. Il se convertit au bouddhisme, et entraîna des millions d'Intouchables à sa suite (néo-bouddhistes). Il mourut en 1956.

ANGLO-INDIENS. Originellement appliquée à tout Européen vivant en Inde, cette appellation est aujourd'hui réservée aux « Eurasiens », métis d'Anglais, de Portugais ou d'autres étrangers, pleinement intégrés dans l'Inde indépendante. Une importante et très influente communauté d'Anglo-indiens habite Calcutta. Une minorité d'entre eux cependant, à la peau très sombre en général, a éprouvé quelque peine à s'intégrer, et a perdu peu à peu ses racines sociales. C'est le cas d'un certain nombre à Pilkhana.

ARJUNA. Conducteur du chariot de Krishna à la bataille de Kurukshetra. Son dialogue avec Krishna fait le sujet de la Bhagavad-Gîtâ.

ASHOKA. Le plus grand empereur indien (dynastie des Maurya, IIIe siècle avant J.-C.), dont l'empire s'étendait du Bengale à l'Afghanistan. Il se convertit au bouddhisme qu'il propagea jusqu'à Ceylan et l'Asie du Sud, et devint un des monarques les plus sages et les plus éclairés de tous les temps. Restent de son règne des stupas et des édits sur roches ou stèles, en langue pâli. Un de ses piliers, colonne de 15 mètres de haut supportant un chapiteau composé de quatre avant-corps de lion, en grès poli, est devenu en 1948 le symbole de l'Union indienne, trois têtes de lion accompagnées de la « Roue de la Loi » qui les surmontait initialement. Au IIe siècle avant notre ère, Mégasthène a décrit la vie sous l'Empire Maurya. C'est, dans l'histoire de l'humanité, l'exemple le plus proche d'une société de droit et de respect de tout être dans la justice.

ASHRAM. Étymologiquement : « Travail sur soi ». Ce mot sanscrit aujourd'hui francisé, signifie ermitage, lieu tranquille et retiré du monde, où des gens animés d'un même idéal religieux vivent ensemble, sous la direction d'un Gourou Maître. Mais ce mot comporte souvent une connotation sociale depuis que Gandhi a fondé un ashram où il vivait avec ses disciples hommes et femmes, selon des règles très strictes, mais avec de nombreuses activités sociales.

AUROBINDO. En 1905, Sri Aurobindo Ghosh, de Calcutta, l'un des plus grands philosophes et nationalistes hindous, fit de ce cri « Bande Mataram » un signe de ralliement contre les Anglais. Emprisonné, il fonda après sa libération, en 1926, à Pondichéry, alors Comptoir français, le célèbre Ashram qui allait devenir, bien avant sa mort en 1950, un haut lieu mondial de spiritualité. Devenu un des plus grands Sages indiens de ce siècle, il jeta les bases d'une religion syncrétique universelle.

Écrit par le romancier bengali Chatterjee, le Bande Mataram fut utilisé de 1905 à 1945 par tous les nationalistes indiens en lutte pour l'Indépendance. Ce fut entre autres le cri de ralliement de l'Armée Nationale indienne de Netaji, du temps de l'éphémère « Gouvernement de l'Inde libre » à Bangkok durant la guerre. Aujourd'hui encore, c'est le cri le plus entendu dans toutes les manifestations (et il y en a !) à travers le sous-continent, car il est aussi utilisé au Bangladesh voisin.

AVATAR. Descente d'une divinité brahmanique sur la terre pour venir en aide à l'humanité en temps de difficultés. Les plus fameux sont les dix avatars de Vishnu (dont Krishna et Rama sont les plus connus). Le mot signifie : « Je suis venu », exprimant la satisfaction de la divinité, suivant la Gîtâ 4.7 : « *Chaque fois que la loi s'efface et que monte l'iniquité, alors je prends naissance* ».

Pour bon nombre d'écoles de l'hindouisme, Jésus est considéré comme une incarnation de Vishnou, à l'instar du Boudha ou d'autres grands Saints comme Ramakrishna. Contrairement à ce qu'on pense couramment en Occident, cette croyance n'a rien à voir avec la réincarnation (l'homme renaissant de corps en corps, à l'infini), encore moins avec la métempsychose (l'homme pouvant renaître dans des corps d'animaux ou de plantes), qu'à ma connaissance, aucun mystique sérieux n'a jamais enseignée, sauf sous la forme de… menaces pour les méchants.

AYURVEDA. L'Ayurvéda est un système hautement élaboré de médecine indienne, appelée « médecine des dieux », car il fut codifié par les Rishis (Sages) des anciens Védas, il y a des millénaires. Il est présent partout et est actuellement en plein essor, devant les échecs et les abus de la médecine allopathique occidentale. Toutefois, bien que les médecins ayurvédiques (Ayurveda-Kobiraj) soient fort populaires, nombre d'entre eux ne sont que des charlatans, rejoignant ainsi la foule des soi-disant « Docteurs » allopathiques qui ne sont eux aussi que des « quacks ».

En fait, chacune de ces deux traditions (orientale et occidentale) est nécessaire à l'autre, et leur dialogue peut apporter beaucoup par la confrontation d'approches médicales différentes. Ces dernières années, de nombreux brevets « d'invention » ont été attribués à des savants occidentaux qui se sont purement et simplement approprié les vertus curatives de plantes connues depuis 3 000 ans, pour en faire des médicaments « nouveaux » ! C'est le cas du Nîm ou Neem, le margousier, l'une des 2 500 plantes utilisées par l'Ayurveda : l'azadirachtine a été de tout temps utilisée ici pour préserver les stocks de grains des ravages des insectes. Les grands laboratoires européens en ont tiré un pesticide. 70 % des médicaments auraient comme composants des alcaloïdes ou des substances provenant des pays du Sud, et en 1990, les ventes mondiales de produits pharmaceutiques à base de plantes venant de ces pays se sont élevées à 43 milliards de dollars ; mais sans aucun bénéfice pour ces derniers.

BANIAN. Très grand arbre fort connu en Inde, appelé scientifiquement « ficus bengalensis », doté de nombreuses racines aériennes qui peuvent couvrir plusieurs acres. Ce « figuier » sacré est dédie à Vishnu. Il tire son nom des marchands (« banyas ») que les premiers voyageurs voyaient souvent assemblés sous ses branches. Il est fréquent que de petits temples soient enchassés dans son tronc. On le trouve dans chaque village, où il sert de lieu de rassemblement. D'Inde, il a essaimé en Asie et en Afrique.

BAULS. Bardes mendiants mystiques, appelés « fous de Dieu », très fréquents au Bengale. Les bauls méprisent les religions conventionnelles et sont fréquemment adeptes du tantrisme. On les rencontre souvent sur les routes dansant et s'accompagnant de l'*ektara* (viole à une seule corde, avec une gourde comme caisse de résonance), du tambourin et des « hupurs » (clochettes de chevilles). Leurs chants originaux témoignent d'un syncrétisme islamo-musulman accepté de tous (sauf des intégristes) : « *il est* *futile de rechercher Allah ou Bhagwan* (la déité, hindoue ou chrétienne), *car c'est dans l'amour universel que réside le salut* ».

BENARES (VARANASI). Cf. KHASI.

BENGALE. État situé à l'Est de l'Union Indienne, le Bengale fut dépecé une première fois en 1905 par les Anglais (qui l'amputèrent de l'Assam, de l'Orissa et d'une partie du Bihar). Depuis la Partition de 1948, il est divisé en deux : le Bengale Occidental (West Bengal) fait partie de l'Inde, tandis que le Bengale Oriental attribué au Pakistan est devenu en 1971 le Bangladesh.

Le Bengale Occidental, dont Calcutta est la capitale, s'étend du Tibet himalayen et du Sikkim (où il possède le troisième plus haut sommet du monde, le Kanchenjunga), jusqu'au Golfe du Bengale. Surpeuplé (677 habitants au km^2), il compte 75 millions d'habitants, dont plus de 20 millions de réfugiés/immigrés, soit près d'un quart de sa population (qui augmente de 1,3 million d'habitants par an). Vingt pour cent des Bengalis sont musulmans, les autres hindous (les chrétiens ne sont que 0,01 %). Vivant à 80 % dans les campagnes, la communauté bengalie est la plus homogène de l'Inde. Elle possède une très haute culture : 22 universités, et une pépinière de créateurs, artistes, musiciens, écrivains, poétes, réalisateurs de films, et de scientifiques de premier ordre. C'est la patrie d'un grand nombre de réformistes, révolutionnaires, activistes, et « *freedom-fighters* » (combattants de la liberté), comme le résume bien le dicton : « *Quand le Bengale s'enrhume, toute l'Inde tousse* ».

Pillé et rendu exsangue par les colonisateurs, le Bengale était connu comme « le grenier à riz de l'Empire britannique », et « le plus grand entrepôt du monde » (soieries, mousselines, cotonnades, indigo, laque, salpêtre et biens de base), selon le voyageur français Bernier au XVIIe siècle. Si aujourd'hui, le Bengale est très pauvre, ce n'en est pas moins un État fortement industrialisé (10 000 usines enregistrées, 350 000 petits ateliers), avec un très important secteur agricole (riz, jute, thé, etc.). Mais le poids presque intolérable des réfugiés empêche la population de bénéficier de ce dynamisme économique, des milliers de Bengalais continuant à arriver chaque jour du Bangladesh voisin. Le Bengale est gouverné depuis 1977 par les marxistes du C.P.I.M. (Communist Party of India – Marxist), partenaires dominants du « Left Front » (Front Populaire). Jyoti Basu, dont le nom signifie Lumière, est toujours en 1999 le tout puissant et charismatique Ministre-en-chef marxiste du Bengale Occidental.

L'Ère bengalie ayant débuté en 592-3, nous sommes en l'an 1406 (1999).

BENGALI. Langue dérivée du sanscrit, mais d'origine pré-aryenne, ayant des affinités phonétiques et de syntaxe avec le dravidien, le bengali est parlé par environ 230 millions de personne au Bengale, au Bangladesh (120 millions), en Orissa et dans la diaspora indienne et d'outre-mer, ce qui en fait la cinquième langue du monde. Dans les villages, c'est la seule langue pratiquée. Mais à Calcutta, elle n'est qu'une langue secondaire pour les populations immigrées des *slums*. Le bengali possède un peu plus d'un millénaire d'une abondante et riche littérature. La langue est relativement jeune ; elle est, avec le sanscrit, à l'origine du tibétain par moines bouddhistes missionnaires interposés.

De race mongolo-dravidienne, les Bengalis sont extrêmement attachants et affables, avant tout poètes, artistes et mystiques ; ce qui explique que l'économie soit entre les mains d'autres habitants de l'Inde..., mais aussi que les castes aient ici beaucoup moins d'importance que partout ailleurs.

BHAGAVAT-GITA. Souvent dit « la Gîtâ », ce poème sanscrit dont le titre signifie « le Chant du Seigneur », a été introduit tardivement dans le sixième chapitre du Mahabharata. Il est appelé « l'Évangile de l'hindouisme », car il en livre la quintessence dans un long dialogue entre Krishna, cocher du char d'Arjuna, mais en fait le Dieu Suprême, et le Pandava Arjuna, sur le champ de bataille de Kurukshetra : « *Tu as droit à l'action, mais pas à ses fruits ; n'accomplis pas l'action pour le fruit qu'elle procure.* » C'est le Livre Saint par excellence, où Vishnu (manifesté en Krishna) enseigne le devoir de chacun envers soi-même, dans un détachement absolu quant à la récompense des œuvres, par le triple yoga de la connaissance (Jnana-yoga), de l'amour (bhakti-yoga), et de l'action (karma-yoga). La Gîtâ est une des plus belles œuvres littéraires asiatiques par sa langue, sa pensée, sa profondeur mystique et religieuse. Elle a influencé les dix-sept derniers siècles de l'hindouisme plus que toute autre œuvre. Les *sloka* sont des stances de deux vers de seize syllabes, ou de quatre de huit, traditionnelles dans de nombreux poèmes mystiques,

BHAJAN. Hymnes religieuses chantées à longueur de nuit, et plus spécialement dédiées à Vishnu. Il y en a plusieurs milliers. Les chrétiens s'en sont inspirés dans la composition de fort beaux chants de type litanique et répétitif, accompagnant des paraboles dansées et jouées sur scène, dans les villages principalement.

BHAKTI. Système religieux où le dévot (appelé « bhakta ») pratique l'adoration passionnée du Seigneur qui lui retourne son adoration comme « *l'amante aime son amant* ». Ce mouvement religieux krishnaïque (cf. KRISHNA), influencé par le bouddhisme, a été relancé au Bengale par le saint hindou Chaitanya. Il est extrêmement vivant et populaire aujourd'hui. C'est ce mouvement qui, de pair avec la vague soufi musulmane, releva grandement le niveau culturel des classes et castes les plus pauvres, en leur inculquant l'authentique culture socio-religieuse, que même le paysan le plus illettré possède aujourd'hui.

BHARAT. C'est le nom actuel officiel de l'Inde que l'on trouve, entre autres, sur les timbres. Il vient de Bharata, héros du Mahabharata. Cette terre est vénérée comme la déesse Bharat-Mata (ou Ma en bengali) : ma Mère Inde, un peu comme la Mère Patrie.

BHUTS. On croit en général qu'il existe cinq espèces d'esprits, masculins ou féminins ; les pires seraient ceux qui tuent ou assaillent sexuellement la nuit hommes et femmes, surtout les *petni* féminins ou les *yakolinis* amateurs de bébés ; il y a aussi tous les « fantômes » des trépassés non brahmanes – les brahmanes étant inoffensifs – ; les plus dangereux sont ceux des hommes tués par des tigres.

BIHAR. État de l'Union indienne, voisin du Bengale. 100 millions d'habitants. Patna en est la capitale. À cause de la misère endémique, nombreux sont ses paysans qui viennent grossir les rangs des immigrés de Calcutta. Ils constituent par exemple une bonne partie des habitants des *slums* de Howrah. C'est le pays du Bouddha, ainsi que des plus anciens empires indiens : Magadha, avec le Rajagriha (Xe siècle av. J.-C.) ; Pataliputra (Patna) au Ve siècle ; et surtout Bénarès (Varanasi, Khasi), considérée comme une des plus anciennes villes du monde et grand centre de pèlerinage. Nombre d'écrivains, de poètes, ainsi que de grands hommes politiques sont originaires du Bihar.

BINDI. *Tilika* ou *Tikka*, en hindi/sanscrit. Point de couleur au milieu du front représentant classiquement le troisième œil de Shiva, l'œil intérieur de la connaissance, tracé à l'origine avec de la pâte de bois de santal. Les femmes mariées le dessinent aujourd'hui avec de la poudre vermillon, souvent entre les sourcils. Pour certaines fêtes, même les hommes en portent. Dans l'usage quotidien, le *bindi* est devenu un simple point de beauté.

BISMILLAH. Cf. FATIHA.

BOMBAY. Maintenant appelée Mumbai du nom médiéval du village originel Mumbadev. Ce sont les Portugais qui lui donnèrent son appellation de « Bonne Baie », à cause de ses sept îles, déjà citées par Ptolémée au IIe siècle av. J.-C.

BON BIBI. L'une des 4 divinités de la forêt :

a) Bon Bibi : « Femme de la Forêt », déesse de la jungle, Durga.

b) Dakshin Roy : « Seigneur du Sud », portant un hibiscus et ayant aussi un tigre pour monture. C'est un fils de Shiva, censé hanter les tigres et les fantômes de ceux qu'ils ont dévorés.

c) Shah Jungli : « Roi de la Jungle », guerrier, frère de Bon Bibi, arborant une tunique dorée.

d) Shiver Kumir est la forme de Shiva protégeant les crocodiles. Pour se le concilier, un saurien grandeur nature est façonné en glaise, et on lui offre des sacrifices.

BOTI. Long couteau de cuisine recourbé et fixé à un socle en bois qui se maintient par les orteils de façon à libérer les deux mains ; les cuisinières peuvent y réaliser les épluchures les plus fines comme couper les os les plus durs. Il n'existe pas d'autres couteaux dans les villages.

BOUDDHA. Siddharta Gautama, réformateur du Brahmanisme et fondateur du Bouddhisme au VIe siècle av. J.-C. Né en Inde, à Kapilavastu (et non à Lumbini, au Népal, comme le veut la légende), il enseigna son idéal (« *aspirer à pratiquer l'infinie compassion avec une infinie sagesse* ») tout d'abord à Bodh-Gaya (Bihar), puis à Sarnath près de Bénarès. Il resta prêcheur itinérant jusqu'à sa mort à 80 ans, vers 546-7, début de l'ère bouddhique (2542 aujourd'hui). Toutes les dates de sa vie sont discutées cependant.

Majoritaire au Bhoutan, Tibet, Sri Lanka, et dans de nombreux pays d'Asie du Sud-Est, le Bouddhisme ne subsiste en Inde que dans de petites communautés, notamment dans les Himalayas (spécialement au Ladhak, au Sikkim, à Darjeeling au Nord Bengale, et dans les États du Nord-Est). Et bien entendu aussi, chez les réfugiés tibétains. Durant près de quinze siècles, il fut prépondérant au Bengale (jusqu'au XIIIe siècle) et son influence positive, dont témoigne la tolérance des Bengalis, se fait encore sentir aujourd'hui.

BRAHMAPOUTRE. Le Brahmapoutre est ce long – 3 000 km – et puissant fleuve tibétain et assamais dont l'embouchure unie avec celle du Gange constitue le plus grand delta du monde, sur la baie du Bengale, formant les Sundarbans. C'est le Tsampo des Tibétains, la « rivière qui purifie ».

BRIEL ou **JBRIEL** ou encore **JIBRIL**. L'Archange Gabriel, la figure angélique la plus connue des chrétiens (Annonciation à Marie, etc.), et des musulmans (car c'est lui qui a dicté le Coran au Prophète).

BRINDAVAN. Jardin mythique où se déroulaient les jeux amoureux de Krishna et des bergères, situé dans l'Uttar Pradesh, près de Mathura. Très important lieu de pélerinage.

CACHEMIRIS. Le Cachemire est l'État du nord-ouest de l'Inde faisant frontière avec le Pakistan et le Tibet, qui en revendiquent une partie. Six millions d'habitants y vivent, essentiellement dans les somptueuses montagnes qui l'ont fait appeler « la Suisse de l'Inde ». « Vallée bienheureuse », c'est le paradis du tourisme. Le Cachemire a toujours constitué un pays bien distinct, bien qu'ayant été successivement conquis par les Moghols, les Pathans, les Sikhs, et les Dogras. En 1948, le raja hindou choisit l'Inde au moment de la Partition, bien que la majorité de ses sujets soient musulmans. En 1953, Sk Abdullah proclama la « Kashmiriat », l'autonomie à l'intérieur de l'Union indienne. Mais cet État est de fait partagé entre l'Inde et le Pakistan, à la suite de l'invasion de 1947 et de la guerre de 1959. En 1962, la Chine a reçu du Pakistan un important bout de territoire que Delhi considère toujours comme indien.

Depuis dix ans, des tendances séparatistes alimentées par le Pakistan ont créé une situation de guérilla devenue aujourd'hui le problème numéro un dans les relations tendues avec ce pays. Les Cachemiris souffrent avec une grande dignité, pris en tenaille entre les militants extrémistes de tous bords, et la commune inaptitude des différents partis politiques de Delhi à trouver une solution pacifique.

CALCUTTA (à l'aube du nouveau millénaire, le gouvernement vient d'en changer le nom en **KOLKATA**). C'est en 1690 qu'un commerçant anglais quelque peu aventurier, John Charnock, installait dans un village nommé Sutanati, un comptoir destiné à concurrencer les Hollandais et les Français, qui avaient déjà fondé leurs propres factoreries à Chinsurah et Chandernagor. En 1698, son emprise s'élargit à trois villages, dont le principal portait le nom de « Kali-Katta », la Ville de Kali. Cette même ville s'étend aujourd'hui sur plus de 50 km du Nord au Sud. Les poumons qui lui évitent l'asphyxie sont les zones de verdure appelées « Maidan », créées au début du XVIIe siècle pour dégager une perspective de 5 km aux canons du Fort William... Avec quelques beaux parcs, ce sont les seuls espaces verts vraiment agréables de la métropole.

Ville fluviale, la capitale du Bengale est située juste sur le Tropique du Cancer, au fond du Golfe du Bengale, à quelque 2 200 km de Bombay. Le Grand Calcutta compte plus de 13 millions d'habitants (Howrah compris), ce qui en fait l'une des 5 villes les plus peuplées du monde. Sa réputation de « ville-repoussoir » est paradoxalement due à son extrême générosité. Véritable caravansérail, elle a accueilli plus de 5 millions de réfugiés du Bangladesh, ou d'immigrés de tous les États du Nord-Est et surtout Ouest (Bihar, Uttar et Madhya Pradesh, etc.). L'accueil et l'amabilité de ses habitants sont proverbiaux, tout comme l'exceptionnelle qualité et intensité de sa vie sociale, culturelle et artistique. Le climat par contre y est torride tout autant que fort malsain, spécialement à cause d'une hygrométrie oscillant perpétuellement entre 90 et 100 % d'humidité, même en dehors des cinq mois de mousson, en général torrentielle (4 mètres de pluie par an).

Calcutta est en fait la capitale intellectuelle de l'Inde, avec ses innombrables artistes (Ravi Shankar), poètes (Tagore), cinéastes (Satyajit Ray), savants (Bose, co-inventeur de l'atome et du boson), mystiques (Ramakrishna, Aurobindo, Vivekananda, etc.). Quatre des Prix Nobel de l'Inde ont été attribués à des résidants de Calcutta : Tagore, Bose, Mère Teresa et Amartya Sen. C'est un très important centre industriel, dont le port est un des moteurs de l'économie indienne ; le revenu par tête y est parmi les plus élevés du pays, juste après Bombay et Delhi.

CALCUTTA-LA-CITÉ-DE-LA-JOIE. Cette appellation tirée du livre « *La Cité de la Joie* » (Éd. Robert Laffont, 1985), où elle désigne un *slum*, celui de Pilkhana, et non toute une ville, est devenue maintenant quasi-officielle : on la rencontre sur d'immenses panneaux dès la sortie de l'aéroport (« Bienvenue dans la Cité de la Joie »), comme dans de nombreuses manifestations culturelles ou sportives. L'auteur de ce *best seller*, Dominique Lapierre, s'est vu attribuer la médaille de citoyen d'honneur de Calcutta.

ÉGOÛT. À la sortie sud de Calcutta, se dressent de gigantesques collines-décharges, véritables terrils de déchets, que prolongent de larges canaux putrides formant un impressionnant réseau. Ce système d'épandage, l'un des plus importants et des plus efficaces du monde, irrigue et fertilise des dizaines de kilomètres carrés de jardins maraîchers.

TROU NOIR DE CALCUTTA. Lors de la prise de Calcutta par Siraj-ud-Daula, en 1757, 1 116 Européens moururent d'étouffement, a-t-on prétendu, dans une cellule de 95 m^2 du Fort William. Cet épisode qui a marqué la mémoire collective des Anglais et Anglo-indiens, comme une preuve de l'abominable sauvagerie orientale, aurait été, paraît-il, forgé de toutes pièces.

CASTE. Système extrêmement complexe de répartition des hindous, élaboré vers la fin de l'ère pré-chrétienne, surtout semble-t-il pour résister aux invasions. Il comprend essentiellement quatre groupes : les *brahmanes* (prêtres), les *kshatryas* (guerriers), les *banyas* (marchands), les *sudras* (travailleurs). En pratique cependant, avec les sous-castes, ces groupes (*jati*) se comptent par milliers. Selon le fameux socio-anthropologue indien M.H. Srinivai, il y en aurait 4 635.

On ne peut échapper aux castes, qu'on côtoie chaque jour : blanchisseurs, barbiers, balayeurs, potiers, charpentiers, maçons, jardiniers, orfèvres, tisserands, bardes, artistes, docteurs, prêtres, et même... voleurs. On peut cependant formuler la question autrement : l'Inde est un réseau de relations structurées par l'ethnographie qui a créé une hiérarchie sociale généralisée (étendue même aux non-hindous). Les quatre castes classiques, les *varna*, sont fonctionnelles, et leur valeur, de nos jours, est plutôt incantatoire.

Les *jatis* sont des groupes d'appartenance, endogames et basés en fait sur des liens de sang, souvent devenus aussi symboliques.

C'est un fait indéniable que ce système, tant décrié à l'étranger, a assuré la pérennité de la civilisation indienne, et qu'il est en tant que tel, dans sa forme réformée et modernisée, encore nécessaire à l'équilibre de la société. Pour les pauvres, l'appartenance à une caste constitue souvent leur seule identité et leur seule garantie de survie. Là où elle a disparu dans les faits (par exemple dans certains *slums*), c'est une catastrophe (dont les élites occidentalisées n'ont que peu conscience), car il n'existe guère d'autres formes de solidarité...

La honte du système en revanche est l'intouchabilité, c'est-à dire l'exclusion des parias, hors castes, intouchables. Elle fut officiellement abolie à l'Indépendance, mais ses effets néfastes demeurent encore partout. Contrairement à une croyance répandue, nombreuses sont les personnalités indiennes qui ont lutté contre le système des castes, et de façons très diverses : réformes sociales (Rammohun Roy, mort en 1833), réforme socio-religieuse (Dayananda Saraswati, mort en 1833), réforme culturelle (Mahatma Jotirao Phule, mort en 1890), réforme politico-religieuse (Peryar, mort en 1973), réforme purement politique (Dr Ambedkar), et bien sûr, action réformatrice sous tous ses aspects, culturels, socio-religieux, économico-politiques, du Mahatma Gandhi (mort en 1948). Comme pratiquement tous ont échoué, la lutte révolutionnaire armée a pris le relais avec les *Dalits* (opprimés) ; parmi eux, de nombreux chrétiens demandent qu'on choisisse entre l'esprit de caste et l'esprit de Christ.

CHAITANYA. Grand saint et prophète vishnouïte considéré comme une incarnation divine, né au Bengale au XVe siècle, mort à Puri en 1533. Il chantait sans cesse le Nom Divin, qui est « *la prière la plus efficace et la discipline la meilleure* ». Héraut de la Bhakti, il fut un très grand Réformateur qui admettait toutes les castes et toutes les religions. Il a composé de fort nombreux *kirtans* (chants dévotionnels) toujours très populaires aujourd'hui. Ses dévots de nombreuses sectes hindouistes le vénèrent comme Krishna, dansant et chantant publiquement son amour comme « des fous de Dieu », inspirés par une authentique et profonde dévotion. Il ne faut cependant pas les confondre avec certaines sectes souvent sujettes à des excès, particulièrement celles exportées outre-mer par des pseudo gourous.

CHEVRIER Antoine. Prêtre français, mort en 1879, fondateur de l'Institut du Prado dont je suis « laïc consacré » (Frère). Antoine Chevrier, béatifié il y a quelques années, a été appelé « le François d'Assise de l'ère industrielle ». Il donna toute sa vie pour la réhabilitation physique, morale et spirituelle des enfants végétant dans la crasse sordide des *slums* de Lyon. Il se proposait comme but dernier de « *former des apôtres pauvres pour les pauvres* », afin de leur faire comprendre qu'ils sont aimés d'un Dieu Père, et accompagnés chaque jour par un Frère aîné devant lequel il s'enthousiasmait : « *Que c'est beau, Jésus-Christ !* » Sa seule autre passion était « les pauvres », et il invitait ses disciples à « *aller vers eux, vivre comme eux, et mourir comme eux* ». Les 1 200 prêtres, sœurs, frères, et laïcs consacrés, hommes et femmes, de l'Institut du Prado sont présents dans 44 pays de quatre continents.

CHRÉTIENS. Dans le monde, il y a 1 milliard 800 millions de chrétiens (dont 600 millions de protestants et orthodoxes). En Inde, les chrétiens sont près de 30 millions, dont 19 millions de catholiques, soit moins de 2 % de la population ; les deux-tiers d'entre eux se trouvent dans le Sud. Au Bengale, nous représentons moins de 0,01 % de la population (il y a 45 000 chrétiens à Calcutta).

Les communautés du sud de l'Inde (Kerala) assurent avoir été évangélisées par Saint Thomas lui-même, l'un des douze apôtres de Jésus-Christ, qui vint en 52 (ou 54) au Kerala et mourut martyr à Mylapur (Madras). Les descendants de ces premiers chrétiens s'appellent encore aujourd'hui « de Saint Thomas », et sont de rites chaldéens ou syriaques, ce qui n'empêche pas un grand nombre d'entre eux d'être aussi catholiques romains ou d'autres dénominations.

Dans l'ensemble de l'Inde, les chrétiens ont une influence hors de proportion avec leur petit nombre, surtout grâce à leurs institutions éducatives et sociales florissantes, et à leur comportement dans l'ensemble pacifique et tolérant. Mère Teresa en est la figure la plus connue et respectée. Les grandes Églises protestantes se sont regroupées en deux uniques Églises, du nord et du sud, donnant un exemple d'œcuménisme vécu fort apprécié. Le catholicisme indien est aujourd'hui fortement engagé dans un indispensable oecuménisme élargi à toutes les religions (comme l'indique d'ailleurs le sens étymologique du mot grec pré-chrétien). Il en va de même pour l'inculturation, qui essaie d'indianiser une image par trop occidentale du christianisme. Mais le mouvement reste lent.

COBRA. Esprits primitifs, pré-aryens, les najas sont les gardiens des sous-sols et des terres. Dans de nombreuses courées vit un cobra sauvage, mais familier, et révéré de tous, car il a offert à Krishna la protection de sa coiffe lorsqu'il fuyait sous la pluie, juste après sa naissance. Jamais il ne cause de tort à personne (sauf accidents... relativement fréquents), et bien des mamans affirment que leurs bébés ont joué impunément avec lui ! Il est considéré comme de bon augure, et sa présence limite les déprédations des rongeurs.

COMMUNALISME. Mot local exprimant la supériorité religieuse, avec comme conséquence le mépris de celui qui professe une autre foi. Il est à l'origine de toutes les intolérances et échauffourées. En réalité cependant, ceux (fondamentalistes et politiciens souvent venus de l'extérieur) qui fomentent ces mouvements le font pour des raisons plus politiques que religieuses (et pour des résultats électoraux douteux), car en Inde, la tolérance et le respect de l'autre sont grands. Quoi qu'on en dise, dans les *slums* et les villages les différentes communautés vivent la plupart du temps sans aucun heurt.

COOLIE. Mot francisé venant de *kulin*, ancienne caste de travailleurs à tout faire de Mumbai-Bombay.

CORAN. En arabe *Al Quran*, ou le Saint Qitab (Livre) des musulmans, le Coran, vénéré comme la « Parole increéée de Dieu », pourrait se résumer en trois mots : « *Dieu me suffit* » (Coran XXIX.38). Divisé en 114 sourates, il a été révélé et dicté par l'Archange Gabriel au Prophète Muhammad, entre 609 et 632 ap. J.-C., soit entre l'an XIII avant l'Hégire (622 ap. J.-C.) et l'an XI après, peu avant la mort du Prophète à Médine. Le Prophète lui-même, selon son propre dire, n'en a été qu'un simple agent de transmission, non l'auteur. Cf. MAHOMET. Ce « Message » est un des sommets de la littérature arabe et universelle. La plupart des musulmans en connaissent de longs passages par cœur (tout enfant l'apprend dans les nombreuses Madrassas ou écoles coraniques) et quelques dévots le savent en entier. Il constitue LA référence, non seulement religieuse, mais encore sociale pour la vie quotidienne.

DACOÏTS. Les *dacoïts* sont issus de la trop fameuse caste des *thugs* (ou *thags*), ancienne secte pratiquant des meurtres rituels, qui ensanglantaient les routes ; ils rendaient hommage à leur déesse tutélaire Kali en étranglant les voyageurs imprudents de façon rituelle sous les banians. Dans la plaine gangétique, beaucoup étaient les descendants des Huns d'Attila ; au Bengale et dans l'Inde du Nord, leur origine est incertaine. Ils furent dispersés par les Britanniques vers le milieu du XIXe siècle, et se reconstituèrent en caste plus ou moins légitime. Après l'Indépendance, ils furent « répertoriés » (*scheduled* en anglais, d'où leur appellation administrative : *S.C. Scheduled Classes*) comme d'authentiques groupes distincts. Certains n'en continuèrent pas moins à vivre en marge, de rapines ou de vols, encore que la majorité de leur groupe au Bengale soit pleinement intégrée et forme une population laborieuse et honnête.

DADA. En bengali : grand frère. S'utilise aussi dans la vie courante pour s'adresser à tout homme plus âgé que soi. En suffixe, seule la syllabe « Da » s'utilise. Exemple : Grand Frère Peter : Peter-Da.

DAM DAM. Ancien nom de l'aéroport international Netaji Subash Chandra Bose.

Le mot « Dum Dum » est devenu fameux par l'usine d'armement qui a créé les célèbres balles « Dum Dum » utilisées contre le gros gibier et dans les guerres du monde entier jusqu'à la Deuxième Guerre mondiale.

DANSES DE L'INDE. Le *Bharat Natyam* est une danse sacrée toute en mouvements et symboles gestuels, dont les signes, couleurs et rythmes, transmettent des histoires cosmologiques en l'honneur de Shiva ; le *Manipuri* est une danse religieuse de groupe en l'honneur de Krishna, pratiquée avec de lents mouvements onduleux ; le *Kathakali* est le drame dansé du Kerala, racontant en jeux scéniques les grandes épopées religieuses ; le *Kathak* était une danse des cours mogholes, rythmée par les battements des pieds, auxquels sont attachés des grelots ; elle a peu à peu dégénérée en « danse du ventre », présentée dans les night-clubs...

DHIKR. Répétition cent mille fois de la fâtiha, sourate première du Coran : « *Au nom du Dieu clément et miséricordieux* ».

DHOBI. Lavandière.

DIDI. En bengali : grande sœur. S'utilise pour s'adresser à toute femme plus âgée que soi. En suffixe, seule la syllabe « Di » s'utilise. Ex. : Mary-Di : Grande Sœur Marie.

DIEU. Terme infiniment difficile à décrire dans le contexte multi-culturel indien, voire même à écrire : Dieu, dieu, le Dieu, ou les dieux ? Dans ce livre, « Dieu » (avec majuscule) est utilisé lorsqu'on parle du Dieu unique (les hindouistes s'y réfèrent, en majorité). Le mot « dieu » (avec minuscule) sert à désigner une des nombreuses divinités inférieures (« deva, devi »), manifestations du Dieu Suprême. Mais tout n'est pas si simple, car si le Brahman (attention ! pas Brahma) est la Déité Absolue, Innommable, Vishnou (Krishna) ne l'est que pour les vishnouites, et Mahadev-Shiva que pour les shivaïtes...

L'expression « les dieux » se réfère souvent aux forces des éléments ou aux symboles de différentes réalités, tels les dieux lares ou tutélaires. Dans les croyances populaires, elle signifie quelque chose comme « les esprits », ou même les « fantômes » ou Djinns (pour les musulmans). Un peu comme on dit en français : « si les dieux nous sont favorables », ou : « les dieux sont contre nous », réminiscences pagano-celtiques ou romaines identiques aux sources pré-aryennes.

Les vocables les plus souvent cités ici sont : *Bhagwan* (Révéré), *Ishwor* (Créateur), *Pormeshwor* (Tout Puissant). Les deux derniers sont aussi utilisés par les chrétiens et les musulmans, bien que les chrétiens préfèrent *Probhu* (Seigneur), et l'Islam, Allah (qui n'est que la traduction du mot « Dieu » en arabe, comme « Deus, God, Gott, Dios, Dio, Yahweh », dans d'autres langues). Mais il faut constater – au risque de choquer – que, dans la croyance populaire, il y a très peu de différences entre les croyants des différentes religions, chacun étant tant soit peu polythéiste ou panthéiste, et toujours fort superstitieux. Une chose cependant est commune à toutes les petites gens : une foi totale, une confiance absolue dans ce « Dieu » auquel ils doivent tout et qui est leur seul espoir. Dieu est leur vie, et leur vie de pauvres n'a de sens que par Dieu qui est leur seule joie. Que cela au moins ne leur soit pas arraché ! Qui oserait parler d'« opium » quand c'est souvent le ressort de leur vie et le secret du dynamisme dont nous avons été les témoins. Encore que, bien entendu, un immense décapage soit nécessaire pour restaurer la vraie et pure notion du Dieu cherchée par les Fondateurs de toutes les religions sans exception.

DIWALI. Grande fête de la lumière, en octobre/novembre, en l'honneur de Kali et d'autres déesses hindoues, où toutes les maisons et tous les bâtiments sont illuminés, où les feux de Bengale et les pétards jaillissent des plus humbles bourgades. Alignés le long des terrasses, fenêtres et frontons, des milliers de lumignons célèbrent la venue du bien triomphant du mal, de la lumière dissipant les ténèbres.

C'est la fête de Lakshmi, bien que ce soit Kali qu'on vénère ce jour-là au Bengale ; ses grandes statues richement décorées (jusqu'à 5 mètres de haut) sont immergées dans la Hoogly (le Gange). Kali, déesse tutélaire de Calcutta, est représentée toute noire, avec une longue langue rouge sanguinaire et de nombreux attributs mortifères (crânes, têtes coupées, sang), mais elle est aimée par tous. C'est aussi en campagne la fête de la moisson et, dans le Nord, la commémoration du retour de Rama à Ayodhya après 14 ans d'exil.

DURGA. Déesse à plusieurs bras, appelée « l'Inaccessible », c'est la grande Divinité de Calcutta, Shakti (énergie) de Vishnou et de Shiva à la fois, et parèdre de l'un et l'autre dieu, également vénérée sous les noms de Kali, Mahadevi, Kumari, Devi...

Chaque année en septembre-octobre, ont lieu les grandes fêtes des Durga-Pujas, poursuivies sans interruption durant 8 jours. Selon la coutume de la statuaire hindoue, la statue de la déesse peut avoir jusqu'à dix-huit bras montrant les symboles des diverses divinités qui la soutiennent : le disque (Vishnu), le trident (Shiva), la lance (Yama-Dieu de la mort), le feu (Agni), le carquois (Surya-le-soleil), l'épée et le bouclier (kala), la masse (kunera), la foudre (Indra), la hache de guerre (Vishwakarma), etc. Enfin, « la mère éternelle » chevauche le lion dans sa lutte contre le démon-buffle Mohishasura qui avait chassé tous les dieux du ciel. Fille de « Himalaya », elle porte une infinité de noms, dont les plus connus et les plus cités dans ce livre sont : Uma-la-lumière, Gauri-la-jaune, Kali-la-noire, Maha-maya-la-grande-illusion, etc.

La première Durga-Puja eut lieu en 1610, dans le palais même où, en 1698, John Charnock devait signer l'acte d'achat de « Shabarna Para », fondant ainsi Calcutta.

ENFER. Enfin une notion qui fait l'unanimité de toutes les religions ! Pour les bouddhistes, il existe un peu plus d'une trentaine d'enfers. Les hindous se contentent de 21 enfers « brâhmaniques », et les musulmans de sept. Quant aux chrétiens, ils n'en voient qu'un seul ; ce qui me semble largement suffisant pour l'usage qui en est proposé.

ÈRE. L'ère couramment utilisée dans cet ouvrage est l'ère « Kristabda », l'ère chrétienne, qu'on appelle ici le « calendrier anglais ». Il eut été bien sûr préférable de notre point de vue indien d'utiliser une ère du pays, mais celles-ci, d'une part sont fort nombreuses, et d'autre part sont purement locales, ou offrent des variantes peu pratiques. On sait en outre que l'histoire et la précision des dates ne font pas partie du génie indien, puisque la plupart des dates historiques proviennent... des Chinois ou des Grecs ! Encore que l'Atharveda, mille ans avant Jésus-Christ, décrivait déjà une année solaire de 360 jours ! Citons :

- l'Ère Kalyya : débute en 3102 av. J.-C. L'année 1995 est donc l'an 5097 ;
- l'Ère bouddhiste : 546-7 av. J.-C. 1995 : 2542 ;
- l'Ère shakra : 78-9 av. J.-C. 1995 : 2073 ;
- l'Ère Vikrama : 57 av. J.-C. 1995 : 2052 ;
- l'Ère bengalie : 591 ap. J.-C. 1995 : 1403 ;
- l'Ère musulmane (Hégire) : 622 ap. J.-C. 1995 : 1373.

Et il y en a quelques autres encore. À Calcutta, mais surtout dans les villages, on utilise partout le calendrier bengali. Le Nouvel An est célébré autour du 15 avril. Là où il n'y a pas de chrétiens, le 1er janvier est ignoré.

FATIHA. « *Besmillah El Rohman El Rahim* » ou « *Bismillah* » : « Au nom de Dieu, le Très Miséricordieux, le Tout Miséricordieux ». Premier verset de toutes les 114 sourates du Coran sauf une (la sourate IX, « Le désaveu », exceptionnellement violente, et que n'avait apparemment pas prise totalement en charge le Dieu Miséricordieux !). Le premier mot *Besmillah* est cité à tout moment dans la vie quotidienne, en signe de louange, de prière ou tout simplement d'interjection comme on peut dire « Mon Dieu », mais toujours avec respect.

GANDHI. Homme politique et religieux né en 1869 au Gudjarat. Avocat, il organisa la lutte contre la ségrégation en Afrique du Sud. Il reprit alors à son compte la vieille méthode non-violente hindoue et jaïne, en l'adaptant pour conduire au respect de toute vie (*ahimsa*), à la vérité totale (*satyagraha*), à la non-violence active dans l'amour (« celle des forts »), pour obtenir ainsi l'Indépendance de l'Inde tout en changeant le cœur du peuple. Il accompagna cette lutte par des campagnes de désobéissance civile et de boycottage des marchandises anglaises. Plusieurs fois emprisonné, sa profonde spiritualité, sa grandeur d'âme, l'amour pour ses ennemis et sa bonté lui valurent d'être appelé « Mahatma », la « Grande Âme », titre qu'il refusa jusqu'au bout. Il lutta inlassablement pour la réhabilitation des intouchables (qu'il appela « *harijan* » : enfants de Dieu), et contre toutes les ségrégations sociales ou religieuses. Il mourut à Delhi, le 30 janvier 1948, assassiné par un fanatique hindou d'extrême-droite qui lui reprochait son amour actif pour les musulmans. Ses ennemis l'appelaient en effet par dérision « Mohammed Gandhi ». Mais il est considéré comme « le Père de la Nation », et le peuple qui le surnomme « Bapuji » (Petit Père Vénéré) en a fait un avatar de Dieu.

Sa doctrine et sa vie sont à l'origine de nombreux mouvements non-violents à travers le monde, notamment les luttes soutenues par Martin Luther King et Einstein aux États-Unis, le Dalai Lama au Tibet, Mgr Romero au Salvador, l'évêque anglican Mgr Tutu et Nelson Mandela en Afrique du Sud, Rigoberta Menchu au Guatemala, San Suu Kyi en Birmanie, pour la plupart Prix Nobel de la Paix... Bien d'autres encore furent influencés par celui que d'aucuns proclament « le plus grand homme de ce siècle ». De son côté, Jean-Paul II, évoquant son martyre, l'a qualifié en 1986 à Rajghat (lieu de la crémation de Gandhi), de « Héros de l'humanité ».

Il est à noter aussi, pour la compréhension de ce livre, que parfois ceux qui se réclament de son nom le trahissent en figeant ses paroles en un conservatisme socio-religieux tout à fait étranger à Gandhi qui expérimentait toujours et se renouvelait sans cesse. Sur de nombreux problèmes actuels, il a été un réel prophète et visionnaire, et de plus en plus, on peut se rendre compte de la lucidité de ses prédictions, surtout face au consumérisme dévastateur. Son influence reste grande partout, mais peu le suivent dans les faits en vérité. C'est là le sort des grands hommes, Jésus, Bouddha, et Muhammed en savent quelque chose puisqu'ils ont été caricaturés ou trahis par leurs propres disciples et fidèles.

L'auteur de ce livre tient à souligner l'inspiration constante reçue de « Gandhi-ji », dans sa vie de *satyagraha* non-violent pour collaborer à une société plus juste et plus fraternelle avec tous les hommes de bonne volonté. Aussi n'hésite-t-il pas à proposer que soit décerné à celui qui ne l'a jamais obtenu de son vivant, un « Prix Nobel spécial de la Paix pour l'ensemble du XXe siècle ».

GANESH. Divinité mineure du panthéon hindou, très populaire et aimée. Fils de Shiva et de Parbati, il a une tête d'éléphant et quatre mains ; il est ventripotent et rose, pratiquement toujours assis avec une jambe pendante « à la bengalie ». Patron des étudiants, des marchands et des voleurs, il est considéré par tous comme fort débonnaire. Son symbole est la *svastika*, croix gammée à branches égales tournées à droite (à l'inverse de la croix gammée nazie), représentant les forces cosmiques, la course du soleil (dans le sens des aiguilles d'une montre) et le mouvement cyclique de la nature. C'est le signe figuré partout de la prospérité.

GANGE. Fleuve de 2 692 km traversant tout le Nord de l'Inde, qui prend sa source aux marches de l'Himalaya tibétain. Son bassin hydrographique couvre un million de kilomètres carrés. Ses « Bouches » qu'il partage avec le Brahmapoutre sont nommées « Sundarbans » et forment le plus grand delta du monde. Son cours principal s'étant dévié vers l'est au fil du temps, c'est un bras du Gange qui traverse Calcutta, la Hoogly (ou Baghirati pour les pieux hindous), qui atteint 16 km de large à son embouchure. La « Ganga » est la rivière sacrée par excellence, appelée « la Mère ». Son eau est vénérée et apportée à domicile dans de petites jarres. Se baigner dans le « Ganga Mata » efface tous les péchés et assure l'immortalité, sans parler des guérisons immédiates...

GANGOTRI. C'est dans les gorges de Gangotri que se trouve la source officielle du Gange, à près de 4 500 m d'altitude, à l'endroit exact appelé « Gaumukh », le museau de la vache. C'est un grand lieu de pèlerinage pour les hindous.

GHÂT. Escalier le long des rivières ou des étangs où les gens se lavent, papotent, et font leurs prières en s'immergeant. Les immenses ghâts de Bénarès sont fameux, surtout ceux où se pratiquent les crémations.

GHÎ. Beurre clarifié, symbole de ce qui est sacré.

GÎTÂ. Cf. BHAGAVAD GÎTÂ.

GOPALA. Nom de Krishna enfant, célèbre par ses facéties, représenté partout dans les maisons, sur les calendriers. Pour les hindous, tout le déroulement de la vie est inscrit sur le front à la naissance. Les musulmans, eux, pensent avec le Coran que « *au cœur de tout homme, nous lui avons attaché son oiseau* » (son destin – Coran 17.13) « *qui est auprès de Dieu* » (Coran 7.131). Les chrétiens l'appellent Providence (Mathieu 6.25-34). C'est la même réalité populaire ici. Les « esprits », les « *Malak* », pour les musulmans, sont les archanges Mikael, Jbriel, Israfil.

GTR. *Great Trunk Road.* C'est la fameuse route impériale de 2 500 km, Howrah-Delhi-Lahore. Première voie intercontinentale, reliant le Bengale à l'Afghanistan, la G.T.R. s'est formée dès les temps védiques. Elle était connue sous le nom de « Great North Road » du temps d'Ashoka et a été transformée en « Voie Royale » sous l'Empire Maurya, au IVe siècle. C'est finalement Shah Suri qui en fixa le tracé actuel, en 1545, et la prolongea jusqu'à Sonagaon (Bangladesh). Elle traverse Howrah.

GUJARAT. Cf. RAJPOUTES.

HARIJAN. Cf. INTOUCHABLES.

HENNÉ. Le henné est une teinture rouille ocre produite par le jus d'une plante tropicale à feuille de troènes ; elle s'obtient par le broyage de ses fleurs en grappes comme les lilas. Ce cosmétique est considéré comme ayant des propriétés magiques ; les femmes s'en enduisent les cheveux et les hommes la barbe ; il s'emploie aussi pour des tatouages artistiques aux mains et aux pieds, lors des mariages ou de certaines fêtes ; leurs arabesques très élaborées sont la fierté de l'épouse et de ses suivantes. Son usage remonte au temps du Prophète.

HÉROS. Les aventures héroïques de PRITHIVI RAJ, mort en 1192, sont contées dans un poème épique de 100 000 distiques, appelé Chad Raisa. SHIVAJI LE MAHRATTE est un patriote du XVIIe siècle, dont les hauts faits contre les musulmans, les Portugais, les pirates africains et d'autres royaumes sont encore très populaires de nos jours. TIPU SULTAN passa sa vie à se battre contre les Anglais à Mysore. Il était allié avec les Français. Surnommé « le Tigre de Mysore », il mourut héroïquement en 1799.

Femme de raja, au XVIe siècle, MIRA BAÏ devint poétesse et dévote de Krishna, dont elle célébrait partout l'amour dans des strophes enflammées. Ses poèmes sont encore fréquemment chantés et récités. Reine de Jhansi (Uttar-Pradesh), LAKSHMI BAÏ, combattit courageusement les Anglais et mourut en 1857, les armes à la main, au moment de la première guerre d'Indépendance (appelée par les Anglais, la « Révolte des Cipayes »).

RANJIT SINGH fut un conquérant sikh, mort en 1830. Ses quatre femmes et ses sept concubines le suivirent sur son bûcher funéraire. Il fut un des propriétaires du Koh-i-Noor, diamant légendaire. Les Maharanis d'Amber (palais près de Jaipur) devenaient « *satis* » en se précipitant volontairement sur le bûcher de leur mari. D'autres se jetèrent courageusement en masse dans le feu, pour éviter de tomber vivantes aux mains de l'envahisseur musulman. Le Gourou NANAK, fondateur du sikhisme au XVIe siècle, adorait un seul Dieu, et prêchait la tolérance entre hindous et musulmans.

MAHARISHI est un grand saint hindou, mort en 1950 dans le Tamil Nadu, où il a fondé un Ashram célèbre au pied de la colline d'Arunachala. C'est un des plus grands et authentiques mystiques contemporains. RAJAJI est un philosophe religieux et compagnon de Gandhi. Très populaire, il fut gouverneur de plusieurs états dont le Bengale. Il mourut en 1972. RADAKRISHNA, homme politique et philosophe, spécialiste des religions orientales, fut le deuxième président de l'Inde. Il est mort en 1975.

ABD-UL GAFFAR ALI KHAN est mort centenaire en 1990. Musulman, il lutta pour l'Indépendance du Pakistan, son pays, avec ses « Chemises Rouges », organisation basée sur la non-violence de Gandhi. Il est encore révéré par les foules aujourd'hui.

JAYAPRAKASH NARAYAN (J.P. pour tous), disciple de Gandhi qui s'opposa avec courage à Indira Gandhi au moment de l'État d'urgence. Mort en 1979.

HINDI. Langue indo-européenne dérivée du sanscrit, dans un script appelé « Dévanagari ». Troisième langue du monde après le chinois et l'anglais, l'hindi s'est développé assez tard (Xe siècle) comme langue populaire distincte du sanscrit littéraire, en empruntant de nombreux mots au persan. Il fut cependant purifié de cet emprunt au XIXe siècle pour se démarquer de l'urdu et devenir l'hindustani.

L'hindi est la langue maternelle de 350 millions de personnes, en général du type indo-aryen de la « *hindi-belt* » (Ceinture hindi) du BI-MA-R-U (Bihar – Madhya Pradesh » Rajasthan – Uttar Pradesh). Sa littérature nous a donné le grand Kabir, Tulsi Das, Mirabai, et une pléthore d'autres poètes et écrivains. Depuis l'Indépendance, c'est la langue officielle de l'Inde, bien que ce statut soit énergiquement contesté par les Dravidiens du Sud, et par d'autres régions à forte culture comme le Bengale. L'hindi n'en reste pas moins la *lingua franca* de l'Union, bien que toujours en concurrence avec l'anglais (pratiqué par 8 % de la population et parlé vraiment correctement par 3 %).

HINDOUISME. Nom donné par les Anglais à « la religion des hindous ». Mais toutes les diverses traditions religieuses hindouistes se reconnaissent sous le nom de « *Sâdhârana Dharma* », la « Loi Éternelle ».

Il faut se garder de confondre les « Indiens », habitants de l'Inde, avec les « hindous », ceux qui pratiquent à travers le monde la religion hindouiste. Descendant de l'antique védisme vieux d'au moins 5 000 ans, et du brahmanisme qui lui succéda en différenciant les divinités personnelles, l'hindouisme fut définitivement codifié vers 500 av. J.-C. Il est principalement fondé sur les Védas, les Upanishads et les Puranas, plus populaires et plus tardifs. Ses deux plus importants livres sacrés sont le Mahabharata, dont fait partie la Gîtâ, et le Ramayana. Il n'y a ni doctrine unitaire, ni dogmes, mais une foi en une Entité Universelle qui est adorée sous d'infinis aspects. Dans l'ensemble, le Dieu Suprême Ishwar est représenté comme Trimurti (triade ou trinité), avec trois visages, chaque visage exprimant un aspect du même Dieu :

– aspect créateur : Brahma (à ne pas confondre avec Brahman, l'Être Suprême) ;
– aspect destructeur : Shiva ;
– aspect régénérateur et protecteur : Vishnu.

Beaucoup d'hindous reconnaissent l'existence d'un Être Suprême, d'une Personne ; cependant, un panthéon de près de 35 millions de divinités secondaires s'est créé peu à peu, pour essayer de faire comprendre la nature multiple du Dieu Suprême ; ils correspondent parfois un peu aux anges et saints chrétiens. Les croyances oscillent entre un Dieu Personnel et l'athéisme, en passant par le panthéisme, le pan-en-théisme et toutes les nuances théistiques possibles. La foi en une réincarnation après la mort est générale. L'hindouisme a engendré une galaxie de très grands saints et mystiques, dont les modernes les plus connus sont Ramakrishna, Aurobindo, Maharishi, Ma Anandamoy, Ramdâs, etc. Il y a près de 550 millions d'hindous en Inde, si on décompte les ex-intouchables. Le Népal est le seul État hindouiste du monde. Les hindous sont connus pour leur tolérance, mais des groupes fondamentalistes d'extrême-droite exercent de plus en plus une néfaste influence politico-religieuse.

HOLI. Fête de l'équinoxe et du printemps, anciennement fête de la fertilité, dédiée à Krishna. C'est une espèce de carnaval où chacun se défoule en se jetant des eaux de toutes couleurs. La poudre rouge est symbole du désir, de l'amour et du sang nouveau, et toutes les autres couleurs ont, ou plutôt avaient, un sens. On en profite aussi pour offrir des Pujas à l'arbre Ashoka (saraca indica), ces merveilleux arbres à fleurs rouges qui parsèment nos campagnes et symbolisent le dieu de l'amour, que les filles prient pour obtenir une progéniture nombreuse. C'est en vérité la seule grande journée presque sans interdits ou inhibitions pour les femmes...

HOOGLY. La Hoogly a un cours de 300 km ; elle atteint 17 km de large à son embouchure dans le Golfe du Bengale. Les hindous la nomment Baghirati. Quant au Gange primitif (l'Adi-Gange), il a été détourné par les inondations et débouche aujourd'hui dans le Bangladesh. Mais pour tous, il reste « le Gange ». Datant de 1910, le Pont de Howrah est aujourd'hui doublé par un deuxième pont inauguré en 1995.

HOWRAH. Ce faubourg de Calcutta, relié à la ville par le célèbre pont métallique du même nom, sur la Hoogly (Gange), compte près de 2 millions d'habitants (2 022 hab. au km^2), dont une majorité vit dans des *slums*, tel celui de Pilkhana. Le District de Howrah (près de 5 millions d'habitants) est la toile de fond de plusieurs des actions rurales de ce livre. Howrah fut le premier centre industriel hors d'Europe, d'où le grand nombre d'industries et... la pollution extrême qui en résulte. La gare de Howrah, avec ses vingt-huit quais, est dite la plus grande d'Asie continentale ; c'est un véritable caravansérail qui voit arriver ou partir chaque jour plus de 700 trains, transportant plus d'un million de passagers. Le premier train s'est ébranlé en 1853. Aujourd'hui, les chemins de fer indiens transporteraient 17 millions de personnes par jour.

IBRAHIM. Abraham, Père des Croyants par son fils Ismaël, qui est l'aïeul des Sémites arabes et l'élu de Dieu selon le Coran (et non son demi-frère Isaac, comme l'enseigne la Bible).

IMAM. Littéralement, « celui qui se tient devant Dieu ». L'Imam n'est pas prêtre dans l'Islam sunnite (majoritaire ici), mais il est souvent le seul recours « quasi hiérarchisé » de la communauté villageoise, car c'est lui qui dirige la prière. En général réservé à l'Islam chiite (Shyas).

INDE. République fédérative parlementaire laïque du sous-continent indien appelé Union Indienne, ou Bharat, depuis le 15 août 1947, date de l'Indépendance. Elle est composée de 27 États fédératifs ou Territoires. Son drapeau est orange (couleur des hindous), blanc (pour toutes les religions), et vert (couleur des musulmans), avec la roue d'Ashoka en son centre. Ce dernier symbole, hérité de l'iconographie bouddhique, signifiait dans l'Inde ancienne, l'éternité, la sagesse, le pouvoir absolu, et le cycle sans fin de la vie... Pour le découpage administratif, se référer au mot VILLAGE.

Avec un peu plus de 3 millions de kilomètres carrés (3 302 km de long sur 2 289 km de large), l'Inde ne représente que 3 % de la surface du globe, mais un humain sur six y réside. Elle a 980 millions d'habitants (240 h/km^2), avec une augmentation annuelle de 2,1 %, soit plus de 18 millions. On estime (en 1999) que le milliard est dépassé, après correction des recensements de 1991, erronés dans plusieurs États agités ! Avec ses 235 universités aux 30 millions d'étudiants, l'Inde produit chaque année 300 000 diplômés, techniciens et savants. Elle est ainsi devenue le deuxième réservoir de cerveaux de la planète.

L'Inde est majoritairement hindoue ; les autres religions sont représentées par 120 millions de musulmans, près de 30 millions de chrétiens, et des croyants de 6 autres grandes religions, sans compter les animistes tribaux. On y parle 1 652 langues, dont 15 reconnues comme nationales ; 7 d'entre elles font partie des 18 premières langues du monde, dont la troisième (hindi), et la cinquième (bengali). L'espérance de vie est passée de 40 ans en 1971, à 61 ans aujourd'hui. Le nombre moyen d'enfants par famille est de 3 (2,8 dans les villes).

Sixième pays industriel du monde, l'Inde est auto-suffisante et exportatrice de biens alimentaires depuis les années 1970. Premier producteur du monde de thé, de jute et d'arachide, elle est deuxième producteur de riz, troisième de tabac, quatrième de blé, sucre, coton, et cinquième de charbon. Elle possède une forte industrie électronique et aéronautique, des réacteurs atomiques, des satellites artificiels et des lanceurs, tous à 100 % indigènes. Lancé en 1975, le premier satellite indien prit le nom d'Aryabhata, l'astronome du VIe siècle qui prouva la rotation de la Terre sur son axe, et donc sa rotondité. Il fonda également la trigonométrie et calcula la valeur de Pi. Au VIIe siècle, un certain Mahavira, mathématicien, inventa la numération décimale et donna le zéro à l'humanité, par Arabes interposés. On peut aussi noter que, si le premier réacteur indien date de 1956, l'atome (*anu*) était connu depuis le VIe siècle avant notre ère... Bien qu'elle ait fait exploser une charge nucléaire en 1974, l'Inde, fidèle à sa vocation pacifique, s'est toujours refusée à devenir une puissance atomique. Ce qui ne l'empêche pas d'entretenir à grands frais la troisième armée du monde, car elle est toujours en conflit larvé avec le Pakistan (et même la Chine parfois). Excédée par l'arrogance des soi-disant « Grandes Puissances » qui se refusent à fixer une date pour désarmer, elle s'est aussi lancée dans une malheureuse aventure thermo-nucléaire en faisant exploser cinq bombes le 18 mai 1998.

Mais la pauvreté (en fait la misère abyssale) de 40 % de sa population, héritage colonial entretenu par l'élite au pouvoir, l'empêche de devenir un état moderne de pointe. Au lieu d'être un « dragon asiatique », elle n'est qu'un « tigre prêt à bondir », mais elle a tout un avenir prometteur devant elle et reste la plus grande démocratie du monde, avec une presse libre et variée, et un pouvoir judiciaire indépendant du législatif (Parlement) et de l'exécutif (Premier Ministre).

Le 1er janvier est jour férié en Inde depuis le couronnement de la Reine Victoria Impératrice des Indes, le 1er janvier 1877. Cinquante ans après l'Indépendance, la plupart des Indiens n'y voient qu'une simple coutume occidentale à la mode, et en ignorent l'origine.

INTOUCHABLES. Voir aussi CASTES. Appelés Harijans, Enfants de Dieu, par Gandhi dans les années trente, les intéressés récusent aujourd'hui ce mot « paternaliste », et lui préfèrent le mot *Dalits*, Opprimés. Ce sont les quelques 150 millions d'hindous qui sont exclus du système des castes. Leur origine remonte aux temps des invasions et des Empires, où tous les individus aborigènes, étrangers, indésirables, refoulés ou traîtres à leur caste étaient exclus. Cela a donné lieu à d'immenses abus, qui firent de ces parias les rebuts de la société.

Le Bengale en compte près de 20 %, et ce sont les plus pauvres des pauvres, bien qu'ils ne soient pas ici en butte à l'oppression des castes supérieures, comme c'est souvent le cas ailleurs. Traditionnellement, ils sont forgerons, vidangeurs, équarisseurs, tailleurs, ouvriers agricoles, hommes de peine (coolies), affectés aux basses besognes.

Combattue par les grands réformateurs hindous du XIXe siècle, l'intouchabilité fut abolie à l'Indépendance, après les vigoureuses campagnes de Gandhi et du néo-bouddhiste Ambedkar. Les ex-Intouchables ont été alors répertoriés (« *Scheduled* »), ce qui leur permet d'avoir droit à des places réservées dans les administrations, les industries, les universités, au Parlement, etc. Officiellement donc, il n'existe plus d'intouchables en Inde, mais dans la vie quotidienne, les stigmates restent, et la mentalité, lente à évoluer sous toutes les latitudes, n'est pas prête encore à accepter les conséquences de cette décision. C'est ainsi qu'un ex-paria restera toujours étiqueté, avec toutes les conséquences qui s'ensuivent. Mais n'y a-t-il pas aujourd'hui en Europe huit millions d'intouchables appelés Roms, dont les gitans « français », qui n'ont toujours pas le droit de vote plénier ? Descendants des nomades Banjaras du Centre de l'Inde et des Lambadis du Sud, les Roms ont été affectés par les pogroms autant que les Juifs (autres candidats à l'intouchabilité chrétienne) depuis le Xe siècle.

ISLAM. Dans le monde, l'Islam compte plus d'un milliard de croyants, constituant l'Umma. Avec ses 120 à 150 millions d'adeptes selon les sources (soit 12 à 15 % de la population), l'Inde est le deuxième pays musulman du monde après l'Indonésie. Dans le Nord et au Bengale, la langue des musulmans est l'Urdu. Le calendrier musulman commence le 16 juillet 622, date de l'Hégire (départ du Prophète de La Mecque pour

Médine). On compte vingt-sept sectes dans l'Islam, dont les deux plus importantes : Sunnis et Chiites.

L'Islam a été introduit en Inde, au Kerala, par des marchands, peu après la mort du Prophète Muhammad, mais surtout par les conquêtes du VIIIe siècle. Pendant plusieurs siècles, l'empire moghol musulman domina l'Inde du Nord et provoqua une vague artistique incomparable. Les grands empereurs (Akbar et Shah Jahan entre autres) laisseront des « monuments d'humanité » comme le Taj Mahal, des palais, des forts inégalables et de nombreux mausolées. La dynastie fut abolie en 1857, après la première guerre d'indépendance (appelée « révolte des cipayes » par les Anglais). Introduit au Bengale par des mystiques soufis (pour lesquels « *chaque être humain fait partie de la divinité* »), en divergence avec la doctrine orthodoxe officielle, l'Islam s'y est montré très tolérant comparé à d'autres régions. D'ailleurs, à l'exception d'Aurangzeb, les Moghols furent très larges d'idées et accueillirent toutes les religions auprès d'eux.

Le terme Islam signifie « soumission à Dieu ». Pour tout musulman, Allah se révèle à travers son livre, le Quran (Coran), la Parole même du Dieu Unique, le Verbe Éternel et Incréé. Partout, l'Islam s'est constitué le gardien jaloux de la Transcendance du Dieu révélé aux Patriarches d'Israël. Le Christianisme, au lieu de le combattre, devrait lui être reconnaissant d'avoir fait connaître ce Dieu Unique aux nations !

On pourrait dire qu'il y a trois degrés dans l'Islam :

1. la pratique de la connaissance : le Coran et les « dits » (*Hadith*) du Prophète ;
2. la pratique des œuvres : selon la *Sunnah* du Prophète, « *La Voie, ce sont mes actes* », dont l'ensemble, codifié, constitue la « Loi Divine », la *Shariah* ;
3. la réalisation spirituelle pour atteindre Dieu grâce au *Dhikr* (*Yad* en hindi/ourdou) prescrit par le Coran : « *Souviens-toi souvent des Noms de Dieu, car cela calme le cœur et parfume l'âme* », comme le résume un soufi. La prière a lieu 5 fois par jour, en direction de la Mecque, après l'appel du muezzin de la mosquée. C'est l'un des 5 piliers de l'Islam avec la Profession de Foi : « *Il n'y a de Dieu que Dieu, et Muhammad est son prophète* », le jeûne du Ramadan, l'aumône, et le pélerinage à La Mecque.

Bien que remarquablement égalitaire, l'islam indien reproduit une hiérarchie parfois inconsciente reflétant l'ancienne caste de ses adeptes, avant les conversions. On peut ainsi distinguer les Ashrafs (*unchi jati*) des Ajlafs (*nichi jati*) qui leur sont inférieurs. Le phénomène est cependant bien moins marqué que chez les chrétiens. Il vaut la peine aussi de souligner que l'Islam a accordé le droit de propriété aux femmes bien avant l'Europe ! De plus, c'est sous l'influence des poètes arabes que les premiers troubadours « provençaux » découvrirent l'amour courtois, modifiant complètement, avec le statut de la femme, le sens de l'amour. Dante lui-même reconnaissait sa dette envers l'Islam dans l'image qu'il donne de la femme idéale et angélique dans sa Divine Comédie. Il faut néanmoins reconnaître que la situation culturelle et sociale des femmes est figée dans de nombreux pays islamiques. Mais cela ne vient pas du Coran !

ISMAÉLIENS. Secte de musulmans chiites dont l'Aga Khan est le chef.

JAGANNATH. Célèbre temple, édifié au XIIe siècle à Puri, à 400 kms au sud de Calcutta, où a lieu un grand pèlerinage dédié au « Dieu de l'univers » (Krishna) ; sa tour atteint 63 m de haut.

JAINS. Fondé au VIe siècle avant Jésus-Christ par Mahavira, « le grand Héros », un des plus grands mystiques de tous les temps, le jainisme remonte en fait par une longue tradition de prophètes, les Tirthakaras, jusqu'au IXe siècle. Les jains sont un peu plus de deux millions, surtout dans le nord de l'Inde. Leur lieu sacré est le Mont Abû (Gujerat), merveille de pierre travaillée. On les rencontre aussi à Calcutta ; de temps à autre, un de leurs prêtres, un masque blanc sur la bouche pour ne pas avaler les microbes (par *ahîmsa*, respect de la vie), traverse Howrah.

JANGLI. Littéralement : sauvages Vient du sanscrit « Jangala », ancienne contrée indienne sauvage, qui a donné « jungle ».

JÉSUS. Prophète et thaumaturge juif dont le vrai nom est « Yoshuah »,

Jésus est né vers l'an 6 d'avant l'ère chrétienne (ce décalage résulte d'une erreur du calendrier médiéval), et est mort crucifié en avril 30 à Jérusalem. La fête de Pâques célèbre sa résurrection trois jours après. Pour les chrétiens, qui l'appellent Seigneur Jésus-Christ (Christ vient du grec et Messie de l'hébreu), il est Dieu, et Fils de Dieu. Appelé « Jissu » en bengali, « Djizu » ou « Yezu » en hindi, « Issa » en urdu, il est vénéré et respecté par tous les Indiens. Certains en ont fait une réincarnation de Vishnu. Pour les musulmans, c'est le deuxième Prophète, juste après Muhammad ; il est appelé par eux « Fils de Marie », « Esprit de Dieu » (« Rûh-Allah »), et « Issa le Guérisseur ». Mais sa mort sur la croix n'est pas acceptée, Judas, pense-t'on, ayant pris sa place... (Coran, IV.157 & 158)

Jésus est universellement reconnu comme un homme plein d'amour et de compassion pour tous. Pauvre, il était devenu le frère des pauvres et des pécheurs qu'il aimait d'un amour tout particulier (« *Heureux, vous les pauvres...* ») ; et sa lutte universaliste et non-violente, mais ferme, contre l'intolérance sous toutes ses formes, contre tous les ritualismes religieux, toutes les étroitesses sociales, et tous les pharisaïsmes (lutte que bien des Églises et des sectes qui se réclament de lui n'ont pas encore acceptée), le conduisirent à la mort sur la croix (mort infamante d'esclave), où il sut encore prier son Père : « *Père, pardonne-leur, ils ne savent pas ce qu'ils font* ».

Il forma douze disciples (appelés apôtres – envoyés) pour qu'ils annoncent son Évangile d'amour au monde, message tout simple bien souvent obscurci de nos jours !« : *Voici la Bonne Nouvelle : Dieu est Père, et Il vous aime tous car vous êtes ses enfants. Vous êtes donc tous frères et sœurs, et devez vous aimer les uns les autres. Il vous a créés pour vous faire partager sa joie. Pour cela, il vous pardonne toutes vos bêtises, vous ressuscitera, et vous fera tous vivre avec lui éternellement...* Et les apôtres ont témoigné (jusqu'en Inde par St Thomas) que c'est dans ce but que Jésus était au milieu de nous, pour nous dire que le Dieu-Père plein de compassion est « *là, en vous, quelle que soit votre religion ou croyance* », et que c'est cela, le « Royaume de Dieu arrivé ». Je suis en Inde en Son Nom.

KABIR. Poète et mystique mort en 1450 à Bénarès. Musulman de naissance, il adorait le « Dieu Unique », mais il vivait comme un hindou tout en refusant toute caste et toute distinction religieuse entre les hommes, tous les êtres humains étant pour lui complètement égaux. Il fut bien entendu persécuté par chacun, mais finit par s'imposer comme mystique. Ses centaines de chants et poèmes sont très en vogue encore aujourd'hui.

KADAMBA. Anthocephalus indicus : ses grosses fleurs globulaires, dorées et orangées, qui ressemblent à des boules de Noël poilues de 7 cm de diamètre, fleurissent à la mousson, et font les délices des roussettes (renards volants) ; les femmes et jeunes filles les exhibent souvent dans leurs cheveux pour leur élégance et leur arôme. Ces grands arbres sont associés à Krishna, car ils abondaient dans les forêts de Brindavan, il y a 2 500 ans.

KALI. « Déesse noire » à l'aspect terrifiant, tirant une longue langue rouge, c'est la parèdre de Shiva. Elle porte un collier de crânes (ou de têtes fraîchement coupées), et de ses bras multiples brandit plusieurs armes, tout en étant entourée de serpents pour signifier sa soif de justice, car son rôle est de détruire les démons du mal. C'est la divinité la plus ancienne de Calcutta (« Kali-katta » – la ville de Kali), où tomba du ciel son orteil après son dépeçage céleste. Elle y a de nombreux temples où se pratique encore la décapitation des chèvres.

C'était la déesse d'élection de Ramakrishna qui voyait en elle la « Tendre Mère Éternelle » de l'univers. C'est un des aspects de Devi, la « Shakti » de Shiva, qui est Durga au Bengale. Dans l'arrière-automne, son arrivée donne lieu aux plus grandes fêtes de l'année, et son départ, par immersion de ses statues dans le Gange, se fait dans l'exaltation populaire et... les larmes. La prière : « *Détruis mon corps et emmène mon âme chez ton illustre époux, ô toi, la Mère de Tout* », exprime à la fois le rôle positif que la mythologie fait jouer à la déesse, et la confiance aimante du dévot.

KALI YUGA. L'« Âge des batailles », dernier en date des grands cycles de l'humanité pour les hindous, a succédé à l'Age d'or et durera 4 308 000 ans ! Ouverte par la guerre du Mahabharata, cette « ère du fer » qui englobe l'époque actuelle, dure déjà depuis 12 000 ans (bien que des calculs situent la célèbre bataille en 3102 avant l'ère chrétienne). En fait, chaque cycle cosmique qui perpétue sans fin l'univers est dit durer 4 320 000 ans.

KAMAR. Nom de caste des forgerons, souvent changé en nom propre. Bien que musulman, Kamar garde le nom de caste de ses ancêtres depuis dix siècles peut-être, date de la première islamisation sérieuse au Bengale. Les musulmans, contrairement aux hindous et, hélas, même aux chrétiens, sont égalitaires et refusent le système des castes. Mais, dans la pratique quotidienne des couches populaires, la marque quasi indélébile reste souvent subtilement cachée dans le nom, et se révèle au moment des mariages, demandes d'emplois, élections, etc. (voir ISLAM).

KAMSA. Oncle de Krishna, Kamsa tua un à un tous ses neveux, les frères de Krishna, mais se fit tuer par ce dernier quand il atteignit l'âge de douze ans.

KHASI. Autre nom de Bénarès (Varanasi), une des plus anciennes villes du monde, à 700 km au nord-ouest de Calcutta. Ville sacrée comprenant des milliers de temples et des ghâts en escalier sur le Gange, où s'accomplissent les bains rituels, les prières et les sacrifices, les crémations et autres cérémonies, sous l'œil des saddhus dans toutes les postures que l'ascétisme commande.

KRISHNA. Huitième avatar de Vishnu, c'est la divinité de loin la plus populaire. Parmi ses innombrables représentations, la plus courante le dépeint sous l'image d'un jeune berger bleu, sur fond pastoral de bocages et de troupeaux, le front ceint d'une plume de paon, jouant de la flûte entouré de gopis (bergères) dont sa favorite Radha. Les mythes le concernant sont aussi infinis que diversifiés. Toutes les familles se nourrissent encore aujourd'hui des facéties de Gopala-enfant, des hauts-faits héroïques du Gobindo-pastoureau adolescent (qui tuait des serpents géants, exterminait les démons aux formes monstrueuses, ou estourbissait d'une pichenette de puissants mauvais rois), et les prouesses amoureuses de l'éphèbe Bansidar-flûtiste ou de Hari-aux-yeux-de-lotus dansant le « mandala » dans les clairières au clair de lune… Une des fêtes principales de l'enfance est la célébration de sa naissance en août : les enfants fabriquent des espèces de crèches à saveur de Noël, pour se remémorer la prison où il naquit, et son évasion miraculeuse… Sa jeunesse se passa à Brindavan (synonyme de Paradis aujourd'hui), et à Mathura, haut lieu de pèlerinage vishnuite. Il prit pour femme Rukmini, incarnation de Lakshmi. Suivant la Bhagavad Gîtâ, il est le Dieu Suprême et Personnel Vishnu. Au Bengale, la dévotion à Krishna s'appelle Bhakti. De nombreuses sectes se sont développées à partir de ce culte, notamment les Hare Krishna, fort connus à l'étranger.

KUMARI. Nom générique le plus fréquent des jeunes filles. C'est également le titre des déesses Sita, Parvati et Durga. Celle-ci, dont la statue est fêtée chaque jour à l'autre bout du village, chevauche sa monture préférée qui, dans les îles du Sud, est un tigre, et non le lion traditionnel.

KURUKSHETRA. Grande bataille plus ou moins mythique du IXe siècle avant J.-C., qui aurait eu lieu à 150 km au nord de Delhi. Elle opposa deux grands clans indo-européens appelés Pandavas et Kauravas, dont les démêlés sont narrés de long en large dans l'épopée du Mahabharata. Cette bataille est le symbole par excellence des événements dramatiques.

LAKSHMI (se prononce « Lokkhi » en bengali). Une des parèdres de Vishnu appelée aussi Sri (brillante), « Padma » (Lotus Sacré), « Kamala » (Lotus Bleu). Déesse de la fortune, elle est représentée sous la forme d'une très belle jeune femme tenant délicatement un lotus, et surgissant telle Aphrodite, de la mer de lait barattée par les éléphants blancs, les dieux et les démons. C'est une des divinités les plus aimées et les plus souvent invoquées par le petit peuple, bien qu'elle n'ait pas de temples en propre. Et chaque soir, dans des millions de familles, une femme souffle dans la conque sacrée, allume les lampes au crépuscule, et encense les images des dieux lares de chaque pièce pour inviter Lakshmi à entrer dans la maison, et à la protéger pour la nuit.

LOTUS. Position traditionnelle de méditation (*padmasana*), assis sur le sol, les jambes croisées, les pieds sur les cuisses.

Les « yeux de lotus » sont le summum de la beauté féminine, mais aussi de celle des bébés et jeunes enfants, dont les yeux sont étendus en amande et rallongés vers l'extérieur par un trait de noir brillant de *kajol* (collyre – kohl à base d'antimoine).

MA ANANDA MOY. Grande sainte hindoue bengalie contemporaine (elle est morte dans les années 80), dont les ashrams sont une pépinière de sainteté et de vie mystique authentique. Sa sagesse et sa simplicité jointe à son exceptionnelle union à Dieu, lui ont conquis des disciples de toutes les religions.

MAHABHARATA. Poème épique de 200 000 distiques, en XVIII livres (17 fois plus long que la Bible !), dont l'origine probable remonte au Xe siècle av. J.-C., mais qui n'a été fixé par écrit que vers l'an 100 ou 200 de notre ère. C'est une immense geste narrant par le menu, la guerre entre les Pandavas et les Kauravas avec, comme point culminant, la bataille de Kurukshetra, qui met en scène toutes les connaissances de l'époque. La Gîtâ en fait partie, mais a été rajoutée au cours des premiers siècles de notre ère. Tous les caractères principaux et les personnages dominants, sont connus dès l'enfance par les hindous... et la plupart des autres Indiens. Présente dans de nombreux épisodes, Draupadi est la plus belle princesse de cette épopée jouée sur les places publiques pendant des semaines, sans interruption.

MAHADEV. Cf. SHIVA.

MAHOMET = Mohammed = Muhammad (l'écriture la plus correcte).

Prophète, mystique, homme politique et fondateur de l'islam au VIIe siècle. Sa première vision date du 22 décembre 609, à La Mecque, début du Coran donc. Son départ pour Médineen 622, appelé Hégire, marque la première année du calendrier musulman universel (cf. ÈRE).

Le prophète Muhammad est une des plus grandes figures religieuses de l'humanité, même s'il a été, comme Jésus ou Bouddha, fort défiguré par ses fidèles, et diffamé par ses adversaires d'autres religions. Il aimait les pauvres, était très tolérant et plein de compassion, même pour les juifs et les chrétiens. Une de ses principales caractéristiques était son humilité, et il mourut sans avoir acquis aucun bien, dans la pauvreté. Le christianisme historique a été fort injuste vis-à vis de lui (mais la réciproque peut être aussi affirmée), et il serait temps de réhabiliter son image. Les musulmans n'utilisent jamais son nom sans le faire précéder d'un qualificatif tel que : « le Saint Prophète, l'Envoyé d'Allah, etc. », et le faire suivre d'une louange : « Paix soit sur Lui... ». Nombreux aussi sont ceux qui portent son nom. Ses descendants directs arborent encore aujourd'hui » et avec quelle fierté » le titre de Sayyed.

MANU. Les lois de Manu, qui comptent près de 500 000 strophes, sont inscrites dans une collection de 14 ouvrages des *Puranas* « Anciens », en sanscrit, datant peut-être du XVe siècle avant J.-C.

MARWARIS. Population industrieuse du Rajasthan et de ses environs, représentée au Bengale par les plus brillants hommes d'affaires.

MARY. Les musulmanes aussi s'appellent fréquemment « Myriam », car elles vénèrent grandement la Mère de Jésus, *« celle que Dieu a élue au-dessus de toutes les femmes du monde »* (Coran III.42). De son côté, Upadhyay disait : *« son visage est comme le lotus qui s'entrouvre au lever du soleil, manifestation gracieuse de l'éternel regard de Dieu. »*

MÈRE MOTHER. Cf. TÉRÉSA.

MONCHANIN. Prêtre de Lyon, le Père Monchanin fonda en 1950 l'Ashram du Saccidananda, de la Trinité, au bord de la rivière sacrée Cauvery, dans le Sud de l'Inde (près de Trichinopoly). Il eut le premier l'intuition que l'Inde ne comprendrait jamais le chistianisme si celui-ci ne venait pas à elle dépouillé de sa tenue occidentale et colonialiste, revêtu de la pauvreté, de la simplicité, de la prière contemplative, à travers la culture indienne, et sous le froc du moine *sannyasi*. Il vint en Inde en 1939, et y mourut en 1957, pratiquement ignoré de tous, après avoir vécu une inculturation totale, dans l'humilité et le dépouillement évangélique le plus absolu. Le co-fondateur de cet Ashram, Swami Abhishiktananda (Dom Henri Le Saux), et surtout l'Acharya charismatique Bede Griffith (mort en 1993), ont fait de cet Ashram un centre de dialogue où toutes les religions sont les bienvenues, et où même des gens sans religion viennent en foule des cinq continents.

MRITUNJOY. Responsable et fondateur de l'organisation locale pour les ex-intouchables, brahmine et gandhien convaincu, grand lettré, Sri Mritunjoy, dont le nom signifie « Vainqueur de la Mort », a travaillé inlassablement durant plus de cinquante ans au relèvement des plus pauvres ; il a été l'homme providentiel pour sortir toute la région de la misère. Respecté de tous, il est décédé en mars 1995. Son jeune fils a repris le flambeau. Avec lui, j'ai perdu un ami, un mentor et un guide.

MUEZZIN. Le Muezzin est un homme de prière chargé de proclamer cinq fois par jour, du haut du minaret, la Shahada : « *Il n'y a de Dieu que Dieu* », et d'y chanter les louanges du Dieu Unique et Miséricordieux (*Allah Tout-Puissant et Miséricordieux*, deuxième partie de la première sourate du Coran, est le titre donné à Allah dans la plupart des premières lignes de 113 des 114 sourates). Cinq fois par jour, le pieux musulman s'adresse à Dieu, tourné vers La Mecque, quelque soit l'endroit où il se trouve. La prière « libre » répond à une autre injonction du Coran : « *Priez, et je répondrai* » (40.62), car « *Dieu s'intercale entre l'homme et son cœur.* » (Coran, VIII.24).

MUSIQUE INDIENNE. La vocalise est la base même de la musique indienne. Elle s'emploie à transmettre non seulement des émotions extrêmement complexes (*ragas*), mais encore de subtiles lignes mélodiques (*rasas*de la musique carnatique populaire) élaborées et codifiées à l'infini. Chaque artiste est libre de sa composition qu'il improvise suivant ses émotions, ses sentiments, le temps ou les saisons, tout en gardant avec une virtuosité extraordinaire les rythmes (jusqu'à 16 temps !) et les subtilités des nombreuses gammes-mères comprenant jusqu'à 70 gammes secondaires (dont certaines distinguent, en plus des notes de base 5, 7 ou 10, jusqu'à 22 demi-tons, ainsi que des assonantes et dissonantes !).

La vina, instrument favori de la déesse Saraswati, remonte à une vénérable antiquité. Ses 24 tons rappellent les 24 syllabes de la Gayatri, la mantra par excellence. La Vina est un instrument de musique à corde, dont la caisse de résonnance peut atteindre deux mètres. C'est l'instrument idéal ici. Elle se compose de deux calebasses en bois d'ébène ou de jacquier reposant sur le sol et supportant un long manche à sept cordes (à pincer), à l'extrémité sculptée d'une tête de paon ou de lion. Le tampura est un instrument d'accompagnement faisant entendre la fondamentale comme un bourdon, avec ses quatre cordes résonnant sur un corps fait d'une calebasse globulaire ; il possède un long manche creux qui se tient verticalement. Le sitar, forme récente (XIIIe siècle) de la vina, est également à sept cordes, mais à vingt chevalets mobiles, et se joue avec un plectre d'acier. Le saroda, instrument utilisé par les musulmans, proche du sitar, comporte un manche à feuilles de métal. Les tablas, double tambourin toujours utilisé par paire (tabla-digi) – le deuxième, dit femelle, ayant un octave en dessous – accompagnent généralement les vocalises, chants, danses ou orchestres, de leurs rythmes compliqués, mais ils peuvent aussi bien offrir un concert en solo, capable de transmettre un nombre infini d'émotions. Plusieurs variétés de peaux cousues de façons différentes permettent des timbres ou tonalités diverses. Chaque village bengali possède les siens, ainsi que de nombreuses familles, même pauvres, car il est de toutes les fêtes.

NAMASTÉ. Signifie « Bonjour » en hindi ; en bengali, on dit « *Nomoshkar* ». Le salut s'accompagne des mains jointes qui signifient alors : « *Que nos deux cœurs se rencontrent comme nos deux mains se joignent.* » Selon l'importance de l'interlocuteur, les mains se placent devant la poitrine, au niveau du visage, ou sur le haut du front. Bien que cette dernière position soit réservée à la divinité, nul doute qu'ici, c'est elle qui est utilisée, car dans le monde entier, l'obséquiosité paye et satisfait l'orgueil des puissants...

NATARAJ. Shiva dansant. L'Être Suprême exprime sa satisfaction de la création par sa danse. Et c'est ainsi que la Création toute entière devient le « Chant de Dieu ». La Bible toute entière, surtout les Psaumes, en porte le même témoignage. Célèbre statue de Shiva, sous la forme d'un danseur, réel symbole artistique de tout l'hindouisme : le dieu danse dans un cercle de feu (signifiant les désirs consumés), portant les eaux du Gange comme chevelure, avec la flamme de la connaissance dans une main, le signe « n'ayez pas peur » dans l'autre, le troisième bras désignant le sol où il écrase le nain des passions, un pied gracieusement levé en symbole de salut et de béatitude. L'icône est androgyne, à la fois père et mère. Dans cet état de suprême félicité, Shiva danse le jeu divin (Lîla), qui suscite le Verbe primordial, essentiellement partage de création. Et cette création à son tour devient le chant et la danse que Dieu partage avec chacune de ses créatures. Shiva est ainsi appelé le « Seigneur de la Danse », « au col bleu » et « aux mille yeux », triple symbole de la danse, de la couleur, et des ocelles du paon, à la fois dans le Mahabharata et dans l'Atharveda (XI 2.3). Sa plus célèbre représentation se trouve à Chidambaram (Tamil Nadu).

NEHRU Jawaharlal. Pandit (lettré) et homme politique, Nehruji (1889-1964) épaula Gandhi dans sa lutte de libération dès 1926, et fut fréquemment emprisonné en tant que Secrétaire Général du Congrès. Il fut le charismatique Premier Ministre de l'Inde, depuis l'Indépendance jusqu'à sa mort. Fervent partisan de la non-violence, il ne partageait pas les sentiments religieux de Gandhi, et se disait agnostique. Il est considéré comme l'un des plus grands chefs d'État de l'après-guerre. Appelé « l'homme à la rose » (il en portait toujours une à sa boutonnière), il fut un des inspirateurs de la Conférence de Bandoeng (avec Nasser et Tito) en 1955, et du Mouvement des Non-Alignés, regroupant aujourd'hui 160 pays. Il est le fondateur de la puissance économique indienne. Les Indiens le surnomment affectueusement « Tcha Tcha », Oncle. Indira Gandhi et Rajiv Gandhi, tous deux assassinés après avoir été Premiers Ministres, étaient respectivement sa fille et son petit-fils. Aujourd'hui présidente du Congrès, Sonia Gandhi, veuve de Rajiv, continue la « dynastie » inaugurée au début du siècle par l'avocat cachemiri, père de Jawaharlal Nehru, qui exigeait déjà en 1928 le statut de Dominion pour l'Empire des Indes.

NOMOSHKAR. Voir NAMASTE.

OM. Syllabe sacrée primordiale et éternelle, alpha et oméga de l'univers, éveil de l'esprit et de la conscience, elle signifie : « Je te révère », et est utilisée avant et après toute cérémonie, toute prière et invocation. Selon les hindous, ce phonème porte par lui-même une force mystique unissant les trois lettres « A-U-M » en une nasale triune mais monosyllabique, symbolisant à la fois l'unicité de la Trimurti (Trinité), de Brahma, Shiva et Vishnu, le Verbe divin audible, le mot exprimant le Feu universel, le Cosmos, la Semence, l'Essence de tout et le Tout lui-même. Le « Maitri Upanishad » dit : « *Il y a un Om qui est silence, et il y a un Om qui est son. Et le son lui-même sort du silence.* » De nombreux ashrams chrétiens l'utilisent dans leurs chants liturgiques, car son expression transcende les religions et fait partie du patrimoine religieux universel.

ORAON. Tribu aborigène comptant près de 2 millions de membres, située à cheval sur les frontières du Bihar, de l'Orissa et du Madya-Pradesh. D'origine dravidienne (non indo-européenne), les Oraons parlent une langue hautement élaborée. Ils communiquent avec les autres tribus adibasis du Centre par le *sadri*, qui est leur *lingua* *franca*. Il en existe de petites communautés déracinées et fort « déculturées » dans les *slums* de Calcutta.

OUPANISHAD. Cf. UPANISHAD.

OURDU. Cf. URDU.

PANCHAYAT. Le Panchayat (improprement traduit par Conseil Communal) est un corps composé de représentants élus de chaque hameau au niveau d'un groupe de villages (10 000 habitants en moyenne), comportant un tiers de femmes. Ce conseil a de très grands pouvoirs exécutifs, voire judiciaires. Du temps de sa création au XVIe siècle par l'empereur Akbar, il était l'instance administrative de base. Repris au Bengale depuis l'Indépendance, il a été réintroduit dans toute l'Inde après un certain nombre de modifications, pour décentraliser les pouvoirs. Cf. VILLAGE.

PARTITION. Au moment de leur départ en 1947, les Anglais entérinèrent le découpage des Indes en trois grands ensemble : le Pakistan Occidental à l'Ouest, le Pakistan Oriental à l'Est (devenu depuis le Bangladesh), deux pays à majorité musulmane séparés par 2 500 km, l'Inde entre les deux. Cette division contre nature visant à séparer les hindous des musulmans, voulue par Jinnah, donna lieu à l'un des plus épouvantables massacres de l'histoire ; il fit des millions de victimes et suscita un immense transfert de populations (12 millions de réfugiés) qui augmenta des deux-tiers la population de Calcutta. La plupart des grands *slums* de Calcutta datent de cette tragique époque, car il fallait recevoir à la fois les hindous fuyant le Bengale oriental, et les musulmans fuyant le carnage provoqué au Bihar et en Uttar Pradesh. Ce fut le début de l'instabilité religieuse, connue ici sous le nom de communalisme (ses premières manifestations remontent toutefois aux émeutes de 1946). La mémoire collective des plus pauvres et des victimes des deux bords en a gardé à jamais les stigmates, ce qui explique la paix absolue régnant depuis lors entre les communautés religieuses, dans les *slums* de Howrah du moins. Tout conflit à couleur « communaliste » est en fait de nature politique, les politiciens des deux camps étant trop heureux de trouver des boucs émissaires chez les pauvres pour des gains électoraux. Il faut cependant reconnaître que le « Front Populaire » et communiste du Bengale a tout fait pour favoriser la bonne entente religieuse. On ne peut pas en dire autant de tous les autres partis en Inde.

PIRS. Venu de Perse, le titre de *pir* est donné à de saints hommes dont les tombeaux sont vénérés parfois même par les non-musulmans.

PUJA. Désigne en général toute prière ou offrande aux dieux (et à Dieu). La vraie cérémonie hindoue comprend 17 rituels compliqués. Le « pujari » est le prêtre (en général brahmane, mais apparemment pas toujours chez les ex-intouchables) qui officie dans toute puja principale. Par extension, on appelle aussi « puja » les endroits où, dans les familles, sont exposées les images devant lesquelles ont lieu ces cérémonies, ainsi que les idoles elles-mêmes, faites de 7 substances représentant les 7 éléments du corps.

RABINDRANATH TAGORE. Cf. TAGORE.

RADHA. Parmi toutes les gopis-bergères avec lesquelles Krishna dansait à Brindavan, Radha était sa préférée. Dans son culte, elle tient la place du dévôt fidèle et aimant qui abandonne le monde pour se consacrer au dieu aimé. De très nombreuses légendes lui sont consacrées. Parmi elles cependant, certaines ont donné lieu à des cultes excessifs, voire érotiques chez certaines sectes tardives.

RAJ. Empire britannique, en hindi. L'Inde était alors constituée de plus de 700 États princiers dirigés par des Maharadjahs, Rajahs, Nababs, Ranis, Begums, Mirs, Nizams, Maharao, voire Thakurs, qui perdirent tous leurs droits après l'Indépendance.

RAJPOUTE. Nom des habitants de l'ancien « Rajpoutana », aujourd'hui Gujarat, célèbres pour leur fierté et leurs qualités guerrières. Le mot signifie « fils de prince » ou « fils du roi ». Le Gujarat, État de l'ouest de l'Inde en bordure du Pakistan, est la patrie de Gandhi.

RAMA. Septième avatar de Vishnu, c'est le héros du Ramayana. Prince d'Ayodhya, ville d'Uttar Pradesh où il naquit en des temps mythiques, il épousa Sita, incarnation de Lakshmi, fut exilé dans la forêt, et après moult aventures, tua le roi démon à dix têtes, Ravana de Lanka, qui avait enlevé Sita. Les singes, les ours et les écureuils l'aidèrent à lancer un pont sur la mer pour atteindre cette île (Sri Lanka. Ceylan). Après Krishna, c'est la divinité la plus populaire ; sa geste est récitée et jouée sans fin dans les soirées, sur les places publiques des *slums* et des villages. C'était sous ce nom que le Mahatma Gandhi adorait le Dieu suprême et personnel, et il s'effondra sous les balles de son assassin en le prononçant. Le « Ram Rajya » est le « Royaume de Ram » sur terre, idéal des fondamentalistes hindous d'aujourd'hui, au nom duquel les plus fanatiques exigent l'expulsion des non-hindous de l'Inde !

RAMAKRISHNA Parahamsa. Un des plus grands mystiques et saints de tous les temps, il vécut près de Howrah au Bengale. Il mourut en 1886, après avoir attiré de grandes foules par sa simplicité enfantine, sa confiance extraordinaire en « Kali », la divine et tendre mère, et son ouverture pleine de compassion. Il avait une approche quelque peu syncrétiste de toutes les religions, affirmant avoir « réalisé » l'islam, puis Jésus lui-même, qu'il vénérait grandement comme un avatar. Un des points essentiels de son message est *« la convergence de toutes les religions »*, Dieu étant un et multiple à la fois. Au début de ce siècle, ses disciples écrivirent « l'Évangile de Ramakrishna ». Ses paraboles constituent autant de joyaux spirituels, et sa vie est semée de véritables « fioretti » comparables à celles de Saint François d'Assise, qui révèlent sa personnalité. De son vivant déjà, il était considéré comme une incarnation de Dieu. Mais il en riait et se disait un simple adorateur. Il épousa fort jeune Sarada Devi qui devint « Sri Ma », la mère respectée et sainte. Son plus grand disciple fut Swami Vivekananda.

RAMAKRISHNA MISSION. Très célèbre œuvre sociale et religieuse fondée par Swami Vivekananda, disciple de Ramakrishna, à la fin du siècle dernier (1897). Elle comprend d'innombrables hôpitaux, orphelinats, et œuvres sociales de qualité, et se montre très active en cas de calamités naturelles et autre. L'ordre monastique créé parallèlement a essaimé sur tous les continents. Son centre est à Bélur Math, à 5 kilomètres environ de la gare d'Howrah, où a été édifié un temple de style mixte indo-islamo-chrétien. Les swamis (moines) vivent de façon rigoureuse un hindouisme réformé et purifié, dont le but est d'être *« dévoué à Dieu et au service des hommes »*, suivant la parole de Vivekananda : *« Les pauvres, mon Seigneur, ceux qui souffrent, mon Seigneur, les opprimés, mon Seigneur. »*

À ne pas confondre avec le « Haré Krishna », secte fort connue, mais qui ne lui est aucunement apparentée.

RAMAYANA. Grand poème épique écrit par Valmiki en sanscrit, portant sur des événements qui remontent probablement au VIIIe siècle avant J.-C., et concernent peut-être la conquête du sud par les Aryens. Connu de tous les Indiens de toutes conditions ou croyances, il comprend 24 000 slokas (strophes de 2 vers de 16 pieds chacun). Même les illettrés savent en réciter des passages entiers. Ses personnages les plus fameux sont, outre Rama, Sita son épouse, Lakshman son frère, Hanuman le singe dévôt, Bharat un autre frère, ainsi que sa mère jalouse Kaikeyi, le roi des démons Ravana à dix têtes, etc. Il fut traduit en hindi et modifié (arrangé ?) par Tulsidas au XVe siècle, et par Krittivasa en bengali. Ces trois textes sont reconnus comme des œuvres maîtresses dans leurs littératures respectives. L'art, la littérature et la dramatique s'en sont fortement inspirés, non seulement en Inde, mais encore dans tout le sud-est asiatique, spécialement la Thaïlande (dont nombre de rois s'appellent Rama) et l'Indonésie (Sumatra, Bali), sans omettre son influence prépondérante à Angkor ou Borobudur.

RAVANA. Roi démon de Lanka (Ceylan). Offusqué par l'offense faite à sa sœur Surpanaka qui eut le nez coupé par Lakshman, frère de Rama, il décida de ravir la princesse Sita, femme de Rama. C'est tout le thème du Ramayana. Incarnation du mal, il avait dix têtes et dix bras, et fut tué finalement par Rama.

RICKSHAW. Espèce de pousse-pousse à très grandes roues, avec des brancards, tiré à la main dans l'agglomération de Calcutta. Partout ailleurs, cyclo-pousse.

ROUPIE (« rupyia » en hindi, « taka » en bengali). Cette monnaie divisée en 100 paisas (ou 16 annas) est utilisée en Inde depuis des siècles. Sous sa forme actuelle, elle date du XVIe siècle, mais son origine remonterait à l'empire Maurya, au IVe siècle avant l'ère chrétienne (la *raupiamasaka*). C'est l'unité monétaire de tout le sous-continent, sauf le Bhoutan.

Pour que le lecteur comprenne mieux les situations évoquées dans ce récit, on n'a pas retenu les coûts de la vie d'il y a 30, 25 ou 20 ans, mais *des moyennes* pour la période 1978-1985, comparées à celles d'aujourd'hui (1995-99), malheureusement en changement permanent, vu la dégradation perpétuelle de notre monnaie.

	1978-85	*1995-99*
1 franc suisse	10 roupies	30 roupies
1 franc français	3 roupies	7 roupies
Revenu moyen de **survie** par mois	250 roupies	500 roupies
Nécessaire pour qu'une famille puisse « vivoter »	600 roupies	1 100 roupies
Salaire moyen pour qu'une famille vive décemment	800-1 000 roupies	1 500 roupies
Salaire d'un petit ouvrier	400 roupies	600-800 roupies
Salaire d'un ouvrier qualifié	1 000 roupies	1 800-2 000 roupies
1 kilo de riz	4,5 roupies	10 roupies
1 kilo de poisson	20 roupies	45 roupies
1 kilo de viande	30 roupies	80 roupies
1 vêtement moyen (sari, pantalon)	40-100 roupies	100-150 roupies

En campagne, le pauvre se contente (?) en général des 350-400 roupies par mois qu'il peut gagner ; le salaire quotidien minimum est de 30 roupies,mais il ne trouve pas, et de loin, du travail tous les jours, et souvent même pas au taux légal…

RÛMÎ Djalâl-Od Dîn Rûmî, né en 1207 à Balkh, en Khorassan, mort en 1273 à Konya (Iconium). Grand mystique soufi musulman perse, fondateur de la confrérie des derviches tourneurs. Ses trois œuvres majeures totalisent plus de 100 000 vers.

SABITRI ou **SAVITRI**. Savitri est la femme hindoue idéale, suivant son mari jusqu'à la mort, et même au-delà, à l'exemple de la fille du roi Aswapati, symbole de la fidélité conjugale dans le Mahabharata, qui réussit à arracher son mari aux griffes du Dieu de la mort. C'est aussi un autre nom du soleil, invoqué chaque jour dans la fameuse Mantra « Gayatri ».

SACCIDANANDA. Notion trinitaire tirée des Écritures hindoues, et reprise par les ashrams d'inculturation chrétienne, pour exprimer le mystère d'Un Être suprême qui est Être (Sat), Connaissance (Tchit), et Béatitude (Anand). Un des premiers à l'avoir exprimée est le révolutionnaire bengali Brahmabandav Upadhyay.

SAHIB. Nom traditionnellement donné aux Anglais des Indes, puis à tous les étrangers. Depuis l'Indépendance, l'usage s'en est étendu à toute personne jugée importante. Ainsi, des « sahibs blancs », on est passé aux « brown sahibs » (« sahibs bruns »).

SANSCRIT ou **SANSKRIT**. Langue indo-européenne souche, à l'origine incertaine mais datant de plus quatre mille ans, attribuée aux dieux eux-mêmes par les

Rishis védiques. Véhiculée par les peuplades « Aryas », elle a été fixée oralement dans la plaine gangétique par les Védas, il y a 3 200 ans, et par écrit par le grammairien Pânini au Ve siècle avant notre ère. Ce fut la langue officielle du Brahmânisme, celle de tous les grands écrits épiques et classiques, pour la plupart « monuments littéraires de l'humanité », qui ont influencé jusqu'aujourd'hui toute l'aire culturelle asiatique, à l'instar du gréco-romain en Europe. C'est une langue exceptionnellement élaborée et d'une très grande richesse, qui s'écrit depuis deux mille ans en Dévanâgari, tout comme l'hindi actuel.

La plupart des langues du Nord et du Centre de l'Inde (Bengali, Hindoustani, Gujrati, Pundjabi, Mahratti, Orya, etc.) en sont dérivées, ainsi que le Tibétain. Les Pandits (lettrés brahmanes) parlent couramment le sanscrit.

SAR. Espèce commune d'ajoncs utilisée pour les nattes et les auvents.

SARASWATI. C'est la gracieuse déesse des arts et de la musique, aussi appelée Bharati, représentée avec quatre bras, et jouant de la Vina (espèce de cithare). Sa monture est le cygne blanc. Elle est la shakti de Brahma, et on lui attribue l'invention du sanscrit et des scriptes devanagari. Elle est très aimée ici, et particulièrement vénérée par les écoliers dont elle est la patronne ; ils la fêtent en janvier. Après avoir quêté de porte en porte pour récolter quelque argent, ils érigent une statue qu'ils décorent en dressant une espèce de reposoir dans les courées ou au coin de chaque rue, et bien sûr dans les écoles.

SARNA. Religion cosmique naturelle dans laquelle les dieux vénérés sont souvent les forces de la nature. Apparemment polythéistes, les Adibasis croient en fait en un Dieu unique. Mais les formes de religions sont aussi variées que les ethnies. Sous l'impact de la « civilisation », leurs croyances s'effondrent les unes après les autres (puis-je dire : hélas ?) à la joie des missionnaires de toutes les religions métacosmiques (christianisme, islam, bouddhisme, hindouisme...) et des innombrables sectes !

SHAKTI. Mot d'origine védique, signifiant l'énergie féminine de chaque divinité. Par exemple, pour Shiva : Parwati, Durga, Kali, Kumari ; pour Vishnu : Lakshmi ; pour Brahma : Saraswati. Et bien d'autres pour chaque divinité masculine principale. On les appelle souvent « Sri » (Belle, Brillante) ou « Devi » (La resplendissante déesse). C'est ainsi qu'on en est venu à penser qu'« *épouser son féminin, c'est épouser Dieu* ». Et « *épouser le féminin en soi jusqu'au noyau divin* » (shakti), c'est pénétrer Dieu par le chemin intérieur, comme toute la divinité elle-même pénètre sa Shakti. Ma Anandamoy, la grande mystique moderne hindoue, en définit ainsi le concept : « *Shiva et Shakti, c'est comme l'homme et la femme, c'est-à-dire l'intérieur et l'extérieur de Dieu : ils ne font qu'un. Mais il faut bien en parler séparément pour être intelligible. C'est pour cela que la nature même de l'être vivant, veut que l'homme désire la femme et la femme l'homme. La shakti devient ainsi : "le non-manifesté manifesté"*. » « Les chrétiens diraient : "*L'Esprit, ou Le Verbe manifesté*". » Étonnante similitude !

SHEIKH. Le titre de Sheikh donné aux descendants des conquérants arabes, est souvent opposé à celui de Sayyed qui est le titre réservé aux seuls descendants du Prophète, par Fatima sa fille et Ali son gendre (qui devint Calife). Même les sunnites en respectent la lignée.

SHIVA. C'est l'aspect destructeur de la triade hindoue. Ce dieu est généralement représenté assis sur une peau de tigre en position de yoga, tenant le trident et portant une demi lune sur la tête, le fleuve Gange jaillissant de sa chevelure. Sa monture est le taureau blanc Nandi. C'est le dieu suprême pour les Shivaites, le « Mahadev », le « Grand Dieu ». Ses pouvoirs de destruction lui permettent aussi de restaurer toute chose, aussi est-il considéré comme le Dieu bienveillant par excellence : « Ishwar » (le Dieu Suprême personnel), le parfait Ascète (Maha-yogi) dont le troisième œil frontal indique l'œil intérieur qui permet d'atteindre le « Soi » (Atman) où réside la divinité elle-même (appelée Brahman). Il est aussi le grand Nataraj, le Seigneur de la danse, et « Le Tout Miséricordieux », ses trois yeux embrassant d'un seul regard le passé, le présent, et l'avenir. Son symbole principal est le lingam. Il possède 1 008 attributs. Les gens l'aiment beaucoup, car il n'est pas exigeant pour ses adorateurs qui l'appellent le « Gentil Dieu », quoiqu'il puisse être aussi terrifiant que bienveillant. Sa shakti principale est Parbati. Mais il a beaucoup de parèdres, telles Durga, Kali, Uma, Kumari,Sandhya, etc. L'origine de Shiva se perd dans la nuit des temps ; un sceau ithyphallique de Mohenjo Daro (civilisation de l'Indus, 3500-1500 AC) porte son effigie. Hara est un des noms primitifs du proto-Shiva, d'où le nom de la ville d'Harappa (civilisation de l'Indus). Mélangé au culte populaire aryen d'Agni, il devient le Shiva du Mahabharata. Les dévots de Shiva se reconnaissent à leur front enduit de cendres, avec des lignes verticales rouges, et à leur « *rhudhrak khanda* » (petit collier de graines très fines).

SIKH. Le sikhisme est une religion fondée par le Guru Nanak au XVe siècle. De type syncrétiste, elle est d'origine hindouiste mais a emprunté à l'islam la notion de Dieu Suprême transcendant, et la fraternelle égalité de tous, y compris les intouchables (qui sont même devenus parfois des saints sikhs). Le sikhisme a ainsi réussi à instaurer un monothéisme à principe universel, transcendant les limitations inhérentes aux monothéismes traditionnels (musulmans, juifs et chrétiens), souvent dualistes dans leurs théologies pratiques.

La méditation du livre sacré *Grant Sahib* (Adigrant) et la dévotion intense est une des caractéristiques des Sikhs, qui forment une communauté exceptionnellement dynamique d'un peu plus de 15 millions de membres. Élevés dans une religion sur la défensive pour se protéger contre les abus de la majorité, ils prennent tous le nom de Singh (Lion), et entretiennent fièrement une image guerrière. La tendance au séparatisme (Khalisthan) qui ensanglanta leur État pendant plusieurs années ne semble plus d'actualité... Mais les Sikhs ressentent de façon aiguë les difficultés dues à leur statut minoritaire, entretenues par la mémoire de la Partition : des milliers d'entre eux furent massacrés et le Pundjab fut coupé en deux. Le turban qu'ils portent a donné l'image type de l'Indien pour les étrangers.

SINDUR. Marque vermillon tracée lors du mariage par le mari sur le front de l'épousée, et que les femmes renouvellent chaque matin jusqu'à la mort de l'époux. Cette pratique est immémoriale, mais il est dit qu'aux temps des invasions musulmanes, le mari marquait chaque matin de son sang le front de son épouse, pour lui signifier qu'il défendrait son honneur au prix de sa vie. On y voit aussi un souvenir résiduel des anciens sacrifices d'animaux pré-védiques.

SITA. Princesse épouse de Rama, incarnation de Lakshmi, appelée aussi Devaki. Lors de son exil en forêt, elle fut enlevée par Ravana, déguisé en sage mendiant, et emmenée sur son char volant à Lanka (Ceylan), où elle refusa obstinément de céder aux avances du roi. Elle fut finalement délivrée par l'armée de Rama dirigée par le général singe dévôt Hanuman. Sommée de prouver sa chasteté, elle accepta l'ordalie par le feu... Les versions du Ramayana diffèrent quant à la suite (elle disparaît d'elle-même dans les entrailles de la terre après avoir triomphé de l'épreuve, ou elle devient reine d'Ayodhya et donne deux enfants à son royal époux). Quoiqu'il en soit, elle est considérée comme l'archétype de la femme indienne et de l'épouse noble, pure, fidèle et soumise. Malgré ces indéniables qualités, ce n'est plus aujourd'hui l'image exacte que les féministes attendent de la femme asiatique, car elle entretient l'idéal d'une société patriarcale qui maintient la femme dans une position subordonnée, tout en la plaçant sur un piédestal de déesse : « *c'est une Sita incarnée !* »

SLUM. Mot anglais francisé, dont la traduction courante : « bidonville » ne correspond pas à la réalité. Le *slum* est un agglomérat de logements disparates (huttes, maisons en pisé, ou en briques), qui abritent une population vivant dans l'extrême pauvreté, mais en général travailleuse et fort industrieuse, marginalisée certes, mais non asociale. Il y avait naguère quelques 6 000 *slums* à Calcutta, dont 3 000 enregistrés. Certains *slums* (sur les trottoirs par exemple, véritables bidonvilles ceux-là), n'ont que quelques centaines d'habitants. D'autres, comme Pilkhana, Tikiapara, Gushuri ou Shivpur (tous à Howrah), oscillent entre 30 000 et 70 000 habitants. La plupart des *slums* enregistrés sont en fait des cités de réfugiés ou des cités ouvrières, où les gens se sont regroupés en familles, groupes linguistiques ou religieux, de castes ou de métiers. Nombreux sont les immigrés qui y ont reconstitué les structures de leurs villages. Si à Calcutta, les *slums* ont été largement aménagés, humanisés (mais seulement jusqu'à un certain point), ils n'en restent pas moins un triste témoignage de l'impossibilité pour les gouvernements, capitalistes aussi bien que communistes, d'offrir des conditions de vie décentes, aux masses laborieuses, alors que par ailleurs l'argent abonde...

SOUFIS. Confréries de mystiques musulmans fondées en Perse au IXe siècle. Les plus connus sont la poétesse Rabiah (morte en 801), All-Hallaj (crucifié en 922), Ibn-Arabi (mort en 1240) et Maulana Rûmi. Une des prières les plus familières de l'Islam leur est attribuée : *Alaika Tawakkatu*, « Seigneur, en toi seul je me confie.

SUNDARI. Grand arbre à feuilles très contrastées au printemps et en automne, dont les dizaines d'espèces locales ne fleurissent jamais en même temps. D'où la beauté permanente de la forêt des Sundarbans qui en a reçu le nom.

TAGORE Rabindranath. L'écrivain et artiste bengali le plus populaire, prix Nobel de littérature en 1913, auteur fécond entre autres de plus de 3 000 chants et poèmes, connus jusque dans les plus humbles hameaux. Fondateur de la célèbre « Université Universelle » de Shantiniketan, à 180 km de Calcutta, où nombre d'étrangers vinrent (et viennent) s'initier à la culture indienne, il fut à la fois un visionnaire au grand cœur, un poète mystique idéaliste, un réformateur éclairé, et un « ami de l'homme » dont la tolérance, l'ouverture d'esprit et la bonté touchaient les cœurs. Nationaliste, c'est lui qui décerna à Gandhi le titre de « Mahatma », « Grande Ame », et qui créa l'hymne national indien. Les Bengalis l'appellent « Gurudev », « Divin Maitre » et le considèrent comme le Gourou par excellence. Nombre de ses ouvrages sont traduits en français, dont *Gitanjali*, qui fut couronné par l'académie suédoise.

TÉRÉSA (Mother). Prix Nobel de la Paix, elle est la chrétienne la plus connue en Inde, non seulement pour ses fondations de charité touchant les plus pauvres des pauvres (lépreux, aliénés, clochards, mourants, orphelins, handicapés, abandonnés, malades du sida, etc.), mais encore pour sa profondeur spirituelle et mystique, et son humilité pleine de compassion, attitudes qui « parlent » profondément au cœur asiatique. Dans les *slums* et les villages non chrétiens les plus reculés, on peut voir la photo, sous forme de calendrier, de celle que les déshérités appellent affectueusement : « Mother », « La Mère », « La Maman des pauvres », « La Sainte de Calcutta », « La Sainte Vivante » (en urdu, « Zinda Pir »), etc. Depuis 50 ans, sa face ridée et souriante symbolise réellement Jésus-Christ dont elle parle abondamment, avec un amour débordant.

Bien que son nom et son image soient abusivement exploités par les médias ou par certaines tendances catholiques ambiguës, Mère Teresa reste le symbole par excellence de la femme-compassion dont la figure tend à se confondre chez les pauvres avec celle de la « Déesse » ou de la Vierge Marie. Même si certains intellectuels font la fine bouche, elle a fait l'unanimité de toutes les religions indiennes. Ses petites sœurs à l'humble sari blanc bordé de bleu, au nombre de près de 5 000, et ses frères (environ 300), servent les plus malheureux dans la majorité des pays du monde. Sans elle et ses disciples, Calcutta serait sans nul doute l'immense mouroir qu'on a si souvent décrit... et qui ne l'est plus malgré certains reportages à sensations. Mes 28 ans de présence ici me permettent de lui rendre cet hommage bien mérité, car sans elle, il m'aurait été impossible de participer au mouvement de développement décrit dans ce livre... J'aurais dû entrer dans la voie qui a été la sienne ! ou ne rien pouvoir faire !

Mère Teresa est décédée le 5 septembre 1997. Son enterrement a donné lieu à la plus émouvante manifestation d'amour des pauvres des *slums* et des trottoirs qui ont défilé sans désemparer devant son corps durant une semaine. Ses funérailles, organisées exceptionnellement par l'État Indien lui-même, rassemblèrent, outre les Président, Vice-président et Premier Ministre de Delhi, tous les partis politiques, même ceux d'extrême-droite anti-chrétiens, les représentants de toutes les religions, et un parterre impressionnant de rois, reines et chefs d'État. Elle traversa « Sa » ville sur le char même (un affût de canon hélas !) qui porta la dépouille mortelle du Mahatma Gandhi. Son tombeau donne déjà lieu à d'importantes manifestations de foi... Et, grâce à elle, presque tous les pays du monde – y compris les plus riches, comme la Suisse – ont découvert qu'ils avaient chez eux... de la misère et des pauvres. Ce n'est pas là un de ses moindres mérites.

TIBET. État des contreforts nord de l'Himalaya, annexé par la Chine en 1950, et possédant une longue frontière avec l'Inde. Depuis que le grand Atisha y reconstruisit la civilisation bouddhiste au XIe siècle, la culture du Tibet et sa religion (bouddhisme Mahayana) ont été fort influencées par l'Inde, y compris la langue, dérivée du sanscrit, et son écriture, du bengali. La médecine traditionnelle tibétaine (chamanique) fut aussi fortement influencée par le système ayurvédique indien, mais, dès le VIIe siècle, elle développa une façon originale (non totalement bio-médicale, plutôt holistique) d'approcher la maladie dont elle reconnaît près de 2 000 formes.

Depuis sa fuite en 1957, le quatorzième Dalaï-Lama vit à Dharamsala, dans les montagnes du nord-est de l'Inde, où il a constitué un « gouvernement tibétain en exil », et d'où il organise et inspire les centaines de milliers de réfugiés tibétains dispersés dans tous les continents. Disciple de Gandhi, sa lutte non-violente lui a valu le Prix Nobel de la Paix, et il est devenu un des grands maîtres spirituels de notre temps. Vénéré par ses disciples comme « *Océan de la Sagesse* », incarnation du Bhodisattva de la Compassion, Avalokiteshwara (qu'on retrouve si présent dans les monumentales statues d'Angkor), le Dalaï-Lama est encore le « *Dieu vivant porteur du lotus blanc* ». Sa simplicité, sa compassion universelle, son humour et sa profondeur spirituelle, lui ont conquis des publics jusqu'en Occident.

TRIMURTI. Triade hindoue de trois divinités, représentées dans la statuaire par trois faces et un seul tronc.

UPADHYAY Brahmabandav. Homme politique et révolutionnaire bengali, converti au christianisme, il essaya (dans les années 1918 à 1925) d'indianiser celui-ci en conservant la quintessence de l'hindouisme. Il mourut à Calcutta, après un long emprisonnement. Il est l'auteur de l'hymne au *Saccidananda*, chant en l'honneur de la Trinité, entièrement composé de catégories hindoues, et accepté aujourd'hui par les oecuménistes chrétiens.

UPANISHAD. Traités métaphysiques concrétisant les enseignements ésotériques des védas. Quelques-uns remontent au VIIe siècle avant notre ère, mais bon nombre (près de 150) sont plus récents. Les plus anciens appelés « *shrutis* » (œuvres à écouter, paroles à entendre) sont les plus célèbres. Plusieurs sont cités dans ce livre : Brihadaranyaka, Chandogya, etc. Les Dravidiens ont aussi les leurs. Védas et Upanishad, plutôt inaccessibles à la masse de la population, sont proposés sous forme de mythe, les Puranas, extrêmement populaires aujourd'hui et connus dès le berceau.

URDU. Langue parlée par tous les habitants de plusieurs États du nord-ouest de l'Inde, et langage commun des musulmans. L'origine en est sanscrite, mais le vocabulaire est largement emprunté au persan et au turc ; ce fut la langue parlée pendant des siècles aux temps des sultans et des empereurs de Delhi. L'urdu s'écrit de droite à gauche avec les lettres arabes. C'est une des 14 langues officielles de l'Inde, qui peut s'enorgueillir d'une très vaste littérature ; ses poètes souvent mystiques sont parmi les plus grands. Certains écrivains modernes se sont imposés, tels Mir Ghalib, et surtout Iqbal, mort à Lahore en 1938, appelé « le plus grand poète pakistanais ».

VARANASI. Cf. KHASI.

VEDAS. Ce sont les plus anciens textes de l'Inde (et du monde). Ils sont au nombre de plusieurs dizaines, dont certains fort longs. Le plus vénérable et ancien est le Rig Véda. Les Upanishad, plus tardifs, en font aussi partie. Ces livres ont transmis la « culture védique » qui était celle des Indo-européens (dont on ignore encore l'origine). Composés par des sages-rishis (au nombre de sept, les *Saptarishis*, comme les sept étoiles de la Grande Ourse) et considérés comme révélés, les Vedas constituent les racines de l'hindouisme. Transmis oralement pendant des siècles, ils furent consignés en sanscrit archaïque autour du XIIIe siècle avant l'ère chrétienne, donc probablement au moment où les Aryens arrivèrent en Inde.

VIKRAM. Une des ères indiennes, commencée en 57 avant Jésus-Christ par le roi Vikramaditya. Se fête le 23 février.

VILLAGE. Il y en a en Inde 600 000 villages dont la structure est toujours plus ou moins la même ; seuls les chiffres de population peuvent varier grandement. La structure administrative de l'Union est la suivante :

– le hameau (lieu-dit ou *para*) rassemble environ 300 habitants (50 familles) ;

– le village (*gram-gaon*) comporte plusieurs hameaux (2 à 3 000 habitants) ;

– la commune villageoise (*anchal*) réunit 10 à 12 *paras* (10 000 habitants) ;

– le conseil communal administratif (*panchayat*) représente plusieurs villages (10 à 40 000 habitants) ;

– le bloc (canton) comprend 10 à 15 communes (100 à 300 000 habitants) ;

– le district (*jhela*) est composé de 10 à 15 blocs (1 à 10 millions d'habitants et même parfois plus). Les trois principaux districts cités dans cet ouvrage sont ceux de Howrah, 24-Parganas (Sundarbans), et Bankura.

– l'État regroupe l'ensemble de ces districts (14 pour le Bengale). La population d'un État est en moyenne de 50 millions de personnes, mais l'Uttar Pradesh en compte 200 millions. À la tête de chaque État, il y a un « Chief Minister » (Ministre-en-chef) responsable devant le Parlement local, composé de députés M.L.A. ;

– l'Union indienne enfin, comprend tout le pays avec à sa tête, un Président. Un « Premier Ministre » dirige l'exécutif ; il est responsable devant le Parlement élu tous les cinq ans, composé de députés M.P. ;

– la Haute Cour de Justice veille au bon fonctionnement du tout de façon indépendante.

VISHNU. Seconde divinité de la triade hindoue, vue sous son aspect de « Préservateur », caractérisée par la compassion et la miséricorde. Pour les vishnouites, Vishnu est le Dieu Suprême, Créateur de l'Univers (Projapoti). Il est souvent représenté comme un beau jeune homme avec trois barres transversales sur le front, assis sur un aigle ou un serpent géant. Il possède 1 000 noms. Sa parèdre est Lakshmi. Parmi ses dix avatars, les plus connus sont Rama et Krishna, venus pour corriger les maux de l'humanité (le Seigneur Jésus lui-même est parfois inclus dans la liste). Les dévôts de Vishnu ont le front strié de barres blanches horizontales (*Gopi-Chandan*), et portent un collier de graines de *Tulsi* (*Tulsi-mala*).

YOGA. Si on connaît bien en Occident ce moyen d'entraînement physico-psychique et spirituel, on sait moins que le yoga regroupe des systèmes de philosophie variés qui ont utilisé certaines techniques codifiées très tôt et sans la connaissance desquelles on ne peut pas réellement obtenir le but désiré : concentration par contemplation pour obtenir la connaissance du « Soi » et donc accéder à la divinité « En-Soi », et se libérer.

– Le Karma-Yoga poursuit ce but par l'action (mais sans chercher une récompense ou même un résultat) : le Nishkarma Marga. C'est « *trouver Dieu dans le service du prochain* », selon le mot de Gandhi.

– Le Bhakti-Yoga atteint le but par l'amour mystique.

– Le Jnana-Yoga par la connaissance.

– Le Kundalini-Yoga par la sublimation des énergies sexuelles.

– Le Hatha-Yoga par la « *pensée vraie* ».

– Le Mantra-Yoga (« *parole de vie, semence de vérité en l'homme* ») par la récitation de certaines formules, prières ou noms sacrés (comme le Namajapa, Ram Nam, ou Haré Krishna, Haré Rama... ou encore la « prière du pèlerin russe » – prière de Jésus – pour les chrétiens).

De très grandes exigences morales ou spirituelles sont imposées aux yogis et yoginis (ceux et celles qui les pratiquent). Un des yogas bouddhistes s'appelle « Zen », et il comprend de nombreuses méthodes, toutes pour obtenir la « *moksha* », la « libération finale ». Il n'est donc pas étonnant que des adeptes amateurs ne trouvent pas ce qu'ils y cherchent et se découragent vite ! De plus, le yoga ne peut vraiment porter du fruit qu'à l'intérieur de la culture où il est né.

ZEN-ZEN ou **ZEM-ZEM** : eau du « puits d'Israël » situé en face de la Kaaba de la Mecque ; profond de 40 mètres, il fut, selon la tradition, offert par l'ange Gabriel pour sauver Hagar, femme d'Abraham et son fils Ismaël. Son eau est considérée comme miraculeuse.

ZOROASTRIENS. Cf. PARSIS.

Table des matières

Troisième partie

LA SÉCHERESSE : EAU, SOURCE DE VIE 1979-1981

Quatrième partie

DANS LES JUNGLES À TIGRES DES SUNDARBANS 1981-1983

Cinquième partie

UN COEUR, DEUX MAINS, CENT BRAS 1983-1998

Achevé d'imprimer par Normandie Roto Impression s.a.s.
61250 Lonrai
N° d'éditeur : 5531 – N° fab. : 5635 – N° d'imprimeur : 02-3078
Dépôt légal : janvier 2003
Imprimé en France